O B R A S   D E   N I C H O

NICHOLAS SPARKS

O SONHO

ASA

Título: **O SONHO**
Título original: **THE WISH**
© 2021, Willow Holdings, Inc.
© 2021, Edições ASA II, S.A.

Tradução: Ana Saldanha
Revisão: Ana Marta Ramos

Design da capa: Flag
Capa: Tom Hallman
Adaptação da capa: Maria Manuel Lacerda
Imagens da capa: Natthaphon Chaisukprasert /
/ EyeEm/Getty Images; Koji Moriai / EyeEm/
/ Getty Images; kyoshino/Getty Images
Fotografia do autor: 2018, James Quantz Jr.
Paginação: LeYa
Impressão e acabamentos: Multitipo

1.ª edição: setembro de 2021
ISBN 978-989-23-5200-8
Depósito legal n.º 486414/21

Edições ASA II, S.A.
Uma editora do Grupo Leya
Rua Cidade de Córdova, n.º 2
2610-038 Alfragide – Portugal
www.leya.com

Para Pam Pope e Oscara Stevick

É NATAL, É NATAL

Manhattan
Dezembro de 2019

Quando chegava o mês de dezembro, Manhattan transfor-
mava-se numa cidade que Maggie nem sempre reconhecia.
Os turistas apinhavam as salas de espetáculos da Broadway e inun-
davam os passeios junto aos grandes armazéns na Midtown, for-
mando um rio lento de peões. As boutiques e os restaurantes
transbordavam com pessoas às compras, de sacos nas mãos, saía
música de Natal de colunas de som escondidas, e os átrios dos
hotéis cintilavam com enfeites. A árvore de Natal do Rockefeller
Center estava iluminada por lâmpadas multicoloridas e flashes de
milhares de iPhones, e o trânsito na cidade, nunca fluido, nem na
melhor das hipóteses, tornava-se tão engarrafado que muitas vezes
era mais rápido ir a pé do que apanhar um táxi. Mas andar a pé
apresentava os seus próprios desafios; o vento gélido soprava frequentemente com força entre os prédios, a requerer roupa interior
térmica, várias camadas de polares, e casacos apertados até à gola.

Maggie Dawes, que se considerava um espírito livre dominado
pela vontade de viajar, sempre adorara a *ideia* de um Natal em
Nova Iorque, embora numa espécie de postal de *olha que bonito*.
Na realidade, como muitos nova-iorquinos, fazia os possíveis por

evitar a Midtown durante a época festiva. Em vez disso, deixava-se ficar nas imediações da sua casa em Chelsea ou, o que era mais comum, fugia para climas mais quentes. Como fotógrafa de viagens, por vezes pensava em si mesma menos como nova-iorquina e mais como uma nómada que por acaso tinha uma morada permanente na cidade. Num bloco de apontamentos que guardava na gaveta da sua mesa de cabeceira, compilara uma lista de mais de cem lugares que ainda queria visitar, alguns tão obscuros ou remotos que até chegar lá seria um desafio.

Desde que abandonara os estudos há vinte anos, tinha vindo a acrescentar nomes à lista, anotando lugares que espoletavam a sua imaginação por uma razão ou por outra, ao mesmo tempo que as suas viagens lhe permitiam riscar outros destinos. Com uma máquina fotográfica pendurada ao ombro, visitara todos os continentes, mais de oitenta e dois países, e quarenta e três dos cinquenta estados americanos. Tirara dezenas de milhares de fotografias, desde imagens da vida selvagem no delta do Okavango no Botsuana a fotos da aurora boreal na Lapónia. Havia fotografias tiradas enquanto percorria o Trilho Inca, outras da Costa dos Esqueletos na Namíbia, ainda mais entre as ruínas de Timbuctu. Há doze anos, aprendera a mergulhar de escafandro e passara dez dias a documentar a vida marinha em Raja Ampat; há quatro anos, caminhara até ao famoso Paro Taktsang, ou Ninho do Tigre, um mosteiro budista construído na encosta de um monte no Butão, com vistas panorâmicas dos Himalaias.

Outras pessoas maravilhavam-se frequentemente com as suas aventuras, mas ela aprendera que *aventura* é uma palavra com muitas conotações, nem todas boas. Um bom exemplo era a aventura em que se encontrava agora – era assim que por vezes a descrevia aos seus seguidores no Instagram e aos subscritores do YouTube –, a aventura que a mantinha em grande medida confinada à sua galeria ou ao seu pequeno apartamento de três assoalhadas na West Nineteenth Street em vez de se aventurar a locais mais exóticos. A mesma aventura que a levava a ocasionais pensamentos de suicídio.

Oh, ela nunca o faria de facto. A ideia aterrorizava-a, e admitira isso num dos muitos vídeos que tinha criado para o YouTube. Durante quase dez anos, os seus vídeos tinham-se mantido dentro dos parâmetros normais das publicações de fotógrafos; descrevia o seu processo de tomada de decisões quando estava a tirar fotografias, disponibilizava numerosas aulas de Photoshop e fazia a avaliação de novas máquinas fotográficas e dos seus muitos acessórios, usualmente publicando duas ou três vezes por mês. Aqueles vídeos do YouTube, juntamente com as suas publicações no Instagram, as páginas no Facebook e o blogue no seu *site*, sempre tinham sido populares junto dos aficionados da fotografia, ao mesmo tempo que consolidavam a sua reputação profissional.

Há três anos e meio, contudo, impulsivamente, publicara um vídeo no seu canal do YouTube sobre o seu diagnóstico recente, um vídeo que não tinha nada que ver com fotografia. O vídeo, uma descrição divagadora e sem filtros do medo e da incerteza que sentira de repente quando soube que tinha um melanoma de estádio IV, provavelmente não devia ter sido publicado. Mas o que ela imaginara vir a ser uma voz solitária a ecoar-lhe dos recantos vazios da Internet de algum modo conseguiu chamar a atenção de outras pessoas. Não sabia bem porquê ou como, mas aquele vídeo – de todos os que alguma vez publicara – atraiu um fio, a seguir um caudal constante e finalmente um dilúvio de opiniões, comentários, questões e votos positivos de pessoas que nunca tinham ouvido falar dela ou do seu trabalho como fotógrafa. Sentindo que tinha de responder às pessoas que se tinham comovido com a sua provação, publicou outro vídeo relativo ao seu diagnóstico, que se tornou ainda mais popular. Desde então, cerca de uma vez por mês, continuara a publicar vídeos na mesma linha, principalmente porque sentia que não tinha outra opção a não ser continuar. Nos últimos três anos, abordara os variados tratamentos e como a tinham feito sentir-se, chegando por vezes a mostrar as cicatrizes da sua operação. Falava sobre queimaduras da radiação e náusea e queda de cabelo e questionava-se abertamente sobre o sentido da vida. Refletia sobre o seu medo de morrer e especulava sobre a possibilidade da existência da vida para além da morte. Eram assuntos sérios, mas, talvez para evitar a sua própria depressão ao falar sobre um assunto tão horrível, fazia os possíveis por manter o tom dos vídeos tão ligeiro quanto possível. Supunha que essa era em parte a razão da sua popularidade, mas quem sabia, realmente? A única certeza era que, de algum modo, quase com relutância, se tornara a estrela do seu próprio *reality show* na Internet, que começara com esperança, mas se fora lentamente focando num só e inevitável fim.

E – talvez pouco surpreendentemente – quando o grande final se aproximava, o número de visionamentos explodiu ainda mais.

No primeiro *Vídeo do Cancro* – era como ela se lhes referia mentalmente, em oposição aos seus *Vídeos Reais* – fitava a câmara com um sorriso sardónico e dizia: «No início, detestei-o. Depois, começou a entranhar-se em mim.»

Sabia que, provavelmente, era de mau gosto dizer piadas sobre a sua doença, mas a coisa toda parecia-lhe absurda. *Porquê ela?* Na altura, andava pelos trinta e seis anos, fazia regularmente exercício físico e tinha uma alimentação razoavelmente saudável. Não havia historial de cancros na sua família. Crescera na nublada Seattle e vivia em Manhattan, o que excluía antecedentes de banhos de sol. Nunca fora a um salão de bronzeamento. Nada daquilo fazia sentido, mas o cancro era mesmo assim, não era? O cancro não discriminava; simplesmente acontecia a quem tivesse azar, e, depois de algum tempo, ela aceitou finalmente que uma pergunta melhor era realmente *Porque NÃO ela?* Não era especial; até àquele ponto na sua vida, houvera ocasiões em que se considerara interessante ou inteligente ou até bonita, mas a palavra *especial* nunca lhe passara pela cabeça.

Quando recebeu o seu diagnóstico, juraria estar de perfeita saúde. Um mês antes, visitara a ilha Vaadhoo, nas Maldivas, numa sessão fotográfica para a *Condé Nast*. Viajara até essa ilha na esperança de captar a bioluminescência ao largo da costa que fazia com que as ondas do oceano brilhassem como estrelas, como se iluminadas por dentro. O plâncton marinho era o responsável pela espetacular luz espetral, e ela reservara tempo extra para fazer algumas imagens para seu uso pessoal, talvez para vender na sua galeria.

Estava a explorar uma praia quase vazia perto do seu hotel a meio da tarde, com uma máquina fotográfica na mão, a tentar visualizar a fotografia que tencionava tirar quando caísse a noite. Queria captar um vislumbre da orla costeira – talvez com um rochedo em primeiro plano –, o céu e, claro, as cristas das ondas. Já havia passado mais de uma hora a tirar fotografias de diferentes ângulos e variadas localizações na praia quando passou por ela um casal de mãos dadas. Embrenhada no trabalho, mal deu pela presença deles.

Daí a uns momentos, quando estava a perscrutar através do visor a linha onde as ondas rebentavam ao largo, ouviu a voz da mulher atrás de si. Falava em inglês, mas com um sotaque distintamente alemão.

– Desculpe – disse a mulher. – Vejo que está ocupada e peço desculpa por a incomodar.

Maggie baixou a máquina fotográfica.

– Sim?

– É um pouco difícil dizer isto, mas já foi examinar esse sinal escuro na parte de trás do seu ombro?

Maggie franziu a testa, tentando sem sucesso ver o sinal entre as alças do seu fato de banho a que a mulher se estava a referir.

– Não sabia que tinha um sinal escuro aí... – Semicerrou os olhos à mulher, perplexa. – E porque é que está tão interessada?

A mulher, a rondar os cinquenta anos e com cabelo grisalho curto, acenou com a cabeça.

– Talvez devesse apresentar-me. Sou a doutora Sabine Kessel – disse. – Sou dermatologista em Munique. O sinal parece anormal.

Maggie piscou os olhos.

– Quer dizer, como cancro?

– Não sei – respondeu a mulher, com uma expressão cautelosa. – Mas se fosse a si ia examiná-lo logo que possível. Pode não ser nada, claro.

Ou pode ser grave, a doutora Kessel não teve de acrescentar.

Embora tivesse demorado cinco noites a obter o que queria da sessão fotográfica, Maggie sentiu-se contente com os ficheiros iniciais. Trabalharia neles exaustivamente na pós-produção digital – a verdadeira arte na fotografia da atualidade surgia quase sempre na pós-produção –, mas já sabia que os resultados seriam espetaculares. Entretanto, e embora tentasse não se preocupar com isso, marcou uma consulta para o doutor Snehal Khatri, um dermatologista no Upper East Side, quatro dias depois de regressar à cidade.

A biópsia do sinal realizou-se no início de julho de 2016, e a seguir ela teve de ser submetida a outros exames. Fez uma ressonância magnética e uma tomografia no hospital Memorial Sloan Kettering ainda nesse mês. Depois de chegarem os resultados, o doutor Khatri mandou-a sentar-se na sala de exames médicos, onde em voz baixa e séria a informou de que tinha melanoma de estádio IV. Mais tarde nesse mesmo dia, apresentaram-na a uma oncologista chamada Leslie Brodigan, que supervisionaria o seu tratamento. Na sequência dessas consultas, Maggie fez a sua própria pesquisa na Internet. Embora a doutora Brodigan lhe tivesse dito que as estatísticas gerais significavam muito pouco no que dizia respeito a prever os resultados de um indivíduo em particular, Maggie não conseguiu deixar de se fixar nos números. A taxa de sobrevivência ao fim de cinco anos de quem tivesse sido diagnosticado com melanoma de estádio IV, ficou a saber, era de menos de quinze por cento.

Numa incredulidade atordoada, Maggie fez o seu primeiro *Vídeo do Cancro* no dia seguinte.

Na segunda consulta, a doutora Brodigan – uma loura de olhos azuis e cheia de vivacidade que parecia personificar a expressão *de boa saúde* – voltou a explicar-lhe tudo sobre o seu problema de saúde, já que todo o processo fora tão avassalador que Maggie só se recordava de fragmentos da primeira consulta. Essencialmente, ter melanoma de estádio IV significava que o cancro metastizara, não só para gânglios linfáticos distantes, mas também para alguns dos outros órgãos, no seu caso tanto o fígado como o estômago. A ressonância magnética e a tomografia tinham revelado tumores cancerosos a invadirem partes mais saudáveis do seu corpo como um exército de formigas a devorarem comida posta numa mesa de piquenique.

Em resumo: os três anos e meio seguintes passaram numa névoa de tratamentos e recuperação, com clarões ocasionais de esperança a iluminarem túneis escuros de ansiedade. Foi submetida a uma operação para remover os gânglios linfáticos infetados e as metástases no fígado e no estômago. À operação seguiu-se a radioterapia, que foi um suplício, tornando a sua pele preta em certos sítios e deixando cicatrizes horrendas a juntarem-se às que colecionara na sala de operações. Ficou também a saber que existem diferentes tipos de melanoma, mesmo para quem se encontra no estádio IV, para os quais há diferentes opções de tratamento. No seu caso, significava imunoterapia, que pareceu resultar durante um par de anos, até por fim deixar de resultar. Depois, em abril passado, iniciara a quimioterapia, que continuou durante meses, a detestar como a fazia sentir-se, mas convencida de que tinha de ser eficaz. Como poderia não resultar, perguntava-se, visto que parecia estar a matar todas as suas outras partes? Nos últimos tempos, mal se reconhecia quando se via ao espelho. A comida tinha quase sempre um sabor demasiado amargo ou demasiado salgado, o que tornava difícil comê-la, e Maggie perdera mais de dez quilos de peso do seu corpo já de si bastante franzino. Os seus olhos castanhos amendoados pareciam agora encovados e demasiado grandes, acima das maçãs do rosto salientes, o seu rosto mais como pele esticada sobre uma caveira. Andava sempre com frio e usava camisolas grossas, mesmo no seu apartamento sobreaquecido. Perdera todo o seu cabelo castanho-escuro, só para o ver crescer em partes da cabeça, numa cor mais clara e tão fino como o de um bebé; habituara-se a usar um lenço ou um gorro quase todo o tempo. O seu pescoço tornara-se tão esguio e com um aspeto tão frágil que o envolvia num lenço para evitar vislumbrá-lo nos espelhos.

Há pouco mais de um mês, no início de novembro, submetera-se a mais uma série de ressonâncias magnéticas e tomografias, e em dezembro voltara à consulta da doutora Brodigan. A médica parecera mais contida do que o usual, embora os seus olhos estivessem a transbordar de compaixão. Informou Maggie que, embora mais de três anos de tratamento tivessem retardado o avanço da doença por vezes, a sua progressão nunca parara completamente. Quando Maggie perguntou que outras opções de tratamento estavam disponíveis, a médica desviou delicadamente a atenção dela para a qualidade de vida que lhe restava.

Era a sua maneira de dizer a Maggie que ela ia morrer.

Maggie abrira a galeria há mais de nove anos com outro artista, chamado Trinity, que usava a maior parte do espaço para as suas gigantescas esculturas ecléticas. O verdadeiro nome de Trinity era Fred Marshburn, e tinham-se conhecido numa inauguração da exposição de um outro artista, o tipo de evento a que Maggie raramente comparecia. Trinity já tinha um enorme sucesso nessa altura e há muito tempo que pensava em abrir a sua própria galeria; contudo, não tinha o mínimo desejo de gerir efetivamente a galeria nem de passar algum tempo nela. Como tinham simpatizado um com o outro e as fotografias de Maggie de modo nenhum faziam concorrência ao trabalho de Trinity, acabaram por chegar a um acordo. Em troca de ela gerir o negócio da galeria, auferiria um salário modesto e poderia também exibir uma seleção dos seus próprios trabalhos. Na altura, tinha mais ver com prestígio – ela podia dizer às pessoas que tinha a sua própria galeria! – do que com o dinheiro que Trinity lhe pagava. Nos primeiros dois anos, só vendeu algumas fotografias suas.

Como Maggie continuava a viajar muito nessa época – mais de cem dias por ano, em média –, a gestão efetiva do dia a dia da galeria competia a uma mulher chamada Luanne Sommers. Quando Maggie a contratou, Luanne era uma divorciada rica com filhos crescidos. A sua experiência resumia-se a uma paixão de amadora por colecionar arte, e um olho de especialista para encontrar pechinchas nos grandes armazéns Neiman Marcus. Tinha a seu favor vestir-se bem; ser responsável, conscienciosa e estar disposta a aprender, e não lhe fazer diferença ganhar pouco mais do que o salário mínimo. Como ela dizia, a pensão de alimentos era suficiente para lhe permitir aposentar-se luxuosamente, mas havia um limite de almoços a que uma mulher podia ir sem enlouquecer.

Luanne revelou um talento natural para as vendas. No início, Maggie informara-a sobre os elementos técnicos de todas as suas fotografias, assim como sobre a história por trás de cada sessão específica, que era com frequência tão interessante para os compradores como a própria imagem. As esculturas de Trinity, que utilizavam materiais variados – lona, metal, plástico, cola e tinta, para além de itens recolhidos em sucatas, chifres de veados, frascos de picles e latas – eram suficientemente originais para inspirarem conversas animadas. Ele era já um favorito da crítica, e as suas peças vendiam-se regularmente, apesar dos seus preços astronómicos. Contudo, como a galeria não publicitava nem exibia muitos artistas convidados, o trabalho em si era bastante moderado. Havia dias em que apenas entrava no estabelecimento um punhado de pessoas, e a galeria podia ser encerrada nas três últimas semanas do ano. Era – para Maggie, Trinity e Luanne – uma combinação que funcionou bem durante muito tempo.

Mas aconteceram duas coisas que alteraram toda essa situação. Primeiro, os *Vídeos do Cancro* de Maggie atraíram novas pessoas à galeria. Não os usuais entusiastas tarimbados da arte contemporânea ou da fotografia, mas turistas de lugares como o Tennessee e o Ohio, pessoas que tinham começado a seguir Maggie no Instagram e no YouTube porque sentiam uma ligação com ela. Algumas tinham-se tornado fãs de facto das suas fotografias, mas muitas delas simplesmente queriam conhecê-la ou comprar uma das suas fotografias assinadas como recordação. O telefone começou a tocar continuamente, com encomendas de locais aleatórios por todo o país, e chegavam encomendas adicionais pelo *site* na Internet. Maggie e Luanne não tinham mãos a medir, e no ano anterior tinham tomado a decisão de manter a galeria aberta durante a época festiva, porque continuavam a vir multidões. E então Maggie ficou a saber que teria de iniciar a quimioterapia em breve, o que queria dizer que não poderia ajudar na galeria durante meses. Tornou-se claro que necessitavam de contratar mais um funcionário, e quando Maggie abordou o assunto com Trinity, ele concordou imediatamente. Por obra do destino, no dia seguinte um jovem chamado Mark Price entrou na galeria e pediu para falar com ela, um acontecimento que nessa altura pareceu a Maggie quase demasiado bom para ser verdade.

Mark Price era um recém-licenciado que poderia passar por aluno do secundário. Maggie supôs inicialmente que era mais um «fã do cancro», mas só em parte estava correta. Ele admitiu que se familiarizara com o seu trabalho através da sua presença popular online – gostava especialmente dos vídeos dela, confessou –, mas também trouxera um currículo. Explicou que andava à procura de emprego e que a ideia de trabalhar no mundo da arte o atraía fortemente. A arte e a fotografia, acrescentou, permitiam a comunicação de novas ideias, frequentemente de maneiras que as palavras não possibilitavam.

Apesar das suas dúvidas em contratar um fã, Maggie sentou-se a conversar com ele no mesmo dia, e tornou-se claro que Mark fizera o trabalho de casa. Sabia muito sobre Trinity e a sua obra; mencionou uma instalação específica que estava nesse momento em exibição no MoMA e outra na New School, fazendo comparações com algumas das obras tardias de Robert Rauschenberg de uma forma conhecedora mas despretensiosa. Embora não a surpreendesse, revelou também uma familiaridade profunda e impressionante com a obra dela. No entanto, embora tivesse respondido satisfatoriamente a todas as suas perguntas, Maggie continuava a sentir-se um pouco inquieta; não conseguia decidir ao certo se ele tinha um sério interesse em trabalhar na galeria ou era apenas mais uma pessoa que queria presenciar de perto a sua tragédia.

Quando o encontro se aproximava do fim, ela disse-lhe que não estavam a entrevistar candidatos a um emprego naquele momento – embora tecnicamente verdade, era só uma questão de tempo –, ao que ele reagiu perguntando polidamente se, não obstante, estaria disposta a aceitar o seu currículo. Foi a maneira como ele formulou o seu pedido, pensou ela mais tarde, que a encantou. *Não obstante, estaria disposta a aceitar o meu currículo?* Pareceu-lhe antiquado e cortês, e não pôde deixar de sorrir ao estender a mão para o documento.

Mais tarde nessa mesma semana, Maggie já tinha publicado um anúncio de emprego em alguns *sites* relacionados com a indústria das artes e telefonara a vários contactos em outras galerias a informá-los de que pretendia contratar um colaborador. Currículos e pedidos de esclarecimentos inundaram a caixa do correio, e Luanne entrevistou seis candidatos enquanto Maggie, com náuseas ou a vomitar por causa do primeiro tratamento, recuperava em casa. Só uma candidata passou da primeira entrevista, mas, quando não apareceu para a segunda, foi também rejeitada. Frustrada, Luanne visitou Maggie na sua casa para a pôr ao corrente da situação. Maggie já não saía de casa há dias e manteve-se deitada no sofá, a beber uns goles do batido de fruta e gelado que Luanne lhe trouxera, uma das poucas coisas que ainda conseguia forçar-se a engolir.

– Custa acreditar que não sejamos capazes de encontrar ninguém qualificado para trabalhar na galeria. – Maggie abanou a cabeça.

– Não têm experiência e não sabem nada sobre arte – resmungou Luanne.

Tu também não sabias, poderia ter lembrado Maggie, mas manteve-se em silêncio, plenamente consciente de que Luanne se revelara uma joia, como amiga e como funcionária, uma sorte incrível. Afável e imperturbável, Luanne há muito tempo que deixara de ser uma mera colega.

– Confio na tua capacidade de avaliação, Luanne. Vamos começar de novo.

– Tens a certeza de que não havia mais ninguém na lista que valesse a pena entrevistar? – O tom de voz de Luanne era de queixume.

Por alguma razão, a mente de Maggie saltou para Mark Price, a perguntar tão polidamente se ela estaria disposta a aceitar o seu currículo

– Estás a sorrir – disse Luanne.

– Não, não estou.

– Eu sei reconhecer um sorriso quando o vejo. No que estavas a pensar agora mesmo?

Maggie bebeu mais um gole do batido, a ganhar tempo, até finalmente decidir falar.

– Apareceu lá na galeria um rapaz novo antes de termos anunciado a vaga – admitiu, antes de passar a descrever o encontro. – Continuo a não ter a certeza sobre ele – concluiu –, mas o currículo dele ainda deve estar algures na minha secretária no escritório. – Encolheu os ombros. – Nem sei se ainda está disponível neste momento.

Quando Luanne sondou as origens do interesse de Mark pela galeria, franziu a testa. Compreendia o tipo das pessoas que acorriam à galeria melhor do que ninguém, e reconhecia que, com frequência, quem tinha visto os vídeos de Maggie a considerava como uma espécie de confidente, alguém que ao mesmo tempo mostraria empatia e compreensão. Era comum ansiarem por partilhar a sua própria história, o sofrimento que tinham suportado e as suas perdas. E, por muito que Maggie quisesse reconfortá-las, era pedir-lhe demasiado que as apoiasse emocionalmente quando sentia que mal se estava a aguentar ela própria. Luanne fazia os possíveis por a escudar das pessoas que procuravam mais agressivamente o seu contacto.

— Deixa-me passar em revista o currículo e a seguir falo com ele — disse. — Depois disso, damos um passo de cada vez.

Luanne contactou Mark na semana seguinte. A sua primeira conversa levou a duas outras entrevistas formais, uma delas com Trinity. Quando, mais tarde, Luanne falou com Maggie, os seus elogios a Mark foram efusivos, mas ela insistiu em voltar a encontrar-se com ele, só para ter a certeza. Só daí a quatro dias teve a energia necessária para se deslocar à galeria. Mark Price chegou a horas, de fato e com uma capa de arquivo fina na mão quando entrou no gabinete dela. Maggie sentia-se doente como um cão enquanto lia o seu currículo, reparando que era de Elkhart, no Indiana, e, quando viu a data da sua licenciatura na universidade Northwestern, fez um rápido cálculo mental.

— Tem vinte e dois anos?

— Tenho.

Com o seu cabelo de risca bem feita, olhos azuis e cara de bebé, parecia um adolescente bem arranjado, pronto para o baile de finalistas.

— E estudou Teologia?

— Estudei — respondeu ele.

— Porquê Teologia?

— O meu pai é pastor protestante — disse ele. — Também quero fazer um mestrado em Teologia um dia. Para seguir os passos dele.

Mal ele disse aquilo, Maggie apercebeu-se de que não a surpreendia minimamente.

– Então, porquê o interesse pela arte se tenciona seguir uma carreira eclesiástica?

Ele uniu as pontas dos dedos, como se a querer escolher as suas palavras com cuidado.

– Sempre acreditei que a arte e a fé têm muito em comum. Ambas permitem às pessoas explorarem a subtileza das suas próprias emoções e encontrarem as suas próprias respostas quanto ao que a arte representa para elas. O seu trabalho e o do Trinity fazem-me sempre *pensar*, e, o que é mais importante ainda, fazem-me *sentir* de maneiras que frequentemente me levam a uma sensação de deslumbramento. Tal e qual como a fé.

Era uma boa resposta, mas mesmo assim suspeitava que Mark estava a deixar algo de fora. Pondo de lado esses pensamentos, Maggie prosseguiu com a entrevista, fazendo-lhe outras perguntas da praxe sobre as suas experiências de trabalho e os seus conhecimentos sobre fotografia e escultura contemporânea, antes de finalmente se recostar na cadeira.

– Porque é que, na sua opinião, se adequaria à galeria?

Parecia não se deixar perturbar com o interrogatório.

– Para começar, depois de conhecer Ms. Sommers, tenho a sensação de que ela e eu trabalharíamos bem juntos. Com a permissão dela, passei algum tempo na galeria a seguir à nossa entrevista e, depois de um pouco de pesquisa adicional, reuni alguns dos meus pensamentos sobre as obras atualmente em exposição. – Inclinou-se para a frente, a apresentar-lhe a pasta de arquivo. – Também deixei um exemplar a Ms. Sommers.

Maggie folheou a pasta. Parando numa página ao acaso, leu um par de parágrafos que ele tinha escrito sobre uma fotografia que ela tirara em Djibuti em 2011, quando o país estava a sofrer uma das piores secas de há décadas. Em primeiro plano viam-se os restos esqueléticos de um camelo; atrás estavam três famílias vestidas com trajes de cores vivas, todas a rirem e a sorrirem enquanto caminhavam ao longo do leito seco de um rio. Umas nuvens de tempestade juntavam-se num céu que se tornara cor de laranja e vermelho ao pôr do sol, um contraste vívido com os ossos esbranquiçados do esqueleto e as fendas profundas e ressequidas no chão que ilustravam a ausência de qualquer chuva recente.

Os comentários de Mark revelavam uma sofisticação técnica surpreendente e uma apreciação madura das intenções artísticas de Maggie; ela tentara mostrar uma alegria improvável por entre o desespero, ilustrar a insignificância dos seres humanos quando defrontados com o poder caprichoso da natureza, e Mark articulara bem essas intenções.

Fechou a pasta, a saber que não havia necessidade de ler o resto.

– É bem claro que se preparou, e, considerando a sua idade, parece surpreendentemente bem qualificado. Mas essas não são as minhas maiores preocupações. Continuo a querer saber qual é a verdadeira razão para querer trabalhar aqui.

Ele franziu a testa.

– Penso que as suas fotografias são extraordinárias. Assim como as esculturas do Trinity.

– É tudo?

– Não sei bem o que quer dizer.

– Vou ser franca – disse Maggie, expirando. Sentia-se demasiado cansada, demasiado doente e com demasiado pouco tempo para ser menos do que franca. – Trouxe o seu currículo ainda antes de anunciarmos a vaga e admitiu que é fã dos meus vídeos. Essas coisas preocupam-me, porque por vezes as pessoas que viram os meus vídeos sobre a minha doença sentem uma falsa sensação de intimidade comigo. Não posso ter alguém assim a trabalhar aqui. – Ergueu as sobrancelhas. – Está a imaginar que vamos tornar-nos amigos e ter conversas profundas e cheias de significado? Porque isso é improvável. Duvido que vá passar muito tempo na galeria.

– Compreendo – disse ele num tom agradável e imperturbado.

– Se estivesse no seu lugar é provável que sentisse o mesmo. Tudo o que posso fazer é assegurar-lhe que a minha intenção é ser um excelente colaborador.

Ela não tomou uma decisão imediatamente. Em vez disso, dormiu sobre o assunto e conferenciou com Luanne e Trinity no dia seguinte. Apesar da dúvida persistente de Maggie, eles queriam arriscar, e Mark começou a trabalhar no início de maio.

Felizmente, desde essa altura Mark não dera a Maggie nenhum motivo para se arrepender da sua decisão. Com a quimioterapia a continuar a arrasá-la todo o verão, passara só algumas horas por semana na galeria, mas, nos raros momentos em que se encontrava lá, Mark mostrara-se um profissional consumado. Saudava-a animadamente, sorria facilmente e referia-se sempre a ela como Ms. Dawes. Nunca chegava atrasado ao trabalho, nunca metera baixa e raramente a incomodava, batendo com delicadeza à porta do seu gabinete só quando um comprador ou um colecionador genuínos solicitava especificamente a sua presença e ele considerava o assunto suficientemente importante para a chamar. Talvez por ter levado a entrevista a peito, nunca se referia às suas publicações recentes de vídeos nem lhe fazia perguntas pessoais. Ocasionalmente, exprimia o desejo de que estivesse a sentir-se bem, mas ela não se importava, porque ele não fazia perguntas sobre o assunto, deixando-lhe a decisão de acrescentar mais alguma coisa se quisesse.

Além disso, e o que era ainda mais importante, era excelente no trabalho. Tratava os clientes com modos corteses e cativantes, acompanhava os fãs do cancro delicadamente até à saída e era excelente nas vendas, provavelmente porque não usava táticas de venda agressivas. Atendia o telefone, usualmente ao segundo ou ao terceiro toque, e embrulhava cuidadosamente as fotografias antes de enviar as encomendas por correio. Usualmente, para completar todas as suas tarefas, ficava uma hora ou mais na galeria depois da hora do fecho. Luanne sentia-se tão bem impressionada com ele que não a preocupou a sua ausência de um mês em dezembro, nas férias em Maui com a sua filha e os netos, uma viagem que fazia quase todos os anos desde que começara a trabalhar na galeria.

Nada disso, apercebeu-se Maggie, fora grande surpresa. O que a surpreendia era que nos últimos meses as suas reservas quanto a Mark tivessem sido lentamente substituídas por uma sensação crescente de confiança nele.

Maggie não poderia dizer exatamente quando isso acontecera. Como vizinhos de um prédio que regularmente sobem e descem no mesmo elevador, a relação cordial dos dois instalou-se numa familiaridade confortável. Em setembro, quando já se sentia melhor depois da sua última sessão de quimioterapia, começou a passar mais tempo no trabalho. As simples saudações a Mark foram substituídas por conversas de circunstância antes de passarem a assuntos mais pessoais. Por vezes, essas conversas travavam-se na pequena sala para o pessoal, que ficava no corredor, um pouco à frente do gabinete de Maggie; noutras ocasiões, na galeria, quando não havia visitantes. Na maior parte das vezes, ocorriam depois de as portas serem fechadas, enquanto os três processavam e embalavam as fotografias que tinham sido encomendadas por telefone ou pela Internet. Usualmente, Luanne dominava as conversas, tagarelando sobre as fracas escolhas de namoradas do seu ex-marido, ou sobre os filhos ou os netos. Maggie e Mark limitavam-se a ouvi-la com agrado – Luanne *era* divertida. De vez em quando, um deles revirava os olhos a alguma coisa que Luanne tinha dito («Tenho a certeza de que o meu ex anda a pagar as plásticas todas àquela foleira oportunista») e o outro sorria ligeiramente, uma comunicação privada destinada só aos dois.

Por vezes, no entanto, Luanne tinha de ir embora logo a seguir à hora de encerramento da galeria. Mark e Maggie ficavam a trabalhar só os dois, e, pouco a pouco, ela ficou a saber bastante sobre Mark, embora ele continuasse a evitar fazer-lhe perguntas pessoais. Falou-lhe sobre os seus pais e a sua infância, que muitas vezes a fazia pensar em algo semelhante a um ambiente imaginado por Norman Rockwell, completo com histórias ao deitar, jogos de hóquei e de basebol, e a comparência dos pais em todos os eventos na escola que ele conseguia recordar. Falava também frequentemente da sua namorada, Abigail, que começara a estudar para um mestrado em Economia na universidade de Chicago. Tal como Mark, crescera numa pequena cidade – no seu caso, em Waterloo, no Iowa – e ele tinha um número incontável de fotografias dos dois no seu iPhone. As fotos mostravam uma ruiva bonita e com um ar radiante do Midwest, e Mark mencionou que tencionava pedi-la em casamento depois de ela acabar o mestrado. Maggie lembrava-se de ter rido quando ele disse aquilo. «Porquê casar quando ainda é tão novo?», perguntara. «Porque não esperar uns anos?»

– Porque – respondeu Mark – ela é a mulher com quem gostaria de passar o resto da minha vida.

– Como é que pode saber isso?

– Por vezes simplesmente sabe-se.

Quanto mais Maggie ficava a saber sobre Mark, mais acreditava que os seus pais tinham tido tanta sorte com ele como ele com os pais. Era um jovem exemplar, responsável e bondoso – refutando o estereótipo de que a juventude atual era preguiçosa e achava que tinha todos os direitos e mais alguns. Mesmo assim, o afeto crescente que sentia por ele surpreendia-a ocasionalmente, se mais não fosse por terem tão pouca coisa em comum. Os primeiros anos da vida de Maggie tinham sido... *pouco usuais*, pelo menos durante algum tempo, e a sua relação com os pais fora frequentemente tensa. Ela própria não fora nada como Mark. Enquanto ele tinha sido um aluno aplicado e se licenciou com a nota máxima numa das melhores universidades do país, ela tivera dificuldades na escola e terminara menos de três semestres num instituto de ensino médio. Na idade dele, Maggie contentara-se com viver no momento e decidir as coisas em cima do joelho, ao passo que ele parecia ter um plano para tudo. Suspeitava que se o tivesse conhecido quando era mais nova, não lhe teria passado cartão; nos seus vinte anos, tivera o hábito de escolher exatamente os tipos errados de homens.

No entanto, por vezes Mark recordava-lhe alguém que conhecera há muitos anos, alguém que em tempos significara tudo para ela.

Por volta do Dia de Ação de Graças, Maggie já considerava Mark um membro efetivo da família da galeria. Não era tão íntima dele como de Luanne ou de Trinity – eles tinham passado anos juntos, ao fim e ao cabo –, mas ele tornara-se algo semelhante a um amigo mesmo assim, e, dois dias depois desse feriado, os quatro tinham ficado até mais tarde na galeria depois do fecho. Era uma noite de sábado, e como Luanne tinha planeado ir de avião para Maui na manhã seguinte e Trinity partiria para as Caraíbas, abriram uma garrafa de vinho para acompanhar a tábua de queijos e a fruta que Luanne encomendara. Maggie aceitou um copo, embora não conseguisse encarar a ideia de beber ou comer fosse o que fosse.

Fizeram um brinde à galeria – fora de longe o seu ano de maior sucesso – e instalaram-se numa conversa fácil durante mais uma hora. Perto do fim, Luanne ofereceu um postal a Maggie.

– Há um presente dentro do envelope – disse Luanne. – Abre-o depois de eu me ir embora.

– Ainda não tive oportunidade de comprar o teu presente.

– Tudo bem – disse Luanne. – Ver-te voltar ao que eras nestes últimos meses é um presente mais do que suficiente para mim. Só não te esqueças de o abrir bastante antes do Natal.

Depois de Maggie lhe garantir que assim faria, Luanne aproximou-se do tabuleiro e pegou num par de morangos. A uns passos de distância, Trinity estava a falar com Mark. Como Trinity visitava a galeria com menos frequência do que Maggie, ela ouviu-o fazer o mesmo tipo de perguntas pessoais que ela fizera ao longo dos últimos meses.

– Não sabia que jogava hóquei – disse Trinity. – Sou um grande fã dos Islanders, mesmo que não ganhem a Taça Stanley ao que parece ser já uma eternidade.

– É um ótimo desporto. Joguei todos os anos até ir para a Northwestern.

– Não têm uma equipa nessa universidade?

– Eu não era suficientemente bom para jogar a esse nível – admitiu Mark. – Não que parecesse importar aos meus pais. Acho que nem um nem o outro alguma vez deixaram de assistir a um jogo meu.

– Eles vêm até cá para o ver no Natal?

– Não – disse Mark. – O meu pai organizou uma excursão à Terra Santa com umas duas dúzias de fiéis da nossa igreja nas férias. Nazaré, Belém, a coisa toda.

– E o Mark não quis ir?

– É o sonho deles, não o meu. Além disso, tenho de ficar aqui.

Maggie viu Trinity lançar um olhar na direção dela antes de voltar a sua atenção de novo para Mark. Inclinou-se, a segredar qualquer coisa, e, embora Maggie não conseguisse ouvi-lo, sabia exatamente o que estava a dizer, porque lhe exprimira a ela a sua preocupação alguns minutos antes.

«Assegure-se de que deita um olho à Maggie enquanto a Luanne e eu estivermos fora. Sentimo-nos ambos um pouco preocupados com ela.»

Em resposta, Mark limitou-se a assentir com a cabeça.

Trinity era mais presciente do que provavelmente se dava conta, mas, na verdade, tanto ele como Luanne sabiam que Maggie tinha outra consulta com a doutora Brodigan marcada para 10 de dezembro. E o certo é que nessa consulta a doutora Brodigan aconselhou vivamente Maggie a concentrar-se na sua qualidade de vida.

Agora estava-se em 18 de dezembro. Passara mais de uma semana desde esse horrível dia, e Maggie ainda se sentia quase dormente. Não falara a ninguém do seu prognóstico. Os seus pais sempre tinham acreditado que se rezassem muito Deus de algum modo iria curá-la, e contar-lhes a verdade requereria mais energia do que a que ela conseguia arranjar. A mesma coisa, mas de modo diferente, com a sua irmã; resumindo, Maggie não tinha energia para tanto. Mark enviara-lhe um par de mensagens a saber dela, mas dizer alguma coisa sobre a sua situação através de uma mensagem parecia-lhe absurdo, e não se sentia ainda pronta a encarar ninguém. Quanto a Luanne, ou mesmo Trinity, supunha que poderia telefonar-lhes, mas de que serviria? Luanne merecia desfrutar do tempo que estava a passar com a família sem se preocupar com Maggie, e Trinity também tinha a sua própria vida. Além disso, não havia nada que um ou o outro pudesse realmente fazer.

Em vez disso, atordoada pela sua nova realidade, passara a maior parte dos últimos oito dias em casa ou em passeios curtos e lentos na vizinhança. Por vezes, ficava simplesmente a olhar pela janela, a mexer distraidamente no pequeno pingente do colar que usava sempre ao pescoço; noutras ocasiões, dava por si a olhar para as pessoas que passavam. Quando se mudou para Nova Iorque, sentia-se fascinada pela atividade incessante à sua volta, ao ver pessoas a correrem para o metro, ou ao olhar para as torres de escritórios à meia-noite para saber que ainda haveria pessoas às suas secretárias. Seguir os movimentos frenéticos dos peões pela janela trouxe-lhe recordações da sua juventude adulta na cidade e da mulher mais nova e mais saudável que fora em tempos. Parecia que passara uma vida desde então; também dava a sensação de que os anos tinham passado num abrir e fechar de olhos, e a sua incapacidade de apreender essa contradição tornava-a mais autorreflexiva do que o usual. O tempo, pensava, seria sempre fugidio.

Não esperara um milagre – lá no fundo, sempre soubera que uma cura estava fora de questão –, mas não teria sido fantástico saber que a quimioterapia atrasara a progressão do cancro e lhe dera um ano ou dois mais? Ou que ficara disponível um qualquer tratamento experimental? Seria pedir demasiado? Ter-lhe sido dado um último intervalo antes de começar o último ato?

Era essa a questão na batalha contra o cancro. A *espera*. Tanto dos últimos anos tinha sido *esperar*. Esperar pela consulta com o médico, esperar pelo tratamento, esperar para se sentir melhor depois do tratamento, esperar para ver se o tratamento resultara, esperar até se sentir suficientemente bem para tentar algo novo. Até ao seu diagnóstico, encarava a espera por alguma coisa como um motivo de irritação, mas esperar tornara-se, progressiva mas definitivamente, a realidade que definia a sua vida.

Mesmo agora, pensou de repente. Aqui estou eu, à *espera* de morrer.

Via no passeio, para lá do vidro, pessoas entrouxadas em roupas de inverno, com os seus hálitos a formarem nuvens de vapor enquanto se dirigiam apressadas a destinos desconhecidos; na rua, uma longa fila de carros com faróis traseiros brilhantes avançava lentamente por travessas estreitas ladeadas por bonitas casas antigas de tijolo. Eram pessoas que andavam à sua vida, como se nada fora do normal estivesse a acontecer. Mas nada parecia normal agora, e ela duvidava que as coisas alguma vez voltassem a parecer normais.

Invejava-os, aqueles estranhos que nunca conheceria. Estavam a viver as suas vidas sem contarem os dias que lhes restavam, algo que ela nunca mais voltaria a fazer. E, como sempre, havia tantas pessoas. Acostumara-se ao facto de que tudo na cidade estava sempre apinhado de gente, fosse qual fosse a hora do dia ou a estação, o que acrescentava um inconveniente mesmo às coisas mais simples. Se precisasse de um analgésico da farmácia Duane Reade, haveria uma fila para pagar; se tivesse vontade de ver um filme, haveria também uma fila na bilheteira. Quando chegava o momento de atravessar uma rua, via-se inevitavelmente rodeada por outras pessoas, apressadas e a acotovelarem-se na berma.

Mas porquê a pressa? Pensava sobre isso agora, assim como pensava em tantas outras coisas. Como toda a gente, tinha arrependimentos, e agora que o tempo estava a esgotar-se não conseguia deixar de matutar neles. Havia coisas que fizera que desejava poder desfazer; havia oportunidades que perdera e que agora não teria tempo para aproveitar. Falara com franqueza sobre alguns dos seus arrependimentos num dos seus vídeos, admitindo que não se sentia reconciliada com eles nem mais perto de ter respostas do que quando fora inicialmente diagnosticada.

Também não tinha chorado desde a última consulta com a doutora Brodigan. Em vez disso, quando não estava a olhar pela janela ou a dar os seus passeios, concentrava-se nas pequenas coisas comuns. Fartava-se de dormir – uma média de catorze horas por noite – e encomendara presentes de Natal pela Internet. Já tinha gravado, mas ainda não publicara, outro *Vídeo do Cancro* sobre a sua última consulta com a doutora Brodigan. Mandava vir batidos e tentava acabá-los, sentada na sala de estar. Recentemente, tentara até almoçar no Union Square Cafe. Sempre fora um dos seus lugares favoritos para uma refeição deliciosa ao balcão, mas a ida ao café acabou por ser uma perda de tempo, já que tudo o que metia à boca lhe sabia mal. O cancro a tirar-lhe mais uma alegria na vida.

Agora faltava uma semana para o Natal e, com o sol da tarde a começar a desaparecer, ela sentiu necessidade de sair do apartamento. Vestiu-se com várias camadas, supondo que iria passear sem destino durante algum tempo, mas mal pôs o pé na rua a vontade de simplesmente cirandar por ali passou-lhe tão rapidamente como lhe viera. Em vez disso, encaminhou-se para a galeria. Embora não fosse fazer muito trabalho, seria reconfortante saber que tudo estava em ordem.

A galeria ficava a vários quarteirões de distância e ela movia-se lentamente, a tentar evitar quem pudesse esbarrar nela. O vento estava gélido, e quando empurrou as portas da galeria meia hora antes do fecho, tremia de frio. A galeria encontrava-se apinhada, ao contrário do habitual; ela contara que a época festiva fizesse diminuir o número de visitantes, mas, claramente, enganara-se quanto a isso. Por sorte, Mark parecia ter as coisas sob controlo.

Como sempre quando ela entrava na galeria, viraram-se cabeças na sua direção e ela reparou em olhares de reconhecimento em alguns rostos. *Desculpem. Hoje não, minha gente*, pensou de súbito, acenando rapidamente com a mão antes de se apressar a ir para o seu gabinete. Fechou a porta atrás de si. Lá dentro, havia uma secretária e uma cadeira de escritório, e uma das paredes estava ocupada por estantes cheias de livros de fotografia e recordações das suas viagens a terras distantes. Em frente à secretária havia um pequeno sofá, só suficientemente grande para ela se enroscar nele se precisasse de se deitar. Ao canto encontrava-se uma cadeira de baloiço com entalhes ornamentais e almofadas de um tecido estampado às flores, que Luanne trouxera da sua casa de campo, a conferir um toque acolhedor ao escritório moderno.

Depois de empilhar as luvas, o gorro e o casaco em cima da secretária, Maggie arranjou o lenço e tombou sobre a cadeira. Ligou o computador e verificou automaticamente as vendas semanais, reparando no aumento do seu volume, mas apercebeu-se de que não estava com disposição para examinar os números com pormenor. Em vez disso, abriu outra pasta e começou a percorrer as suas fotografias favoritas, parando finalmente numa série de imagens que tirara em Ulan Bator, na Mongólia, em janeiro passado. Na altura, não fazia ideia de que seria a sua última viagem internacional. A temperatura manteve-se muito abaixo de zero durante todo o tempo em que lá esteve, com ventos cortantes que podiam fazer gelar a pele exposta em menos de um minuto; fora difícil manter a máquina fotográfica a funcionar, porque os seus componentes ressentiam-se com temperaturas assim tão baixas. Lembrava-se de repetidamente enfiar a máquina fotográfica dentro do casaco para a aquecer contra o corpo, mas as fotografias eram tão importantes para ela que arrostara com o mau tempo durante quase duas horas.

Quisera encontrar maneiras de documentar os níveis tóxicos de poluição e os seus efeitos visíveis na população. Numa cidade com um milhão e meio de habitantes, quase todos os lares e todas as fábricas queimavam carvão ao longo do inverno, escurecendo o céu mesmo nos dias mais claros. Era uma crise sanitária, bem como ambiental, e ela pretendera que as suas imagens incentivassem as pessoas a agir. Tirou um número incontável de fotografias de crianças cobertas de fuligem em resultado de saírem para brincar. Conseguiu uma espantosa imagem a preto e branco do pano imundo que servia de cortina numa janela aberta, dramatizando o que estava a acontecer dentro de pulmões que de outro modo seriam saudáveis. Procurara também um panorama desolador da cidade e finalmente conseguira a imagem que queria: um céu azul brilhante que de súbito, imediatamente, se encobriu com uma neblina de um amarelo-pálido, quase doentio, quase como se o próprio Deus tivesse desenhado uma linha perfeitamente direita, a dividir o céu em dois. O efeito era absolutamente impressionante, em especial depois das horas que ela passou a refinar a fotografia na pós-produção.

Ao fitar a imagem no refúgio do seu gabinete, soube que nunca mais poderia voltar a fazer algo como aquilo. Provavelmente, nunca mais voltaria a viajar em trabalho; poderia nem sequer voltar a sair de Manhattan, a não ser que cedesse aos pais e regressasse a Seattle. E também nada tinha mudado na Mongólia. Para além do ensaio fotográfico que fora publicado na revista *New Yorker*, uma série de outras publicações, entre elas a *Scientific American* e a *Atlantic*, tinha igualmente tentado chamar a atenção para os níveis perigosos de poluição em Ulan Bator, mas a qualidade do ar tornara-se, se tal era possível, ainda pior nos últimos onze meses. Era, pensava ela, mais um fracasso na sua vida, tal como a sua batalha contra o cancro.

Embora não devesse haver uma ligação entre esses dois pensamentos, naquele instante ela estabeleceu-se e, de repente, Maggie sentiu que começavam a formar-se lágrimas nos seus olhos. Estava a morrer, estava de facto *a morrer*, e apercebeu-se de repente de que estava prestes a ter o seu último Natal.

O que deveria fazer com essas últimas semanas preciosas? E o que significava sequer a qualidade de vida no que dizia respeito à vida do dia a dia em si? Ela já andava a dormir mais do que nunca, mas será que a qualidade significava dormir mais para se sentir melhor, ou menos para os dias parecerem mais longos? E as suas rotinas? Deveria dar-se ao trabalho de marcar uma consulta para fazer uma limpeza aos dentes? Deveria pagar o saldo mínimo nos seus cartões de crédito ou pôr-se a gastar dinheiro à toa? Porque, o que é que importava? O que é que tudo importava realmente?

Invadiu-a uma centena de pensamentos e questões aleatórios; perdida naquilo tudo, sentiu-se sufocada antes de se abandonar completamente ao choro. Não sabia quanto tempo durara aquele acesso; o tempo tinha passado insensivelmente. Quando as lágrimas secaram por fim, levantou-se e limpou os olhos. Olhando pelo postigo acima da sua secretária, reparou que o espaço da galeria estava vazio e que a porta da rua tinha sido fechada. Estranhamente, não via Mark, embora as luzes ainda estivessem acesas. Perguntou-se onde ele estaria, até que ouviu uma pancada na porta. Até a maneira como ele batia à porta era delicada.

Pensou em inventar uma desculpa até os vestígios do seu acesso de choro se terem dissipado, mas porquê dar-se a esse trabalho? Já há muito tempo que deixara de se preocupar com a sua aparência; sabia que tinha um aspeto horrível mesmo nos melhores momentos.

– Entre – disse. Tirou um lenço de papel da caixa que tinha em cima da secretária e assoou-se ao mesmo tempo que Mark entrava.

– Olá – disse ele, em voz baixa.

– Olá.

– Um mau momento?

– Está tudo bem.

– Achei que era capaz de gostar disto – disse ele, estendendo-lhe um copo de plástico. – É um batido de banana e morango com gelado de baunilha. Talvez ajude.

Ela reconheceu a etiqueta no copo – o café ficava duas portas abaixo da galeria – e perguntou-se como ele soubera como ela se estava a sentir. Talvez tivesse adivinhado alguma coisa quando ela foi direta para o seu gabinete, ou talvez simplesmente se tivesse lembrado do que Trinity lhe dissera.

– Obrigada – disse, pegando no copo.

– Está bem?

– Já estive melhor. – Bebeu um gole, contente por a bebida ser suficientemente doce para neutralizar as suas papilas gustativas alteradas. – Que tal foi hoje?

– Movimentado, mas não tanto como na sexta-feira. Vendemos oito fotografias, incluindo um número três de *Rush*.

Cada uma das suas fotografias tinha uma edição limitada de vinte e cinco impressões; quanto mais baixo o número tanto mais elevado era o preço. A fotografia mencionada por Mark fora tirada à hora de ponta no metro de Tóquio, com a plataforma apinhada com milhares de homens vestidos com o que pareciam ser fatos pretos idênticos.

– Alguma coisa do Trinity?

– Hoje não, mas acho que há uma boa possibilidade de uma venda no futuro próximo. A Jackie Bernstein veio cá com o consultor dela.

Maggie acenou com a cabeça. Jackie comprara duas outras peças de Trinity em tempos, e ele ficaria contente por saber que ela estava interessada numa outra.

– E pela Internet e pelo telefone?

– Seis confirmados, duas pessoas queriam mais informações. Não deve levar muito tempo preparar as encomendas para o envio. Se quiser ir indo para casa eu posso tratar disso.

Mal ele disse aquilo, a mente dela divagou para questões adicionais: *Quero verdadeiramente ir para casa? Para um apartamento vazio? Para chafurdar na solidão?*

– Não, eu fico – respondeu, a abanar a cabeça. – Por um bocado, pelo menos.

Pressentia a curiosidade de Mark, mas sabia que ele não faria mais perguntas. Mais uma vez, compreendeu que as entrevistas tinham deixado uma marca persistente.

– Tenho a certeza de que tem seguido as minhas publicações nas redes sociais e os meus vídeos – disse –, portanto deve fazer uma ideia geral do que se passa com a minha doença.

– Na realidade, não. Não vi nenhum dos seus vídeos desde que comecei a trabalhar aqui.

Ela não contara com aquilo. Até Luanne via os seus vídeos.

– Porque não?

– Parti do princípio que preferiria que eu não o fizesse. E quando considerei as suas preocupações iniciais quanto a eu trabalhar aqui, pareceu-me a coisa correta a fazer.

– Mas sabia que eu fiz quimioterapia, certo?

– A Luanne mencionou-o, mas não estou a par dos pormenores. E, é claro, nas raras vezes em que a Maggie vinha à galeria, parecia...

Quando parou de falar, ela terminou a frase por ele:

– Como uma morta?

– Eu ia dizer que parecia um pouco cansada.

Claro que parecia. *Se cadavérica, macilenta, encolhida e a ficar careca pudessem ser explicados com acordar demasiado cedo.* Mas sabia que ele estava a tentar ser delicado.

– Tem uns minutos? Antes de começar a preparar os envios?

– É claro que sim. Não tenho nada planeado para esta noite.

Num impulso, Maggie aproximou-se da cadeira de balouço e fez-lhe sinal para se instalar confortavelmente no sofá.

– Não vai sair com amigos?

– É um bocado caro – disse ele. – E sair usualmente significa beber, mas eu não bebo.

– Nunca?

– Não.

– Uau! – exclamou ela. – Acho que nunca conheci uma pessoa de vinte e dois anos que nunca tivesse bebido.

– Na verdade, já tenho vinte e três anos.

– Fez anos?

– Não foi nada de mais.

Provavelmente não, pensou ela.

– A Luanne sabia? Não me disse nada.

– Eu não lho mencionei.

Maggie inclinou-se para a frente e ergueu o copo.

– Parabéns atrasados, então.

– Obrigado.

– Fez alguma coisa divertida? Nos seus anos, quero dizer.

– A Abigail veio de avião passar o fim de semana e fomos ver o musical *Hamilton*. Já viu?

– Há uns tempos. – *Mas não vou voltar a vê-lo nunca mais*, pensou, mas não se deu ao trabalho de acrescentar. O que era mais uma razão para não ficar só. Para que pensamentos como esses não provocassem mais um acesso de lágrimas. Com Mark ali, era de algum modo mais fácil manter-se controlada.

– Eu nunca tinha visto um espetáculo na Broadway – prosseguiu Mark. – A música era espantosa e adorei o elemento histórico e a dança e... tudo no musical. A Abigail estava extasiada; jurou que nunca tinha tido uma experiência como aquela.

– Como é que está a Abigail?

– Está a sair-se bem. As férias dela já começaram, portanto deve estar a caminho de Waterloo para ver a família.

– Não quis vir cá para o ver a si?

– É uma espécie de mini-reunião de família. Ao contrário de mim, ela tem uma família grande. Cinco irmãos mais velhos que vivem espalhados pelo país todo. O Natal é a única época do ano em que podem estar todos juntos.

– E o Mark não quis ir até lá?

– Estou a trabalhar. Ela compreende. Além disso, vem cá no dia vinte e oito. Vamos passar algum tempo juntos, ver a bola descer na véspera de Ano Novo, coisas desse género.

– Vou ter oportunidade de a conhecer?

– Se quiser.

– Se precisar de tirar uma folga, diga-me. Tenho a certeza de que consigo desenvencilhar-me sozinha um par de dias.

Não tinha a certeza de conseguir, mas dava-lhe a sensação de que devia oferecer-se.

– Eu digo-lhe, se precisar.

Maggie bebeu mais um gole do batido.

– Não sei se o tenho mencionado ultimamente, mas está a sair-se realmente bem aqui.

– Gosto do que faço – disse ele. Aguardou, e ela soube de novo que ele tomara a opção de não lhe fazer perguntas pessoais. O que significava que ela teria de falar voluntariamente sobre o seu estado ou manter a informação para si.

– Estive com a minha oncologista na semana passada – começou, no que esperava ser uma voz calma. – Ela acha que mais uma série de sessões de quimioterapia vai fazer mais mal do que bem.

A expressão dele suavizou-se.

– Posso perguntar o que isso quer dizer?

– Significa que não vou fazer mais tratamentos e que o cronómetro está ligado.

Ele empalideceu, a compreender o que ela não tinha dito.

– Oh... Ms. Dawes. Isso é terrível. Lamento muito. Não sei o que dizer. Há alguma coisa que eu possa fazer?

– Não me parece que haja alguma coisa que alguém possa fazer. Mas, por favor, chame-me Maggie. Penso que já trabalha aqui há tempo suficiente para nos tratarmos pelos nossos primeiros nomes.

– A médica tem a certeza?

– Os resultados dos exames não foram bons – disse ela. – Espalhou-se muito, por toda a parte. Pelo estômago. O pâncreas. Os rins. Os pulmões. E, embora não me vá perguntar, restam-me menos de seis meses. O mais provável é que seja entre três e quatro, talvez até menos.

Para sua surpresa, os olhos dele começaram a ficar marejados com lágrimas.

– Oh... Meu Deus... – disse ele, com a expressão a suavizar-se de súbito. – Importava-se que eu rezasse por si? Quer dizer, não agora, mas quando chegar a casa.

Ela não pôde deixar de sorrir. É claro que ele quereria rezar por ela, como futuro pastor que seria. Suspeitava que ele nunca pronunciara uma blasfémia na sua vida. Era, pensou, um miúdo muito doce. Bem, tecnicamente era um jovem, mas...

– Gostaria muito.

Durante uns segundos, nem um nem o outro disseram nada. Depois, a abanar suavemente a cabeça, ele comprimiu os lábios.

– Não é justo – disse.

– Quando é que a vida é alguma vez justa?

– Posso perguntar-lhe como se tem sentido? Espero que me perdoe se estou a pisar o risco...

– Não tem mal – disse ela. – Acho que tenho andado um bocado estonteada desde que descobri.

– Deve dar uma sensação insuportável.

– Por vezes dá. Mas depois, noutras ocasiões, não. O estranho é que fisicamente sinto-me melhor do que me sentia antes, durante a quimioterapia. Nessa altura, houve ocasiões em que tinha a certeza de que morrer seria mais fácil. Mas agora...

Deixou o olhar vaguear pelas prateleiras, a observar os objetos que tinha colecionado, cada um deles imbuído de recordações de uma viagem que fizera. À Grécia e ao Egito, ao Ruanda e a Nova Scotia, à Patagónia e à Ilha da Páscoa, ao Vietname e à Costa de Marfim. Tantos lugares, tantas aventuras.

– É uma coisa estranha saber que o fim está tão iminente – admitiu. – Suscita muitas questões. Faz uma pessoa perguntar-se qual é o sentido de tudo isto. Por vezes, sinto que levei uma vida encantada, mas depois, no instante seguinte, dou comigo a pensar obsessivamente nas coisas que perdi.

– Como o quê?

– O casamento, para começar – respondeu ela. – Sabe que nunca fui casada, certo? – Quando ele acenou com a cabeça, ela prosseguiu. – Ao crescer, não conseguia imaginar que ainda estaria solteira na minha idade. Simplesmente não foi a maneira como fui criada. Os meus pais eram muito tradicionais e parti do princípio de que acabaria como eles. – Sentia os seus pensamentos a vaguearem para o passado, as recordações a virem à tona. – É claro que não lhes facilitei nada a vida. Não como o Mark, de qualquer maneira.

– Eu nem sempre fui um filho perfeito – protestou ele. – Meti-me em problemas.

– Em quê? Algo de grave? Foi porque não limpava o quarto ou porque passava um minuto da hora marcada para chegar a casa? Oh, espere. Nunca chegou a casa fora de horas, certo?

Ele abriu a boca, mas, quando não lhe saíram nenhumas palavras, ela soube que tinha acertado. Ele devia ter sido o tipo de adolescente que tornava as coisas mais difíceis para o resto da sua geração, simplesmente porque estava predestinado a ser *fácil*.

– A questão é que tenho andado a pensar como seriam as coisas se eu tivesse escolhido um caminho diferente. Mas não só o casamento. E se eu tivesse estudado com mais afinco ou tirado um curso ou tivesse um emprego num escritório ou me tivesse mudado para Miami ou Los Angeles em vez de para Nova Iorque? Coisas desse género.

– Obviamente não precisou de um curso. A sua carreira como fotógrafa é notável, e os seus vídeos e as suas publicações sobre a sua doença têm inspirado muitas pessoas.

– É muito simpático da sua parte, mas elas não me conhecem realmente. E, ao fim e ao cabo, essa não é a coisa mais importante na vida? Ser verdadeiramente conhecida e amada por alguém que se escolheu?

– Talvez – admitiu ele. – Mas isso não invalida o que deu às pessoas através da sua experiência. É um ato muito forte, até com o potencial de alterar a vida de algumas pessoas.

Talvez fosse a sua sinceridade ou os seus maneirismos antiquados, mas mais uma vez ela sentiu-se espantada com o quanto ele lhe recordava alguém que conhecera há muito tempo. Já não pensava em Bryce há anos, pelo menos não conscientemente. Na maior parte da sua vida adulta, tentara manter a uma distância segura as suas recordações dele.

Mas já não havia razão para continuar a fazê-lo.

– Importava-se que lhe fizesse uma pergunta pessoal? – disse, imitando o estilo curiosamente formal com que ele falava.

– Absolutamente nada.

– Quando é que descobriu que estava apaixonado pela Abigail? Mal ela disse o nome de Abigail, invadiu-o uma ternura.

– No ano passado – respondeu, recostando-se nas almofadas do sofá. – Pouco depois de acabar o curso. Tínhamos saído umas quatro ou cinco vezes, e ela queria que eu conhecesse os pais dela. Seja como for, estávamos no carro a caminho de Waterloo, só nós os dois. Parámos para comer qualquer coisa e à saída ela decidiu que queria um gelado de cone. Fazia um calor abrasador e infelizmente o ar condicionado no carro não estava a funcionar lá muito bem, portanto é claro que o gelado começou a derreter por ela toda. Muitas pessoas poderiam ficar irritadas com isso, mas ela só se ria como se fosse a coisa mais cómica de sempre ao mesmo tempo que tentava comer o gelado mais depressa do que ele derretia. Havia gelado por toda a parte – no nariz dela e nos dedos, no regaço, até no cabelo – e lembro-me de ter pensado que queria ficar para sempre com alguém assim. Alguém que era capaz de se rir dos contratempos da vida e encontrar motivo de alegria em todas as ocasiões. Foi quando soube que ela era a tal.

– Disse-lho nessa altura?

– Oh, não. Não tive coragem. Demorei até ao outono passado a atrever-me a lhe dizer.

– E ela disse que também o amava?

– Disse. Foi um alívio.

– Ela dá a ideia de ser uma pessoa maravilhosa.

– É. Eu tenho muita sorte.

Embora ele sorrisse, ela via que ainda estava perturbado

– Quem me dera que houvesse alguma coisa que eu pudesse fazer por si – disse numa voz suave.

– Trabalhar aqui é suficiente. Bem, isso e ficar até mais tarde.

– Sinto-me contente por estar aqui. Mas pergunto-me...

– Diga lá – disse ela, fazendo um gesto com o batido na mão. – Pode perguntar-me o que quiser. Já não tenho nada a esconder.

– Porque é que nunca se casou? Se pensava que se casaria, quero dizer.

– Houve uma data de razões. Quando estava a começar a minha carreira, queria concentrar-me nela até me sentir em terreno firme. Depois, comecei a viajar muito, e depois veio a galeria e... acho que simplesmente estava demasiado ocupada.

– E nunca conheceu ninguém que a fizesse questionar tudo isso?

No silêncio que se seguiu, ela estendeu inconscientemente a mão para o colar, à procura do pequeno pingente em forma de concha, a assegurar-se de que ainda estava lá.

– Pensei que sim. Sei que o amava, mas o momento não era o certo.

– Por causa do trabalho?

– Não – respondeu ela. – Aconteceu muito antes. Mas tenho a certeza de que não teria sido boa para ele. Não nessa altura, de qualquer maneira.

– Não posso acreditar nisso.

– O Mark não sabe quem eu era dantes. – Pousou o copo e uniu as mãos no regaço. – Quer ouvir a história?

– Seria uma honra.

– É um bocado longa.

– Essas são usualmente o melhor tipo de histórias.

Maggie baixou a cabeça, a sentir que as imagens começavam a vir à tona na sua mente. Com as imagens, as palavras acabariam por vir, ela sabia-o.

– Em 1995, quando eu tinha dezasseis anos, comecei a ter uma vida secreta – disse.

ENCALHADA

Ocracoke
1995

De facto, para ser franca, a minha vida secreta começou realmente quando tinha quinze anos e a minha mãe foi dar comigo no chão da casa de banho, enjoada de morte e com os braços à volta da sanita. Andava a vomitar todas as manhãs há uma semana e meia e a minha mãe, com mais conhecimentos sobre essas coisas do que eu, correu à farmácia e, mal chegou a casa, mandou-me fazer xixi num pauzinho. Quando apareceu o sinal «mais» azul, ela fitou o pauzinho durante muito tempo sem dizer uma só palavra e depois retirou-se para a cozinha, onde ficou a chorar intermitentemente durante o resto do dia.

Isso foi no início de outubro, e eu estava grávida de pouco mais de nove semanas. Provavelmente, chorei tanto como a minha mãe nesse dia. Fiquei no meu quarto, agarrada à minha ursinha de peluche preferida – não tenho a certeza se a minha mãe reparou sequer que eu não tinha ido às aulas –, a olhar pela janela com os olhos inchados, a ver a chuva a cair a potes nas ruas cheias de nevoeiro. Era um tempo típico de Seattle, e, mesmo agora, duvido que haja um sítio mais deprimente onde estar em todo o mundo, especialmente quando se tem quinze anos e se está grávida e se tem a certeza de que a vida acabou ainda antes de ter oportunidade de começar.

Escusado será dizer que eu não fazia a menor ideia do que ia fazer. É do que me lembro acima de tudo. Quer dizer, o que é que sabia sobre ser mãe? Ou até sobre ser uma pessoa crescida? Oh, claro, havia alturas em que me sentia madura para a idade, como quando o Zeke Watkins – a estrela da equipa universitária de basquete – falou comigo no parque de estacionamento da escola, mas uma parte de mim ainda se sentia como uma miúda. Adorava os filmes da Disney, e comemorar os meus anos com bolo de gelado de morango no rinque de patinagem; dormia sempre com um ursinho de peluche, e nem sequer tinha carta de condução. Para falar com franqueza, não era lá muito experiente no que dizia respeito ao sexo oposto. Só tinha beijado quatro rapazes em toda a minha vida, mas uma vez os beijos foram demasiado longe e, pouco mais de três semanas depois daquele dia a vomitar e a chorar, os meus pais despacharam-me para Ocracoke, nos Outer Banks da Carolina do Norte, um lugar que eu nem sequer sabia que existia. Supostamente, era uma pitoresca vila à beira-mar adorada pelos turistas. Ali, iria viver com a minha tia, Linda Dawes, a irmã muito mais velha do meu pai, uma pessoa que eu só vira uma vez na vida. Eles também tinham falado com os meus professores para eu não me atrasar nos estudos. Os meus pais tiveram uma longa conversa com o diretor da escola – e, depois de o diretor falar com a minha tia, decidiu confiar nela para supervisionar os meus exames, se assegurar de que eu não copiava e de que entregava os trabalhos todos. E assim, sem mais, tornei-me subitamente o segredo da família.

Os meus pais não me acompanharam à Carolina do Norte, o que tornou a minha partida muito mais difícil. Em vez disso, despedimo-nos no aeroporto numa manhã fria de novembro, alguns dias depois do Halloween. Eu tinha acabado de fazer dezasseis anos, estava grávida de treze semanas e aterrada, mas não chorei no avião, graças a Deus. Também não chorei quando a minha tia me foi buscar a um aeroporto mal amanhado no meio de lado nenhum, nem mesmo quando nos instalámos num motel de segunda perto da praia, porque tínhamos de esperar para apanhar o *ferry* para Ocracoke na manhã seguinte. Nessa altura, já quase me tinha convencido de que não ia chorar nunca.

Pá, estava mesmo enganada.

Depois de desembarcarmos do *ferry*, a minha tia fez-me uma breve visita guiada à vila antes de me levar para a casa dela e, para meu desalento, Ocracoke não era nada como eu tinha pensado. Acho que andara a imaginar casinhas bonitas pintada em tons pastéis aninhadas nas dunas, com vistas tropicais do oceano a estender--se até à linha do horizonte; um passadiço com restaurantes onde se serviam hambúrgueres e gelatarias apinhadas com gente nova, talvez até uma roda gigante ou um carrossel. Mas Ocracoke não era nada assim. Depois de se passar pelos barcos de pesca no minúsculo porto onde o *ferry* nos deixou, parecia... *feio*. As casas eram velhas e degradadas; não havia praia, passadiço ou palmeiras à vista; e a vila – era o que a minha tia lhe chamava, uma *vila* – parecia totalmente deserta. A minha tia mencionou que Ocracoke era essencialmente uma vila piscatória e que viviam nela menos de oitocentas pessoas durante todo o ano, mas eu só conseguia perguntar--me porque é que alguém quereria viver ali.

A casa da tia Linda era mesmo à beira-mar, enfiada entre casas com um ar igualmente degradado. Assentava em estacas, com vista para a baía de Pamlico, e tinha um alpendre compacto na frente e outro maior junto à sala de estar, de frente para o mar. Também era uma casa pequena – sala de estar com um fogão de sala e uma janela, perto da porta da frente; cozinha e zona de refeições; dois quartos; e uma só casa de banho. Não havia uma televisão à vista, o que me fez sentir-me subitamente em pânico, embora pense que ela não se apercebeu. Mostrou-me a casa e acabou por me indicar onde eu ia dormir, no quarto em frente ao dela, numa divisão que ela costumava usar como sala de leitura. O meu primeiro pensamento foi que não era nada como o meu quarto em casa. Havia uma cama de solteiro por baixo de uma janela, uma cadeira de baloiço estofada, um candeeiro e uma prateleira cheia de livros de Betty Friedan, Sylvia Plath, Ursula K. Le Guin e Elizabeth Berg, para além de volumes sobre o catolicismo, São Tomás de Aquino e a Madre Teresa. Nada de televisão, mas havia um rádio, embora parecesse ter uns cem anos, e um relógio antiquado. O roupeiro, se é que se poderia chamar-lhe isso, nem trinta centímetros de profundidade tinha, e a única maneira de arrumar as minhas roupas seria dobrando-as e empilhando-as verticalmente no chão. Não havia mesa de cabeceira nem cómoda, o que, tudo junto, me fez sentir de repente como se fosse uma visita inesperada por uma noite, não pelos seis meses previstos.

— Adoro este quartinho — disse a minha tia com um suspiro, pousando a minha mala no chão. — É tão confortável.

— É agradável — forcei-me a dizer. Depois de ela me deixar só para desfazer a mala, atirei-me para cima da cama, ainda incrédula por estar de facto aqui. Nesta *casa*, neste *lugar*, com esta *parente*. Pus-me a olhar pela janela — reparando nas tábuas da cor de ferrugem da casa dos vizinhos —, a desejar com cada piscar de olhos poder ver a baía de Puget, as montanhas Cascade com neve nos cumes, ou mesmo a costa rochosa e acidentada que conhecera toda a minha vida. Pensei nos abetos e nos cedros vermelhos, e até no nevoeiro e na chuva. Pensei na minha família e nos meus amigos, que era como se estivessem noutro planeta, e o nó que sentia na garganta tornou-se ainda mais apertado. Estava grávida e só, encalhada num lugar terrível, e só queria poder fazer o tempo voltar para trás e alterar o que tinha acontecido. Tudo — o erro, os vómitos, a saída da escola, a viagem até aqui. Queria voltar a ser uma adolescente normal — que diabo, aceitaria até voltar a ser só uma miúda em vez disto —, mas recordei-me subitamente do sinal «mais» azul do teste de gravidez e comecei a sentir uma pressão cada vez maior por trás dos olhos. Talvez tivesse sido forte durante a viagem e talvez mesmo até àquele momento, mas quando apertei a minha ursinha de peluche contra o peito e inalei o seu cheiro familiar, as comportas simplesmente rebentaram. Não foi um choro bonito

como os que se veem nos filmes da Hallmark; foram soluços des-
controlados, completos com fungadelas e gemidos e ombros a tre-
merem, e pareceu prolongar-se por uma eternidade.

Sobre a minha ursinha de peluche: ela não era fofinha nem
tinha sido cara, mas eu dormia com ela desde que me lembrava.
O pelo fino da cor de café estava gasto em certas partes, e uns
pontos grosseiros à Frankenstein seguravam-lhe um dos braços no
sítio. Tinha pedido à minha mãe que lhe cosesse um botão quando
um dos olhos da ursinha caiu, mas todos aqueles danos faziam
com que ela me parecesse ainda mais especial, porque por vezes eu
também me sentia danificada. No terceiro ano, tinha usado uma
esferográfica para escrever o meu nome na parte de baixo da
pata dela, a marcá-la como minha para sempre. Quando era mais
nova, costumava levá-la comigo para todo o lado, a minha versão
de uma mantinha. Uma vez, tinha-a deixado sem querer no restaurante Chuck E. Cheese, durante a festa de anos de uma amiga,
e quando cheguei a casa chorei tanto que quase vomitei. O meu
pai teve de atravessar a cidade de carro para a ir buscar, e tenho a
certeza de que não a larguei durante quase uma semana depois
disso.
Ao longo dos anos, ela caiu na lama, foi borrifada com molho
de esparguete e ensopada com a minha baba na cama; sempre que
a minha mãe decidia que era finalmente hora de a lavar, atirava-a
para dentro da máquina com as minhas roupas. Eu ficava sentada
no chão a ver a máquina de lavar e de secar, a imaginá-la aos tombos entre as calças de ganga e as toalhas, com esperança de que
não fosse destruída durante esse processo. Mas a ursinha Maggie
— uma abreviação de *ursinha da Maggie* — acabava por sair da
máquina limpa e quente. A minha mãe entregava-ma e eu sentia-me

de repente completa outra vez, como se tudo estivesse bem no mundo.

Quando parti para Ocracoke, a ursinha Maggie foi a única coisa que sabia que não poderia deixar para trás.

A tia Linda veio ver o que se passava quando eu me fui abaixo, mas não parecia saber o que dizer ou fazer e, aparentemente, deci diu que seria melhor deixar-me resolver as coisas por mim. Fiquei contente com isso, mas também um pouco triste, porque me fez sentir ainda mais isolada do que já me sentia.

De algum modo, consegui sobreviver àquele primeiro dia e depois ao seguinte. Ela mostrou-me uma bicicleta que tinha comprado numa venda de garagem, que parecia mais velha do que eu, com um selim almofadado suficientemente grande para alguém com o dobro do meu tamanho, e um cesto na frente, pendurado num guiador enorme. Eu já não andava de bicicleta há anos.

– Mandei-a arranjar a um jovem na cidade, portanto deve funcionar perfeitamente.

«Ótimo» foi tudo quanto consegui dizer.

No terceiro dia, a minha tia ia voltar ao trabalho, e saiu de casa muito antes de eu acordar por fim. Em cima da mesa, tinha deixado uma pasta de arquivo cheia com o meu trabalho de casa, e apercebi-me de que já estava a ficar atrasada. Não era grande aluna nem mesmo no meu melhor – era mediana, e detestava quando saíam as notas –, e se antes não me tinha importado muito com ter ótimos resultados, agora estava ainda mais apática. Ela também me tinha deixado um recado a recordar-me que tinha dois testes no dia seguinte. Embora eu tentasse estudar, não conseguia concentrar-me e já sabia de antemão que ia ter má nota, o que aconteceu, claro.

Depois, talvez porque estivesse a sentir ainda mais pena de mim do que o costume, a minha tia achou que talvez fosse boa ideia tirar-me de casa e levar-me de carro até à loja dela. Era um pequeno restaurante e café que servia muito mais do que só comida. Especializava-se em *biscuits*, uns pães tipo scones não doces, que eram feitos todas as manhãs e servidos com molho de salsicha ou como uma espécie de sanduíche ou sobremesa. Para além do pequeno-almoço, a loja também vendia livros usados e alugava cassetes de vídeo; despachava encomendas pela UPS; tinha caixas postais para alugar; disponibilizava faxes, digitalizações e fotocópias; e fornecia serviços de transferência de dinheiro pela Western Union. A minha tia era proprietária do estabelecimento com a sua amiga Gwen, e abriam às cinco da manhã para que os pescadores pudessem comer qualquer coisa antes de saírem para o mar, o que significava que, habitualmente, ela chegava ao café às quatro para começar a preparar a comida. Apresentou-me à Gwen, que estava com um avental por cima de umas calças de ganga e uma camisa de flanela e tinha o cabelo louro a ficar grisalho preso num rabo-de-cavalo despenteado. Parecia simpática, e, embora eu só passasse cerca de uma hora na loja, a minha impressão era de que se tratavam uma à outra como um velho casal. Conseguiam comunicar com um só olhar, adivinhavam os pedidos uma da outra e moviam-se à volta uma da outra por trás do balcão como dançarinas.

O movimento era constante mas não excessivo, e eu passei a maior parte do tempo a folhear os livros usados. Havia policiais da Agatha Christie e livros de cowboys de Louis l'Amour, juntamente com uma seleção razoável de *best-sellers*. Havia também uma caixa para donativos, e, enquanto eu lá estive, uma senhora que tinha entrado para tomar café e comer uma sanduíche entregou uma grade de livros, quase todos romances cor-de-rosa. Enquanto passava uma vista de olhos por eles, pensei que se tivesse tido menos romance em agosto não estaria metida nos trabalhos em que estava agora.

A loja encerrava às três durante a semana e, depois de a Gwen e a tia Linda fecharem as portas, a minha tia levou-me a dar uma volta mais prolongada e exaustiva da vila. Demorou uns quinze minutos e não alterou minimamente a minha impressão inicial. Depois disso, fomos para casa, onde me escondi no meu quarto durante o resto do dia. Por muito esquisito que fosse o quarto, era o único lugar onde tinha alguma privacidade quando a tia Linda estava em casa. Quando não estava a fazer os trabalhos da escola a contragosto, podia ouvir música, ruminar e passar demasiado tempo a contemplar a morte e a minha crença crescente de que o mundo – e especialmente a minha família – ficaria melhor sem mim.

Também não sabia bem o que pensar da minha tia. Ela tinha cabelo curto grisalho e olhos calorosos cor de avelã, num rosto cheio de rugas. Dava sempre a impressão de estar cheia de pressa. Nunca se casara, nunca tivera filhos, e por vezes dava a impressão de ser um pouco mandona. Também tinha sido freira e, embora tivesse deixado as Irmãs de Misericórdia há quase dez anos, ainda acreditava naquela coisa toda de a limpeza ficar a um passo da divindade. Eu tinha de arrumar o meu quarto todos os dias, lavar a minha roupa e limpar a cozinha antes de ela chegar a casa a meio da tarde e depois do jantar. Era justo, suponho, já que eu estava a viver lá, mas por mais que eu me esforçasse nunca parecia fazer bem as coisas. As nossas conversas sobre isso eram usualmente breves, uma declaração seguida por um pedido de desculpa. Assim:

As chávenas ainda estavam húmidas quando as guardaste no armário.

Desculpa.

Ainda há migalhas em cima da mesa.

Desculpa.

Esqueceste-te de usar o produto quando limpaste o fogão.

Desculpa.

Tens de endireitar a coberta na tua cama.

Desculpa.

Devo ter dito «desculpa» cem vezes na primeira semana em que estive lá, e a segunda semana foi ainda pior. Tive má nota em mais um teste, e a vista do alpendre, quando lá me sentava, já me enfastiava. Acabei por acreditar que, mesmo que metessem uma pessoa numa ilha tropical fabulosa, as vistas pareceriam batidas ao fim de algum tempo. Quer dizer, o oceano nunca parece mudar. Sempre que se vê, a água está simplesmente *ali*. É certo que as nuvens podem mudar de sítio e, mesmo antes do pôr do sol, pode haver no céu um clarão cor de laranja e vermelho e amarelo – mas que piada tem ver um pôr do sol se não houver ninguém com quem partilhar a experiência? A minha tia não era o tipo de mulher que parecia apreciar tais coisas.

E, já agora? A gravidez é *uma seca*. Ainda me sentia enjoada todas as manhãs e por vezes tinha dificuldade em chegar à casa de banho a tempo. Lera que algumas mulheres nunca tinham enjoos, mas não era o meu caso. Vomitei em quarenta e nove manhãs seguidas, e tinha a sensação de que o meu corpo parecia estar a querer atingir alguma espécie de recorde.

Se havia algum aspeto positivo em vomitar era que não tinha aumentado de peso grande coisa, talvez só meio quilo ou um quilo até meados de novembro. Francamente, não queria ficar gorda, mas a minha mãe tinha-me comprado o livro *O que Esperar Quando Está de Esperanças* e, enquanto o folheava com relutância num fim de tarde, fiquei a saber que muitas mulheres só aumentam de peso meio quilo ou um quilo no primeiro trimestre, o que queria dizer que eu não era nada de especial. Depois disso, no entanto, o aumento médio de peso era de cerca de meio quilo por semana até ao momento do parto. Quando fiz as contas – acrescentaria mais treze quilos ao meu corpo franzino – apercebi-me de que os meus abdominais de aço provavelmente iriam ser substituídos por algodão doce. Não, claro, que eu tivesse abdominais de aço.

Ainda piores do que os vómitos eram as hormonas descontroladas, o que no meu caso significou acne. Por muito que limpasse o rosto, irromperam-me borbulhas nas faces e na testa como constelações no céu noturno. A Morgan, a minha perfeita irmã mais velha, nunca tinha tido uma borbulha na vida, e quando eu me olhava ao espelho pensava que poderia dar-lhe uma dúzia das minhas e continuar a ter uma pele pior do que a dela. Mesmo assim, provavelmente ela seria ainda linda, inteligente e popular. Dávamo-nos bem em casa – éramos mais próximas quando éramos mais novas –, mas na escola ela mantinha a distância, preferindo a companhia das suas amigas. Tinha notas excelentes a tudo, tocava violino e tinha aparecido não em um, mas em *dois* anúncios na televisão a uns grandes armazéns da nossa zona. Se pensa que foi fácil crescer a ser comparada com ela, pense outra vez. Acrescente--se a minha gravidez e era bastante claro porque era ela, de longe, a preferida dos meus pais. Francamente, também teria sido a minha preferida.

Por volta do Dia de Ação de Graças, eu estava oficialmente deprimida. Isso ocorre em aproximadamente sete por cento das gravidezes, a propósito. Entre os vómitos, as borbulhas e a depressão, era uma vitória tripla. Sorte a minha, certo? Estava a ficar cada vez mais atrasada nos estudos, e a música no meu Walkman tornou-se notoriamente mais sombria. Até a Gwen tentou animar--me, sem conseguir. Eu ficara a conhecê-la um pouco melhor desde a nossa primeira apresentação – vinha jantar lá a casa duas vezes por semana – e ela tinha-me perguntado se eu queria assistir à Parada do Dia de Ação de Graças dos grandes armazéns Macy's. Tinha trazido um pequeno aparelho de televisão, que pôs na cozinha, mas, embora eu já me tivesse praticamente esquecido do aspeto que tinha um televisor, não foi suficiente para me arrastar para fora do meu quarto. Em vez disso, deixei-me ficar sentada sozinha a tentar não chorar enquanto imaginava a minha mãe e a Morgan a fazerem o recheio para o peru ou a prepararem as tartes na cozinha, e o meu pai na cadeira de encosto a ver um jogo de futebol americano. Embora a minha tia e a Gwen tenham servido uma refeição similar à que a minha família costumava comer, simplesmente não era a mesma coisa, e eu quase não tinha apetite.

Também pensava muito nas minhas melhores amigas, a Madison e a Jodie. Não me tinha sido permitido contar-lhes a verdade sobre a razão por que me fora embora; em vez disso, os meus pais contaram às pessoas – incluindo os pais da Madison e da Jodie – que eu tinha ido viver com a minha tia num lugar remoto devido a *uma situação médica urgente, com acesso telefónico limitado*. Sem dúvida fizeram com que soasse como se eu me tivesse oferecido para ajudar a tia Linda, já que era uma menina boazinha tão responsável. Para que a mentira não fosse descoberta, no entanto, eu não devia falar com as minhas amigas durante esse período de ausência. Não tinha telemóvel – poucos jovens tinham, nessa época – e quando a minha tia saía para o trabalho levava o fio do telefone da casa com ela, o que, suponho, tornava a parte do *acesso telefónico limitado* tão verdadeira como a parte da *situação médica urgente*. Os meus pais, apercebi-me, conseguiam ser tão manhosos quanto eu, o que não deixava de ser uma revelação.

Foi por volta dessa altura, penso, que a minha tia começou a preocupar-se comigo, embora tentasse atenuar as suas preocupações. Quando estávamos a comer os restos do jantar do Dia de Ação de Graças, ela mencionou casualmente que eu não parecia lá muito espevitada ultimamente. Foi a palavra que usou: *espevitada*. Também abrandara um pouco a obsessão com a limpeza – ou talvez eu estivesse a limpar melhor, mas, fosse por que razão fosse, ela não se queixava tanto nos últimos tempos. Vi que estava a fazer um esforço para me envolver numa conversa.

– Estás a tomar as vitaminas pré-natais?

– Estou – respondi. – São uma delícia.

– Daqui a duas semanas vais à consulta de obstetrícia no Morehead City. Marquei-a hoje de manhã.

– Fantástico – disse eu. – Arrastei a comida pelo prato, esperando que ela não reparasse que eu não estava realmente a comer.

– A comida tem de te entrar na boca – disse ela. – E depois tens de a engolir.

Penso que estava a tentar ter piada, mas, como eu não me sentia com disposição para me rir, limitei-me a encolher os ombros.

– Posso-te fazer outra coisa qualquer?

– Não tenho assim muita fome.

Ela comprimiu os lábios e pôs-se a olhar à volta da cozinha, como se à procura das palavras mágicas que me poriam *espevitada* de novo.

– Oh, quase me esquecia de te perguntar. Telefonaste aos teus pais?

– Não. Ia telefonar-lhes, mas levaste o fio do telefone contigo.

– Podias telefonar-lhes a seguir ao jantar.

– Acho que sim.

Ela usou o garfo para cortar um pedaço de peru.

– Que tal vão os estudos? – perguntou. – Estás atrasada nos trabalhos para casa e não tens tido boas notas naqueles testes ultimamente.

– Estou a tentar – respondi, embora realmente não estivesse.

– E a Matemática? Lembra-te que tens uns testes bastante importantes antes das férias de Natal.

– Eu detesto Matemática e a Geometria é uma estupidez. O que é que importa que eu saiba medir a área de um trapezoide? Não vou nunca precisar de fazer isso na minha vida real.

Ouvi-a suspirar. Vi-a olhar à sua volta outra vez.

– Fizeste o trabalho para História? Acho que também é para entregar para a semana.

– Está quase acabado – menti. Tinha de fazer um texto sobre Thurgood Marshall, mas nem sequer começara ainda.

Sentia os olhos dela em mim, a perguntar-se se devia acreditar nas minhas palavras.

Mais tarde nessa mesma noite, tentou de novo.

Eu estava deitada na cama com a minha ursinha Maggie. Tinha-me retirado para o meu quarto a seguir ao jantar, e ela apareceu à porta, de pijama.

– Já pensaste em apanhar ar fresco? – perguntou a minha tia.
– Talvez ires dar um passeio ou andares de bicicleta antes de começares a fazer os trabalhos para casa amanhã?

– Não há nenhum sítio aonde ir. Está quase tudo fechado no
inverno.

– E a praia? É tranquila nesta altura do ano.

– Está muito frio para ir para a praia.

– Como é que sabes? Já não sais há dias.

– Isso é porque tenho muitos trabalhos para a escola e muitas
tarefas de casa.

– Já pensaste em tentar conhecer alguém mais perto da tua
idade? Talvez fazer amigos?

Ao princípio, não tive a certeza se a ouvira bem.

– Fazer amigos?

– Porque não?

– Porque não vive aqui ninguém da minha idade.

– É claro que vive – disse ela. – Eu mostrei-te a escola.

A vila tinha uma só escola para alunos do pré-primário ao
secundário; tínhamos passado por ela de carro durante a visita à
ilha. Não era bem a escola com uma só sala que eu vira em repeti-
ções da Pequena Casa na Pradaria, mas também não era muito mais
do que isso.

– Acho que podia ir até aos cafés da marginal ou talvez às discotecas. Oh, espera lá, Ocracoke não tem nem uma coisa nem a
outra.

– Só estou a dizer que talvez fosse bom para ti falares com
outras pessoas para além de mim e da Gwen. Não é saudável man-
teres-te assim tão isolada.

Disso não havia dúvida. Mas o simples facto era que eu ainda
não tinha visto um único adolescente em Ocracoke desde a minha
chegada, e – oh, pois – estava grávida, o que supostamente era
segredo, portanto de que serviria tentar?

– Estar aqui também não me faz bem nenhum, mas ninguém
parece preocupar-se com isso.

Ela ajustou o pijama ao corpo, como se à procura de palavras no tecido, e decidiu mudar de assunto.

– Tenho andado a pensar que talvez fosse boa ideia arranjar-te um explicador – disse. – Decididamente para Geometria, mas talvez para as outras disciplinas também. Para fazer a correção dos teus trabalhos, por exemplo.

– Um explicador?

– Acho que conheço uma pessoa que seria perfeita.

De súbito, tive visões de me sentar ao lado de um tipo velho a cheirar a *Old Spice* e a naftalina, que gosta de falar sobre *os bons velhos tempos*.

– Eu não quero um explicador.

– Os teus exames finais são em janeiro, e tens uma série de testes nas próximas três semanas, alguns deles muito importantes. Prometi aos teus pais que daria o meu melhor para me assegurar de que não tens de repetir o décimo ano.

Detestava quando os adultos faziam aquela coisa da lógica e culpa, portanto recuei para o mais óbvio.

– Como queiras.

Ela ergueu uma sobrancelha, mantendo-se em silêncio. Depois, finalmente:

– Não te esqueças de que temos de ir à igreja no domingo.

Como é que podia esquecer-me disso?

– Eu lembro-me – murmurei por fim.

– Talvez pudéssemos ir escolher uma árvore de Natal a seguir.

– Ótimo – disse, mas tudo o que realmente queria era tapar a cabeça com a roupa de cama na esperança de que ela se fosse embora. Mas não foi necessário; a tia Linda virou costas. Daí a um momento, ouvi a porta do quarto dela fechar-se e soube que ficaria só durante o resto da noite, apenas com os meus pensamentos sombrios para me fazerem companhia.

Por mais horrendo que fosse o resto da semana, o domingo era o pior de tudo. Em Seattle, não me importava realmente de ir à igreja, porque havia lá uma família chamada Taylor com quatro rapazes, todos eles entre um e alguns anos mais velhos do que eu. Eram perfeitos, como os elementos de uma *boys band*, com dentes brancos e cabelo que parecia sempre penteado na perfeição. Como nós, sentavam-se na fila da frente – ficavam sempre à esquerda e nós à direita – e eu olhava-os à socapa mesmo quando supostamente estava a rezar. Era superior às minhas forças. Tinha uma enorme paixoneta por um ou outro deles desde que me lembrava, embora nunca tivesse falado com nenhum deles. A Morgan tinha mais sorte; o Danny Taylor, um dos irmãos do meio, que na altura era também um jogador de futebol bastante bom, levou-a a comer um gelado num domingo depois da missa. Eu andava no oitavo ano nessa altura e fiquei cheia de ciúmes por ele a ter convidado a ela e não a mim. Lembro-me de ter ficado sentada no meu quarto a olhar para o relógio, a ver os minutos passarem; quando a Morgan chegou por fim a casa, supliquei-lhe que me dissesse como era o Danny. A Morgan, sempre igual a si mesma, limitou-se a encolher os ombros e disse que ele não fazia o tipo dela, o que me deu vontade de a estrangular. A Morgan tinha rapazes praticamente a babarem-se ao vê-la andar pelo passeio ou beber uma coca-cola de dieta na praça da alimentação no centro comercial da nossa zona.

A questão era que lá em Seattle havia alguma coisa interessante para ver na igreja – mais especificamente, quatro coisas muito giras –, o que fazia a hora passar depressa. Aqui, no entanto, ir à igreja não só era uma seca, mas também um evento que ocupava o dia todo. Não havia uma igreja católica em Ocracoke; a mais próxima era a de St. Egbert em Morehead City, o que significava apanhar o *ferry* às sete da manhã. O *ferry* geralmente demorava duas horas e meia a chegar a Cedar Island, e daí eram mais quarenta minutos até à igreja. A missa era às onze, o que queria dizer que tínhamos de esperar mais uma hora para que começasse, e prolongava-se até ao meio-dia. Como se isso não fosse já suficientemente mau, o *ferry* de regresso a Ocracoke só partia às quatro da tarde, o que significava termos de matar ainda mais tempo.

Oh, almoçávamos com a Gwen a seguir à missa, já que ela vinha sempre connosco. Tal como a minha tia, também tinha sido freira, e considerava ir à missa ao domingo o ponto alto da sua semana. Era simpática e tudo, mas pergunte a qualquer adolescente se gosta de almoçar com duas ex-freiras de cinquenta e tal anos e provavelmente será capaz de adivinhar como era para mim. Depois disso, íamos às compras, mas não era divertido como no centro comercial ou na marginal de Seattle. Arrastavam-me para o Wal Mart para *se abastecerem* – farinha, banha, ovos, bacon, salsichas, queijo, leitelho, cafés com sabores variados e outras coisas por atacado para fazer pão e bolos – e depois disso íamos a vendas de garagem, onde elas procuravam livros baratos de autores de *best--sellers* e filmes em cassetes de vídeo que poderiam alugar às pessoas em Ocracoke. A acrescentar à viagem de *ferry* a meio da tarde, tudo aquilo significava que só voltávamos para casa quase às sete horas, quando o sol já se tinha posto há muito.

Doze horas. Doze *longas* horas. Só para podermos ir à missa.

Diga-se de passagem que há cerca de um milhão de maneiras melhores de passar um domingo, mas o facto é que, ao amanhecer desse dia, eu via-me espacada na doca, com um casaco apertado até ao pescoço, a bater com um pé e depois com o outro enquanto o ar gélido fazia com que parecesse que estávamos a fumar uns cigarros invisíveis. Entretanto, a minha tia e a Gwen estavam aos segredinhos uma com a outra e a rirem-se e a parecerem felizes, provavelmente porque não estavam a cozinhar e a servir café ao raiar do dia. Quando chegava a hora, a minha tia entrava com o carro no *ferry*, onde ficava apertado junto com cerca de mais uma dúzia.

Gostava de poder dizer que a viagem era agradável ou interessante, mas não era, especialmente no inverno. A não ser que se gostasse de olhar para o céu cinzento e a água ainda mais cinzenta, não havia nada para ver, e se na doca estava um gelo, ir no *ferry* era cinquenta vezes pior. O vento parecia trespassar-me, e ao fim de cinco minutos no exterior começava a ter o pingo no nariz e a ficar com as orelhas de um vermelho vivo. Felizmente, havia uma cabina central grande no *ferry* onde se podia escapar ao mau tempo, com um par de máquinas de comidas e bebidas e sítios onde nos sentarmos, que era onde a minha tia e a Gwen se instalavam. Quanto a mim, enfiava-me no carro e estendia-me no banco de trás, a querer estar em qualquer lado menos ali e a pensar na grande confusão em que me tinha metido.

No dia a seguir àquele em que a minha mãe me mandou fazer xixi num pauzinho, levou-me à consulta da doutora Bobbi, que era uns dez anos mais velha do que a minha mãe e a primeira médica não-pediatra que eu alguma vez vira. O verdadeiro nome da Bobbi era Roberta, e ela era uma ginecologista-obstetra. Tinha feito o meu parto e o da minha irmã, portanto ela e a minha mãe já se conheciam há muito tempo, e tenho a certeza de que a minha mãe se sentia muito constrangida pela razão da nossa visita. Depois de a doutora Bobbi confirmar a gravidez, fez-me uma ecografia para se assegurar de que o bebé estava bem. Puxei a camisa para cima, uma das técnicas pôs uma mistela na minha barriga, e eu pude ouvir o bater do coração do bebé. Foi ao mesmo tempo muito fixe e profundamente aterrador, mas do que me lembro melhor é da sensação surreal que deu e do quanto eu desejava que tudo aquilo fosse só um sonho mau.

Mas não era um sonho. Como eu era católica, o aborto nem sequer era opção, e depois de ficarmos a saber que o bebé era saudável, a doutora Bobbi fez-nos *a conversa*. Assegurou às duas que eu era mais do que suficientemente madura do ponto de vista físico para levar a gravidez até ao fim, mas as emoções eram uma história diferente. Disse que eu ia necessitar de muito apoio, em parte porque a gravidez era inesperada, mas principalmente porque ainda era uma adolescente. Para além de me sentir deprimida, poderia sentir-me furiosa e dececionada também. A doutora Bobbi avisou que era igualmente provável que me sentisse alienada dos amigos, o que tornaria tudo mais duro. Se eu pudesse falar com a doutora

Bobbi agora, dir-lhe-ia, confirmado, confirmado, confirmado e confirmado.

Com a conversa a tinir-lhe nos ouvidos, a minha mãe levou-me a um grupo de apoio para adolescentes grávidas em Portland, no Oregon. Tenho a certeza de que havia o mesmo tipo de grupos de apoio em Seattle, mas eu não queria que ninguém meu conhecido descobrisse acidentalmente, e os meus pais também não queriam isso. Portanto, depois de quase três horas de carro, dei comigo numa sala nas traseiras de um YMCA,[1] onde me sentei numa das cadeiras desdobráveis que tinham sido dispostas em círculo. Havia outras nove raparigas lá, e algumas davam a ideia de que estavam a tentar trazer melancias à socapa escondendo-as debaixo da camisa. A senhora que orientava a sessão, Mrs. Walker, era assistente social, e uma a uma apresentámo-nos. A seguir, era suposto que falássemos todas sobre os nossos *sentimentos* e as nossas *experiências*. O que aconteceu de facto foi que as outras raparigas falaram sobre os seus sentimentos e as suas experiências enquanto eu simplesmente fiquei a ouvir.

Foi realmente a coisa mais deprimente que se possa imaginar. Uma das raparigas, que era ainda mais nova do que eu, falou sobre como as suas hemorroidas tinham piorado imenso, enquanto outra se lamuriou por ter os mamilos doridos, antes de levantar a camisa para nos mostrar as estrias. Na sua maioria, embora não todas, continuavam a frequentar a escola, e falaram de como se sentiam embaraçadas quando tinham de pedir ao professor para ir à casa de banho, por vezes duas ou três vezes durante a mesma aula. Todas se queixavam de como a sua acne piorara. Duas tinham desistido dos estudos e, embora ambas dissessem que estavam a planear voltar a estudar, não sei se alguém acreditou nelas. Todas tinham perdido amigos e uma outra tinha sido posta fora de casa e estava a viver com os avós. Só uma delas – uma rapariga mexicana bonita

---

[1] Organização Cristã da Mocidade, uma organização criada em Londres em meados do século XIX, com delegações por todo o mundo. *(N. da T.)*

chamada Secreta – ainda falava com o pai da criança, e, a não ser ela, ninguém tencionava casar. Exceto eu, todas planeavam criar o seu bebé com a ajuda dos pais.

Depois de terminar, quando nos dirigíamos para o carro, disse à minha mãe que nunca mais queria fazer uma coisa como aquela. Supostamente, era uma ajuda e far-me-ia sentir menos só, mas deixou-me a sentir-me exatamente o oposto. O que eu queria era simplesmente despachar isto para poder voltar à vida que tinha antes, o que era a mesma coisa que os meus pais queriam. Isso, claro, levou-os a tomar a decisão de me enviarem para Ocracoke, e, embora me assegurassem que era para o meu próprio bem – não para o bem deles –, eu não tinha a certeza se acreditava neles.

Depois da missa, a tia Linda e a Gwen arrastaram-me pela rotina do almoço/compras de mantimentos/vendas de garagem antes de nos dirigirmos a um terreno ensaibrado perto de uma loja de ferragens, onde havia tantas árvores de Natal à venda que parecia uma floresta em miniatura. A minha tia e a Gwen tentaram tornar a experiência divertida para mim e estavam sempre a perguntar-me a opinião; pela minha parte, fartei-me de encolher os ombros e de lhes dizer que escolhessem a que quisessem, já que ninguém parecia importar-se com o que eu pensava, de qualquer maneira, pelo menos no que dizia respeito a decisões sobre a minha vida.

Algures por volta da sexta ou sétima árvore, a tia Linda parou de perguntar e elas acabaram por fazer a escolha sem mim. Depois de a árvore ser paga, pus-me a ver dois sujeitos de fato-macaco a atarem a árvore ao tejadilho do carro, e voltámos a entrar.

Por alguma razão, a viagem até ao *ferry* recordou-me a viagem até ao aeroporto na minha última manhã em Seattle. Tanto a minha mãe como o meu pai tinham vindo despedir-se de mim, o que me surpreendeu de certo modo, já que o meu pai mal conseguia olhar a direito para mim desde que soube que eu estava grávida. Acompanharam-me até à porta de embarque e esperaram comigo até serem horas de entrar no avião. Ambos estavam muito calados, e eu também não dizia grande coisa. Contudo, quando se aproximava a hora da partida, lembro-me de ter dito à minha mãe que estava com medo. Na verdade, sentia tal terror que me tinham começado a tremer as mãos.

Havia muitas pessoas à nossa volta e ela deve ter reparado no tremor das minhas mãos, porque pegou nelas e apertou-mas. Depois, levou-me para uma porta de embarque com menos gente, onde poderíamos ter alguma privacidade.

— Eu também estou com medo.

— Porque é que estás com medo? — perguntei.

— Porque tu és a minha filha. A única coisa que faço é preocupar-me contigo. E o que aconteceu é... *um infortúnio*.

Um infortúnio. Ela tinha usado muito aquela palavra nos últimos tempos. A seguir, recordou-me que a minha partida era para meu próprio bem.

— Mas eu não quero ir — disse eu.

— Já falámos sobre isto — disse ela. — Tu sabes que é para o teu próprio bem.

Bingo.

— Eu não quero deixar os meus amigos. — Nessa altura, as palavras já me saíam sufocadas. — E se a tia Linda me detestar? E se eu adoecer e tiver de ir para o hospital? Nem sequer têm um hospital lá.

— Os teus amigos ainda vão estar cá quando voltares — assegurou-me ela. — E eu sei que parece muito tempo, mas maio vai chegar mais depressa do que pensas. Quanto à Linda, ela dantes ajudava raparigas grávidas tal e qual como tu, quando estava no convento. Lembras-te de quando te contei isso? Ela vai olhar por ti. Prometo-te.

— Nem sequer a conheço.

– Ela tem um bom coração – disse a minha mãe – ou não te mandávamos para lá. Quanto ao hospital, ela vai saber o que fazer. Mas mesmo no pior dos casos, a amiga dela, a Gwen, é parteira diplomada. Já fez o parto de muitos bebés.

Não tinha a certeza se isso me fazia sentir melhor.

– E se eu detestar aquilo lá?

– Não deve ser tão mau como isso. Fica à beira-mar. E, além disso, lembras-te da nossa conversa, certo? Que talvez fosse mais fácil a curto prazo se ficasses cá, mas, a longo prazo, com certeza ia tornar as coisas mais difíceis para ti.

Referia-se aos mexericos, não só sobre mim, mas também sobre a minha família. Podíamos não estar nos anos 1950, mas havia ainda um estigma em relação à gravidez de adolescentes fora do casamento, e até eu tinha de admitir que dezasseis anos era muito cedo para ser mãe. Se se soubesse, eu ia ser sempre *aquela* rapariga para os vizinhos, para os outros alunos na escola, para as pessoas na igreja. Para eles, eu seria sempre *aquela* rapariga que ficou grávida depois do décimo ano. Teria de suportar os seus olhares críticos e a sua condescendência; teria de ignorar os seus murmúrios quando passasse por eles nos corredores. A roda de boatos iria girar com perguntas sobre quem adotara o bebé, sobre se eu queria voltar a ver a criança alguma vez. Embora pudessem não mo dizer na cara, perguntar-se-iam porque é que não me dera ao trabalho de usar um método contracetivo ou não insistira para que ele usasse preservativo; sabia que muitos pais – incluindo amigos da minha família – me usariam como exemplo para as suas filhas como *aquela* rapariga, a que tomara más decisões. E tudo isto enquanto andava pelos corredores da escola a bambolear-me com uma grande barriga e a ter de ir fazer xixi a cada dez minutos.

Oh, sim, os meus pais tinham falado comigo sobre tudo isso mais do que algumas vezes. Contudo, a minha mãe viu que eu não queria voltar a essa conversa e mudou de assunto. Fazia muito isso quando não queria discutir, especialmente quando nos encontrávamos em público.

– Divertiste-te no teu dia de anos?

– Foi razoável.

– Só razoável?

– Vomitei a manhã toda. Foi um bocado difícil ficar muito entusiasmada.

A minha mãe uniu as mãos.

– Mesmo assim, fico contente por teres tido a oportunidade de estar com as tuas amigas.

Porque é a última vez que as vais ver por muito, muito tempo, não precisou de acrescentar.

– Não quero acreditar que não vou passar o Natal em casa.

– Tenho a certeza de que a tia Linda o vai tornar especial.

– Mas não vai ser o mesmo – choraminguei.

– Não – concordou a minha mãe. – Provavelmente não. Mas vai ser bom quando eu te visitar em janeiro.

– O papá também vem?

Ela engoliu em seco.

– Talvez – respondeu.

O que também significa que talvez não, pensei. Tinha-os ouvido falar sobre isso, mas o meu pai não se tinha comprometido a nada. Se mal conseguia olhar para mim agora, como se sentiria quando eu estivesse a dar o meu melhor para fazer de Buda feminina?

– Quem me dera não ter de ir.

– A mim também – disse ela. – Queres ir estar com o teu pai um bocadinho?

Não devias perguntar-lhe a ele se quer estar comigo? Mas, mais uma vez, mantive-me em silêncio. Quer dizer, de que serviria?

– Não vale a pena – respondi. – Eu só...

Quando parei de falar, a minha mãe olhou-me com um ar de compreensão. E, estranhamente, apesar de ela e o meu pai me estarem a despachar, tive a sensação de que ela se sentia de facto mal em relação a isso.

– Sei que nada disto é fácil – segredou-me.

Surpreendendo-me, meteu a mão na carteira e entregou-me um envelope. Estava cheio de dinheiro, e perguntei-me se o meu pai saberia o que ela estava a fazer. A minha família não tinha propriamente dinheiro de sobra, mas ela não deu nenhuma explicação. Em vez disso, ficámos sentadas mais uns minutos até ouvirmos anunciar o embarque. Quando chegou a minha vez, o meu pai e a minha mãe abraçaram-me, mas, mesmo então, o meu pai desviou o olhar.

Aquilo tinha sido quase um mês antes, mas já dava a sensação de ser numa vida totalmente diferente.

Estava quase tanto frio na viagem de regresso no *ferry* como de manhã, e o céu cinzento estava agora de um azul quase brilhante. Eu tinha optado por ficar no carro durante algum tempo, apesar de os mantimentos que tínhamos comprado tornarem impossível estender-me no banco traseiro. Estava a tentar fazer-me de mártir, já que nem a tia Linda nem a Gwen pareciam compreender que, apesar de termos comprado a árvore de Natal, os domingos continuavam a ser do pior.

– Como queiras – disse a minha tia com um encolher de ombros, depois de eu ter recusado o convite para ir com elas para a cabina. Ela e a Gwen saíram do carro, subiram os degraus que davam para o nível superior e desapareceram rapidamente de vista. De algum modo, embora me sentisse desconfortável, consegui adormecer, e só acordei daí a uma hora. Liguei o Walkman e pus-me a ouvir música durante mais uma hora até as pilhas finalmente falharem e o céu já estar negro, e pouco depois comecei a ficar com cãibras e a sentir-me entediada. Pela janela, abaixo do clarão das luzes do *ferry*, via alguns homens mais velhos reunidos junto aos seus carros, a parecerem tal e qual os pescadores que provavelmente eram. Como a minha tia e a Gwen, acabaram por se dirigir para a cabina.

Mexi-me no assento e apercebi-me de que tinha de ir à casa de banho. Outra vez. Pela sexta ou sétima vez naquele dia, embora não tivesse bebido quase nada. Esqueci-me de mencionar que a minha bexiga se tinha transformado subitamente de algo em que eu mal pensava num órgão hipersensível e altamente inconveniente, um órgão que fazia com que saber exatamente onde encontrar uma casa de banho fosse essencial a todo o momento. Sem aviso, as células na minha bexiga começavam subitamente a vibrar histericamente com a mensagem *Tens de me esvaziar imediatamente, se não...!,* e eu aprendera que não tinha voto na matéria. *Se não!* Se Shakespeare tivesse tentado descrever a urgência da situação, provavelmente teria escrito *Fazer xixi ou não fazer xixi... isso NUNCA é a questão.*[2]

Saí do carro a toda a pressa, subi os degraus a correr e entrei na cabina, onde reparei vagamente que a minha tia e a Gwen estavam a conversar com alguém, sentadas a uma das mesas. Encontrei rapidamente a casa de banho – por sorte, não estava ocupada – e quando ia de novo a sair a tia Linda fez-me sinal para ir ter com elas. Em vez disso, baixei a cabeça e saí da cabina. A última coisa que queria era outra conversa com adultos. O meu primeiro impulso depois de descer os degraus foi voltar para o carro. Mas o martírio não estava a resultar e as pilhas do meu Walkman estavam gastas, portanto de que serviria? Decidi ir explorar, pensando que assim mataria algum tempo. Calculei que faltava uma meia hora para o *ferry* atracar – já via as luzes de Ocracoke à distância –, mas, infelizmente, a visita não foi muito mais interessante do que a da baía de Pamlico. Havia a já mencionada cabina no centro, carros estacionados no convés em baixo, e o que eu supunha ser a cabina de pilotagem por cima da zona para os passageiros, onde se encontrava o capitão e que era de entrada interdita. Reparei, no

[2] No original, a alteração da célebre frase de *Hamlet*, «To be or not to be, that is the question» («Ser ou não ser, eis a questão») assenta na similaridade entre *be* (ser) e *pee* (fazer xixi). *(N. da T.)*

entanto, em alguns bancos vazios na frente do barco e, como não tinha nada de melhor para fazer, dirigi-me para lá.

Não demorei muito tempo a compreender porque é que estavam vazios. O ar era gélido, o vento parecia espetar-me a pele com agulhas e, embora eu tivesse enterrado as mãos dentro dos bolsos do casaco, sentia um formigueiro nelas. Reparei numas ondas pequenas na água escura do oceano nos dois lados, uns clarões que pareciam cintilar, mas ver aquelas minúsculas ondas fez-me pensar nele, embora não quisesse.

No J. O rapaz que me tinha metido nestes trabalhos.

O que é que lhe posso dizer sobre ele? Era um surfista da Califórnia do Sul de dezassete anos com um ar giro de praia, que tinha passado o verão em Seattle com um primo que por acaso era amigo de uma amiga minha. Vi-o pela primeira vez numa pequena festa em finais de junho, mas não comece a pensar que era uma daquelas festas com os pais ausentes e rios de bebidas e de fumo de marijuana a sair debaixo das portas dos quartos. Os meus pais ter-me-iam matado. Nem sequer foi numa casa – foi no lago Sammamish – e a minha amiga Jodie era amiga do primo, que trouxe o J. A Jodie convenceu-me a ir, embora eu não tivesse a certeza se me apetecia, mas mal cheguei nem dois segundos demorei a reparar nele. Tinha cabelo louro a atirar para o comprido, ombros largos e um bronzeado escuro, que era quase impossível eu conseguir; a minha pele preferia imitar uma maçã de um vermelho vivo quando exposta ao sol. Mesmo à distância, conseguia ver cada músculo no seu estômago, como se ele fosse uma espécie de modelo vivo da anatomia humana.

Ele estava com a Chloe, uma aluna do décimo segundo ano de uma das escolas secundárias do público, que reconheci vagamente, mas não conhecia pessoalmente, e que era igualmente linda de morrer. Era óbvio que estavam juntos; por muito inocente que eu fosse, não pude deixar de reparar, já que estavam na *marmelada* e basicamente não tiravam as mãos um de cima do outro. Mesmo assim, isso não me impediu de, sentada na minha toalha, olhar para ele o resto da tarde mais ou menos como mirava os rapazes dos Taylors na igreja. Admito, andava um bocado obcecada por rapazes nos últimos anos.

Aquilo devia ter acabado por ali, mas, estranhamente, não acabou. Por causa da Jodie, voltei a vê-lo no 4 de Julho – essa foi uma festa à noite, por causa do fogo de artificio, mas havia muitos pais lá – e depois de novo daí a um par de semanas, no centro comercial. De cada vez, ele estava com a Chloe e não pareceu reparar em mim.

E depois chegou o sábado, 19 de agosto.

O que é que posso dizer? Tinha acabado de ver com a Jodie *Die Hard: A Vingança*, embora já o tivesse visto antes, e a seguir fomos para a casa dela. Desta vez, os pais dela não estavam em casa. O primo estava lá, com o J, mas a Chloe não estava. Não sei como, o J e eu acabámos a conversar no alpendre das traseiras e, milagrosamente, ele parecia interessado em mim. Também era mais simpático do que eu contava. Falou sobre a Califórnia, fez-me perguntas sobre a minha vida em Seattle e por fim mencionou de passagem que ele e a Chloe tinham rompido. Pouco depois disso, beijou-me, e era tão giro que as coisas simplesmente escaparam ao meu controlo. Para resumir, acabei no banco traseiro do carro do primo dele. Não tinha a intenção de fazer sexo com ele, mas, provavelmente como toda a gente da minha idade, tinha uma certa curiosidade sobre aquela coisa toda, entende? Queria saber porque é que se dava tanta importância àquilo. Ele não me forçou. Simplesmente aconteceu, e a coisa toda acabou em menos de cinco minutos.

A seguir, ele foi simpático. Quando eu tive de me ir embora para chegar a casa às onze, acompanhou-me até ao carro e voltou a beijar-me. Prometeu que me telefonava, mas não telefonou. Daí a três dias, vi-o com o braço à volta da Chloe e quando eles se beijaram eu virei-me antes que ele pudesse ver-me, a sentir a garganta como se tivesse acabado de engolir uma lixa.

Mais tarde, quando descobri que estava grávida, telefonei-lhe para a Califórnia. A Jodie pediu o número dele ao primo, já que o J não mo tinha dado, e quando eu lhe disse quem era ele não pareceu lembrar-se de mim. Foi só quando lhe recordei o que tinha acontecido que ele se lembrou do tempo que tínhamos passado juntos, mas, mesmo assim, tive a sensação de que não fazia a menor ideia do que tínhamos dito um ao outro ou mesmo do aspeto que eu tinha. Também me perguntou num tom irritado porque é que estava a telefonar-lhe, e não era preciso ser um génio para saber que não sentia o mínimo interesse por mim. Embora tencionasse dizer-lhe que estava grávida, desliguei antes de as palavras me saírem da boca e nunca mais voltei a falar com ele.

Os meus pais não sabem nada disto, já agora. Recusei-me a dizer-lhes fosse o que fosse sobre o pai do bebé e como ele me parecera tão simpático ao princípio, ou até que ele me tinha esquecido completamente. Não ia alterar nada, e nessa altura eu já sabia que ia dar o bebé para adoção.

Quer saber o que mais não lhes contei?

Que, depois daquela conversa ao telefone com o J, me senti estúpida, e que, por mais dececionados e zangados comigo que os meus pais estivessem, eu me sentia ainda pior em relação a mim mesma.

Quando estava sentada no banco, com as orelhas já vermelhas e o pingo no nariz, vi um movimento fugidio pelo canto do olho. Virando-me, avistei um cão a passar por ali com um papel de um Snickers na boca. Parecia quase tal e qual a *Sandy*, a minha cadela lá de casa, só um pouco mais pequeno.

A *Sandy* era uma *golden retriever* cruzada com *labrador*, com uma cauda que nunca parecia parar de agitar. Os seus olhos eram de um tom escuro e suave de caramelo, cheios de expressão; se a *Sandy* tentasse jogar póquer ia perder o dinheiro todo, porque não era capaz de fazer *bluff*. Eu sabia sempre exatamente o que ela estava a sentir. Se a elogiava, os seus olhos meigos brilhavam com felicidade; se eu estivesse perturbada, ficavam cheios de compreensão. Estava com a nossa família há nove anos – veio lá para casa quando eu andava no primeiro ano –, e na maior parte da sua vida dormira ao fundo da minha cama. Agora, usualmente dormia na sala de estar, porque tinha um problema nas ancas e custava-lhe subir as escadas. No entanto, embora estivesse a ficar grisalha no focinho, os seus olhos não tinham mudado nada. Ainda eram tão doces como sempre, especialmente quando eu punha a sua cabeça peluda entre as minhas mãos. Pensei se ela se lembraria de mim quando eu voltasse para casa. Era uma tolice, claro. De maneira nenhuma a *Sandy* me esqueceria. Ia sempre gostar de mim.

Certo?

Certo?

As saudades de casa humedeceram-me os olhos e limpei-os, mas depois as hormonas voltaram a irromper, a insistirem que SENTIA TANTAS SAUDADES DA SANDY! Sem pensar, levantei-me do banco. Vi a «Sandy de Imitação» a dirigir-se a trotar para um tipo que estava sentado perto da beira do convés, numa cadeira de lona, com as pernas estendidas para a frente. Trazia um blusão verde--oliva e reparei que ao seu lado havia uma máquina fotográfica montada num tripé.

Estaquei. Por muito que quisesse ver o cão – e sim, fazer-lhe festas – não tinha a certeza se me apetecia envolver-me numa conversa de circunstância com o seu dono, especialmente depois de ele reparar que eu tinha estado a chorar. Ia dar meia volta quando o tipo segredou qualquer coisa ao cão. Vi o cão virar-se e trotar até um caixote do lixo ali perto, onde se pôs de pé nas patas de trás e depositou cuidadosamente o papel do Snickers.

Pisquei os olhos, a pensar: *Uau! Aquilo é bastante fixe.*

O cão voltou para o lado do tipo, instalou-se e estava quase a fechar os olhos quando o homem deitou ao chão do convés um copo de papel. O cão levantou-se rapidamente, agarrou no copo e foi pô-lo no caixote do lixo antes de voltar para junto do homem.

Quando outro copo foi atirado para o chão daí a um minuto, eu não consegui conter-me.

– O que é que está a fazer? – perguntei finalmente.

O homem virou-se na cadeira e foi só então que me apercebi do meu erro. Não era um homem, era um adolescente, talvez um ou dois anos mais velho do que eu, com cabelo da cor de chocolate e olhos escuros a brilharem divertidos. O seu blusão, de uma lona verde-oliva com uns pontos complicados, era estranhamente cheio de estilo, especialmente para esta parte do mundo. Quando ergueu uma sobrancelha, tive a sensação incómoda de que estava à minha espera. No silêncio, senti um acesso de surpresa ao pensar que a minha tia tinha razão. *Havia* de facto alguém da minha idade por estas bandas ou, pelo menos, alguém da minha idade que ia a caminho de Ocracoke. A ilha não era inteiramente constituída por pescadores e ex-freiras ou mulheres de idade que comiam bolachas e liam romances cor-de-rosa.

Também o cão parecia estar a avaliar-me. Espetou as orelhas e abanou a cauda com força suficiente para chicotear as pernas do tipo, mas, ao contrário da *Sandy*, que adorava todas as pessoas imediata-mente e intensamente e teria logo vindo a trotar para me cumprimen-tar, este cão virou a sua atenção para o copo, repetindo rapidamente o seu anterior feito e pondo-o mais uma vez no caixote do lixo.

Entretanto, o tipo continuava a olhar para mim. Embora esti-vesse sentado, eu via que era enxuto, musculado e decididamente giro, mas toda aquela minha fase de obsessão com os rapazes tinha praticamente morrido no momento em que a doutora Bobbi espa-lhou aquela mistela na minha barriga e eu ouvi os batimentos do coração do bebé. Desviei o olhar, a desejar ter simplesmente ido para o carro e a arrepender-me de ter falado. Nunca tinha sido grande coisa a fazer contacto visual, a não ser quando ia dormir a casa de amigas e jogávamos ao «sério», e a última coisa de que precisava era de outro rapaz na minha vida. Especialmente num dia como o de hoje; não só estivera a chorar, mas também não me tinha maqui-lhado e trazia umas calças de ganga largas, uns botins da *Converse* e um casaco almofadado que, provavelmente, me fazia parecer uma série de pneus empilhados.

– Olá – disse ele por fim, a interromper os meus pensamentos. – Só estou a desfrutar do ar fresco.

Não respondi. Em vez disso, continuei de olhos focados na água, a fingir que não o tinha ouvido e com a esperança de que ele não perguntasse se eu tinha estado a chorar.

– Estás bem? Dá a impressão de que estiveste a chorar.

Ótimo, pensei. Embora não quisesse falar com ele, também não queria que ele pensasse que eu estava um frangalho.

– Estou muito bem – afirmei. – Estive na frente do barco e o vento fez-me chorar.

Não sabia ao certo se ele tinha acreditado em mim, mas foi suficientemente simpático para se comportar como se acreditasse.

– É bonito lá em cima.

– Não há muito para ver depois de o sol se pôr.

– Tens razão – concordou. – A viagem toda tem sido bastante tranquila até agora. Sem nenhuma razão para pegar na máquina fotográfica. Sou o Bryce Trickett, já agora.

A sua voz era suave e melodiosa, não que isso me interessasse. Entretanto, o cão tinha começado a fitar-me, a abanar a cauda. O que me recordou a razão para eu ter falado inicialmente.

– Treinaste o teu cão para apanhar lixo?

– Estou a tentar – respondeu ele antes de fazer um sorriso, a formar covinhas nas faces. – Mas ela é nova e ainda está a aprender. Fugiu há uns minutos, por isso tivemos de praticar outra vez.

A minha atenção estava focada naquelas covinhas e demorei um segundo a voltar ao meu raciocínio anterior.

– Porquê?

– Porquê o quê?

– Porquê treinar a tua cadela a ir pôr o lixo no caixote?

– Não gosto de lixo, e não queria que nenhum fosse parar ao mar. Não é bom para o ambiente.

– Eu queria dizer porque é que não vais simplesmente tu pô-lo no caixote.

– Porque estava sentado.

– Isso é meio mauzinho.

– Por vezes o meio mau justifica o fim, certo?

Ah, ah, pensei. Mas, de facto, tinha-lhe dado de bandeja a oportunidade de fazer aquele trocadilho, e reconheci de má vontade que era bastante original em termos de trocadilhos.

– Além disso, a *Daisy* não se importa – prosseguiu ele. – Pensa que é um jogo. Queres conhecê-la?

Sem me dar tempo a responder, disse, «Levanta!», e a *Daisy* pôs-se rapidamente de pé. Aproximou-se de mim e enroscou-se à volta das minhas pernas, a ganir e a lamber-me os dedos. Não só se parecia com a *Sandy*, também dava a mesma sensação, e, enquanto lhe fazia festas, senti-me transportado a uma vida mais simples e mais feliz em Seattle, antes de tudo ter azedado.

No entanto, com a mesma rapidez a realidade voltou em tropel e apercebi-me de que não tinha vontade nenhuma de me deixar ficar ali. Fiz umas últimas festas à *Daisy* e meti as mãos aos bolsos enquanto tentava pensar numa desculpa para me ir embora. O Bryce não se deixou desencorajar.

– Acho que não ouvi o teu nome.

– Eu não te disse o meu nome.

– Isso é verdade – disse ele. – Mas sou capaz de calcular qual é.

– Achas que és capaz de adivinhar o meu nome?

– Costumo ser bastante bom nisso – disse ele. – Também sei ler a sina na palma da mão.

– Falas a sério?

– Queres uma demonstração?

Sem me dar tempo a responder, levantou-se graciosamente da cadeira e começou a encaminhar-se para mim. Era um pouco mais alto do que eu contava e esgalgado, como um jogador de basquete. Não um poste ou um extremo, como o Zeke Watkins, mas talvez um base.

Quando chegou perto de mim, vi umas pintas cor de avelã nos seus olhos castanhos e reparei mais uma vez no vestígio de divertimento na sua expressão que vira antes. Pareceu observar o meu rosto e a seguir apontou para as minhas mãos, que eu ainda tinha enterradas nos bolsos.

– Posso ver as tuas mãos agora? Ergue-as com as palmas para fora.

– Está frio.

– Não vai demorar muito tempo.

Isto era esquisito e estava a ficar cada vez mais esquisito, mas tudo bem. Depois de lhe mostrar as palmas das minhas mãos, ele aproximou-se delas, a concentrar-se. Ergueu um dedo.

– Importas-te? – perguntou.

– Avança lá.

Passou o dedo levemente pelas linhas nas palmas da minha mão, umas a seguir às outras. Pareceu-me estranhamente íntimo, e senti-me um pouco perturbada.

– Decididamente, tu não és de Ocracoke – disse ele.

– Uau! – exclamei, tentando evitar que ele se apercebesse de como me sentia. – Espantoso. E a tua suposição não tem nada que ver com o facto de nunca me teres visto por cá.

– Queria dizer que não és da Carolina do Norte. Nem sequer és do Sul.

– Talvez tenhas também reparado que não tenho sotaque do Sul.

Ele também não, apercebi-me de repente, o que era estranho, já que eu pensava que as pessoas todas do Sul soavam como o Andy Griffith. Continuou a passar o dedo pela palma da minha mão mais uns segundos antes de o retirar.

– OK, acho que já sei. Podes voltar a meter as mãos aos bolsos.

Foi o que fiz. Esperei, mas ele não disse nada.

– E?

– E o quê?

– Já tens todas as tuas respostas?

– Não todas. Mas quanto baste. E tenho quase a certeza de que sei o teu nome.

— Não, não sabes.

— Se tu o dizes.

Quer ele fosse giro quer não, estava farta daquele jogo e já era hora de me afastar.

— Acho que me vou sentar no carro um bocado – disse. – Está a ficar frio. Prazer em te conhecer. – Virei-me e já tinha dado dois passos quando o ouvi pigarrear.

— És da Costa Oeste – disse ele em voz alta. – Mas não da Califórnia. Estou a pensar... Do estado de Washington? Talvez Seattle?

As palavras dele fizeram-me estacar e quando me virei soube que não conseguia esconder o meu choque.

— Tenho razão, não tenho?

— Como é que adivinhaste?

— Da mesma maneira que sei que tens dezasseis anos e andas no décimo primeiro ano. Também tens uma irmã mais velha, adivinho que é uma irmã, não um irmão... não é? E o teu nome começa por eme... não é Molly ou Mary ou Marie, mas algo ainda mais formal. Como... Margaret? Só que, provavelmente, chamam-te Maggie ou algo do género.

Senti o queixo descair ligeiramente, demasiado espantada para dizer fosse o que fosse.

— E não te mudaste permanentemente para Ocracoke. Só vais ficar uns meses, certo? – Abanou a cabeça e voltou a fazer aquele seu sorriso. – Mas já chega. Como te disse antes, sou o Bryce e é um prazer conhecer-te, Maggie.

Demorei alguns segundos a conseguir finalmente dizer em voz rouca:

— Ficaste a saber isso tudo só de olhar para a minha cara e as palmas das minhas mãos?

— Não. Soube a maior parte pela Linda.

Demorei um segundo a compreender.

— A minha tia?

— Conversei um bocado com ela quando estava na cabina. Ela apontou-te quando passaste pela nossa mesa e contou-me

73

algumas coisas sobre ti. Fui eu quem consertou a tua bicicleta, já agora.

A olhar para ele, recordei-me vagamente de ver a minha tia e a Gwen a falarem com alguém na mesa.

– Então para que é que foram aquelas coisas todas sobre a minha cara e as palmas das minhas mãos?

– Para nada. Só estava a divertir-me.

– Não foi nada correto.

– Talvez não. Mas havias de ter visto a tua expressão. És muito bonita quando não fazes ideia do que dizer.

Quase não tinha a certeza de o ter ouvido bem. *Bonita? Ele acabou de dizer que sou muito bonita?* Mais uma vez, recordei a mim mesma que tanto fazia.

– Dispensava o truque de magia.

– Tens razão. Não volta a acontecer.

– Porque é que a minha tia te falaria sobre mim? – E perguntei-me o que *mais* lhe teria dito.

– Queria saber se estava interessado em te dar explicações. Faço isso às vezes.

Tem de estar a brincar comigo.

– Tu vais ser meu explicador?

– Ainda não aceitei. Queria conhecer-te primeiro.

– Não preciso de um explicador.

– Engano meu, então.

– A minha tia é que se preocupa muito.

– Compreendo.

– Então porque é que não dá a impressão de que acreditas em mim?

– Não faço ideia. Só estava a falar com base no que a tua tia me disse. Mas se não precisas de um explicador, por mim tudo bem. – O seu sorriso era descontraído, as covinhas ainda nas faces. – Está-te a agradar até agora?

– A agradar o quê?

– Ocracoke – disse ele. – Já cá estás há umas semanas, certo?

– É um bocado pequeno.

– Sem dúvida. – Riu-se. – Também demorei algum tempo a habituar-me.

– Não cresceste aqui?

– Não – respondeu ele. – Tal como tu, sou um *dingbatter*.

– O que é um *dingbatter*?

– Alguém que não é originário daqui.

– Isso não é uma coisa real.

– Por estas bandas, é – disse ele. – O meu pai e os meus irmãos também são *dingbatters*. Mas a minha mãe não. Nasceu e cresceu aqui. Só voltámos para cá há uns anos. – Apontou com o polegar por cima do ombro para uma carrinha de um modelo mais antigo, pintada de um vermelho desbotado e com pneus largos. – Tenho uma cadeira extra na carrinha, se quiseres sentar-te. É muito mais confortável do que os bancos do *ferry*.

– Se calhar devia ir indo. Não quero incomodar-te.

– Não me estás a incomodar nada. Até apareceres, a viagem estava a ser uma seca.

Não sabia bem se ele estava a namoriscar comigo, mas, na dúvida, não disse nada. O Bryce pareceu interpretar a minha falta de resposta como um sim e prosseguiu.

– Ótimo – disse. – Vou buscar a cadeira.

Antes de compreender o que se estava a passar, já a cadeira estava a ser posta ao lado da dele, virada para o mar, e vi-o voltar a sentar-se. A sentir-me, de repente, um pouco encurralada, dirigi--me para a outra cadeira e sentei-me cautelosamente ao lado dele.

Ele estendeu as pernas para a frente.

– É melhor do que o banco, certo?

Ainda estava a tentar assimilar como ele era bonito e que a minha tia – a ex-freira – tinha montado aquela cena toda. Ou talvez não. A última coisa que os meus pais deviam querer era que eu voltasse alguma vez a conhecer alguém do sexo oposto, e provavelmente também tinham dito isso mesmo à tia Linda.

– Suponho que sim. Mas não deixa de estar um bocado frio.

Enquanto eu estava a falar, a *Daisy* aproximou-se e deitou-se entre nós os dois. Estendi a mão para ela, a fazer-lhe uma festa rápida.

— Tem cuidado — disse ele. — Depois de começares a fazer-lhe festas, ela é capaz de ficar um bocado insistente para nunca mais parares.

— Não tem mal. Ela lembra-me a minha cadela. Da minha casa, quero dizer.

— Ai sim?

— Mas a *Sandy* é mais velha e um pouco maior. Sinto saudades dela. Que idade tem a *Daisy*?

— Fez um ano em outubro. Portanto acho que tem quase catorze meses agora.

— Parece muito bem treinada para a idade.

— Tem motivos para isso. Ando a treiná-la desde que era cachorra.

— A ir pôr lixo no caixote?

— E outras coisas. Como, por exemplo, não fugir. — Virou a sua atenção para a cadela, falando num tom mais excitado. — Mas ainda lhe falta muito, não falta, minha linda?

A *Daisy* gemeu, a bater com a cauda no chão.

— Se não és de Ocracoke, há quanto tempo é que vives aqui?

— Vai fazer quatro anos em abril.

— O que é que poderia alguma vez ter trazido a tua família para Ocracoke?

— O meu pai era militar. Quando se aposentou, a minha mãe quis estar mais perto dos pais dela. E, como tínhamos mudado muitas vezes por causa do trabalho do meu pai, ele achou que era justo deixar a minha mãe decidir onde nos íamos instalar por algum tempo. Ele disse-nos que ia ser uma aventura.

— E tem sido uma aventura?

— Por vezes — respondeu ele. — No verão é muito divertido. A ilha chega a ficar cheia de gente, especialmente por volta do 4 de Julho. E a praia é realmente linda. A *Daisy* adora correr lá.

— Posso-te perguntar para que é a máquina fotográfica?

– Para qualquer coisa interessante, suponho. Hoje não houve grande coisa, nem mesmo antes de escurecer.

– Alguma vez há?

– No ano passado, um barco de pesca incendiou-se. O *ferry* fez um desvio para ajudar a resgatar a tripulação, visto que a Guarda Costeira ainda não tinha chegado. Foi muito triste, mas a tripulação salvou-se sem danos e fiz umas fotos espantosas. Também há golfinhos, e quando vêm à tona por vezes consigo uma boa imagem. Mas hoje realmente só a trouxe para o meu projeto.

– Qual é o teu projeto?

– Tornar-me um Escuteiro Águia. Ando a treinar a *Daisy* e queria tirar-lhes umas fotos boas.

Franzi a testa.

– Não entendo. Treinares um cão pode tornar-te um Escuteiro Águia?

– Estou a prepará-la para um treino mais avançado daqui a uns tempos – disse ele. – Ela está a aprender a ser um cão de assistência à mobilidade. – Como se a prever a minha pergunta seguinte, explicou: – Para pessoas em cadeiras de rodas.

– Queres dizer como os cães-guias?

– Mais ou menos isso. Ela vai precisar de competências diferentes, mas o princípio é o mesmo.

– Como deitar coisas ao lixo?

– Exatamente. Ou ir buscar o comando à distância ou o telefone. Ou abrir gavetas ou portas de armários.

– Como é que ela pode abrir portas?

– A porta tem de ter uma maçaneta, claro, não um puxador redondo. Ela põe-se nas patas de trás e usa as da frente, depois empurra a porta a abri-la com o focinho. É bastante boa a fazer isso. Também sabe abrir gavetas, desde que haja um fio na maçaneta. A principal coisa em que tenho de insistir é na concentração dela, mas acho que parte do problema é capaz de ser da idade que tem. Espero que seja aceite no programa oficial, mas tenho quase a certeza que sim. Não é requerido que tenha competências avançadas – é para isso que são os treinadores formais –, mas eu queria dar-lhe um avanço inicial. E quando estiver pronta vai para a sua nova casa.

– Tens de a dar?

– Em abril.

– Se fosse eu, ficava com o cão e esquecia o projeto de ser Escuteiro Águia.

– Tem mais que ver com ajudar alguém que precisa. Mas tens razão. Não vai ser fácil. Somos inseparáveis desde que ela veio para a nossa casa.

– Exceto quando estás nas aulas, queres dizer.

– Mesmo então – disse ele. – Já acabei o secundário, mas tive aulas em casa, com a minha mãe. Os meus irmãos também estudam em casa.

Em Seattle, só conhecia uma família que ensinava os filhos em casa, e eram fundamentalistas religiosos. Não os conhecia muito bem; só sabia que as filhas tinham de usar vestidos compridos todo o tempo e a família montava um enorme presépio no jardim da frente da casa todos os Natais.

– Gostaste? De estudar em casa, quero dizer?

– Adorei – disse ele.

Pensei no aspeto social da escola, que era de longe a minha parte favorita. Não conseguia imaginar não estar com os meus amigos.

– Porquê?

– Porque podia aprender ao meu próprio ritmo. A minha mãe é professora, e como mudávamos tanto de sítio, os meus pais acharam que íamos ter uma educação melhor dessa maneira.

– Têm carteiras da escola num quarto à parte? Com um quadro negro e um projetor?

– Não – respondeu ele. – Estudamos à mesa da cozinha quando precisamos de uma lição. Mas também estudamos uma grande parte do tempo sozinhos.

– E isso resulta? – Não consegui suprimir o ceticismo da minha voz.

– Acho que sim – respondeu ele. – Com os meus irmãos, sei que sim. São muito inteligentes. De meter medo, de facto. São gémeos, a propósito. O Robert interessa-se pela aeronáutica e o Richard por programação. Provavelmente, vão para a faculdade aos quinze ou aos dezasseis anos, mas academicamente já estão preparados.

– Que idade têm?

– Só têm doze anos. Antes que fiques demasiado impressionada, deixa que te diga que também são imaturos e fazem coisas estúpidas e põem-me doido. E se tu os conheceres também te vão pôr doida. Sinto que tenho de te avisar antes, para não pensares mal de mim. Ou deles, para que saibas como são espertos, mesmo quando não se comportam como tal.

Pela primeira vez desde que tinha começado a falar com ele, não pude deixar de sorrir. Por cima do seu ombro, Ocracoke aproximava-se cada vez mais. A toda a nossa volta, as pessoas tinham começado a encaminhar-se para os seus carros.

– Vou ter isso em mente. E tu? És assustadoramente inteligente?

– Não como eles. Mas essa é uma das coisas fantásticas de estudar em casa. Usualmente, consegue-se fazer os trabalhos todos em duas ou três horas, portanto tem-se tempo para aprender outras coisas. Eles interessam-se pelas ciências, mas eu gosto de fotografia, portanto tive muito tempo para praticar.

– E a faculdade?

– Já fui aceite – respondeu. – Entro no outono.

– Tens dezoito anos?

– Dezassete – disse. – Faço dezoito em julho.

Não pude deixar de pensar que parecia muito mais velho do que eu e mais maduro do que qualquer outra pessoa na minha secundária. Mais autoconfiante, de algum modo, mais à vontade com o mundo e com o seu papel nele. Como isso podia acontecer num lugar como Ocracoke, ultrapassava-me.

– Para que universidade vais?

— Para a academia militar de West Point — disse ele. — O meu pai também lá andou, portanto é uma espécie de coisa de família. Mas e tu? Como é o estado de Washington? Nunca lá estive, mas já ouvi dizer que é lindo.

— É. As montanhas são incríveis e há muitos sítios fantásticos para fazer caminhadas, e Seattle é decididamente uma cidade divertida. As minhas amigas e eu vamos ao cinema e paramos no centro comercial, coisas desse género. Mas a zona onde vivo é assim para o sossegado. Vive lá uma data de gente mais velha.

— Há baleias na baía de Puget, não há? Baleias-corcundas?

— É claro que sim.

— Já alguma vez viste alguma?

— Muitas vezes. — Encolhi os ombros. — No sexto ano, a minha turma fez uma visita de estudo num barco e pudemos ficar muito perto delas. Foi fixe.

— Tenho a esperança de ver uma antes de partir para a universidade. Supostamente, podem-se avistar aqui ao largo da costa por vezes, mas nunca tive essa sorte.

Passaram duas pessoas, uma de cada lado de nós; ouvi bater a porta de um carro atrás de mim. O motor do barco roncou e senti que o *ferry* começava a abrandar.

— Acho que já estamos quase lá — comentei, a pensar que a viagem tinha parecido mais curta do que o usual.

— Isso é verdade — disse ele. — Se calhar devia ir meter a *Daisy* na carrinha. E acho que a tua tia anda à tua procura.

Quando acenou para trás de mim, virei-me e vi a minha tia aproximar-se. Rezei para que não me acenasse ou fizesse uma cena, a dar a saber a toda a gente no *ferry* que eu tinha conhecido o tipo que ela queria que fosse meu explicador.

Ela acenou com a mão.

— Aí estás tu! — chamou. Senti-me afundar cada vez mais na cadeira à medida que ela se aproximava. — Procurei-te no carro, mas não te encontrei — prosseguiu. — Vejo que já conheceste o Bryce.

– Olá, Ms. Dawes – disse o Bryce. Levantou-se da cadeira e dobrou-a. – Pois foi, tivemos a oportunidade de ficarmos a conhecer-nos um pouco.

– Folgo em sabê-lo.

Na pausa que se seguiu, tive a sensação de que ambos estavam à espera de que eu dissesse alguma coisa.

– Olá, Tia Linda. – Pus-me a ver o Bryce meter a cadeira na caixa da sua carrinha e essa foi a minha deixa para me levantar. Depois de dobrar a minha cadeira, passei-lha para as mãos e vi o Bryce colocá-la na caixa da carrinha antes de baixar a aba.

– Salta para aqui, *Daisy* – disse ele. A *Daisy* levantou-se e saltou para as traseiras da carrinha.

Sentia que a minha tia olhou para ele e depois para mim e depois para nós os dois ao mesmo tempo, sem saber o que fazer, antes de se recordar dos seus anos anteriores ao convento, quando, provavelmente, estava mais perto de ser uma pessoa normal, com sentimentos comuns.

– Espero no carro por ti – disse. – Gostei de falar contigo, Bryce. Ainda bem que tivemos oportunidade de pôr a conversa em dia.

– Cuide-se – respondeu o Bryce. – De certeza que vou à sua loja para comprar uns *biscuits* esta semana, portanto vejo-a nessa altura.

A tia Linda fitou-nos aos dois antes de finalmente se virar para ir embora. Quando ela já não podia ouvir-nos, o Bryce olhou de novo para mim.

– Gosto mesmo da Linda e da Gwen. Os *biscuits* delas são os melhores que já comi, mas tenho a certeza de que já sabes isso. Tenho andado a tentar que me deem a receita secreta delas, mas sem sucesso. O meu pai e o meu avô compram uns poucos de cada vez que vão para o barco.

– Para o barco?

– O meu avô é pescador. Quando o meu pai não está a fazer trabalhos de consultoria para o MD, ajuda o meu avô. A reparar o barco e o equipamento ou até ir para o mar com ele.

– O que é o MD?

– Ministério da Defesa.

– Oh – disse eu, sem saber o que mais acrescentar. Era difícil conciliar a ideia de que um consultor do Ministério da Defesa optara de facto por viver em Ocracoke. Nessa altura, porém, o *ferry* já tinha parado e ouvi portas de carros a baterem e motores a roncarem.

– Acho que é melhor ir indo.

– Provavelmente. Mas, ei, foi ótimo falar contigo, Maggie. Normalmente não há ninguém no *ferry* que esteja perto da minha idade, portanto tu tornaste a viagem muito mais divertida.

– Obrigada – disse eu, a tentar não olhar fixamente para as covinhas nas suas faces. Virei-me e, surpreendendo-me a mim própria, senti subitamente uma mistura de alívio e deceção por o nosso tempo juntos ter chegado ao fim.

Esperei até ao último minuto para entrar no carro, porque não queria ser confrontada com perguntas, algo a que estava habituada com a minha mãe e o meu pai. *Do que é que falaram? Gostaste dele? Consegues imaginá-lo a ensinar-te Geometria e a corrigir os teus trabalhos se necessário? Fiz a escolha certa?*

Os meus pais não me teriam largado. Em quase todos os dias de aulas até ao dia dos vómitos – ou dia de fazer xixi num pauzinho, tanto faz –, perguntavam-me sempre que tal tinham corrido as aulas, como se assistir às aulas fosse uma espécie de produção mágica e misteriosa que toda a gente acharia fascinante. Por muitas vezes que respondesse simplesmente que tinham corrido bem – o que realmente queria dizer *Parem de me fazer essa pergunta tão estúpida* –, continuavam a perguntar. E, francamente, para além de *bem*, o que é que eu poderia dizer? Eles tinham andado na escola. Sabiam como era. Um professor punha-se lá na frente e ensinava coisas que eu devia aprender para ter bons resultados nos testes, nada que alguma vez fosse divertido.

Por outro lado, a hora do almoço podia por vezes ser interessante. Ou, quando era mais nova, os intervalos poderiam ser algo sobre que falar. Mas *as aulas*? As aulas eram só... *as aulas*.

Felizmente, a minha tia e a Gwen estavam a conversar sobre o sermão que tínhamos ouvido na igreja, de que mal me lembrava, e, obviamente, a viagem só demorou uns minutos. Fomos primeiro ao café, onde ajudei a descarregar as mercadorias, mas, em vez de irmos deixar a Gwen a casa, ela veio connosco para nos ajudar a levar a árvore de Natal para dentro.

Apesar da minha gravidez e de elas serem senhoras de uma certa idade, conseguimos de alguma maneira levar a árvore pelos degraus acima e pousá-la num suporte que a tia Linda foi buscar à parte de trás do armário no *hall*. Nessa altura, eu já estava um bocado cansada, e acho que elas também. Em vez de enfeitarem logo a árvore, a minha tia e a Gwen afadigaram-se na cozinha. A tia Linda fez uns *biscuits* enquanto a Gwen aquecia mais restos do jantar do Dia de Ação de Graças.

Não me tinha apercebido da fome com que estava, e limpei o prato pela primeira vez desde há algum tempo. E, talvez porque o Bryce dissera alguma coisa sobre os *biscuits*, apercebi-me de que eram mais saborosos do que o habitual. Quando estendi a mão para um segundo, vi a tia Linda sorrir.

– O que foi? – perguntei.

– Só estou contente que estejas a comer – disse a minha tia.

– O que é que levam estes *biscuits*?

– O básico: farinha, leitelho, gordura.

– Há algum segredo na receita?

Se pensou porque é que eu queria saber, não o deu a entender. Lançou um olhar de conspiração à Gwen antes de se virar de novo para mim.

– É claro que sim.

– O que é?

– É segredo – respondeu com um piscar de olho.

Não falámos mais depois disso e quando terminei de lavar a louça retirei-me para o meu quarto. Pela janela, vi o céu cheio de estrelas e a lua a pairar sobre o mar, fazendo com que brilhasse quase prateado. Vesti o pijama e ia meter-me na cama quando me lembrei de repente que ainda tinha de fazer o trabalho sobre Thurgood Marshall. Peguei nos meus apontamentos – pelo menos tinha chegado a esse ponto – e comecei a escrever. Sempre tinha sido razoável a escrever – não ótima, mas decididamente melhor do que era na Matemática – e já tinha escrito uma página e meia quando ouvi uma pancada na porta. Olhando para cima, vi a tia Linda a espreitar para dentro do quarto. Quando reparou que eu estava a fazer o trabalho para casa, ergueu uma sobrancelha, mas tenho a certeza de que pensou imediatamente que seria melhor não dizer nada para não interromper o meu estudo.

– A cozinha está muito bem arrumada – disse. – Obrigada.

– Não tens de quê. Obrigada pelo jantar.

– Eram só restos. – Encolheu os ombros. – A não ser os *biscuits*. Devias telefonar aos teus pais hoje à noite. Ainda é cedo lá.

Olhei para o relógio.

– Devem estar a jantar. Telefono-lhes daqui a um bocado.

Ela pigarreou baixinho.

– Queria que soubesses que quando falei com o Bryce não lhe contei sobre... bem, a tua situação. Só lhe disse que a minha sobrinha tinha vindo viver comigo por uns meses e mais nada.

Não me apercebera até àquele momento de que me tinha sentido preocupada com isso, mas soltei um suspiro de alívio.

– Ele não perguntou porquê?

– Talvez tenha perguntado, mas restringi-me ao assunto de se ele estaria disposto a dar-te explicações.

– Mas falaste-lhe sobre mim.

– Só porque ele disse que precisava de saber alguma coisa sobre ti.

– Se eu quiser que ele seja meu explicador, queres dizer.

– Sim – concordou ela. – E não que isso importe, mas ele é o jovem que consertou a tua bicicleta.

Já sabia isso, mas ainda estava a ponderar a perspetiva de o ver dia após dia.

– E se eu prometesse recuperar sozinha? Sem a ajuda dele?

– Consegues? Porque sabes que não posso ajudar-te. Já há muito tempo que saí da escola.

Hesitei.

– O que é que hei de dizer se ele me perguntar porque é que estou aqui?

Ela pensou por um momento.

– É importante recordar que nenhum de nós é perfeito. Todas as pessoas cometem erros. Tudo o que podemos fazer é tentar ser a melhor versão de nós mesmos daí para a frente. Neste caso, se ele perguntar podes contar-lhe a verdade ou podes mentir. Suponho que se resume a que tipo de pessoa queres ver quando te olhas ao espelho.

Estremeci, sabendo que nunca deveria ter feito a uma ex-freira uma pergunta relacionada com moral. Sem resposta possível para aquilo, voltei ao óbvio.

– Não quero que ninguém saiba. Incluindo ele.

Fez-me um sorriso triste.

– Sei que não queres. Mas tem em mente que a gravidez é um segredo difícil de manter, especialmente numa vila como Ocracoke. E quando começar a ser evidente...

Não teve de terminar a frase. Eu sabia o que ela queria dizer.

– E se eu não sair de casa?

Ao dizer aquilo, já sabia que era uma ideia irrealista. Viajava de *ferry* de Ocracoke para ir à igreja aos domingos; teria de ir ao médico em Morehead City, o que implicaria mais viagens de *ferry*. Já tinha estado no café da minha tia. As pessoas sabiam que me encontrava na ilha e com certeza algumas perguntavam-se qual seria a razão. Tanto quanto eu sabia, o Bryce estava a fazer a mesma coisa. Talvez não estivessem a pensar em gravidez, mas suspeitariam que me tinha metido em alguma espécie de problema. Com a família, com drogas, com a lei, com... *alguma coisa*. Por que outro motivo teria aparecido de repente a meio do inverno?

— Achas que devia contar-lhe, não achas?

— Acho — disse ela, a arrastar as palavras — que ele vai ficar a saber a verdade quer queiras quer não. É só uma questão de quando e de quem lha conta. Penso que seria melhor se viesse de ti.

Olhei lá para fora pela janela, sem ver.

— Ele vai pensar que sou uma pessoa horrível.

— Duvido.

Engoli em seco, a odiar aquilo, a odiar aquilo tudo. A minha tia manteve-se em silêncio, a deixar-me pensar. A esse respeito, tinha de admitir, era muito melhor do que os meus pais.

— Acho que o Bryce pode ser meu explicador.

— Eu digo-lhe — respondeu ela em voz baixa. Depois, pigarreando, perguntou: — O que é que estás a estudar?

— Espero acabar o primeiro rascunho do meu trabalho hoje à noite.

— Tenho a certeza de que vai ficar ótimo. Tu és uma jovem inteligente.

Diz isso aos meus pais, pensei.

— Obrigada.

— Precisas de alguma coisa antes de eu me ir deitar? Um copo de leite, talvez? Amanhã, o dia começa cedo para mim.

— Estou bem, obrigada.

— Não te esqueças de telefonar aos teus pais.

— Não me esqueço.

Virou-se para sair do quarto, mas parou de novo.

— Oh, outra coisa... Estava a pensar que podíamos enfeitar a árvore amanhã à noite depois do jantar.

— OK.

— Dorme bem, Maggie. Adoro-te.

— Também te adoro — disse eu. — Aquela frase saiu-me automaticamente, como com as minhas amigas, e mais tarde, quando estava a falar com os meus pais e eles me perguntaram como me estava a dar com a Linda, apercebi-me de que era a primeira vez que dizíamos aquelas palavras uma à outra.

O QUEBRA-NOZES

Manhattan
Dezembro de 2019

M ark estava sentado com as pontas dos dedos unidas quando Maggie finalmente parou de falar, e a sua expressão era indecifrável. Não disse nada imediatamente, mas por fim abanou a cabeça, como se de súbito se tivesse dado conta de que era a sua vez de falar.

— Desculpe – disse. – Acho que ainda estou a tentar processar o que acabou de me contar.

— A minha história até este momento não é bem o que o Mark esperava, pois não?

— Não sei bem o que esperava – admitiu ele. – O que é que aconteceu a seguir?

— Estou um pouco cansada para contar o resto neste momento.

Mark ergueu a mão.

— Compreendo. De qualquer maneira... uau! Quando eu tinha dezasseis anos, duvido que fosse capaz de lidar com uma crise como essa.

— Não tive escolha na matéria.

— Mesmo assim... – Coçou distraidamente a orelha. – A sua tia Linda parece interessante.

Maggie não pôde deixar de sorrir.

– Sem dúvida.

– Ainda se mantêm em contacto?

– Mantínhamos. Ela e a Gwen visitaram-me em Nova Iorque algumas vezes e vi-a em Ocracoke uma vez, mas principalmente escrevíamos cartas e falávamos ao telefone. Ela faleceu há seis anos.

– Lamento ouvi-lo.

– Ainda sinto a falta dela.

– Guardou as cartas?

– Todas, sem exceção.

Ele desviou o olhar para o lado antes de voltar a pousá-lo em Maggie.

– Porque é que a sua tia deixou de ser freira? Alguma vez lhe perguntou?

– Não nessa altura. Teria sido desconfortável perguntar-lhe, e, além disso, andava demasiado absorvida pelos meus próprios problemas para que a pergunta alguma vez me passasse pela cabeça. Só daí a anos é que abordei o assunto, mas, quando fiz, não obtive uma resposta que realmente compreendesse. Penso que estava à espera de algo mais bombástico.

– O que é que ela disse?

– Disse que a vida tinha a ver com estações, e que a estação tinha mudado.

– Hum. Isso é um bocado enigmático.

– Suponho que ela se cansou de lidar com aquelas adolescentes grávidas todas. Falando por experiência própria, podemos ser um grupo bastante temperamental.

Ele soltou uma risada antes de ficar pensativo.

– Os conventos ainda acolhem adolescentes grávidas?

– Não faço ideia, mas duvido. Os tempos mudaram. Há uns anos, quando fiquei com curiosidade, pesquisei as Irmãs da Misericórdia na Internet e fiquei a saber que tinham fechado há mais de dez anos.

– Onde era o convento dela? Antes de ela o deixar, quero dizer.

— No Illinois, penso eu. Ou talvez fosse no Ohio. Algures no Midwest, de qualquer maneira. E não me pergunte como é que ela acabou por ir para lá. Era da Costa Oeste, como o meu pai.

— Durante quanto tempo é que foi freira?

— Vinte e cinco anos, mais ou menos? Talvez um pouco menos ou um pouco mais, não tenho bem a certeza. A Gwen também. Penso que a Gwen fez os seus votos antes da minha tia.

— Acha que elas eram...?

Quando ele parou de falar, Maggie ergueu uma sobrancelha.

— Amantes? Sinceramente, também não sei. Quando me tornei mais crescida, pensei que talvez fossem, já que estavam sempre juntas, mas nunca as vi beijarem-se ou de mãos dadas ou qualquer coisa desse género. Mas uma coisa sei com toda a certeza: amavam-se profundamente. A Gwen estava à beira da cama da minha tia Linda quando ela faleceu.

— Também se mantém em contacto com ela?

— Eu era mais próxima da minha tia, claro, mas, depois de ela falecer, passei a telefonar à Gwen algumas vezes por ano. Mas não tanto ultimamente. Está com Alzheimer, e não tenho a certeza de que se lembre sequer de quem eu sou. Lembra-se da minha tia, no entanto, o que me deixa feliz.

— Custa a crer que nunca tenha contado nada disto à Luanne.

— É um hábito. Mesmo os meus próprios pais continuam a fingir que nunca aconteceu. A Morgan também.

— Tem tido notícias da Luanne? Desde que ela foi para o Havai?

— Não lhe contei o que a médica me disse, se é o que me está a perguntar.

Ele engoliu em seco.

— Detesto que lhe esteja a acontecer isto – disse. – Detesto mesmo.

— É o Mark e eu. Faça um favor a si mesmo e nunca fique com cancro, especialmente quando é suposto que esteja no auge da sua vida.

Mark baixou a cabeça e Maggie apercebeu-se de que ele não sabia o que dizer. Embora dizer piadas sobre a morte a ajudasse a arredar os seus outros pensamentos mais sombrios, a desvantagem é que ninguém sabia bem como reagir. Por fim, ele ergueu a cabeça.

— Recebi uma mensagem da Luanne hoje. Ela disse que lhe enviou uma mensagem, mas que a Maggie não respondeu.

— Ainda não olhei para o telemóvel hoje. O que é que ela dizia na mensagem?

— Dizia para abrir o seu postal se ainda não o tivesse feito.

Oh, sim. Porque tem um presente lá dentro.

— Provavelmente, ainda está algures em cima da secretária, se quiser ajudar-me a procurá-lo.

Ele pôs-se de pé e começou a procurar no correio de Maggie enquanto ela revistava a gaveta de cima da secretária. Enquanto ela fazia isso, Mark tirou um envelope de uma pilha de faturas e entregou-lho.

— É isto?

— É — disse ela, demorando um segundo a examiná-lo. — Espero que ela não me vá oferecer uma polaroid *sexy* dela.

Mark arregalou os olhos.

— Isso não parece nada típico dela...

Maggie riu-se.

— Estou a brincar. Só queria ver como o Mark reagia. — Abriu o envelope; lá dentro havia um postal elegante com uma mensagem de boas festas, juntamente com umas breves palavras de Luanne a agradecer a Maggie por ser «um prazer trabalhar consigo». Luanne era sempre rigorosa no que dizia respeito à gramática e às formulações corretas. Havia também dois bilhetes para o bailado *O Quebra-Nozes* pelo New York City Ballet no Lincoln Center. O espetáculo era na sexta-feira à noite, daí a dois dias.

Ela tirou os bilhetes e mostrou-os a Mark.

— Ainda bem que me lembrou. Os bilhetes perdem a validade daqui a pouco.

— Que belo presente. Já viu esse bailado?

— Sempre falei nisso, mas nunca cheguei a ir. E o Mark?

— Não posso dizer que o tenha visto.

— Quer ir comigo?

– Eu?

– Porque não? Pode ser uma recompensa, já que tem andado a trabalhar até mais tarde.

– Gostava muito.

– Ótimo.

– Também gostei da sua história, embora a Maggie a tenha interrompido num momento de suspense.

– Que suspense?

– Sobre si, o resto da sua gravidez. O facto de que estava a começar a estabelecer uma relação com a sua tia. Com o Bryce. Sei que concordou que ele podia ser seu explicador, mas como é que correu? Ele ajudou-a? Ou dececionou-a?

Mal Mark disse o nome, ela sentiu uma pontada de incredulidade por ter decorrido quase um quarto de século desde os meses que passara em Ocracoke.

– Está realmente interessado no resto?

– Estou – admitiu ele.

– Porquê?

– Porque me ajuda a compreender um pouco mais sobre si.

Ela bebeu mais um gole do seu batido de gelado já quase derretido e de súbito veio-lhe à cabeça a sua conversa mais recente com a doutora Brodigan. *Num momento*, dissera ela cinicamente, *estará a ter uma conversa agradável com alguém e no seguinte só conseguirá pensar no facto de que está a morrer.* Maggie tentou sem conseguir arredar aquela ideia antes de, subitamente, se perguntar se Mark estaria a espelhar os seus pensamentos.

– Sei que fala com a Abigail todos os dias. Esteja à vontade para lhe contar o meu prognóstico.

– Não faria isso. É... um assunto seu.

– Ela vê os vídeos?

– Vê.

– Então vai ficar a saber, de qualquer maneira. Eu estava a planear uma publicação sobre este desenvolvimento mais recente depois de contar aos meus pais e à minha irmã.

– Ainda não lhes contou?

– Decidi esperar até depois do Natal.

– Porquê?

– Se lhes contasse agora o mais provável é que quisessem que fosse imediatamente para Seattle, o que não quero fazer, ou que insistissem em vir cá, e também não quero isso. Ficariam sob uma grande tensão e a debater-se com a sua dor, e seria mais difícil para todos nós. E como bónus suplementar iria arruinar todos os futuros natais deles. Prefiro não fazer isso.

– Vai ser difícil, seja quando for que lhes diga.

– Eu sei. Mas a minha família e eu temos uma... relação singular.

– Como assim?

– Não vivi exatamente o tipo de vida que os meus pais previam. Sempre tive a sensação de ter nascido na família errada, de alguma maneira, e aprendi há muito tempo que a nossa relação funciona melhor quando mantemos alguma distância entre nós. Eles não compreenderam as minhas opções. Quanto à minha irmã, ela é mais como os meus pais. Fez aquela coisa toda de casar, ter filhos, viver nos subúrbios, e continua tão linda como sempre. É difícil competir com alguém assim.

– Mas olhe para tudo o que a Maggie conseguiu.

– Na minha família, não tenho a certeza de que isso importe.

– Lamento ouvi-lo. – No silêncio que se seguiu, de repente Maggie bocejou e Mark pigarreou. – Porque é que não se vai embora se está cansada? – disse ele. – Eu asseguro-me de que tudo fica registado devidamente e trato dos envios todos.

No passado, ela teria insistido em ficar. Agora, sabia que não serviria de nada.

– Tem a certeza?

– Vai-me levar ao ballet. É o mínimo que posso fazer.

Depois de ela se entrouxar nas suas roupas, Mark seguiu-a até à porta e abriu-lha, pronto a fechá-la à chave nas suas costas. O vento estava agreste, a açoitar-lhe as faces.

– Obrigada mais uma vez pelo batido.

– Quer que lhe chame um Uber ou um táxi? Está muito frio.

– Não é assim tão longe. Eu fico bem.

– Vemo-nos amanhã?

Maggie não queria mentir; quem sabia como se sentiria?

– Talvez – respondeu.

Quando Mark acenou com a cabeça, os seus lábios numa linha séria, ela viu que ele compreendera.

Ao chegar à esquina, Maggie soube que tinha feito asneira. O frio não estava só cortante; dava a sensação de vir do Ártico, e ela continuou a tremer muito mesmo depois de entrar em casa. Sentindo como se um bloco de gelo se tivesse alojado no seu peito, deitou-se encolhida no sofá debaixo de uma manta durante quase meia hora antes de arranjar forças para voltar a pôr-se em movimento.

Na cozinha, fez chá de camomila. Pensou também em tomar um banho quente, mas era demasiado esforço. Em vez disso, foi para o quarto, enfiou um pijama de flanela grossa, uma *sweatshirt*, dois pares de meias e um gorro para manter a cabeça quente, e enfiou-se debaixo das roupas de cama. Depois de beber meia chávena de chá, adormeceu, e dormiu durante dezasseis horas.

Acordou a sentir-se *horrivelmente mal*, como se tivesse acabado de passar a noite em claro. O pior era que a dor parecia irradiar de vários órgãos, mais aguda com cada batimento do seu coração. Arranjou força suficiente para de algum modo se levantar da cama e chegar à casa de banho, onde guardava os analgésicos que a doutora Brodigan lhe receitara.

Engoliu dois comprimidos com água e depois sentou-se na beira da cama, imóvel e a concentrar-se, até ter a certeza de que conseguiria mantê-los no estômago. Só então ficou pronta para começar o seu dia.

Preparou o banho, porque ultimamente tomar um duche lhe dava a sensação de estar a ser apunhalada, e deixou-se ficar na água quente com sabonete durante quase uma hora. A seguir, enviou uma mensagem a Mark a informá-lo de que não iria à galeria, mas o contactaria no dia seguinte para combinarem a hora e o lugar do encontro para o ballet.

Depois de se vestir com roupas confortáveis, fez o pequeno--almoço, embora já fosse de tarde. Forçou-se a comer um ovo e meia torrada, ambos a saberem-lhe a cartão salgado, e depois – como se tornara hábito na última semana e meia – instalou-se no sofá para ver o mundo pela sua janela.

Havia rajadas de neve, os minúsculos flocos a baterem contra o vidro, os seus movimentos hipnóticos. Ao vislumbrar uma poinsétia na janela de um apartamento do outro lado da rua, recordou o seu primeiro Natal de novo em Seattle, depois de regressar de Ocracoke. Embora quisesse sentir-se empolgada com a época festiva, passara a maior parte do mês de dezembro simplesmente em piloto automático. Recordava-se de, até na manhã de Natal, ter aberto os presentes com um entusiasmo fingido.

Sabia que parte disso tinha que ver com o facto de estar mais crescida. Já se tinham ido as crenças da infância, e chegara à fase em que mesmo o cheiro de uma bolacha significava calcular calorias. Mas era mais do que isso. Os seus meses em Ocracoke tinham-na transformado em alguém que já não reconhecia, e havia momentos em que Seattle já não lhe dava a sensação de ser o lugar a que pertencia. Olhando para trás, compreendia que, mesmo nessa altura, já estava a contar os dias até poder partir de vez.

Na verdade, já se sentia assim há meses. Pouco depois de regressar a Seattle, quando começou a sentir vagamente que voltara ao normal, Madison e Jodie mostraram-se desejosas de retomar as coisas onde elas tinham ficado. Superficialmente, pouco tinha mudado. No entanto, quanto mais tempo passava com elas mais sentia que crescera, enquanto elas se tinham mantido exatamente na mesma. Tinham os mesmos interesses e as mesmas inseguranças de sempre, o mesmo tipo de paixoneta por rapazes, sentiam o mesmo entusiasmo por pararem na praça da alimentação do centro comercial aos sábados à tarde. Eram familiares e confortáveis, e no entanto, a pouco e pouco, Maggie começou a compreender que acabariam por se afastar completamente da vida dela, da mesma maneira que ela por vezes sentia que estava a afastar-se da sua própria vida.

Também passara uma grande parte daqueles primeiros meses no regresso a casa a pensar em Ocracoke e a sentir mais saudades do que imaginara. Pensava na sua tia e na praia desoladora e varrida pelo vento, nas viagens de *ferry* e nas vendas de garagem. Sentia-se espantada quando refletia em tudo o que acontecera enquanto esteve lá, tanto que mesmo agora por vezes lhe cortava a respiração.

Maggie viu um filme na Netflix – algo com Nicole Kidman, embora não conseguisse lembrar-se do título –, fez uma sesta ao fim da tarde e depois mandou vir dois batidos. Sabia que não conseguiria acabar os dois, mas parecia-lhe mal mandar vir só um, porque a conta seria muito pequena. E, na realidade, o que importava se deitasse fora um deles?

Questionou-se também se beberia um copo de vinho. Não agora, mas mais tarde, talvez antes de ir para a cama. Já não tomava uma bebida alcoólica há meses, mesmo tendo em conta o pequeno convívio na galeria no final de novembro, quando praticamente só pegara no copo a fazer de conta. Durante os tratamentos de quimioterapia, a mera ideia de álcool provocava-lhe náuseas, e depois simplesmente não sentira vontade. Sabia que tinha uma garrafa no frigorífico, um vinho de Napa Valley que tinha comprado por impulso, e, embora lhe parecesse boa ideia agora, suspeitava que mais tarde o desejo se desvaneceria e só quereria conseguir dormir. O que talvez fosse o melhor, pensou. Quem sabia como o vinho a afetaria? Andava a tomar analgésicos e a comer tão pouco que mesmo uns dois goles poderiam pô-la de rastos ou levá-la a correr para a casa de banho para fazer uma oferenda aos deuses da sanita.

Podia chamar-se-lhe uma excentricidade, mas Maggie nunca quisera que ninguém a visse ou ouvisse a vomitar, nem mesmo as enfermeiras que a vigiavam durante as sessões de quimioterapia. Ajudavam-na a ir à casa de banho, onde ela fechava a porta e tentava ser tão discreta quanto possível. Para além da manhã em que a sua mãe a encontrara na casa de banho, tanto quanto se lembrava só houvera um outro momento em que alguém a vira vomitar. Foi quando ficou enjoada enquanto estava a fotografar de um catamará ao largo da Martinica. A sensação de náusea tinha-a acometido de repente, como uma onda; sentira o estômago imediatamente às voltas e mal conseguira chegar ao gradeamento do barco a tempo. Vomitou sem parar durante as duas horas seguintes. Foi a experiência mais horrível que alguma vez teve no trabalho, tão excessiva que nem se importou minimamente se alguém estava a vê-la. Mal conseguiu tirar fotografias nesse fim de dia – só três de mais do que cem se aproveitavam – e entre cada uma que tirava fazia os possíveis por se manter imóvel. Os enjoos matinais da gravidez – que diabo, mesmo as náuseas da quimioterapia – não se podiam comparar àquilo, e ela tinha-se perguntado por que se queixara tanto quando tinha dezasseis anos.

Quem era realmente nessa altura? Tentara recriar a história para Mark, especialmente como tinham sido terríveis aquelas primeiras semanas em Ocracoke para uma rapariga de dezasseis anos grávida e a sentir-se só. Na altura, o seu exílio parecera-lhe eterno; olhando agora para trás, a única coisa que lhe ocorria era que os seus meses ali tinham passado demasiado depressa.

Embora nunca o tivesse dito aos pais, ansiava por regressar a Ocracoke. A sensação era especialmente forte naqueles dois primeiros meses de volta a Seattle; em certos momentos, o desejo era quase avassalador. Embora a passagem do tempo fizesse diminuir o seu anseio, ele nunca se dissipou completamente. Há anos, na secção de viagens do *New York Times*, alguém escrevera um relato das suas viagens nos Outer Banks. A autora tinha a esperança de ver os cavalos selvagens das ilhas e finalmente avistara-os perto de Corolla, mas foi a sua descrição da beleza austera daquelas ilhas-barreira planas que tocou Maggie. O artigo evocou-lhe o aroma dos *biscuits* que a tia Linda e Gwen faziam para os pescadores de manhã cedo, e a solidão silenciosa da vila em dias ventosos de inverno. Recordava-se de ter recortado o artigo e de o ter enviado à tia, juntamente com algumas fotografias recentes que tirara. Como sempre, a tia Linda respondeu por carta, a agradecer o artigo a Maggie e a elogiar profusamente as fotografias. Terminava a carta dizendo a Maggie como se sentia orgulhosa dela e o quanto a adorava.

Maggie contara a Mark que ela e a tia Linda se tinham tornado mais próximas ao longo dos anos, mas não dera todos os pormenores. Com a sua série interminável de cartas, a tia Linda tornara-se uma presença mais constante na vida de Maggie do que o resto da sua família toda junta. Havia algo reconfortante em saber que alguém a amava e aceitava como a pessoa que ela era; para Maggie, foram os meses que passaram juntas que lhe ensinaram o significado do amor incondicional.

Alguns meses antes de a tia Linda morrer, Maggie confessara-lhe que sempre quisera ser mais como ela. Foi na sua primeira e única visita a Ocracoke desde o dia em que partira ainda adolescente. A vila não mudara muito e a casa da sua tia desencadeou-lhe uma vaga de recordações agridoces. A mobília era a mesma, os cheiros eram os mesmos, mas a passagem do tempo fora deixando lentamente as suas marcas. Tudo estava um pouco mais gasto, mais desbotados e cansado, incluindo a tia Linda. Nessa altura, as rugas no seu rosto tinham-se tornado vincadas e o seu cabelo branco mais ralo, a deixar ver o couro cabeludo em alguns sítios. Só os seus olhos continuavam iguais, com aquele brilho sempre reconhecível. Estavam então sentadas à mesma mesa da cozinha em que Maggie fizera em tempos os trabalhos para casa.

– Porque é que quererias ser mais como eu? – perguntou a tia Linda, apanhada de surpresa.

– Porque és... maravilhosa.

– Oh, minha doçura. – A tia Linda estendeu a mão, tão seme-lhante à pata de um pássaro, tão frágil que quase partiu o coração a Maggie. Apertou meigamente os dedos de Maggie. – Não te dás conta de que eu podia dizer exatamente a mesma coisa sobre ti?

Na sexta-feira, depois de acordar do seu sono semelhante a um coma e de cirandar pelo apartamento, Maggie engoliu umas insípidas papas de aveia instantâneas enquanto escrevia uma mensagem a Mark a dizer-lhe que iria ter com ele mais tarde à galeria. Também reservou mesa no Atlantic Grill e um carro para os ir buscar a seguir ao jantar, já que arranjar um Uber ou um táxi naquela zona ao fim do dia era muitas vezes impossível. Com todas essas tarefas realizadas, voltou para a cama. Como estava prevista uma noite mais prolongada do que o usual, Maggie precisava de estar suficientemente repousada para não cair de chapa em cima do prato ao jantar. Não ligou o des-pertador, e dormiu mais três horas. Só então começou a arranjar-se.

A questão é que, pensou Maggie, *quando um rosto está tão esquálido como o de um esqueleto, com pele tão frágil como papel de seda, pouco se pode fazer para parecer apresentável.* Bastava um olhar ao seu cabelo como penugem de bebé para qualquer pessoa adivi-nhar que ela estava a bater à porta da morte. Mas tinha de fazer uma tentativa e, depois do banho, demorou algum tempo a aplicar a maquilhagem, a tentar dar cor (*vida*) às faces; a seguir, aplicou três tons diferentes de batom antes de encontrar um que parecesse minimamente natural.

Tinha opção quanto ao cabelo – lenço ou chapéu–, e por fim decidiu-se por uma boina de lã vermelha. Pensou em usar um vestido, mas, como sabia que ficaria gelada, optou por calças com uma camisola grossa e felpuda que a fazia parecer mais cheia. Como sempre, usava o seu colar com um pingente, e pôs um cachecol de caxemira lindo, de uma cor viva, para manter o pescoço quente. Quando recuou um passo para se ver ao espelho, sentiu que estava com quase tão bom aspeto como antes de começar a quimioterapia.

Pegou na mala de mão, tomou mais dois comprimidos – a dor não era tão forte como no dia anterior, mas não fazia sentido arriscar – e chamou um Uber. Ao chegar à galeria alguns minutos antes da hora do encerramento, viu Mark pela montra, a falar sobre uma das suas fotografias com um casal dos seus cinquenta anos. Mark fez-lhe um ligeiríssimo aceno com a mão quando Maggie entrou e se apressou a ir para o seu gabinete. Na sua secretária estava uma pequena pilha de correio: estava a passá-la em revista rapidamente quando Mark bateu à porta aberta.

– Hei, desculpe. Pensei que tomavam uma decisão antes de a Maggie chegar, mas tinham muitas perguntas.

– E?

– Compraram duas das suas fotografias.

Espantoso, pensou ela. No início da vida da galeria, passavam semanas sem que se vendesse uma só fotografia sua. E, embora as vendas tivessem aumentado com o crescimento da sua carreira, o verdadeiro renome viera com os seus *Vídeos do Cancro*. A fama mudava tudo de facto, mesmo que fosse por uma razão que ela não desejaria a ninguém. Mark entrou no gabinete, mas estacou de repente.

– Uau! – exclamou. – Está com um aspeto fantástico.

– Estou a tentar.

– Como se sente?

– Como me ando a sentir mais cansada do que o usual, tenho dormido muito.

– Tem a certeza de que está com forças para isto?

Ela via a preocupação no seu semblante.

– É o presente da Luanne, portanto tenho de ir. E, além disso, vai-me ajudar a entrar no espírito do Natal.

– Tenho estado a ansiar por isto desde que me convidou. Está pronta? O trânsito vai estar terrível hoje à noite, especialmente com este tempo.

– Estou pronta.

Depois de desligarem as luzes e fecharem a porta à chave, saíram para a noite gélida. Mark ergueu a mão, a fazer paragem a um táxi, e segurou o cotovelo de Maggie a ajudá-la a entrar.

Na viagem para a Midtown, Mark pô-la a par dos clientes que tinham tido e disse-lhe que Jackie Bernstein voltara para comprar a escultura de Trinity que admirara. Era uma peça cara – e que valia o seu preço, na opinião de Maggie, nem que fosse só como investimento. Nos últimos cinco anos, o valor da arte de Trinity subira em flecha. Também se tinham vendido nove fotografias de Maggie – incluindo aquelas duas últimas – e Mark assegurou-lhe que conseguira despachar todos os envios antes de ela chegar.

– Dava um salto às traseiras sempre que tinha um minuto livre, mas queria assegurar-me de que os despachava hoje. Muitos destinam-se a presentes de Natal.

– O que é que eu faria sem si?

– Provavelmente, contratava outra pessoa qualquer.

– Não reconhece o seu próprio valor. Esquece-se de que muitas pessoas concorreram ao lugar e não o conseguiram.

– Ai sim?

– Não sabia isso?

– Como é que saberia?

Tinha razão, apercebeu-se ela.

– Também queria agradecer-lhe por assumir todo o trabalho sem a Luanne, especialmente durante a época das festas.

– Não tem de quê. Gosto de falar com as pessoas sobre o seu trabalho.

– E o trabalho do Trinity.

– É claro – acrescentou ele. – Mas as peças dele são um pouco intimidantes. Aprendi que, com elas, é preferível ouvir mais e falar menos. As pessoas que estão interessadas no trabalho dele geralmente sabem mais do que eu.

– Mas tem jeito para isto. Alguma vez pensou em ser curador ou gerir a sua própria galeria? Talvez fazer um mestrado em História da Arte em vez de em Teologia?

– Não – respondeu ele. O seu tom era bem humorado, mas decidido. – Sei qual é a via que devo seguir na vida.

Tenho a certeza de que sim, pensou ela.

– Quando é que ela começa? A sua via, quero dizer?

– As aulas começam em setembro do próximo ano.

– Já foi aceite?

– Já – disse ele. – Vou frequentar a universidade de Chicago.

– Com a Abigail?

– Claro.

– Fico contente – disse ela. – Por vezes, pergunto-me como teria sido a experiência do ensino superior.

– Andou num instituto.

– Refiro-me a um curso de quatro anos, com a vida numa residência universitária e festas e ouvir música a jogar ao disco voador no relvado.

Ele ergueu uma sobrancelha.

– E ir às aulas e estudar e fazer trabalhos.

– Oh, sim. Isso também. – Maggie sorriu. – Disse à Abigail que íamos ao ballet hoje à noite?

– Disse, e ela ficou com um bocado de inveja. Fez-me prometer que a levo um dia.

– Que tal está a correr a reunião da família?

– A casa está caótica e cheia de barulho o tempo todo. Mas ela adora. Um dos irmãos dela está na força aérea e veio de Itália. Ela já não o via desde o ano passado.

– Aposto que os pais dela estão encantados por terem toda a gente à volta deles.

— Estão. Imagino que estejam a construir uma casa de massa de bolachas de gengibre. Uma casa enorme. Fazem isso todos os anos.

— E se os seus patrões não tivessem precisado de si poderia tê-los ajudado.

— Seria decididamente uma experiência de aprendizagem. Não sou lá muito jeitoso na cozinha.

— E os seus pais? Ouvi-o mencionar ao Trinity que estão no estrangeiro.

— Vão estar em Jerusalém hoje e amanhã. Estarão em Belém na véspera de Natal. Mandaram-me algumas fotografias da Igreja do Santo Sepulcro. — Tirou o telemóvel do bolso para lhe mostrar. — Esta viagem é algo que os meus pais já queriam fazer há anos, mas esperaram até eu acabar o curso. Para eu poder ir a casa nas férias. — Mark voltou a meter o telemóvel no bolso. — Aonde foi? Quero dizer, na primeira vez que saiu do país?

— Ao Canadá, a Vancouver — respondeu Maggie. — Principalmente porque ficava relativamente perto. Passei um fim de semana a tirar fotografias em Whistler depois de ter passado uma tempestade de gelo.

— Ainda não saí do país.

— Tem de ter essa experiência — disse ela. — Visitar outros lugares altera a nossa perspetiva. Ajuda-nos a compreender que onde quer que estejamos, seja o país que for, as pessoas são basicamente iguais em toda a parte.

O trânsito começou a tornar-se mais lento ao saírem da autoestrada West Side Highway e depois ainda mais enquanto seguiam para leste pelas ruas da cidade. Apesar do frio, os passeios estavam apinhados; Maggie via pessoas com sacos das compras e em filas junto a bancas de comida às esquinas; outras apressavam-se a regressar a casa do trabalho. Por fim, chegaram a um ponto em que podiam ver as janelas iluminadas do Lincoln Center, o que lhes apresentou a opção de ficarem sentados num táxi parado por mais uns dez ou quinze minutos ou saírem e fazerem o resto do caminho a pé.

Decidiram ir a pé e avançaram lentamente ao longo de uma multidão que se estendia para além das portas principais. Maggie tinha os braços cruzados no peito e mudava o peso do corpo de um pé para o outro na esperança de se manter quente, mas felizmente a fila começou a avançar mais depressa e entraram no átrio daí a uns minutos. Seguindo as indicações dos arrumadores, encontraram os seus lugares nas primeiras filas do balcão do teatro David H. Koch.

Continuaram a conversar em voz baixa antes do espetáculo, olhando à volta e vendo os lugares serem ocupados com uma mistura de adultos e crianças. A seu tempo, as luzes apagaram-se, a música soou e a assistência foi apresentada à Véspera de Natal na casa dos Stahlbaum.

Com a história a desenrolar-se, Maggie sentia-se fascinada com a graciosidade e a beleza dos bailarinos, os seus voos em movimentos delicados a animarem as notas de sonho da música de Tchaikovsky. Ocasionalmente, Maggie lançava um olhar a Mark, reparando na sua atenção arrebatada. Ele parecia incapaz de arrancar os olhos do palco, o que recordou a Maggie que ele era um rapaz do Midwest que, provavelmente, nunca vira nada assim.

Quando o bailado terminou, juntaram-se às multidões festivas que jorrava para a Broadway. Ela estava contente por o Atlantic Grill ficar do outro lado da rua. A sentir-se fria e vacilante – talvez por causa dos comprimidos ou porque não comera quase nada em todo o dia –, passou o braço pelo de Mark quando se aproximavam da passadeira. Ele abrandou o passo, a deixá-la apoiar-se nele.

Foi só quando já estavam sentados à mesa que ela começou a sentir-se um pouco melhor.

– Tem a certeza de que não prefere dar a noite por terminada?

– Vou ficar bem – disse ela, não completamente convencida. – E preciso realmente de comer. – Como ele não parecia tranquilizado, prosseguiu: – Sou a sua chefe. Pense nisto como um jantar de negócios.

– Não é um jantar de negócios.

– De negócios pessoais – disse ela. – Pensei que queria ouvir mais sobre o tempo que passei em Ocracoke.

– Quero – disse ele. – Mas só se a Maggie se sentir com forças.

– Tenho realmente de comer. Não estou a brincar quanto a isso.

Com relutância, ele acenou com a cabeça no momento em que a empregada de mesa se aproximou e lhes entregou as ementas. Surpreendendo-se a si mesma, Maggie decidiu que lhe apetecia um copo de vinho e optou por um borgonha francês. Mark mandou vir um chá gelado.

Quando a empregada se afastou, Mark olhou à sua volta.

– Já cá tinha estado?

– Num encontro, há talvez uns cinco anos. Não queria crer quando disseram que tinham uma mesa para nós esta noite, mas suponho que alguém deve ter cancelado.

– Como é que ele era? O homem que a trouxe aqui?

Ela inclinou a cabeça, a tentar lembrar-se.

– Alto, cabelo grisalho fantástico, trabalhava para a Accenture como consultor de gestão. Divorciado, dois filhos e muito inteligente. Entrou na galeria um dia. Tomámos café e acabámos por sair algumas vezes.

– Mas não resultou?

– Por vezes, simplesmente não há química. Com ele, descobri-o quando fui a Key Largo para uma sessão fotográfica e me dei conta quando voltei de que não tinha sentido saudades nenhumas dele. Essa é basicamente a história de toda a minha vida amorosa, fosse quem fosse o homem com quem andava.

– Receio perguntar o que isso quer dizer.

– Nos meus vinte anos, quando vim viver para cá, frequentei as discotecas durante uns anos... saía de casa à meia-noite, ficava fora até quase ao amanhecer, mesmo em noites de semana. Nenhum dos sujeitos que conheci eram do tipo que poderia levar a casa para apresentar à família. Francamente, talvez não fosse sequer boa ideia levá-los para a minha casa.

– Não?

– Pense só... uma data de tatuagens e sonhos de serem *rappers* ou DJs. Decididamente, eu tinha um tipo específico nessa época.

Ele fez uma careta, o que a fez rir. A empregada regressou com o copo de vinho e Maggie estendeu a mão para ele com uma confiança que não sentia propriamente. Bebeu um pequeno gole, a esperar para ver se o seu estômago se rebelaria, mas ele pareceu aceitá-lo. Nessa altura, os dois já tinham decidido o que queriam – ela pediu o bacalhau do Atlântico, ele optou pelo bife –, e quando a empregada perguntou se queriam entradas ou uma salada, ambos recusaram.

Quando a empregada se afastou, Maggie inclinou-se sobre a mesa.

– O Mark podia ter mandado vir mais comida – repreendeu.

– O facto de eu não conseguir comer grande coisa não quer dizer que tenha de me seguir o exemplo.

– Comi umas duas fatias de piza antes de a Maggie chegar à galeria.

– Porque é que fez isso?

– Não queria que a conta aqui fosse muito puxada. Sítios como este são caros.

– Está a falar a sério? Isso é uma tolice.

– É o que a Abigail e eu fazemos.

– Como o Mark há poucos, sabia isso?

– Tenho andado para lhe perguntar... Como começou a fazer fotografia de viagens?

– Pura persistência. E loucura.

– Só isso?

Ela encolheu os ombros.

– Também tive sorte, visto que os empregos fixos em revistas já não existem realmente. O primeiro fotógrafo para quem trabalhei em Seattle já tinha reputação como fotógrafo de viagens, porque tinha trabalhado muito para a *National Geographic* nos velhos tempos. Tinha uma lista bastante boa de contactos com revistas, agências de viagens e agências publicitárias, e por vezes levava-me com ele para o ajudar. Ao fim de um par de anos, perdi a cabeça e acabei por me mudar para aqui. Partilhei um apartamento com umas hospedeiras de bordo, arranjava desconto nos voos e tirei fotografias em todos os lugares que tinha posses para visitar. Também arranjei trabalho com um fotógrafo de vanguarda aqui. Ele foi um dos primeiros a adotar a fotografia digital e estava sempre a investir o que ganhava em mais equipamento e software, o que queria dizer que eu também tinha de fazer o mesmo. Criei um site na Internet, com dicas e críticas e lições de Photoshop, e um dos editores de fotografia na *Condé Nast* deu com ele por acaso. Contratou-me para fazer uma sessão no Mónaco e isso levou a um segundo trabalho e depois a outro. Entretanto, o meu antigo patrão em Seattle aposentou-se e ofereceu-me a lista de clientes dele, bem como uma recomendação, portanto passei a encarregar-me de muito do trabalho que ele fazia.

– O que é que lhe permitiu tornar-se totalmente independente?

– A minha reputação aumentou até ao ponto em que já podia ser eu a escolher os trabalhos que fazia. Os meus honorários, que mantive de propósito baixos para os trabalhos internacionais, aliciavam sempre os editores. E a popularidade do meu *site* e do meu blogue, que levaram às primeiras vendas pela Internet, tornava mais fácil pagar as contas. Também comecei a usar muito cedo o Facebook, o Instagram e especialmente o YouTube, que ajudaram a divulgar o meu nome. E depois, claro, houve a galeria, que consolidou as coisas para mim. Durante anos foi uma luta para arranjar trabalho de viagens pago, e depois, da noite para o dia, de repente não tinha mãos a medir.

– Que idade tinha quando conseguiu aquela sessão fotográfica no Mónaco?

– Vinte e sete.

Ela via o brilho nos olhos dele.

– É uma história fantástica.

– Como disse, tive sorte.

– Talvez ao princípio. Depois disso, foi tudo obra sua.

Maggie olhou à sua volta; como tantos outros lugares em Nova Iorque, estava decorado para a época festiva, ostentando uma árvore de Natal enfeitada e uma menorá com as velas acesas na zona do bar. Havia, na sua estimativa, mais do que o número médio de vestidos e camisolas vermelhos, e, enquanto observava os clientes, perguntou-se o que eles fariam no Natal e o que ela própria faria.

Bebeu mais um gole de vinho, já a sentir o seu efeito.

– Por falar em histórias, quer que retome a minha agora onde a interrompi ou que espere até que chegue a comida?

– Se estiver disposta agora, adoraria ouvi-la.

– Lembra-se de onde parei?

– Tinha concordado em deixar que o Bryce lhe desse explicações e tinha acabado de dizer à sua tia Linda que a adorava.

Ela estendeu a mão para o copo, a fitar as suas profundezas de um tom púrpura.

– Na segunda-feira – começou –, no dia a seguir a comprarmos a árvore de Natal...

COMEÇOS

Ocracoke
1995

Acordei com a luz do sol a entrar pela janela do meu quarto. Sabia que a minha tia já tinha saído há muito tempo, embora na minha sonolência imaginasse que ouvia alguém a remexer na cozinha. Ainda meio grogue e a recear aquela coisa de *vomitar porque é de manhã*, pus a almofada a tapar-me a cabeça e mantive os olhos fechados até sentir que seria seguro fazer um movimento.

Esperei que a náusea me dominasse enquanto voltava lentamente a um estado consciente; nessa altura, era tão previsível como o nascer do sol, mas, estranhamente, continuava a sentir-me bem. Sentei-me lentamente, esperei mais um minuto, e nada. Por fim, pousando os pés no chão, levantei-me, com a certeza de que o meu estômago começaria a dar cambalhotas a qualquer segundo, mas continuou a não acontecer nada.

Com os diabos e aleluia!

Como a casa estava fria, vesti uma *sweatshirt* por cima do pijama e enfiei os pés nuns chinelos de pelo. Na cozinha, a minha tia tinha empilhado todos os meus livros da escola e várias pastas de arquivo em cima da mesa, provavelmente para me incentivar a começar logo de manhã. Ignorei deliberadamente aquela pilha, porque não estava apenas *não-enjoada*; estava de facto com fome outra vez. Estrelei um ovo e aqueci um pãozinho para o pequeno--almoço, a bocejar todo o tempo. Sentia-me mais cansada do que o habitual, porque tinha ficado a pé até tarde a acabar o primeiro rascunho do meu trabalho sobre Thurgood Marshall. Tinha quatro páginas e meia, não bem as cinco requeridas, mas bastava, e, a sentir-me orgulhosa da minha diligência, decidi recompensar-me adiando o resto dos trabalhos para casa até me sentir mais desperta. Em vez de ir estudar, peguei no livro da Sylvia Plath da prateleira da minha tia, entrouxei-me num casaco e sentei-me no alpendre para ler durante algum tempo.

O facto é que nunca tinha gostado de ler por prazer. Isso era o que fazia a Morgan. Eu sempre tinha preferido ler por alto para apreender o conceito geral e, depois de abrir o livro numa página ao acaso, vi umas linhas que a minha tia tinha sublinhado.

> O silêncio deprimia-me. Não era o silêncio do silêncio. Era
> o meu próprio silêncio.

Franzi a testa e li de novo, a tentar decifrar o que Sylvia Plath quisera dizer com aquilo. Achei que compreendia a primeira parte; suspeitava que ela estava a referir-se à solidão, embora de uma maneira vaga. A segunda parte também não era muito difícil de compreender; na minha opinião, ela estava só a deixar claro que estava a falar sobre a solidão especificamente, não sobre o facto de que estar num lugar silencioso é deprimente. Mas a terceira frase era mais intrigante. Supus que estava a referir-se à sua própria apatia, talvez em resultado da sua solidão.

Então, porque é que não tinha simplesmente escrito: *Sentir-me só é uma seca*?

Pensei porque é que algumas pessoas tinham de tornar as coisas tão complicadas. E, francamente, porque é que aquela perceção era sequer profunda? Não era do conhecimento geral que a solidão podia ser uma chatice? Eu própria poderia ter dito isso mesmo, e era só uma adolescente. Que diabo, andava a viver essa experiência desde que tinha encalhado em Ocracoke.

Por outro lado, talvez tivesse interpretado mal aquele trecho. Eu não era propriamente uma crítica literária. A questão real era porque é que a minha tia o tinha sublinhado. Obviamente, queria dizer alguma coisa para ela, mas o quê? A minha tia sentia-se só? Não parecia solitária, e passava muito tempo com a Gwen, mas, por outro lado, o que é que eu sabia realmente sobre ela? Não tínhamos propriamente tido nenhumas conversas profundamente pessoais desde a minha chegada.

Ainda estava a pensar naquilo quando ouvi um motor e o som de pneus sobre o cascalho na frente da casa. Depois disso, o bater da porta de um carro. Levantando-me do meu lugar, abri a porta de correr e pus-me à escuta, à espera. Pouco depois, ouvi alguém bater à porta. Não fazia ideia de quem poderia ser. Era a primeira vez que ouvia bater à porta desde que aqui estava. Talvez devesse ter-me sentido nervosa, mas Ocracoke não era propriamente um viveiro de atividade criminosa, e duvidava que um criminoso batesse à porta antes de entrar. Sem nenhuma preocupação, dirigi-me para a porta da frente e abri-a, deparando-me com o Bryce, o que praticamente fez com que o meu cérebro ficasse paralisado com a confusão. Sabia que tinha concordado que ele me ia dar explicações, mas, não sei porquê, tinha pensado que teria alguns dias antes de começarmos.

– Olá, Maggie – disse ele. – A tua tia disse-me para vir até cá para podermos começar.

– Como?

– As explicações – disse ele.

– Hum...

– Ela mencionou que talvez precisasses de ajuda para te preparares para os testes. E talvez para pôr em dia os trabalhos para casa.

Não tinha tomado banho, não me tinha penteado, não me tinha maquilhado. De pijama e chinelos e casaco, provavelmente parecia uma sem-abrigo.

– Acabei de me levantar – saiu-me por fim.

Ele inclinou a cabeça.

– Dormes de casaco?

– Estava frio ontem à noite. – Como ele continuava a fitar-me, acrescentei: – Sou bastante friorenta.

– Oh – disse ele. – A minha mãe também. Mas... estás pronta? A tua tia disse-me para estar cá às nove.

– Às nove?

– Falei com ela hoje de manhã, depois de acabar de fazer o meu exercício físico. Ela disse que passava aqui em casa a deixar-te um recado.

Acho que afinal sempre tinha ouvido alguém na cozinha.

– Oh – disse eu, a tentar ganhar tempo. De maneira nenhuma o ia deixar entrar, com o aspeto com que eu estava agora. – Julguei que no recado dizia dez horas.

– Queres que volte às dez?

– Talvez fosse melhor – concordei, a tentar não respirar perto dele, para que não me sentisse o hálito. Pela sua parte, parecia... bem, muito como no dia anterior. Cabelo ligeiramente despenteado pelo vento, as covinhas nas faces a aparecerem. Estava com calças de ganga e aquele blusão fixe verde-oliva.

– Sem problema – disse ele. – Até lá, podes-me dar as coisas que a tua tia Linda deixou preparadas? Ela disse que podiam ajudar-me a pôr-me a par do que é preciso.

– Que coisas?

– Ela disse-me que as deixava em cima da mesa da cozinha.

Oh, pois, pensei de repente. *Aquela pilha na mesa, para me incentivar a começar logo de manhã.*

– Espera aí – disse. – Vou ver.

Deixei-o à espera no alpendre e fui à cozinha. E lá estava a mensagem da minha tia em cima da pilha de livros.

Bom dia, Maggie,

Acabei de falar com o Bryce e ele vem às nove para começarem os dois. Também fotocopiei a lista de trabalhos e de

trabalhos para casa, assim como as datas dos testes. Tenho a
esperança de que ele seja capaz de te ajudar nas matérias em
que eu não posso ajudar-te. Tem um dia maravilhoso e vejo-te
esta tarde. Adoro-te.

Deus te abençoe,
Tia Linda

Recordei a mim mesma que devia manter-me alerta a mensagens no futuro. Ia pegar na pilha de livros quando me lembrei do trabalho que tinha escrito. Fui ao quarto e peguei nele antes de arrebanhar tudo o resto e o levar até à porta da frente, onde rapidamente me apercebi do meu erro.

— Bryce? Ainda aí estás?

— Sim, estou aqui.

— Podes abrir a porta? Tenho as mãos ocupadas.

Quando a porta se abriu, entreguei-lhe a pilha.

— Penso que foi isto que ela deixou para ti. Também escrevi um trabalho ontem à noite, pu-lo no cimo.

Se ele se sentiu surpreendido pelo tamanho da pilha não o mostrou.

— Ótimo — disse, estendendo as mãos para ela. Pegou na pilha, que oscilou um pouco antes de voltar a equilibrar-se. — Importas-te que passe uma vista de olhos por isto aqui no alpendre? Em vez de ir para casa e voltar?

— Não me importo nada — respondi. Queria mesmo muito ter escovado os dentes. — Só preciso de um tempinho para me arranjar, está bem?

— Parece-me bem — disse ele. — Vemo-nos daqui a pouco. Leva o tempo que precisares.

Depois de fechar a porta, fui direta ao meu quarto para escolher alguma coisa para vestir. Despi-me rapidamente e tirei as minhas calças de ganga preferidas da pilha no armário, mas quando apertei o botão de cima ele enterrou-se na minha pele e magoou-me.

A mesma coisa com o meu segundo par de calças preferidas. O que queria dizer que, provavelmente, teria de usar as mesmas calças largueironas que trazia no *ferry*. Dei uma olhadela nas camisolas, mas por sorte ainda me serviam. Peguei numa castanha com mangas compridas. Quanto a sapatos, no entanto, não tinha lá muitos. Ténis, chinelos, galochas e Uggs. Optei pelas Uggs.

Com isso decidido, tomei um duche, escovei os dentes e sequei o cabelo. Depois de aplicar um pouco de maquilhagem, vesti as roupas que tinha selecionado. Como a minha tia se mostrara tão insistente na questão da limpeza, o meu quarto estava pronto, portanto só teria de esticar os lençóis, pôr a coberta e encostar a ursinha Maggie à almofada. Não, é claro, que tivesse a menor intenção de mostrar o meu quarto ao Bryce, mas se ele precisasse de ir à casa de banho e espreitasse para dentro dele poderia reparar que eu mantinha tudo arrumado.

Não que isso importasse.

Lavei e sequei o prato, o copo e os utensílios que tinha usado para o pequeno-almoço, mas, para além disso, a cozinha encontrava-se bem arrumada. Abri as cortinas, a deixar entrar mais luz na casa, e, inspirando fundo, dirigi-me para a porta.

Quando a abri, vi-o sentado no alpendre da frente com as pernas empoleiradas nos degraus.

– Oh, ei – disse ele, sem dúvida ouvindo-me atrás de si. Endireitou a pilha de livros, pôs-se de pé e de repente ficou paralisado. Fitou-me como se me estivesse a ver pela primeira vez. – Uau! Estás mesmo gira.

– Obrigada – respondi, a pensar que talvez tivesse um aspeto *aceitável* mesmo que nunca viesse a ser tão bonita como a Morgan. Ainda assim, senti que corava ligeiramente. – Só vesti a primeira coisa que me veio à mão. Estás pronto?

– Deixa-me só pegar nestas coisas.

Recolheu a pilha de livros e recuei para ele entrar. Parou, sem dúvida a perguntar-se para onde ir.

– A mesa da cozinha serve – disse eu, fazendo um gesto. – É onde costumo estudar.

Naqueles raros momentos em que estudo, pensei. E quando não estudava na cama, o que não ia confessar-lhe.

– Perfeito – disse ele. Na cozinha, pousou a pilha de livros em cima da mesa, pegou na pasta de arquivo que estava por cima e instalou-se na cadeira em que eu me tinha sentado para tomar o pequeno-almoço. Entretanto, eu ainda estava a pensar no que me tinha dito no alpendre, e, embora o tivesse convidado a entrar, o facto de ele estar sentado à mesa da cozinha parecia bizarro, como algo que se pudesse ver na televisão ou nos filmes, mas nunca se esperava que acontecesse na vida real.

Abanei a cabeça, a pensar *Preciso de me controlar*. Dirigi-me para a cozinha e aproximei-me dos armários perto do lava-louça.

– Queres um copo de água? Vou beber um.

– Seria ótimo, obrigado.

Enchi dois copos e levei-os para a mesa, depois sentei-me no lugar que era usualmente o da minha tia. Ocorreu-me o pensamento de que a casa parecia totalmente diferente vista deste ângulo, o que me fez pensar em como pareceria ao Bryce.

– Viste o trabalho que fiz?

– Li-o – respondeu. – Ele foi um dos juízes mais destacados que alguma vez esteve ao serviço da lei. Escolheste-o tu ou foi o professor que o indicou?

– Foi o professor que o escolheu.

– Tiveste sorte, porque há muito sobre que escrever. – Uniu as mãos à sua frente. – Comecemos com isto. Como achas que estás a sair-te nas tuas disciplinas?

Não estava a contar com aquela pergunta e demorei um segundo a responder.

– Estou a sair-me razoavelmente, acho eu. Especialmente tendo em conta que tenho de aprender isto tudo sozinha sem professores. Não tive grandes resultados nos últimos testes e fichas, mas ainda tenho tempo para subir as notas.

– Queres subir as notas?

– O que é que queres dizer?

– Cresci a ouvir a minha mãe dizer repetidamente, «Não há ensinar, há só aprender». Devo ter ouvido aquilo mais de cem vezes, e durante muito tempo não compreendi o que ela queria dizer. Porque ela era minha professora, certo? Estava-me a dizer que não era professora? Mas, quando fiquei um pouco mais crescido, compreendi finalmente que ela me estava a dizer que ensinar é impossível a não ser que o aluno queira aprender. Suponho que essa é outra maneira de o formular. Queres aprender? Real e verdadeiramente? Ou queres simplesmente fazer quanto baste para te ires safando?

Tal como no *ferry*, ele dava a impressão de ser mais maduro do que outras pessoas da sua idade, mas talvez por o seu tom de voz ser tão simpático fez-me refletir no que estava realmente a perguntar.

– Bem... Não quero ter de repetir o décimo primeiro ano.

– Entendo isso. Mas não responde realmente à minha pergunta. Que notas gostavas de ter? O que te faria feliz?

As notas máximas sem ter de me esforçar, sabia, mas pensei que não me serviria de nada dizê-lo em voz alta. O facto é que eu era normalmente aluna de notas medianas ou baixas, mais para o baixo do que para o mediano. Por vezes tinha uma nota excelente nas disciplinas mais fáceis, como Música ou Educação Visual, mas também tinha tido algumas negativas. Sabia que nunca me poderia comparar com a Morgan, mas uma parte de mim continuava a querer agradar aos meus pais.

– Acho que se tivesse umas notas razoáveis em média já ficava contente.

– OK – disse ele. Voltou a sorrir, covinhas nas faces e tudo. – Agora sei.

– É tudo?

– Não exatamente. Onde tu estás e onde gostarias de estar não estão alinhados neste momento. Tens pelo menos oito trabalhos de Matemática atrasados, e as notas dos teus testes são bastante baixas. Vais ter de fazer uns trabalhos muito bons no resto do semestre para ter uma nota razoável a Geometria.

– Oh.

– Também estás muito atrasada na Biologia.

– Oh.

– A mesma situação em História Americana. E em Inglês e Espanhol também.

Nessa altura, já não era capaz de o olhar nos olhos, sabendo que, provavelmente, ele achava que eu era uma idiota. Sabia o suficiente para ter a noção de que entrar em West Point era quase tão difícil como entrar em Stanford.

– O que é que achaste do meu trabalho? – perguntei, quase com medo de ouvir a resposta.

Passou o olhar por ele; não estava na pasta de arquivo – ele tinha-o colocado em cima da pilha de livros da escola.

– Também queria falar sobre isso contigo.

Como nunca tinha tido um explicador, não sabia bem o que esperar. Acrescente-se que *o explicador era MESMO giro*, o que me deixava ainda mais às escuras. Suponho que imaginei que íamos estudar e depois fazer um intervalo para nos ficarmos a conhecer, talvez até namoriscar um bocadinho, mas o dia não foi nada assim, a não ser a primeira parte.

Estudámos. Fui à casa de banho. Estudámos um bocado mais. Outro intervalo para ir à casa de banho. Repetição desta rotina durante horas.

Para além de revermos o meu trabalho para História – ele queria que o tornasse mais cronológico em vez de saltar para trás e para a frente no tempo –, passámos a maior parte do dia com Geometria, a pôr em dia o trabalho para casa. De maneira nenhuma consegui fazer tudo, porque ele obrigou-me a resolver cada problema sozinha. Sempre que lhe pedia ajuda, ele procurava

no livro e encontrava a secção que explicava o conceito. Mandava-
-ma ler e, se eu não compreendesse, tentava esclarecer cada parte
da explicação. Quando, mesmo assim, isso não ajudava – o que
acontecia na maior parte do tempo –, ele analisava a pergunta
do trabalho para casa que me tinha baralhado e criava a seguir
uma nova pergunta, muito semelhante. Depois disso, mostrava-
-me pacientemente como responder àquela pergunta-modelo passo
a passo. Só então é que eu voltava ao problema original do trabalho, que tinha de resolver sozinha. Tudo aquilo era seriamente
frustrante, porque tornava todo o processo mais lento ao mesmo
tempo que aumentava a quantidade de trabalho que tinha de
fazer.

A minha tia chegou a casa quando o Bryce estava para ir
embora, e acabaram por ficar a falar à entrada. Não faço ideia
sobre o que é que conversaram, mas as vozes deles soavam bem
dispostas; quanto a mim, não me tinha mexido da cadeira e estava
com a testa pousada na mesa. Imediatamente antes de a minha tia
ter entrado, e mesmo depois de tudo o que eu tinha feito, o Bryce
tinha-me marcado mais trabalhos para casa, ou antes, trabalhos
para casa que já devia ter feito. Para além de reescrever o trabalho
para História, ele queria que lesse capítulos do livro de Biologia e
do de História. Embora tivesse sorrido ao dizer aquilo – como se
o seu pedido fosse inteiramente razoável depois de horas de uma
tensão de fritar os miolos – as covinhas nas suas faces não signifi-
caram absolutamente nada para mim.

Só que...

O facto é que ele era realmente bom a explicar as coisas de uma
maneira que fazia sentido intuitivamente, e tinha-se mostrado
sempre paciente. No fim da explicação, parece-me que, de certo
modo, compreendia um pouco mais sobre as matérias e sentia-me
menos intimidada pela visão de formas e números e sinais de igual.
Mas não se deixe enganar: não me tinha subitamente transformado
num qualquer génio da Geometria. Cometi erros grandes e pequenos erros ao longo do dia todo e no fim da explicação sentia-me

bastante desiludida comigo própria. A Morgan, sabia, não teria tido dificuldade nenhuma.

Mal ele se foi embora, fiz uma sesta. O jantar estava pronto quando acordei por fim, e depois de comer e de arrumar a cozinha voltei para o meu quarto e pus-me a ler os livros da escola. Como ainda tinha de reescrever o meu trabalho, pus o Walkman nas alturas e meti mãos à obra. A minha tia espreitou pela porta do meu quarto daí a uns minutos e disse-me qualquer coisa; fingi que a tinha ouvido, embora não tivesse. Pensei que, se era importante, ela voltaria mais tarde para mo dizer.

Depois de estar a escrever há algum tempo, cometi o erro de me esquecer de que estava grávida. Mudei para uma posição mais confortável e, de repente, a natureza fez o seu chamamento. *Outra vez.* Quando abri a porta do quarto, fiquei surpreendida ao ouvir uma conversa vir da sala de estar. Espreitei à esquina para ver quem seria e avistei a Gwen a colocar um caixote cheio de enfeites e luzes em frente à árvore de Natal, e recordei vagamente que a minha tia me tinha dito que íamos enfeitá-la esta noite depois do trabalho.

O que não esperava era ver o Bryce a tagarelar com a minha tia enquanto ela sintonizava o rádio, parando por fim numa estação que estava a passar música de Natal. Senti uma volta no estômago ao vê-lo, mas pelo menos não estava de pijama e chinelos e com o ar de quem andava a pedir esmola pelas esquinas.

— Aí estás tu — disse a tia Linda. — Ia agora mesmo chamar-te. O Bryce acabou de chegar.

— Olá, Maggie — disse o Bryce. Ainda estava com as mesmas calças de ganga e a mesma *t-shirt*, e não pude deixar de reparar na silhueta agradável dos seus ombros e das suas ancas. — A Linda convidou-me para vir ajudar a enfeitar a árvore. Espero que não te importes.

Fiquei momentaneamente sem fala, mas acho que nenhum deles reparou. A tia Linda já estava a enfiar o casaco a caminho da porta.

– A Gwen e eu vamos dar uma saltada à loja para ir buscar *eggnog*[1] – disse. – Se vocês os dois quiserem começar pelas luzes, estejam à vontade. Voltamos daqui a uns minutos.

Deixei-me ficar à entrada da sala até me lembrar com uma sensação dolorosa de urgência por que motivo tinha saído do meu quarto. Fui à casa de banho e lavei as mãos a seguir. Ao fitar o espelho por cima do lavatório, até eu podia ver que parecia cansada, mas não havia nada que pudesse fazer quanto a isso. Passei uma escova pelo cabelo, inspirei fundo e saí, a perguntar-me porque é que, de repente, me sentia nervosa. Eu e o Bryce já tínhamos estado sós na casa durante horas; porque é que isto seria diferente?

Porque, segredou uma voz dentro de mim, ele não está aqui para me dar explicações. *Está aqui porque, claramente, a tia Linda queria que ele viesse, não por causa dela, mas porque pensou que eu era capaz de gostar disso.*

Quando saí da casa de banho, a tia Linda e a Gwen já tinham saído e o Bryce tinha tirado um conjunto de luzes do caixote. Vi-o tentar desembaraçá-las e, fingindo-me calma, peguei num conjunto diferente e comecei também a desembaraçá-lo.

– Acabei de ler o que tinha para ler – disse eu. – E também reescrevi parte do trabalho. – Sem a luz do sol a filtrar-se pelas janelas, o cabelo e os olhos dele pareciam mais escuros do que o usual.

– Fizeste bem – disse ele. – Eu levei a *Daisy* a dar um passeio na praia e depois os meus pais mandaram-me rachar lenha. Obrigado por me receberes.

– De nada – respondi, embora não tivesse tido voto na matéria.

Acabou de desembaraçar as luzes e olhou à sua volta.

– Preciso de verificar se as luzes estão a funcionar. Há alguma tomada aqui perto?

---

[1] Bebida constituída por uma mistura de rum ou *brandy*, ovo batido, leite e açúcar. *(N. da T.)*

Não fazia ideia. Nunca tinha precisado de saber onde estavam as tomadas, mas penso que ele estava a falar para consigo, porque se baixou, a espreitar por baixo da mesa ao lado do sofá.

– Ali está.

Acocorou-se com movimentos fluidos e estendeu o braço para ligar as luzes. Vi as luzes multicoloridas piscarem.

– Adoro enfeitar árvores de Natal – disse ele, a dirigir-se de novo para o caixote. – Faz-me sentir o espírito natalício. – Pegou num outro conjunto de luzes no momento em que eu estava a acabar de desembaraçar o meu. Liguei-o ao que já estava no chão e vi que também piscava, e depois estendi a mão para pegar noutro.

– Nunca enfeitei uma árvore.

– A sério?

– Costuma ser a minha mãe a fazer isso – respondi. – Gosta que ela fique com um certo aspeto.

– Oh – disse ele, e vi que estava perplexo. – É o contrário na minha casa. A minha mãe orienta e nós fazemos tudo.

– Ela não gosta de enfeitar a árvore?

– Gosta, mas terias de a conhecer para compreender. O *eggnog* foi ideia minha, já agora. Faz parte da nossa tradição e mal o mencionei a tua tia achou que também devíamos tê-lo aqui. Estive a dizer-lhe que acho que te saíste tão bem hoje. Especialmente no fim. Mal tinha de te ajudar.

– Ainda estou muito atrasada.

– Isso não me preocupa – disse ele. – Se continuares como hoje vais recuperar num instante.

Não sentia assim tanta certeza. Claramente, ele tinha mais confiança em mim do que eu.

– Obrigada por toda a tua ajuda. Não tenho a certeza se to disse antes de ires embora. Já estava um bocado arrasada nessa altura.

– Sem problema – disse ele. – Pegou no meu conjunto de luzes e verificou-as também. – Há quanto tempo é que vives em Seattle?

– Desde que nasci – respondi. – Na mesma casa. No mesmo quarto, de facto.

– Não consigo imaginar como é que isso seria. Até virmos para cá, mudei de casa praticamente de dois em dois anos. Idaho, Virgínia, Alemanha, Itália, Geórgia, até a Carolina do Norte. O meu pai esteve colocado em Fort Bragg durante algum tempo.

– Não sei onde é que isso fica.

– Fica em Fayetteville. A sul de Raleigh, a cerca de três horas da costa.

– Continuo a não saber onde é. O que sei sobre a Carolina do Norte limita-se praticamente a Ocracoke e a Morehead City.

Ele sorriu.

– Fala-me sobre a tua família. O que é que a tua mãe e o teu pai fazem?

– O meu pai trabalha na linha de montagem na Boeing. Acho que faz rebitagem, mas não tenho bem a certeza. Não fala muito sobre isso, mas tenho a sensação de que é o mesmo todos os dias. A minha mãe trabalha em *part-time* como secretária da nossa igreja.

– E tens uma irmã, certo?

– Tenho. – Acenei com a cabeça. – A Morgan. É mais velha do que eu dois anos

– Vocês as duas são parecidas?

– Quem me dera – respondi.

– Tenho a certeza de que ela diz a mesma coisa sobre ti. – O piropo dele apanhou-me desprevenida, como de manhã, quando me disse que eu estava *mesmo gira*. Entretanto, o Bryce tinha tirado uma extensão do caixote. – Acho que estamos prontos – disse. Ligou a extensão à tomada e acoplou o primeiro conjunto de luzes. – Queres colocar ou ajustar?

Não sabia ao certo do que é que ele estava a falar.

– Ajustar, acho eu.

– OK – disse ele. Agarrou a árvore e afastou-a com cuidado da janela da frente, a arranjar mais espaço. – É mais fácil andar à volta da árvore assim. Podemos voltar a pô-la no lugar depois de acabarmos.

Assegurando-se de que o fio tinha folga suficiente, começou a colocar as luzes na parte de trás da árvore e depois até à parte da frente.

– Verifica só que não há espaços sem luzes nem sítios onde elas estão demasiado perto umas das outras.

Ajustar. Entendi.

Fiz o que me pedia. Daí a pouco tempo, o primeiro conjunto de luzes já estava posto e ele ligou o seguinte. Repetimos o processo, a trabalharmos juntos.

Ele pigarreou.

– Tenho andado para te perguntar o que é que te trouxe a Ocracoke.

E ali estava. *A pergunta*. De facto, surpreendia-me que não tivesse surgido antes, e pensei na conversa que tinha tido com a minha tia e na impossibilidade de segredos em Ocracoke. E que, como ela tinha dito, seria melhor se a resposta viesse de mim. Inspirei fundo, a sentir uma pontada de medo.

– Estou grávida.

Ainda estava debruçado quando ergueu a cabeça para olhar para mim.

– Eu sei. Referia-me a porque é que estás aqui em Ocracoke e não com a tua família.

Senti que o queixo me descaía.

– Sabias que estou grávida? A minha tia contou-te.

– A Linda não disse nada. Só encaixei as peças, por assim dizer.

– Que peças?

– O facto de estares aqui, mas ainda matriculada numa escola em Seattle? Porque te vais embora em maio? Porque a tua tia foi vaga quanto à razão para a tua visita súbita? Porque pediu um assento bem almofadado na tua bicicleta? Porque foste muito à casa de banho hoje? A gravidez era a única explicação que fazia sentido.

Não sabia bem se me surpreendia mais a ideia de ele ter adivinhado com tanta facilidade ou o facto de não haver nenhuma espécie de juízo de valor no seu tom de voz ou na sua expressão ao dizê-lo.

– Foi um erro – apressei-me a dizer. – Fiz uma coisa estúpida em agosto passado com um tipo que mal conhecia e agora estou aqui até ter o bebé, porque os meus pais não queriam que ninguém

123

descobrisse o que me tinha acontecido. E também preferia que não contasses a ninguém.

Ele começou de novo a colocar as luzes na árvore.

– Não vou dizer nada. Mas as pessoas não vão ficar a saber o que aconteceu quando te virem por aí com um bebé?

– Vou dá-la para adoção. Os meus pais têm tudo planeado.

– É uma menina?

– Não faço ideia. A minha mãe acha que vai ser uma menina porque na minha família só saem meninas. Quer dizer... a minha mãe tem quatro irmãs, o meu pai tem três irmãs. Tenho doze primas e nenhum primo homem. Os meus pais tiveram meninas.

– Isso é fixe – disse ele. – Para além da minha mãe, são tudo rapazes na minha família. Podes-me passar outro conjunto de luzes?

A mudança de assunto surpreendeu-me.

– Espera... não tens mais perguntas?

– Como o quê?

– Não sei. Como aconteceu ou outra coisa qualquer?

– Compreendo o processo – disse ele num tom neutro. – Já mencionaste que foi um tipo que mal conhecias e que foi um erro, e vais dá-la para adoção, portanto que mais há para dizer?

Os meus pais, sem dúvida, tinham tido muito mais para dizer, mas quanto ao que ele disse, o que importavam realmente os pormenores? Na minha confusão, peguei num outro conjunto de luzes e entreguei-lho.

– Não sou má pessoa...

– Nunca pensei que fosses.

Começou a andar à volta da árvore outra vez; nessa altura, as luzes já chegavam a meio da árvore.

– Porque é que nada disto te incomoda?

– Porque – respondeu ele, ainda a colocar as luzes – aconteceu o mesmo à minha mãe. Ela era adolescente quando engravidou. Suponho que a única diferença é que o meu pai casou com ela e daí a uns tempos eu nasci.

– Os teus pais contaram-te isso?

– Não tiveram de contar. Sei quando é o aniversário de casamento deles e sei quando faço anos. A conta não é difícil de fazer.

Uau, pensei. Perguntei-me se a minha tia saberia tudo aquilo.

– Que idade tinha a tua mãe?

– Dezanove.

Não parecia uma diferença de idade significativa, mas era, mesmo que ele não o tivesse dito. Afinal, aos dezanove anos é-se legalmente adulta e já não se anda na secundária. Depois de terminar de colocar o conjunto de luzes seguinte, ele disse:

– Vamos recuar para ver que tal nos estamos a sair.

A alguma distância, era mais fácil ver as falhas e os outros sítios onde as luzes estavam demasiado juntas. Na árvore, ambos ajustámos as luzes, recuámos, depois ajustámos um pouco mais, com o aroma a pinho a encher a sala ao mexermos nos ramos. Soava uma melodia cantada por Bing Crosby em pano de fundo ao mesmo tempo que as luzes a piscar incidiam nas feições do Bryce. No silêncio, perguntei-me no que ele estaria realmente a pensar e se aceitaria com tanta facilidade como parecia.

Depois de terminarmos, pendurámos as luzes na metade superior da árvore. Como ele era mais alto, fez praticamente tudo enquanto eu me deixei ficar a vê-lo. Depois de ele acabar, ambos recuámos para mais longe de novo e observámos a nossa obra.

– O que achas?

– Está bonita – respondi, embora tivesse ainda a mente a um milhão de milhas de distância.

– Sabes se a tua tia tem uma estrela ou um anjo para pôr no cimo?

– Não faço ideia. E... obrigada.

– Pelo quê?

– Por não me fazeres perguntas. Por seres tão simpático quanto à razão para eu estar em Ocracoke. Por teres aceitado dar-me explicações.

– Não tens de me agradecer – disse ele. – Acredites ou não, sinto-me contente por estares aqui. Ocracoke consegue ser uma seca no inverno.

– Não me digas!

Ele riu-se.

– Suponho que reparaste nisso, não?

Pela primeira vez desde a chegada dele, sorri.

– Não é mau de todo.

A tia Linda e a Gwen chegaram daí a cerca de um minuto e soltaram «ohs» e «ahs» ao verem as luzes na árvore antes de servirem uns copos de *eggnog*. Nós os quatro fomos bebendo uns goles enquanto acrescentávamos as fitas à árvore juntamente com os ornamentos e o anjo no topo, que tinha sido guardado no armário da entrada. A árvore demorou pouco tempo a ficar pronta. O Bryce voltou a arrastá-la para o seu lugar antes de regar a base. A seguir, a tia Linda encheu-nos com pãezinhos com canela que tinha comprado na loja e, embora não estivessem tão frescos como os seus *biscuits*, comemo-los com vontade à mesa.

Embora não fosse muito tarde, provavelmente já era hora de o Bryce se ir embora, já que a tia Linda e a Gwen tinham de se levantar muito cedo. Por sorte, ele pareceu aperceber-se disso e levou o seu prato para o lava-louça e a seguir despediu-se antes de nos dirigirmos para a porta.

– Mais uma vez, obrigado por me receberem – disse ele, estendendo a mão para o puxador. – Foi muito divertido.

Não sabia bem se ele queria dizer que tinha sido divertido enfeitar a árvore ou passar algum tempo comigo, mas senti um acesso de alívio por lhe ter contado a verdade sobre mim. E por ele ter sido mais do que compreensivo em relação a tudo.

– Fiquei contente por teres vindo.

– Vejo-te amanhã – disse ele em voz baixa, com as palavras a soarem estranhamente como uma promessa e ao mesmo tempo uma oportunidade.

– Contei-lhe – disse à tia Linda mais tarde, depois de a Gwen se ter ido embora. Estávamos na sala de estar, a levar as caixas vazias para o armário da entrada.

– E?

– Já sabia. Tinha adivinhado.

– Ele é... muito esperto. Toda a família é.

Quando pousei a caixa no chão, senti as calças de ganga a apertarem-me a cintura, e já sabia que as minhas outras calças estavam ainda mais apertadas.

– Acho que vou precisar de roupas maiores.

– Ia sugerir que fôssemos às compras depois da igreja no domingo por essa mesma razão.

– Dá para ver?

– Não. Mas é por volta desta fase. Levei muitas raparigas grávidas às compras quando era freira.

– É possível comprar calças que não tornem o meu estado tão óbvio? Quer dizer, sei que toda a gente vai ficar a saber, mas...

– É bastante fácil disfarçar no inverno, porque as camisolas e os casacos conseguem tapar muita coisa. Duvido que alguém te veja a barriga de grávida até março. Talvez mesmo até abril, e, depois de começar a notar-se, podes sempre manter-te mais discreta, se é isso que queres.

– Achas que há outras pessoas que já adivinharam? Como o Bryce adivinhou? E que andam a falar sobre mim?

A minha tia pareceu escolher as palavras cuidadosamente.

– Penso que há alguma curiosidade sobre o motivo por que estás aqui, mas ninguém me perguntou ainda diretamente. Se o fizerem, digo-lhes só que é pessoal. Não vão insistir.

Agradava-me a maneira como ela me estava a proteger. Olhando na direção da porta aberta do meu quarto, pensei no que tinha lido no livro da Sylvia Plath.

– Posso perguntar-te uma coisa?

– Claro que sim.

– Alguma vez sentes que estás completamente só?

Ela baixou o olhar, com uma expressão estranha no rosto.

– Sempre – respondeu, numa voz pouco mais alta do que um murmúrio.

Não o vou maçar com os pormenores daquela primeira semana, porque foi mais ou menos a mesma coisa, só variando as matérias estudadas. Acabei de reescrever o meu trabalho e o Bryce fez-me reescrevê-lo uma *segunda* vez antes de por fim ficar satisfeito. De um modo lento mas consistente, comecei a pôr em dia o trabalho para casa, e na quinta-feira passámos a maior parte do dia a estudar para o teste de Geometria na sexta. Nessa altura, como sabia que o meu cérebro estaria demasiado cansado para fazer o teste depois de a minha tia voltar do trabalho, ela veio da loja às oito da manhã no dia seguinte para vigiar o exame, antes de o Bryce chegar.

Sentia-me bastante nervosa. Por muito que tivesse estudado, não deixava de ter imenso medo de fazer erros estúpidos ou de dar com um problema que parecesse escrito em chinês. Imediatamente antes de a minha tia me entregar o enunciado do teste, eu disse uma pequena oração, embora achasse que não me iria valer de nada.

Por sorte, pensei que compreendia o que estava a ser pedido na maior parte das questões e abordei-as passo a passo como o Bryce me tinha demonstrado. Mesmo assim, quando por fim entreguei o teste, continuava a sentir-me como se tivesse engolido uma bola de ténis. Tinha tido positivas baixas nos testes e fichas anteriores e não consegui suportar ficar a ver a minha tia corrigi-lo. Como não queria vê-la a usar a esferográfica vermelha para riscar coisas, pus-me a olhar lá para fora pela janela. Quando a tia Linda por fim me trouxe o teste, estava a sorrir, mas não consegui ver se era por piedade ou porque eu tinha tido um bom resultado. Pousou o teste em cima da mesa diante de mim e, depois de inspirar fundo, arranjei finalmente coragem para olhar para ele.

Não tinha rebentado com a escala. Nem sequer tinha tido uma nota excelente.

Mas o Bom que tive estava mais perto do Excelente do que do Suficiente, e quando instintivamente soltei um gritinho de alegria e incredulidade, a tia Linda estendeu-me os braços e caí neles, e ficámos as duas abraçadas durante muito tempo na cozinha, e apercebi-me do quanto precisava disso.

Quando o Bryce chegou, passou o teste em revista antes de o devolver à minha tia.

– Vou fazer melhor na próxima vez – disse ele, embora tivesse sido eu a fazer o teste.

– Estou encantada – disse eu. – E não te dês ao trabalho de te sentires mal, porque não vou aceitar isso.

– É justo – respondeu, mas eu via que aquilo estava a incomodá-lo.

Depois de a tia Linda recolher o meu trabalho todo – ela enviava tudo para a minha escola às sextas-feiras – e de se dirigir para a porta, o Bryce lançou-me um olhar, com uma expressão embaraçada.

– Queria perguntar-te uma coisa – disse. – Sei que é um bocado em cima da hora e que também tenho de perguntar à tua tia, mas não queria fazê-lo antes de falar contigo primeiro. Porque, se tu não quiseres, não vai haver razão para lhe perguntar a ela, certo? E, obviamente, se ela não concordar com a ideia não há problema.

— Não faço ideia do que é que estás a falar.

— Sabes que há o desfile de barcos de New Bern, certo?

— Nunca ouvi falar disso.

— Oh — disse ele. — Devia ter adivinhado. New Bern é uma pequena cidade no interior perto de Morehead City, e todos os anos a cidade organiza um desfile de Natal. Basicamente, é uma série de barcos decorados com luzes de Natal que descem o rio numa espécie de procissão. A seguir, a minha família vai jantar e depois visitamos uma propriedade incrível toda enfeitada em Vanceboro. Seja como for, é uma tradição anual da família e vai acontecer tudo amanhã.

— Porque é que me estás a contar isso?

— Pensei se gostarias de vir connosco.

Demorei um par de segundos a compreender que ele estava a convidar-me para uma espécie de saída. Não era realmente um encontro a dois, porque os pais e os irmãos mais novos dele estariam connosco — seria mais uma *saída em família* —, mas por causa da maneira atabalhoada e indireta como ele tinha abordado o assunto, suspeitei que era a primeira vez que alguma vez convidava uma rapariga para fazer alguma coisa com ele. Surpreendeu-me, porque sempre me tinha parecido muito mais velho do que eu. Em Seattle, os rapazes simplesmente perguntavam, «Queres ir sair comigo?», e despachavam assim a coisa. O J nem sequer tinha feito tanto como isso; limitou-se a sentar-se ao meu lado no alpendre e começar a falar.

Mas até me agradava aquela complicação excessiva e atabalhoada, embora não fosse capaz de imaginar nada de romântico entre nós. Quer ele fosse giro quer não, a coisa do romantismo dentro de mim tinha mirrado como uma uva passa num passeio quente, e duvidava que alguma vez voltasse a ter uma sensação de desejo. Mesmo assim, era... *uma doçura.*

– Se a minha tia disser que sim, soa-me divertido.

– Há outra coisa que precisas de saber primeiro – disse ele. – Passamos a noite em New Bern, porque não há *ferry* até tão tarde. A minha família arrenda uma casa, mas tu ias ter o teu próprio quarto, claro.

– Talvez seja melhor perguntares à minha tia antes de ela se ir embora.

Nessa altura, a minha tia já estava lá fora a descer os degraus do alpendre. O Bryce correu atrás dela e eu fiquei a pensar que tinha acabado de me convidar para sair com ele.

Não... risque isso. *Uma saída em família.*

Perguntei-me o que diria a minha tia; pouco depois, ouvi o Bryce voltar. Estava a sorrir quando entrou na cozinha.

– Ela quer falar com os meus pais e disse que nos dizia alguma coisa hoje à tarde.

– Soa-me bem.

– Acho que devíamos começar, então. A explicação, quero dizer.

– Estou pronta quando tu estiveres.

– Ótimo – disse ele, sentando-se à mesa, com os ombros subitamente relaxados. – Vamos começar pelo Espanhol hoje. Tens uma ficha de avaliação na terça-feira.

E, como se se tivesse ligado um interruptor, voltou a ser o meu explicador, um papel que, claramente, o deixava mais à vontade.

A tia Linda voltou para casa uns minutos depois das três da tarde. Embora eu tivesse a impressão de que estava cansada, sorriu ao entrar e tirou o casaco. Apercebi-me de que sorria sempre quando entrava em casa.

– Olá – disse. – Que tal correu hoje?

– Correu bem – disse o Bryce, ao mesmo tempo que juntava as suas coisas. – Que tal foi na loja?

– Movimentado – respondeu ela. Pendurou o casaco no cabide. – Falei com os teus pais e não há problema se a Maggie quiser ir convosco amanhã. Disseram que iam ter connosco à igreja no domingo.

– Obrigado por falar com eles. E por concordar.

– Tive todo o gosto – disse ela. Depois, virando-se para mim, acrescentou: – E depois da igreja no domingo vamos às compras, OK?

– Às compras? – perguntou o Bryce automaticamente.

A minha tia olhou-me nos olhos por uma fração de segundo, mas sabia o que eu estava a pensar.

– Presentes de Natal – disse.

E assim, de repente, eu tinha um encontro.

Uma espécie de encontro.

Na manhã seguinte dormi até tarde e, pelo sexto dia seguido, o meu estômago estava bem. Era decididamente uma vantagem, que foi seguida por outra surpresa quando despi o pijama antes de me meter no chuveiro. O meu... *busto* estava decididamente maior. Admito que usei a palavra *busto* em vez da que me veio à cabeça inicialmente por causa do crucifixo que estava pendurado na parede da casa de banho. Calculei que devia ser a palavra que a minha tia teria usado.

Tinha lido que isso aconteceria, mas não assim. Não da noite para o dia. OK, talvez não tivesse andado a prestar muita atenção e elas me tivessem andado a crescer sem eu dar conta, mas, em frente ao espelho, pensei que de repente parecia uma Dolly Parton em miniatura.

Pelo lado negativo, reparei que a minha cintura, em tempos fina, estava já a começar a ficar como um pneu. Examinando-me de lado ao espelho, vi que estava ao mesmo tempo maior e mais larga. Embora houvesse uma balança na casa de banho, não consegui arranjar coragem para ver quanto peso tinha ganhado.

Pela primeira vez desde que o Bryce tinha começado a dar-me explicações, tinha a casa para mim durante a maior parte do dia. Provavelmente, devia ter aproveitado o sossego para fazer os trabalhos para casa, mas decidi ir até à praia.

Depois de me entrouxar em roupa quente, encontrei a bicicleta por baixo da casa. Comecei um bocado tremida – já não andava de bicicleta há algum tempo –, mas apanhei-lhe o jeito numa questão de minutos. Pedalava lentamente no vento frio e quando cheguei ao areal encostei a bicicleta a um poste com a indicação de um passadiço por entre as dunas.

A praia era bonita, embora fosse inteiramente diferente da costa do estado de Washington. Onde eu estava acostumada a ver rochedos e penhascos e ondas furiosas a dispararem plumas de água, só havia uma ondulação suave e areia e juncos. Nem pessoas nem palmeiras nem postos de salva-vidas fechados ou casas com vistas para o mar. Enquanto percorria a extensão vazia da costa, era fácil imaginar que era a primeira pessoa a alguma vez ter estado ali.

Só com os meus pensamentos, tentei imaginar o que os meus pais estariam a fazer. Ou fariam mais tarde, porque ainda era cedo lá. Pensei se a Morgan estaria a praticar o violino – fazia muito isso aos sábados – ou se teria ido ao centro comercial comprar presentes. Pensei se já teriam comprado a árvore de Natal ou se isso seria algo que fariam mais tarde nesse dia ou no dia seguinte ou mesmo no fim de semana seguinte. Pensei no que estariam a fazer a Madison e a Jodie, se uma ou a outra teriam conhecido um novo tipo, que filmes teriam ido ver ultimamente ou onde – se a algum sítio – iriam nas férias.

No entanto, pela primeira vez desde a minha partida de Seattle, esses pensamentos não me faziam sofrer com uma tristeza avassaladora. Em vez disso, apercebi-me de que tinha sido a decisão certa ir para Ocracoke. Não me interprete mal – continuava a desejar que nada daquilo tivesse acontecido –, mas, de algum modo, sabia que a minha tia Linda era exatamente o que eu precisava nesta fase da minha vida. Parecia compreender-me de uma maneira como os meus pais nunca me tinham compreendido.

Talvez porque, tal como eu, se sentia sempre só.

Depois de voltar para casa, tomei um duche e enfiei as coisas de que necessitaria para a igreja num dos sacos de viagem que tinha trazido de Seattle, e depois passei o resto do dia a ler vários capítulos dos meus livros da escola, ainda a tentar recuperar e com a esperança de reter alguma da informação o tempo suficiente para conseguir acabar o trabalho para casa sem ter de resolver os problemas extra que o Bryce sem dúvida inventaria para mim.

A tia Linda regressou às duas horas – aos sábados a loja fechava mais cedo – e assegurou-se de que eu tinha metido no saco de viagem tudo aquilo de que necessitava, mas de que me tinha esquecido, de pasta dos dentes a champô. A seguir, ajudei-a a montar o presépio na prateleira por cima do fogão de sala. Enquanto fazíamos isso, reparei pela primeira vez que os seus olhos eram iguais aos do meu pai.

– O que é que vais fazer hoje à noite? – perguntei. – Já que vais ter a casa só para ti?

– A Gwen e eu vamos jantar – disse ela. – A seguir vamos jogar *gin rummy*.

– Isso soa relaxante.

– Tenho a certeza de que também vais passar uma noite agradável com o Bryce e a família dele.

– Não é nada de mais.

– Veremos. – A maneira como ela disse aquilo, ao mesmo tempo que desviava os olhos, tornou a minha pergunta seguinte automática.

– Não queres que eu vá?

– Vocês os dois já passaram muito tempo juntos esta semana.

– Nas explicações – disse eu. – Porque achaste que eu precisava.

– Eu sei – disse ela. – E, embora tenha concordado que podias ir, tenho as minhas reservas.

– Porquê?

Endireitou as figuras da Nossa Senhora e de São José antes de responder.

– Por vezes, é fácil os jovens... perderem-se nos sentimentos do coração.

Demorei uns segundos a processar as palavras que ela usou – ao mesmo tempo antiquadas e típicas de uma freira – mas depois senti que arregalava os olhos.

– Achas que me vou apaixonar por ele?

Como ela não respondeu, quase me ri.

– Não tens de te preocupar com isso – prossegui. – Estou grávida, lembras-te? Não tenho o mínimo interesse por ele.

Ela suspirou.

– Não é contigo que estou preocupada.

O Bryce apareceu poucos minutos depois de termos acabado de enfeitar a prateleira por cima do fogão de sala. Ainda um pouco atarantada com o comentário da minha tia, mas dando-lhe um beijo mesmo assim, saí de casa com o meu saco de viagem quando ele ainda estava a subir os degraus.

– Olá – disse ele. Tal como eu, estava vestido para uma noite de inverno. O blusão fixe cor de oliva tinha sido substituído por um casaco acolchoado como o meu. – Estás pronta? Posso levar-te o saco?

– Não é pesado, mas sim, obrigada.

Depois de o Bryce pegar no meu saco, acenámos um adeus à minha tia e dirigimo-nos para a carrinha dele, a mesma que tinha visto no *ferry*. Ao perto, era maior e mais alta do que recordava. Ele abriu-me a porta do lado do passageiro, mas tive um pouco a sensação de estar a escalar uma pequena montanha até conseguir por fim trepar lá para dentro. O Bryce fechou a porta e depois entrou pelo outro lado, pondo o saco de viagem entre nós. Embora o céu estivesse limpo, a temperatura já estava a descer. Pelo canto do olho, vi a minha tia acender as luzes da árvore de Natal, que brilharam na janela, e, por alguma razão, pensei de repente no momento em que o tinha visto pela primeira vez com a sua cadela no *ferry*.

– Esqueci-me de perguntar: a *Daisy* vem connosco?

O Bryce abanou a cabeça.

– Não. Acabei de a deixar na casa dos meus avós.

– Eles não quiseram vir? Os teus avós, quero dizer.

– Não gostam de sair da ilha a não ser que tenha mesmo de ser. – Sorriu. – E, já agora, os meus pais estão ansiosos por te conhecer.

– Eu também – disse-lhe, esperando que eles não fizessem *a pergunta*, mas não tive tempo de matutar naquilo. A viagem só demorou uns minutos; a casa deles ficava na mesma zona da loja da minha tia, perto dos hotéis e do *ferry*. O Bryce virou para o caminho da casa, parando ao lado de uma carrinha branca grande, e dei comigo a olhar para uma casa que inicialmente me pareceu igual a todas as outras da vila, talvez só um pouco maior e mais bem conservada. Enquanto estava a observá-la, a porta da frente abriu-se de repente e dois garotos desceram os degraus a correr, a empurrarem-se um ao outro. Os meus olhos andavam entre os dois e pensei que eram como imagens em espelho um do outro.

– O Richard e o Robert, se te esqueceste – disse o Bryce.

– Nunca vou conseguir distingui-los.

136

– Eles já estão habituados. E vão-te tentar baralhar por causa disso.

– Baralhar-me como?

– O Robert é o do casaco vermelho. O Richard é o do azul. Por agora, de qualquer maneira. Mas são capazes de trocar, portanto prepara-te. Lembra-te só que o Richard tem um sinal pequenino por baixo do olho esquerdo.

Nessa altura, os dois já tinham parado perto da carrinha do Bryce e estavam a olhar-nos fixamente. O Bryce pegou no meu saco, abriu a porta e saiu. Fiz o mesmo, a sentir que ia cair antes de os meus pés finalmente pousarem no cascalho. Encontrámo-nos na parte da frente da carrinha.

– Richard, Robert? – disse o Bryce. – Esta é a Maggie.

– Olá, Maggie – disseram eles em uníssono, com vozes que soavam ao mesmo tempo robóticas e forçadas, geradas por uma máquina. Depois, também em uníssono, inclinaram ambos a cabeça para a esquerda e, quando continuaram a falar, apercebi-me de que era ensaiado. – É um prazer conhecer-te e ter a honra da tua companhia esta noite.

A fazer o jogo deles, saudei-os à moda da série *O Caminho das Estrelas*.

– Que tenhais uma vida longa e próspera.

Ambos se riram, e, embora estivessem um ao lado do outro e fosse ainda de dia, não consegui detetar o sinal. Mas o Richard (casaco azul) encostou-se ao Robert (casaco vermelho), que empurrou o Richard, que deu um soco ao Robert, e depois disso o Robert pôs-se a perseguir o Richard e ambos desapareceram por trás da casa.

Pelo canto do olho, vi movimento à minha direita, ao nível do chão por baixo da casa. Quando me virei, vi aparecer uma senhora relativamente jovem numa cadeira de rodas, seguida por um homem alto com o cabelo cortado à escovinha, que supus ser o pai do Bryce.

Já tinha visto pessoas em cadeiras de rodas, claro. Havia uma menina chamada Audrey na minha turma no terceiro e no quarto ano que andava de cadeira de rodas, e Mr. Petrie – que, tal como o meu pai, era diácono da igreja – também usava uma. Mas não estava a contar que a mãe do Bryce andasse de cadeira de rodas, porque ele não tinha dito nada sobre isso. Foi capaz de mencionar que ela tinha ficado grávida na adolescência, mas esqueceu-se de me contar aquilo?

De algum modo, fui capaz de manter uma expressão simpática mas neutra. Os dois aproximaram-se e a mãe dele disse:

– R e R... na carrinha! Ou partimos sem vocês!

Daí a segundos, os dois irmãos apareceram aos urros do lado da casa oposto àquele onde os tinha visto antes. Agora o Richard (casaco azul) vinha a perseguir o Robert (casaco vermelho)...

Ou estariam a tentar baralhar-me?

Não havia maneira de saber.

– Já para a carrinha! – berrou o pai do Bryce, e, dando a volta, os gémeos abriram a porta lateral e saltaram para o interior, fazendo a carrinha balouçar ligeiramente.

Espertos ou não, decididamente tinham muita energia.

Nessa altura, os pais do Bryce já se tinham aproximado e eu via uma expressão de boas-vindas nos seus rostos. O casaco da mãe dele era ainda mais acolchoado do que o meu e o seu cabelo castanho arruivado fazia sobressair os seus olhos verdes. O pai, reparei, tinha uma postura hirta como uma estaca e cabelo preto com fios prateados perto das orelhas. A mãe do Bryce estendeu--me a mão.

– Olá, Maggie – disse, com um sorriso fácil. – Sou a Janet Trickett, e este é o meu marido, o Porter. Sinto-me muito contente por teres podido vir connosco.

– Olá, Mr. e Mrs. Trickett – disse eu. – Obrigada por me convidarem.

Apertei também a mão do Porter.

– É um prazer – acrescentou ele. – É agradável ver uma cara nova por estas bandas. Ouvi dizer que estás em casa da tua tia Linda.

– Por uns meses – disse eu. E acrescentei: – O Bryce tem-me ajudado realmente muito nos estudos.

– Folgo saber isso – disse o Porter. – Estão os dois prontos para partirmos?

– Estamos – respondeu o Bryce. – Há mais alguma coisa em casa que seja preciso eu ir buscar?

– Já meti as malas no carro. Se calhar devíamos ir indo, já que nunca se sabe se o *ferry* vai estar muito cheio.

Quando estava para me dirigir para a carrinha, o Bryce pegou-me delicadamente no braço, a fazer-me sinal que esperasse. Vi os pais do Bryce encaminharem-se para o lado oposto da porta por onde os irmãos dele tinham entrado. O pai estendeu o braço para dentro e ouvi um zunido hidráulico e vi uma pequena plataforma sair da carrinha e depois baixar-se até ao chão.

– Ajudei o meu pai e o meu avô a modificar a carrinha – disse o Bryce – para a minha mãe também poder conduzi-la.

– Porque é que não compraram simplesmente outra?

– São caras – respondeu ele. – E não havia um modelo que correspondesse ao que queríamos. Os meus pais queriam uma carrinha que quer um quer o outro pudesse conduzir, portanto o assento da frente tinha de poder ser trocado com facilidade. Basicamente, desliza de um lado para o outro e depois trava-se.

– Vocês os três descobriram a maneira de fazer isso?

– O meu pai é bastante esperto em relação a esse tipo de coisa.

– O que é que ele fazia no exército?

– Estava nos serviços de informação – respondeu ele. – Mas também é um génio com tudo o que seja mecânica.

Porque é que aquilo não me surpreendia?

Nessa altura, a mãe do Bryce já tinha desaparecido para o interior da carrinha e a plataforma estava a subir de novo. Foi a deixa do Bryce para começar a andar. Abriu a porta do lado oposto e entrámos, sentando-nos ao lado dos gémeos no banco de trás.

Depois de a carrinha sair da entrada da casa em marcha-atrás, dirigimo-nos para o *ferry* e olhei para o gémeo ao meu lado. Estava com o casaco azul e, ao perto, pensei que conseguia ver o tal sinal.

– És o Richard, certo?

– E tu és a Maggie.

– És o que gosta de computadores ou de engenharia aeronáutica?

– De computadores. A engenharia é para coca-bichinhos.

– É melhor do que ser um cromo – acrescentou o Robert rapidamente. Inclinou-se para a frente no assento e virou a cabeça para olhar para mim.

– O que foi? – perguntei-lhe por fim.

– Não pareces ter dezasseis anos – disse ele. – Pareces mais velha.

Não sabia bem se aquilo era um cumprimento ou não.

– Obrigada? – disse.

Manteve o olhar fixo em mim.

– Porque é que te mudaste para cá?

– Por razões pessoais.

– Gostas de ultraleves?

– Como?

– São aviões pequenos, lentos e muito leves que só precisam de uma pista muito pequena para aterrarem. Estou a construir um no quintal. Como os irmãos Wright fizeram.

O Richard atalhou:

– Eu faço jogos de vídeo.

Virei-me para ele.

– Não sei bem o que queres dizer.

– Um jogo de vídeo usa imagens manipuladas eletronicamente num computador ou noutro dispositivo com ecrã que permitem ao utilizador envolver-se em buscas, missões ou viagens, desempenhar deveres ou outras tarefas, quer sozinho quer com outros como parte de uma competição ou como equipa.

– Eu sei o que é um jogo de vídeo. Não sabia o que querias dizer com *fazer*.

– Quer dizer – explicou o Bryce – que ele concebe jogos, escreve o código e depois elabora-os. E tenho a certeza de que ela

140

vai querer ouvir tudo sobre isso, e sobre o avião, mais tarde, mas e se vocês os dois nos deixassem ir até ao *ferry* em paz?

– Porquê? – perguntou o Richard. – Só estou a tentar conversar com ela.

– Richard! Já chega! – ouvi Mr. Trickett dizer.

– O teu pai tem razão – acrescentou Mrs. Trickett, lançando-lhes um olhar de reprovação por cima do ombro. – E têm de pedir desculpa.

– Porquê?

– Por serem mal-educados.

– Como é que estou a ser mal-educado?

– Não vou discutir contigo – disse ela. – Peçam desculpa. Os dois.

O Robert perguntou: – Porque é que tenho de pedir desculpa?

– Porque – respondeu a mãe dele – estavam ambos a exibir-se. E não vou voltar a pedir.

Pelo canto do olho, reparei que os dois se afundavam ainda mais no assento.

– Desculpa – disseram em uníssono.

O Bryce inclinou-se para mim, o seu hálito quente na minha orelha, e disse:

– Tentei avisar-te.

Contive uma risadinha, a pensar: *E eu que julgava que a minha família era esquisita.*

Esperámos numa fila relativamente longa de carros, mas havia bastante espaço no convés, e partimos a horas. O Richard e o Robert saltaram para fora da carrinha quase imediatamente e nós seguimo-los, vendo-os correr para o gradeamento. Atrás de nós, enquanto enfiava o gorro e as luvas, ouvi a plataforma hidráulica.

Apontei para a zona de lugares sentados para os passageiros no nível superior.

– A tua mãe vai conseguir ir lá para dentro? Quero dizer, há um elevador?

– Costumam passar a maior parte do tempo dentro da carrinha – respondeu o Bryce. – Mas ela gosta de ficar ao ar fresco um bocado. Queres ir beber um refrigerante?

Vi as pessoas avançarem nessa direção e abanei a cabeça.

– Vamos até lá à frente um bocado.

Encaminhámo-nos para a proa juntamente com algumas outras pessoas, mas conseguimos arranjar um lugar onde não ficássemos ensanduichados ao lado de outros passageiros. Apesar do ar gélido, a água estava calma em todas as direções.

– O Robert está mesmo a construir um avião? – perguntei.

– Anda a trabalhar nele há quase um ano. O meu pai ajuda, mas o desenho é dele.

– E os teus pais vão-no deixar pilotá-lo?

– Vai precisar primeiro da licença de piloto. Está a fazê-lo principalmente para entrar numa competição de ciência para estudantes a nível nacional, e, conhecendo-o como o conheço, tenho a certeza de que o avião vai voar. Mas o meu pai vai-se assegurar de que é seguro.

– O teu pai também sabe pilotar aviões?

– Sabe fazer uma data de coisas.

– Mas é a tua mãe que lhes dá aulas? Não é o teu pai?

– Ele sempre trabalhou.

– Como é que a tua mãe consegue ensinar-lhes seja o que for?

– Ela também é muito esperta. – Encolheu os ombros. – Entrou no MIT[2] quando tinha dezasseis anos.

---

[2] Massachusetts Institute of Technology, uma instituição americana famosa pela sua investigação nas áreas da ciência e da tecnologia. (N. da T.)

Então como é que ficou grávida na adolescência? pensei. *Oh, pois. Às vezes é só um percalço.* Mesmo assim... que família. Nunca tinha sequer ouvido falar de outra como ela.

– Como é que os teus pais se conheceram?

– Estavam ambos a fazer um estágio em Washington, mas não sei muito mais do que isso. Eles não partilham realmente esses tipos de histórias connosco.

– A tua mãe já estava numa cadeira de rodas nessa altura? Desculpa, sei que se calhar não devia perguntar...

– Não tem mal. Tenho a certeza de que muitas pessoas se perguntam sobre isso. Teve um acidente de automóvel há oito anos. Numa estrada com duas faixas, um carro ultrapassou outro da direção oposta. Para evitar uma colisão de frente, a minha mãe guinou para fora da estrada, mas bateu num poste telefónico. Quase morreu; de facto, é praticamente um milagre que não tenha morrido. Passou cerca de duas semanas nos Cuidados Intensivos, fez uma série de operações e imensa fisioterapia. Mas a medula espinhal dela tinha ficado danificada. Esteve completamente paralisada da cintura para baixo durante mais de um ano, mas por fim recuperou alguma sensação nas pernas. Agora consegue mexê-las um bocadinho, o suficiente para ser mais fácil vestir-se, mas é tudo. Não consegue pôr-se de pé.

– Isso é horrível.

– É triste. Antes do acidente, era muito ativa. Jogava ténis, corria todos os dias. Mas não se queixa.

– Porque é que não me falaste sobre ela?

– Acho que não pensei nisso. Sei que soa estranho, mas já não reparo realmente. Ela ainda ensina os gémeos, faz o jantar, vai às compras, tira fotografias, o que seja. Mas tens razão. Devia ter pensado em mencioná-lo.

– Foi por isso que a tua família se mudou para Ocracoke? Para os pais dela poderem ajudar?

– De facto é o contrário. Como te disse, depois de o meu pai se aposentar das forças armadas e começar a ser consultor, podíamos ter ido para qualquer lado, mas a minha avó tinha tido um AVC no ano anterior. Não muito grave, mas o médico disse que podia vir a ter outros. Quanto ao meu avô, a artrite dele está a piorar, o que é mais uma razão para o meu pai o ajudar sempre que está cá. A questão é que a minha mãe achou que podia ajudar os pais dela mais do que eles podiam ajudá-la, portanto queria viver perto deles. Acredites ou não, ela é bastante independente.

— E ela é a razão para tu andares a treinar a *Daisy*? Para ajudar alguém como a tua mãe que precise?

— Foi isso em parte. O meu pai também achou que eu ia gostar de ter um cão durante algum tempo, como ele anda sempre a viajar.

— Viaja muito?

— Varia, mas usualmente uns quatro ou cinco meses por ano. Vai de viagem outra vez a seguir às festas. Mas agora é a tua vez. Temos estado a falar sobre mim e a minha família e dá a sensação de que não sei nada sobre ti.

Sentia o vento no meu cabelo, o sabor do sal no ar gélido.

— Já te falei sobre os meus pais e a minha irmã.

— E quanto a ti, então? O que mais gostas de fazer? Tens alguns passatempos?

— Dançava quando era pequena e pratiquei alguns desportos no terceiro ciclo. Mas não tenho propriamente passatempos.

— O que é que fazes depois das aulas ou aos fins de semana?

— Convivo com os meus amigos, falo ao telefone, vejo televisão. — Ao dizer aquilo compreendi como soava desinteressante e soube que precisava de afastar de mim o tema da conversa tão rapidamente quanto possível. — Esqueceste-te de trazer a tua máquina fotográfica.

— Para o desfile, queres dizer? Pensei nisso, mas achei que seria uma perda de tempo. Tentei no ano passado, mas não consegui que as fotografias saíssem bem. As luzes coloridas saíram todas brancas.

— Tentaste usar a configuração automática?

— Tentei tudo, mas mesmo assim não consegui que resultasse. Na altura, não me apercebi de que devia ter usado um

144

tripé e ajustado o ISO, mas, mesmo assim, era provavelmente que as imagens não saíssem bem. Acho que os barcos estavam demasiado longe da costa e, obviamente, estavam em movimento.

Não fazia ideia do que nada daquilo queria dizer.

— Parece complicado.

— É e não é. É como aprender alguma coisa, requer tempo e prática. E mesmo quando penso que sei exatamente o que fazer para uma fotografia, ainda dou comigo a mudar a abertura constantemente. Quando fotografo a preto e branco, o que faço normalmente, também tenho de ter atenção ao cronómetro no quarto escuro para conseguir acertar no sombreado. E agora, com o Photoshop, ainda há mais coisas que posso fazer a seguir.

— Tens um quarto escuro teu?

— O meu pai fê-lo para a minha mãe, mas também o uso.

— Deves ser um especialista.

— A minha mãe é que é a especialista, não eu. Quando tenho um problema com uma impressão, ela ajuda-me, ou o Richard. Às vezes, os dois.

— O Richard?

— Com o Photoshop, quero dizer. Ele compreende automaticamente tudo o que se relaciona com computadores, portanto se for uma questão do Photoshop ele consegue descobrir a solução. É irritante.

Sorri.

— Deduzo que foi a tua mãe que te ensinou fotografia, certo?

— Foi. Ela tem tirado algumas fotografias incríveis ao longo dos anos.

— Gostava de as ver. E o quarto escuro também.

— Terei todo o gosto em tos mostrar.

— Como é que a tua mãe se interessou por fotografia?

— Disse que pegou numa máquina fotográfica um dia, no secundário, tirou umas fotografias e ficou viciada. Depois de eu nascer, nem a minha mãe nem o meu pai queriam pôr-me no infantário, portanto ela começou a trabalhar como *freelance* com um fotógrafo local aos fins de semana, quando o meu pai podia ficar a olhar por mim. Depois, sempre que nos mudávamos, ela arranjava trabalho a colaborar com um novo fotógrafo. Fez isso até os gémeos nascerem. Nessa altura, já tinha começado a dar-me aulas em casa, e a tomar conta deles, portanto a fotografia tornou-se mais um passatempo. Mas ainda sai com a máquina fotográfica sempre que pode.

Pensei nos meus pais, a tentar calcular quais seriam os interesses deles, mas, para além do trabalho, da família e da igreja, não me ocorreu nada. A minha mãe não jogava ténis nem bridge nem nada do género; o meu pai nunca tinha jogado póquer ou o que quer que fosse que faziam os homens quando conviviam. Ambos trabalhavam; ele ocupava-se do quintal e da garagem e ia pôr o lixo lá fora, e ela cozinhava, tratava das roupas e limpava a casa. Para além de irem jantar fora à sexta-feira de quinze em quinze dias, os meus pais eram bastante caseiros. O que, provavelmente, explicava porque é que eu também não fazia grande coisa. Por outro lado, a Morgan tinha o violino, portanto talvez eu estivesse só a arranjar desculpas.

— Vais continuar com a fotografia depois de ires para West Point?

— Duvido que tenha tempo. Têm um horário bastante rígido.

— O que é que queres fazer no exército?

— Talvez trabalhar no serviço de informação, como o meu pai? Mas numa parte de mim pergunto-me como seria optar pela via das forças especiais e tornar-me um Boina Verde ou ser selecionado para a força Delta.

— Como o Rambo? — perguntei, referindo-me à personagem do Sylvester Stallone.

— Exatamente, mas de preferência sem a síndrome pós-traumática a seguir. E mais uma vez estamos a falar sobre mim. Gostava de saber mais coisas sobre ti.

— Não há muito a dizer.

— Como é que foi? Mudares-te para Ocracoke, quero dizer?

Hesitei, a perguntar-me se queria falar sobre o assunto ou quanto lhe contaria, mas essa sensação só durou uns segundos e evoluiu para *Porque não?* Depois disso, as palavras simplesmente começaram a sair em catadupa. Embora não lhe falasse sobre o J – o que havia realmente a dizer, a não ser que tinha sido estúpida? –, contei-lhe que a minha mãe me tinha encontrado a vomitar na casa de banho e parti daí, falando sobre tudo até ao momento em que ele apareceu para me dar explicações. Pensei que seria mais difícil, mas ele não me interrompeu muitas vezes, dando-me o espaço de que necessitava para contar a história.

Quando terminei, já só faltava meia hora para o *ferry* atracar, e dava graças por me ter entrouxado em roupa quente. Estava gelada, e retirámo-nos para a carrinha, onde o Bryce pegou num termos e serviu duas chávenas de chocolate quente. Os pais dele estavam a falar os dois na frente e nós dissemos um olá rápido antes de eles voltarem à sua conversa.

Bebemos o chocolate quente e a minha cara foi voltando à sua cor normal. Continuámos a conversar sobre coisas típicas de adolescentes – filmes e programas de televisão favoritos, música, de que tipo de piza gostávamos (massa fina com queijo extra para mim, salsicha e *pepperoni* para ele), e tudo o mais que nos vinha à cabeça. O Robert e o Richard entraram para a carrinha quando o pai deles estava a ligar o motor e o ferry estava prestes a atracar.

Seguimos por estradas escuras e com pouco movimento, passando por quintas e caravanas enfeitadas com luzes de Natal. Uma vila dava lugar à seguinte. Sentia a perna do Bryce encostada à minha, e quando ele se riu de alguma coisa que um dos gémeos tinha dito pensei na maneira fácil como parecia relacionar-se com a sua família. A mãe dele, provavelmente pensando que talvez eu estivesse a sentir-me de fora, fez-me o tipo de perguntas que os pais faziam sempre, e, embora não me importasse de responder de um modo geral, não deixava de pensar no que o Bryce lhes teria já contado sobre mim.

Quando chegámos a New Bern, surpreendeu-me o quão *pitoresca* era. Em frente ao rio havia casas históricas, no centro, lojas pequenas, e os lampiões em todos os cruzamentos estavam enfeitados com coroas iluminadas. Os passeios estavam apinhados com pessoas a dirigirem-se para o parque Union Point, e, depois de estacionarmos, fomo-nos juntar a elas.

Nessa altura, fazia ainda mais frio, e o bafo saía-me em pequenas nuvens. No parque, foi oferecido mais chocolate quente, com bolachas de manteiga de amendoim. Só quando dei a primeira dentada é que me apercebi de como estava cheia de fome. A mãe do Bryce, parecendo ler-me a mente, deu-me outra bolacha mal acabei a primeira, mas quando os gémeos pediram outra ela disse-lhes que iam ter de esperar até depois do jantar. A piscadela de olho de conspiração que me fez deu-me imediatamente uma sensação de pertença.

Enquanto estava ainda a mordiscar a bolacha, o desfile começou. Na sua transmissão ao vivo de uma tenda, a estação local de rádio anunciou pelos altifalantes o proprietário e o tipo de cada barco enquanto, um a um, eles desfilavam lentamente. Por alguma razão, acho que estava à espera de iates, mas, para além de um punhado de barcos à vela, eram do mesmo tamanho que os barcos de pesca que via nas docas em Ocracoke ou mais pequenos. Alguns estavam enfeitados com luzes; outros ostentavam personagens como Winnie the Pooh ou o Grinch, e outros ainda tinham simplesmente colocado árvores de Natal enfeitadas no convés. Aquilo tudo tinha um ar de cidadezinha de série de televisão, como Mayberry, e, embora pensasse que poderia despertar-me saudades de casa, isso não aconteceu. Em vez disso, dei comigo a concentrar-me em como o Bryce estava tão perto de mim e em ver o pai dele apontar e sorrir com os gémeos. A mãe dele limitava-se a beber o seu chocolate quente com um ar de contentamento. Daí a pouco tempo, quando o pai do Bryce se inclinou para a sua mulher e a beijou ternamente, dei comigo a tentar lembrar-me da última vez que tinha visto o meu pai beijar a minha mãe da mesma maneira.

A seguir, fomos jantar ao Chelsea, um restaurante não muito longe do parque. Não fomos os únicos a dirigirmo-nos para lá depois de o desfile terminar; o restaurante estava cheio de movimento.

Mesmo assim, o serviço era rápido e a comida boa. À mesa, vi-me a escutar principalmente enquanto o Richard e o Robert debatiam com a mãe e o pai sobre tópicos científicos elevados. O Bryce deixou-se ficar recostado na cadeira, mantendo-se calado como eu.

Quando acabámos de jantar, regressámos à carrinha e fomos até um lugar que parecia ficar no meio de lado nenhum, acabando por estacionar na berma com os quatro piscas ligados. Ao sair da carrinha, só consegui ficar a olhar embasbacada, a tentar apreender aquilo tudo.

Embora as casas enfeitadas com luzes de Natal fossem comuns em Seattle e os centros comerciais fossem decorados profissionalmente, isto era a uma escala inteiramente diferente, com as decorações de Natal espalhadas por pelo menos catorze mil metros quadrados. À minha esquerda havia uma pequena casa no limite da propriedade, com luzes à volta das janelas e a cobrir o telhado; um Pai Natal com o seu trenó estava empoleirado perto da chaminé. Mas era o resto da propriedade que me espantava. Até da estrada se viam dúzias de árvores de Natal iluminadas, uma bandeira americana gigante a brilhar no topo das árvores, uns cones altos como tendas de índios feitos só com luzes, um lago «gelado» com uma superfície de plástico transparente iluminada por baixo por umas minúsculas lâmpadas brilhantes, um comboio enfeitado e luzes sincronizadas a fazerem parecer que as renas estavam a voar pelo céu. No meio da propriedade, uma miniatura de uma roda gigante iluminada girava lentamente, com animais de peluche sentados nas cadeirinhas. Aqui e ali, via personagens de banda desenhada e de desenhos animados pintadas em contraplacado, cortado com extrema precisão.

Os gémeos correram numa direção enquanto os pais avançavam lentamente noutra, deixando-me sozinha com o Bryce. Avançando por entre os enfeites, sentia o meu olhar vaguear para aqui e para ali. O orvalho estava a humedecer as pontas dos dedos dos meus pés e enfiei as mãos mais fundo nos bolsos. A toda a nossa volta, havia famílias a passear pela propriedade, crianças a correrem de uma cena para a seguinte.

– Quem faz isto tudo?

– A família que vive na casa – respondeu o Bryce. – Montam isto todos os anos.

– Devem adorar realmente o Natal.

– Sem dúvida – concordou ele. – Dou sempre comigo a perguntar-me quanto tempo demorarão a montar isto tudo. E como é que embalam tudo depois para poderem voltar a fazê-lo no ano seguinte.

– E não se importam que as pessoas basicamente andem a passear pelo quintal deles?

– Suponho que não.

Inclinei a cabeça.

– Não sei bem se me agradaria ter estranhos a andar pelo meu quintal o mês todo. Acho que ia sempre ter receio de que alguém se pusesse a espreitar pelas janelas.

– Penso que a maior parte das pessoas compreende que não deve fazer isso.

Durante a meia hora seguinte, andámos por entre os enfeites, numa conversa fácil. Em fundo, ouvia música de Natal a sair de colunas de som escondidas, juntamente com os gritinhos de alegria das crianças. Muitas pessoas estavam a tirar fotografias e, pela primeira vez, dei comigo a entrar no espírito da época festiva, algo que não poderia ter imaginado antes de conhecer o Bryce. Ele pareceu adivinhar o que eu estava a pensar, e quando me olhou nos olhos pensei de novo nas nossas conversas recentes e no quanto já lhe tinha contado sobre mim. O Bryce, compreendi de repente, provavelmente conhecia melhor o meu verdadeiro eu do que qualquer outra pessoa na minha vida.

Nessa noite, ficámos na zona histórica de New Bern, não muito longe do parque onde tínhamos visto o desfile. Pegando no meu saco de viagem, segui a família para dentro da casa, e o pai do Bryce conduziu-me ao meu quarto. Depois de vestir o pijama, adormeci numa questão de minutos.

De manhã, o pai do Bryce fez panquecas para o pequeno-almoço. Sentei-me ao lado do Bryce, a ouvir os outros fazerem planos para as compras desse dia. Mas o relógio não parava – ninguém queria que a minha tia tivesse de esperar no parque de estacionamento da igreja. Depois de um duche rápido, fiz a mala e voltámos para Morehead City enquanto o meu cabelo secava ao ar.

A tia Linda e a Gwen estavam à minha espera, e, depois de me despedir dos Trickett – a mãe do Bryce deu-me um abraço –, fomos à missa. Seguiram-se o almoço e as compras de abastecimentos, e, embora eu soubesse que tinha mencionado que precisava de roupas maiores, a minha tia recordou-me casualmente algo de que me tinha esquecido.

– Talvez queiras escolher presentes para os teus pais e a Morgan enquanto estamos por aqui.

Oh, pois. E, já agora, pensei que talvez devesse comprar também algo para a minha tia. Visto que estava a viver com ela, quero dizer.

Fomos a uns grandes armazéns ali perto e separámo-nos. Comprei um lenço para a minha mãe, uma *sweatshirt* para o meu pai, uma pulseira para a Morgan e um par de luvas para a minha tia. À saída, a minha tia prometeu embalar e enviar os presentes para a minha família na semana seguinte.

Depois fomos a uma loja especializada em roupas para pré-mamãs. Como a minha tia sabia da existência daquela loja não faço ideia – ela nunca tinha propriamente precisado dela –, mas consegui arranjar dois pares de calças de ganga com elástico na cintura, um para agora e outro para quando estivesse do tamanho de uma melancia. Para falar com toda a franqueza, nem sequer sabia que existiam tais coisas.

Detestava a ideia de ter de ir pagar – sabia que a empregada me lançaria aquele *olhar* –, mas, por sorte, a minha tia pareceu pressentir a minha preocupação.

– Se quiseres ir indo para o carro esperar – disse casualmente –, fico a pagar e a Gwen e eu vamos já ter contigo.

Senti os ombros subitamente relaxados.

– Obrigada – murmurei, e, ao empurrar a porta para sair, espantou-me a revelação de que uma freira – ou ex-freira, o que fosse – era de facto uma das pessoas mais fixes que eu conhecia.

Encontrámo-nos com o Bryce e a família dele no *ferry* e vi que havia uma árvore de Natal grande atada no tejadilho da carrinha deles. Eu e o Bryce ficámos juntos durante a maior parte da viagem, até a minha tia vir ter connosco para dizer ao Bryce que na terça-feira ela e eu íamos ter um «dia pessoal», portanto ele não teria de me ir dar explicações. Não fazia ideia do que ela queria dizer com aquilo, mas sabia que o melhor era ficar calada; o Bryce aceitou o comentário dela sem problema, e só quando já estava de volta a casa é que perguntei à minha tia do que se tratava.

Tinha uma consulta no obstetra, explicou a tia Linda, e a Gwen iria connosco.

Estranhamente, no entanto, embora tivéssemos comprado as calças de ganga de pré-mamã, apercebi-me com surpresa de que no último par de dias quase não tinha pensado na minha gravidez.

Ao contrário da doutora Bobbi, o meu novo obstetra, o doutor Chinowith, era homem e mais velho, com cabelo branco e mãos tão grandes que seria capaz de cobrir uma bola de basquete com o dobro do tamanho normal. Eu estava com dezoito semanas e, a julgar pela atitude do médico, não era a primeira futura mamã solteira e adolescente que via. Tornou-se também claro que já tinha trabalhado com a Gwen numerosas vezes e que estavam à vontade um com o outro.

Fizemos a coisa toda do *checkup*, ele renovou a receita das vitaminas pré-natais que a doutora Bobbi tinha receitado, e depois falámos brevemente sobre como era provável que me sentisse ao longo dos próximos meses. Disse-me que, usualmente, via as suas pacientes grávidas uma vez por mês, mas, como a Gwen era uma parteira experiente – e ir às consultas era uma coisa inconveniente que nos faria perder um dia inteiro –, sentia-se à vontade para me ver com menos frequência, a não ser que houvesse uma emergência, e recomendou-me que falasse com a Gwen se tivesse algumas perguntas ou preocupações. Recordou-me também que a Gwen iria monitorizar a minha saúde com mais atenção ainda durante o terceiro trimestre, pelo que também não havia motivos para preocupação a esse respeito. Depois de a Gwen e a minha tia saírem do consultório, ele mencionou a adoção e perguntou-me se queria ter o bebé nos braços depois do parto. Como não respondi de imediato, pediu-me que pensasse no assunto, garantindo-me que ainda tinha tempo para decidir. Enquanto ele falava, eu não conseguia despregar os olhos das suas mãos, que na verdade me assustavam.

Quando fui levada para uma sala ao lado para fazer a ecografia, a técnica perguntou-me se queria saber o sexo do bebé. Abanei a cabeça. Mais tarde, no entanto, quando estava a vestir o casaco, ouvi-a murmurar à minha tia: – Foi difícil conseguir um bom ângulo, mas tenho quase a certeza de que é uma menina – o que confirmou as suspeitas iniciais da minha mãe.

À medida que os dias e as semanas seguintes iam passando, a minha vida foi-se instalando numa rotina regular. O tempo de dezembro trouxe dias ainda mais frios; eu fazia os trabalhos para casa e a revisão da matéria, escrevia ensaios e estudava para os exames. Ao fazer a última rodada de testes antes de começarem as férias do Natal, sentia que o meu cérebro ia explodir.

Pelo lado positivo, as minhas notas estavam decididamente a melhorar, e quando falava com os meus pais não conseguia deixar de me gabar. Embora os meus resultados não estivessem ao nível dos da Morgan – nunca estaria ao nível da Morgan –, eram muito melhores do que quando parti de Seattle. Apesar de os meus pais não dizerem nada, quase conseguia ouvi-los a perguntar-se porque é que, de repente, estudar parecia tão importante para mim.

Ainda mais surpreendente era o facto de estar, devagar mas consistentemente, a habituar-me à vida em Ocracoke. Sim, era uma terra pequena e desinteressante, e ainda sentia saudades da minha família e pensava no que andariam a fazer os meus amigos, mas o horário regular tornava as coisas mais fáceis. Ocasionalmente depois de acabar de estudar, eu e o Bryce íamos dar um passeio na vizinhança; por duas vezes, ele trouxe a máquina fotográfica e o fotómetro. Tirava fotografias a coisas aleatórias – casas, árvores, barcos – de ângulos interessantes, explicando o que estava a tentar obter com cada fotografia com um entusiasmo evidente.

Por três vezes, terminámos o passeio na casa do Bryce. A cozinha tinha uma zona de preparação dos alimentos mais baixa a que a mãe do Bryce tinha acesso fácil, a árvore de Natal parecia-se muito com a que tínhamos enfeitado e a casa cheirava sempre a bolachas. A mãe do Bryce fazia uma pequena fornada quase todos os dias, e mal entrávamos ela servia dois copos de leite e vinha fazer-nos companhia à mesa. Com essas pequenas conversas à hora do lanche ficámos gradualmente a conhecer-nos uma à outra. Ela contava histórias sobre ter crescido em Ocracoke – ao que parece, costumava ser mais sossegada do que era naquele momento, o que me pareceu quase impossível de acreditar –, e quando lhe perguntei como tinha sido aceite no MIT assim tão nova ela limitou-se a encolher os ombros e a dizer que sempre tinha tido queda para a ciência e a matemática, como se isso explicasse tudo.

Sabia que havia muito mais naquela história – tinha de haver – mas, como o tema parecia maçá-la, usualmente falávamos de outras coisas: de como eram o Bryce e os gémeos em mais novos, como era mudar de casa de poucos em poucos anos, da vida como esposa de um militar, das aulas em casa e mesmo das dificuldades que sentira depois do acidente. Também me fazia muitas perguntas, mas, ao contrário dos meus pais, nunca me perguntou o que tencionava fazer da minha vida. Penso que tinha adivinhado que eu não fazia ideia absolutamente nenhuma. Também não perguntou porque é que eu tinha ido para Ocracoke, mas eu suspeitava que já sabia. Não porque o Bryce tivesse dito alguma coisa – era mais uma espécie de radar da gravidez na adolescência –, mas ela insistia sempre que me sentasse enquanto conversávamos e nunca me perguntou porque é que andava sempre com as mesmas calças de ganga elásticas e *sweatshirts* largueironas.

Também falávamos sobre fotografia. Eles mostraram-me o quarto escuro, o que de certa forma me recordou o laboratório de ciências da minha secundária. Havia uma máquina chamada ampliador, recipientes de plástico usados para químicos e uma corda da roupa onde as fotografias eram penduradas a secar. Havia um lava-louça e balcões ao longo das paredes, metade dos quais eram suficientemente baixos para a mãe do Bryce lhes ter acesso, e uma luz vermelha muito fixe que fazia com que parecesse que tínhamos viajado para Marte. As paredes da casa deles estavam forradas a fotografias, e Mrs. Trickett por vezes mencionava as histórias por trás delas. A minha favorita era uma que o Bryce tinha tirado – uma lua cheia impossivelmente grande a lançar a sua luz sobre o farol de Ocracoke; embora fosse a preto e branco, parecia quase uma pintura.

– Como é que conseguiste aquela foto?

– Montei um tripé na praia e usei um cabo disparador especial, porque o tempo de exposição tinha de ser superlongo – respondeu ele. – Obviamente, a minha mãe orientou-me imenso na revelação da fotografia.

Como eu sentia curiosidade, o Robert mostrou-me o ultraleve que estava a construir com o pai. Ao olhar para ele, tive a certeza de que não andaria naquela coisa nem por um milhão de dólares, mesmo que voasse. Por sua vez, o Richard mostrou-me o jogo de vídeo que estava a criar, que se passava num mundo completo com dragões e cavaleiros com armadura e incluía todas as armas imagináveis. A parte gráfica não era excelente – até ele o admitia – mas o jogo em si parecia interessante, o que era dizer qualquer coisa, já que eu nunca tinha visto o interesse de ficar parada em frente a um computador horas a fio.

Mas o que é que eu sabia? Especialmente quando comparada com um miúdo – ou uma família – assim?

– Já decidiste o que queres dar ao Bryce? – perguntou a tia Linda. Era a noite de sexta-feira e o Natal seria daí a três dias. Eu estava a lavar a louça e ela a secá-la, embora não tivesse de o fazer.

– Ainda não. Estava a pensar comprar-lhe alguma coisa para a máquina fotográfica, mas não saberia por onde começar. Achas que podíamos passar por uma loja depois da missa no domingo? Sei que é a véspera de Natal, mas também é a minha última oportunidade. Talvez consiga decidir-me por alguma coisa.

– É claro que podemos ir – respondeu. – Temos tempo mais que suficiente. Vai ser um longo dia.

– Os domingos são sempre longos.

Ela sorriu.

– Extralongo, então, porque o Natal é na segunda. Temos missa de domingo como o habitual de manhã e depois a Missa do Galo. E um par de outras coisas entre as duas também. Vamos passar a noite em Morehead City e apanhar o *ferry* de volta na manhã seguinte.

– Oh. – Se detetou a contrariedade no meu tom de voz ignorou-a. Lavei e passei por água um prato e passei-lho para as mãos, sabendo que não valeria a pena tentar dissuadi-la. – O que é que compraste para a Gwen?

– Duas camisolas e uma caixa antiga de música. Ela coleciona caixas de música.

– Eu também devia comprar alguma coisa para a Gwen?

– Não – respondeu. – Acrescentei o teu nome na caixa de música. Vai ser de nós as duas.

– Obrigada – disse eu. – O que é que achas que devia comprar para o Bryce?

– Conhece-lo melhor do que eu. Perguntaste à mãe dele o que ele poderia querer?

– Esqueci-me – respondi. – Suponho que podia ir lá amanhã perguntar-lhe. Só espero que não seja muito caro. Também tenho de arranjar qualquer coisa para a família dele, estava a pensar comprar-lhes uma moldura bonita.

Ela guardou um prato no armário.

– Lembra-te de que não tens de comprar nada para o Bryce. Por vezes, os melhores presentes são grátis.

– Como o quê?

– Uma experiência, ou talvez possas fazer alguma coisa ou ensinar-lhe alguma coisa.

– Não me parece que haja alguma coisa que lhe possa ensinar. A não ser que esteja interessado em maquilhagem ou em pintar as unhas.

A minha tia revirou os olhos, mas vi neles uma expressão de divertimento.

– Tenho fé que te vai ocorrer alguma coisa.

Pensei naquilo enquanto acabávamos de arrumar a cozinha, mas foi só quando fomos para a sala de estar que me veio finalmente uma inspiração. O único problema era que ia precisar do auxílio da minha tia de mais do que uma maneira. Ela sorriu mal expliquei.

– Posso fazer isso – disse. – E tenho a certeza de que ele vai adorar.

157

Daí a uma hora, o telefone tocou. Supus que seriam os meus pais e fiquei surpreendida quando a tia Linda me passou o telefone e disse que era o Bryce. Que soubesse, era a primeira vez que ele telefonava lá para casa.

– Olá, Bryce – disse eu. – O que se passa?

– Estava a pensar se seria possível passar por aí na véspera de Natal. Quero dar-te o teu presente.

– Não vou estar cá – disse eu. Expliquei que tínhamos duas missas no domingo. – Só volto no dia de Natal.

– Oh – disse ele. – OK. Bem, a minha mãe também queria que te perguntasse se gostavas de vir ao nosso almoço de Natal. Vai ser por volta das duas.

A mãe dele queria que eu fosse? Ou ele é que queria que eu fosse?

Tapando o bocal do telefone, pedi à minha tia, que concordou, mas só se o Bryce viesse juntar-se a nós mais tarde para a ceia de Natal.

– Perfeito – disse ele. – Também tenho uma coisa para a tua tia e a Gwen, portanto podemos fazer a cena dos presentes nessa altura.

Foi só depois de desligar que a realidade da situação se tornou evidente. Uma coisa era ir ver o desfile com a família dele ou passar pela casa dele depois de irmos passear na praia, mas passar tempo na casa um do outro no dia de Natal dava a sensação de ser algo mais, quase como se estivéssemos a dar um passo numa direção que eu tinha bastante certeza que não queria seguir. E no entanto...

Não podia negar que me sentia contente com aquilo.

A véspera de Natal no domingo foi diferente do que era na minha casa em Seattle, e não só devido à viagem de *ferry* e às duas missas. Suponho que devia ter adivinhado que para um par de ex-freiras era importante encontrar uma maneira de celebrar o *verdadeiro significado* da festividade, que foi exatamente o que fizemos.

Depois da missa, fomos como habitualmente ao Wal-Mart, onde encontrei uma moldura bonita para os pais do Bryce e um postal para o Bryce, mas, em vez do usual circuito das vendas de garagem, visitámos um lugar chamado Hope Mission, onde passámos algumas horas a preparar refeições na cozinha para os pobres e os sem-abrigo. A minha tarefa foi descascar batatas, e, embora não fosse lá muito rápida ao princípio, já me sentia uma verdadeira especialista mais para o fim. À saída, depois de a tia Linda e a Gwen terem dado abraços a pelo menos umas dez pessoas – fiquei com a sensação de que faziam serviço voluntário ali de vez em quando –, vi a minha tia entregar sub-repticiamente ao coordenador do abrigo um envelope, com certeza um donativo em dinheiro.

Ao pôr do sol, assistimos a uma representação da natividade numa das igrejas protestantes (a minha mãe teria feito o sinal da cruz se tivesse sabido disso). Vimos Maria e José serem recusados na estalagem e acabarem num estábulo, o nascimento de Cristo e o aparecimento dos três reis magos. Realizou-se no exterior, com a temperatura gélida a fazer a peça parecer de algum modo mais realista. Quando terminou aquela parte do programa, o coro começou a cantar e a minha tia deu-me a mão enquanto nós entoávamos os cânticos de Natal.

Seguiu-se o jantar, e depois, como ainda faltavam várias horas para a Missa do Galo, fomos para o mesmo motel em que tínhamos ficado quando vim de Seattle. Fiquei no mesmo quarto que a tia Linda, e, depois de pormos o relógio para despertar, fizemos uma sesta ao fim do dia. Às onze, estávamos de novo acordadas, e não valeu a pena preocupar-me que pudesse sentir-me ainda cansada na missa, porque o padre usou incenso suficiente para manter toda a gente acordada; estavam-me sempre a vir lágrimas aos olhos. Também era um pouco estranho, mas de uma maneira espiritual. Havia velas a brilhar por toda a igreja, um órgão a conferir profundidade e ressonância à música solene. Quando lançava um olhar à minha tia, reparava que os seus lábios se moviam em preces silenciosas.

A seguir voltámos para o motel, e para o *ferry* logo de manhã cedo. Não dava lá muito a sensação de ser Natal, mas a minha tia tentou compensar. Na cabina dos passageiros, ela e a Gwen partilharam histórias dos seus Natais favoritos. A Gwen, que crescera numa quinta no Vermont, falou-nos da vez em que tinha recebido um cachorro pastor australiano. Tinha nove anos, e andava a querer um cão desde que se lembrava. De manhã, depois de desembrulhar todos os seus presentes, ficou abatida, sem se aperceber de que o pai tinha saído discretamente pela porta das traseiras. Ele reapareceu daí a um minuto com o cachorro, que tinha um laço vermelho no pescoço a fazer de coleira – e mesmo quase meio século mais tarde ela ainda recordava a alegria que sentira quando o cachorro correu para ela ao saltos e começou a brincar com ela. Num tom mais tranquilo, a tia Linda contou como fez bolachas com a mãe na véspera de Natal; era a primeira vez que a sua mãe a deixava não só ajudar, mas também encarregar-se de pesar e de misturar os ingredientes. Recordava-se de como se sentira orgulhosa quando toda a gente na família elogiou profusamente as bolachas, e na manhã seguinte ela recebeu o seu próprio avental com o seu nome bordado, bem como utensílios para fazer bolos. Houve mais histórias desse género – e, ali sentada com elas, recordo-me de ter pensado como aquelas histórias soavam *normais*. Nunca me ocorrera que as futuras freiras tinham experiências de infância comuns; supusera que cresciam a rezar todo o tempo e a encontrar Bíblias e terços por baixo da árvore de Natal.

Em casa, falei com os meus pais e a Morgan ao telefone, escrevi o postal para o Bryce e depois comecei a preparar-me para sair. Tomei um duche, arranjei o cabelo e maquilhei-me. Lá vesti as calças de ganga elásticas – abençoadas fossem, diga-se de passagem – e uma camisola vermelha. Lá fora, como umas nuvens mais escuras tinham enchido o céu, por precaução calcei umas galochas. Avaliei-me ao espelho e, excetuando o meu busto em permanente expansão, pensei que quase não parecia grávida.

Perfeito.

Enfiando o presente debaixo do braço, dirigi-me para a casa dos Trickett. Na baía de Pamlico, via pequenas cristas brancas nas ondas, e o vento tinha-se levantado, despenteando-me o cabelo todo, o que me fez perguntar porque é que me tinha dado ao trabalho de fazer um penteado.

O Bryce abriu a porta quando eu estava a subir os degraus do alpendre. À distância, ouvi um ribombar cavo a ecoar no céu. Sabia que a tempestade não tardaria a chegar.

– Olá. Feliz Natal! Estás incrível!

– Obrigada. Tu também – disse eu, olhando para as suas calças escuras de um tecido de lã e para a camisa, bem como para os seus *mocassins* brilhantes.

No interior, a casa era uma imagem perfeita para a fotografia do dia de Natal. Os restos de papel de embrulho tinham sido amarrotados e metidos numa caixa de cartão por baixo da árvore; os aromas de pernil e tarte de maçã e papas de milho com manteiga enchiam o ar. A mesa estava posta, algumas travessas com acompanhamentos já no seu lugar. O Richard e o Robert estavam no sofá de pijama e chinelos felpudos a ler livros de banda desenhada, a recordar-me que, por muito espertos que fossem, não deixavam de ser crianças. A *Daisy*, que estava aninhada aos pés deles, levantou-se e dirigiu-se para mim, a dar com a cauda. Entretanto, o Bryce apresentou-me aos avós. Embora fossem muito simpáticos, mal compreendia uma palavra do que diziam. Acenei com a cabeça e sorri, e, o Bryce, depois de me afastar dali por fim, segredou-me ao ouvido.

– É Hoi Toder – disse. – É um dialeto da ilha. Há, talvez, umas centenas de pessoas no mundo que o falam. As pessoas nas ilhas não tiveram muito contacto com o continente durante séculos, portanto desenvolveram o seu próprio dialeto. Mas não te sintas mal; metade do tempo, também não consigo compreender o que eles dizem.

Os pais do Bryce estavam na cozinha e, depois de abraços e saudações, a mãe dele passou-me o puré de batata para as mãos para eu o levar para a mesa.

– Richard e Robert? – chamou. – A comida está quase pronta, portanto vão-se lavar e venham sentar-se.

Durante o almoço, perguntei aos gémeos que presentes tinham recebido e eles perguntaram-me a mim. Quando expliquei que a minha tia e eu planeávamos abrir os nossos presentes mais tarde, o Robert ou o Richard – continuava a não conseguir distingui-los – desviou o olhar para os seus pais.

– Gosto de abrir os presentes na *manhã* de Natal.

– Eu também – disse o outro.

– Porque é que me estão a dizer isso? – perguntou-lhes a mãe.

– Porque não quero que tenhas alguma ideia maluca no futuro.

Parecia tão sério que a mãe dele desatou a rir.

Quando toda a gente acabou de comer, a mãe do Bryce abriu o presente que eu tinha trazido, que ela e o marido me agradeceram delicadamente, e todos ajudámos a arrumar a cozinha. Os restos foram guardados em *tupperwares* e postos no frigorífico, e quando a mesa ficou livre, a mãe do Bryce foi buscar um *puzzle*. Depois de despejar o conteúdo da caixa, os pais, os irmãos e até os avós do Bryce começaram a virar as peças para o lado da imagem.

– Fazemos sempre um *puzzle* no Natal – segredou-me o Bryce. – Não me perguntes porquê.

Sentada ao seu lado, a tentar encontrar peças que encaixassem juntamente com o resto da família, perguntei-me o que a minha família estaria a fazer. Era fácil imaginar a Morgan a arrumar as suas roupas novas enquanto a minha mãe cozinhava na cozinha e o meu pai via um jogo na televisão. Lembrei-me que, depois do frenesim de manhã a abrir os presentes e para além da refeição em família, fazíamos cada um a sua coisa. Sabia que as famílias tinham as suas próprias tradições nas festividades, mas a nossa parecia manter-nos dispersos enquanto a do Bryce os reunia.

Lá fora, começou a chover, e pouco depois chovia torrencial-mente. Com os raios a riscarem o céu e os trovões a ribombarem, continuámos a fazer o *puzzle*. Tinha mil peças, mas na família eram uns verdadeiros ases – especialmente o pai do Bryce – e terminámo-lo

162

em cerca de uma hora. Se tivesse sido eu a fazê-lo sozinha tenho quase a certeza de que ainda estaria a tentar no Natal seguinte. A família pôs o vídeo de *Scrooge* – uma versão musical do clássico de Dickens – e pouco depois de este acabar chegou o momento de eu e o Bryce irmos embora. Depois de tirar um par de presentes por abrir de debaixo da árvore, o Bryce pegou em guarda-chuvas e nas chaves da sua carrinha enquanto eu me despedia de todos os membros da família com um abraço.

Parecia mais escuro do que o usual nas estradas sem movimento. Umas nuvens pesadas bloqueavam a luz das estrelas ao mesmo tempo que o limpa-para-brisas arrastava a chuva para o lado. A tempestade tinha amainado e era só uns chuviscos quando chegámos à casa da minha tia, onde a encontrámos com a Gwen na cozinha. Saboreei mais uma rodada de aromas deliciosos, embora não sentisse fome nenhuma.

– Feliz Natal, Bryce – disse a Gwen.

– O jantar deve ficar pronto dentro de vinte minutos – informou-nos a tia Linda.

O Bryce pôs os seus presentes debaixo da árvore com os outros e cumprimentou as duas com um abraço. A casa tinha sido transformada nas horas em que estive ausente. A árvore estava a brilhar e umas velas bruxuleavam na mesa, na prateleira por cima do fogão de sala e na mesa de apoio perto do sofá. Uns ténues sons de música natalícia saíam do rádio, a recordar-me a minha infância, quando era a primeira a vir à socapa para o andar de baixo na manhã de Natal. Dirigia-me à árvore e verificava os presentes, a ver quais eram para mim e quais para a Morgan, antes de me sentar nas escadas. A *Sandy* costumava vir ter comigo e eu fazia-lhe festas na cabeça, a deixar que a expetativa aumentasse até ser finalmente hora de acordar toda a gente.

Enquanto recordava essas manhãs, senti o olhar de curiosidade do Bryce em mim.

– Boas recordações – disse eu simplesmente.

– Deve custar estares longe da tua família hoje.

Olhei-o nos olhos, com uma sensação calorosa com que não estava a contar.

– Na verdade – respondi –, estou a sentir-me bem.

Sentámo-nos no sofá e conversámos no clarão das luzes da árvore de Natal até o jantar ficar pronto. A minha tia tinha feito peru, e, apesar de só ter comido porções pequenas, senti que ia rebentar quando finalmente pousei o garfo.

Quando já tínhamos arrumado a cozinha e passado à sala de estar, a tempestade já passara; embora ainda se vissem raios a riscar o céu no horizonte, a chuva tinha parado e um leve nevoeiro começara a instalar-se. A tia Linda tinha servido vinho para ela e para a Gwen – era a primeira vez que via uma ou a outra beber algo alcoólico – e começámos a abrir os presentes. A minha tia adorou as luvas; a Gwen soltou exclamações ao ver a caixa de música, e abri os presentes que os meus pais e a Morgan me tinham enviado. Recebi um bonito par de sapatos e uns *tops* e umas camisolas giros que eram de um tamanho acima do meu, o que, supunha, fazia sentido, tendo em conta a minha situação. Quando foi a vez do Bryce, entreguei-lhe o envelope.

Tinha escolhido um postal de Natal bastante genérico, com espaço para escrever a minha própria mensagem. Como a luz era muito fraca na sala de estar, o Bryce teve de acender o candeeiro para ver o que eu tinha escrito.

Feliz Natal, Bryce!

Obrigada por toda a tua ajuda, e, no espírito da época festiva, queria dar-te uma coisa que sabia que adorarias, um presente que pudesse continuar a ser desfrutado ao longo do resto da tua vida.

Este postal dá-te direito ao seguinte:

1. A receita supersecreta de scones da minha tia; e
2. Uma aula para nós os dois, para que possas aprender a fazê-los sozinho.

Obviamente, este presente é da minha tia e de mim, mas a ideia foi minha.

Maggie
P.S. A minha tia gostaria que guardasses o segredo da receita!

Enquanto ele lia o postal, lancei um olhar disfarçadamente à tia Linda, cujos olhos estavam a brilhar. Quando ele acabou de ler, virou-se primeiro para mim e depois para ela antes de finalmente ficar com um sorriso rasgado no rosto.

– Isto é fantástico! – declarou. – Obrigado! Não posso acreditar que te lembraste.

– Não sabia bem que outra coisa te dar.

– É o presente perfeito – disse ele. Virando-se para a minha tia, disse: – Não quero que tenha muito trabalho, portanto, se for mais fácil, podemos ir à sua loja um dia cedo e vê-la preparar os *scones* como faz sempre.

– A meio da noite? – disse eu, a arregalar os olhos. – Acho que não.

Tanto a tia Linda como a Gwen se riram.

– Vamos arranjar outra maneira – disse a minha tia.

A seguir foram os presentes do Bryce. Enquanto a minha tia desembrulhava cuidadosamente o presente que ele tinha dado às duas, vislumbrei uma moldura e soube imediatamente que ele lhes tinha dado uma fotografia. Curiosamente, tanto a minha tia como a Gwen ficaram a fitá-la sem falarem, o que me levou a levantar-me do meu lugar no sofá e espreitar por cima dos ombros delas. Subitamente, compreendi porque é que não podiam parar de olhar fixamente para a fotografia.

Era uma imagem a cores da loja tirada de manhã cedo, e pelo ângulo, suspeitava que o Bryce tinha tido de se deitar na estrada para a tirar. Um cliente – supus que ganhava a vida na pesca, com base na sua indumentária – estava a sair com um pequeno saco na mão ao mesmo tempo que ia a entrar uma senhora. Ambos estavam entrouxados em roupa e podia ver-se o bafo deles congelado no ar. Na montra, reconheci o reflexo de nuvens, e para lá do vidro via o perfil da minha tia e a Gwen a pôr uma chávena de café em cima do balcão. Acima do telhado, o céu estava de um cinzento de lousa, a destacar o revestimento desbotado das paredes da loja e beiral envelhecido pelo tempo. Embora já tivesse visto a loja um número incontável de vezes, nunca a vira parecer tão impressionante... linda até.

– Isto... é incrível – conseguiu dizer a Gwen. – Não consigo acreditar que não te vimos a tirar esta fotografia.

– Estava escondido. Na verdade fui lá três manhãs seguidas para obter a imagem que queria. Foram precisos dois rolos.

– Vai pendurá-la na sala de estar? – perguntei.

– Estás a brincar? – respondeu a minha tia. – Isto vai ficar em lugar de destaque na loja. Toda a gente a devia ver.

Como o meu presente estava numa caixa semelhante na forma e no tamanho, sabia que ele também me tinha dado uma fotografia. Enquanto a desembrulhava, rezei interiormente para que não fosse uma fotografia de mim, algo que ele tivesse tirado à socapa quando eu não estava a prestar atenção. Em regra, não gostava de fotografias de mim, muito menos de uma tirada comigo vestida com uma *sweatshirt* largueirona ou calças feias e com o cabelo todo despenteado pelo vento.

Mas não era uma fotografia de mim; era a fotografia que eu tinha adorado, a do farol e da lua gigante. Tal como eu, a tia Linda e a Gwen ficaram espantadas com a imagem; ambas concordaram que devia ser pendurada no meu quarto, onde a pudesse ver quando estivesse deitada na cama.

Com os presentes abertos, conversámos durante algum tempo, até que a Gwen anunciou que queria ir dar um pequeno passeio. A tia Linda foi ter com ela à porta e nós ficámos a vê-las entrouxar--se em roupa.

– Têm a certeza de que não querem vir connosco? – perguntou a minha tia. – Para ajudar a digerir o jantar, antes de voltar a chover?

– Acho que não – respondi. – Penso que gostava de ficar sentada um bocado, se não se importam.

Ela acabou de enrolar o cachecol à volta do pescoço.

– Não demoramos muito.

Depois de elas saírem, olhei da fotografia para a árvore iluminada, para as velas e depois para o Bryce. Ele estava ao meu lado no sofá, não encostado a mim, mas suficientemente perto para que, se me inclinasse, os nossos ombros roçassem. A música continuava a tocar no rádio e em fundo, mal audível, havia o som das ondas suaves a baterem na areia. O Bryce estava calado; tal como eu, parecia contente. Pensei nas minhas primeiras semanas em Ocracoke – no medo e na tristeza e na dor da solidão, deitada no meu quarto, a pensar que os meus amigos se esqueceriam de mim, e com a convicção de que estar longe de casa durante a época festiva era um erro que nunca poderia ser emendado.

No entanto, sentada ao lado do Bryce com a fotografia no regaço, sabia já que aquele seria um Natal que nunca esqueceria. Pensei na tia Linda e na Gwen e na família do Bryce e no ambiente fácil e carinhoso que encontrara ali, mas pensava principalmente no Bryce. Perguntava-me no que estaria a pensar, e quando os seus olhos subitamente se iluminaram virando-se para mim, senti vontade de lhe dizer que ele me tinha inspirado de maneiras que, provavelmente, não conseguiria imaginar.

– Estás a pensar em alguma coisa – declarou o Bryce, e senti que os meus pensamentos se dissipavam como vapor, deixando só uma única ideia.

– Sim – respondi. – Estava.

– Queres dizer-me o que é?

Lancei um olhar à fotografia que ele me tinha dado antes de me virar para o olhar nos olhos.

– Achas que podias ensinar-me fotografia?

A ÁRVORE DE NATAL

Manhattan
Dezembro de 2019

Quando a empregada veio à mesa com a ementa das sobremesas e a propor um café, Maggie aproveitou a oportunidade para recuperar o fôlego. Relatara a sua história ao longo da refeição, mal reparando quando o seu prato em que quase não tocara foi levantado. Mark pediu um descafeinado e Maggie preferiu continuar a segurar na mão o seu copo de vinho. Já só havia um punhado de mesas ocupadas e as conversas tinham baixado para um murmúrio.

– O Bryce ensinou-a a tirar fotografias? – exclamou Mark.

Maggie acenou com a cabeça.

– E fez-me uma introdução aos rudimentos básicos do Photoshop, que era relativamente novo nessa época. A mãe dele ensinou-me muitas técnicas do quarto escuro: interrupção, fixação, recorte, a importância do tempo no processo da revelação... essencialmente, a arte agora perdida de imprimir fotografias à moda antiga. Entre os dois, foi como um curso acelerado. Ele também previu que a fotografia digital iria substituir os rolos e que a Internet ia mudar o mundo, lições que levei a sério.

O Mark ergueu uma sobrancelha.

– Impressionante.

— Ele era um tipo esperto.

— Começou logo a tirar fotografias?

— Não. Bem ao seu estilo, o Bryce quis que eu aprendesse como ele tinha aprendido, portanto foi lá a casa depois do Natal com um livro de fotografia, uma máquina fotográfica Leica de trinta e cinco milímetros, o manual e um fotómetro — disse ela. — Eu ainda estava oficialmente de férias, portanto só tinha de terminar os trabalhos que ainda não tinha completado. De qualquer modo, nessa altura já tinha de facto começado a avançar nas matérias, o que me deixava mais tempo para aprender fotografia. Ele mostrou-me como meter o rolo na máquina, a maneira como as diferentes definições alteravam a fotografia e como usar o fotómetro. Passámos em revista o manual, e o livro que ele tinha trazido abordava questões de composição, enquadramento e daquilo em que pensar quando se está a tentar tirar uma fotografia. Era muita coisa, obviamente, mas ele abordou tudo passo a passo. E depois fazia-me perguntas para ver se eu tinha compreendido, claro.

Mark sorriu.

— Quando é que tirou a sua primeira fotografia a sério?

— Mesmo antes do Ano Novo. Eram todas a preto e branco, era muito mais fácil revelar negativos e imprimi-los nós mesmos no quarto escuro do Bryce. Não precisávamos de enviar os rolos para Raleigh para serem revelados, o que era bom, porque eu não tinha montes de dinheiro. Só o que a minha mãe me tinha dado no aeroporto.

— O que é que fotografou nesse primeiro dia?

— Algumas imagens do oceano, uns barcos de pesca velhos amarrados na doca. O Bryce fez-me ajustar a abertura e a velocidade do obturador, e quando vi os negativos fiquei... — Procurou a palavra certa, a recordar-se. — *Maravilhada*. As diferenças nos efeitos arrasaram-me, e foi nessa altura que comecei verdadeiramente a compreender o que o Bryce queria dizer quando dizia que a fotografia tinha tudo que ver com captar a luz. Depois disso, fiquei viciada.

– Assim tão depressa?

– Seria preciso estar lá para compreender – disse ela. – E o engraçado é que, quanto mais me ia envolvendo na fotografia ao longo dos meses seguintes, mais fáceis se tornavam os meus trabalhos para a escola e mais depressa os acabava. Não porque tivesse ficado subitamente mais esperta, mas porque acabá-los mais cedo significava mais tempo com a máquina fotográfica. Até comecei a fazer trabalhos para casa extra à noite, e quando ele aparecia no dia seguinte entregava-lhe dois ou três logo. Não é uma loucura?

– Não acho nada que seja uma loucura. Tinha encontrado a sua paixão. Por vezes pergunto-me se alguma vez encontrarei a minha.

– Vai ser pastor da igreja. Se isso não requer paixão, não sei o que a requer.

– Suponho que sim. É decididamente uma vocação, mas não se parece com o sentimento que a Maggie teve quando viu os negativos. Nunca houve um momento de «Eureka!» para mim. O sentimento sempre tem lá estado, latente em mim, desde que era pequeno.

– Isso não o torna menos real. Como é que a Abigail se sente em relação à sua vocação?

– Apoia-me. É claro, também já chamou a atenção para o facto de que isso significa que vai ter de ser ela a principal responsável pelo sustento da família.

– O quê? Não tem sonhos de vir a ser um tele-evangelista ou de criar uma mega-igreja?

– Acho que somos todos chamados de maneiras diferentes. Nem uma nem a outra dessas opções me atrai.

Maggie gostou da sua resposta, convencida de que muitos pregadores da televisão eram vendedores hipócritas, mais interessados no seu estilo de vida de celebridade do que em ajudar as pessoas a aproximarem-se de Deus. Ao mesmo tempo, admitia, o que sabia sobre essas pessoas limitava-se ao que lia nos jornais. Nunca conhecera de facto um tele-evangelista ou um pastor de uma mega-igreja.

A empregada aproximou-se a oferecer-se a voltar a encher a chávena de Mark e ele recusou com um aceno de mão. Quando ela se afastou, ele inclinou-se sobre a mesa.

– Posso pagar eu?

– Nem pensar – respondeu Maggie. – Eu é que o convidei. E, além disso, sei exatamente quanto ganha, Mr. Como uma Fatia de Piza Antes de Ir Jantar Fora.

Ele riu-se.

– Obrigado– disse. – Isto foi divertido. Que noite fantástica, especialmente nesta época do ano.

Maggie não conseguiu deixar de pensar no seu Natal há tantos anos em Ocracoke, sabendo que houvera beleza na sua simplicidade, em passar tempo com pessoas de quem gostava em vez de ficar só.

Não queria ficar só no seu último Natal, e, levando alguns segundos a observar Mark, soube de repente que também não queria que ele ficasse só. As palavras seguintes saíram-lhe quase automaticamente.

– Penso que precisamos de entrar mais no espírito da época festiva.

– O que tinha em mente?

– Do que a galeria precisa este ano é de uma árvore de Natal, não acha? E se eu tratasse de mandar entregar uma árvore e enfeites? E enfeitamo-la juntos depois de fecharmos amanhã?

– Parece-me uma ideia fantástica.

O jantar tardio deixou Maggie a sentir-se ao mesmo tempo empolgada e exausta, e só acordou ao meio-dia na manhã seguinte. O seu nível de dor era tolerável, mas mesmo assim tomou os comprimidos, empurrando-os com uma chávena de chá. Forçou-se a comer uma torrada, intrigada por, mesmo com manteiga e geleia, ter um sabor salgado.

Tomou um banho e vestiu-se e depois passou algum tempo ao computador. Encomendou uma árvore, pagando o triplo pela entrega urgente para que chegasse à galeria até às cinco. Quanto aos enfeites, optou por um conjunto completo chamado Winter Wonderland, País das Maravilhas do Natal, que incluía luzes brancas, fitas de seda prateadas e ornamentos brancos e prateados. Mais uma vez, a entrega custou uma pequena fortuna, mas o que importava o custo nesta fase? Ela queria um Natal memorável, e era só isso. A seguir, enviou uma mensagem a Mark a pedir-lhe que recebesse a encomenda e a informá-lo de que iria à galeria mais tarde.

Depois instalou-se no sofá e embrulhou-se numa manta. Pensou em telefonar aos pais, mas decidiu esperar até ao dia seguinte. Sabia que ao domingo ambos estariam em casa. Sabia que, provavelmente, também devia telefonar a Morgan, mas adiou igualmente. Nos últimos tempos, Morgan não era das pessoas mais fáceis com quem se podia falar; realmente, para ser sincera consigo mesma, para além de umas raras exceções, falar com a sua irmã nunca fora lá muito fácil.

Porque é que isso seria?, pensou de novo, mesmo tendo em consideração as diferenças óbvias entre as duas. Maggie supunha que, quando regressou de Ocracoke, se tornou ainda mais evidente que Morgan era a filha preferida. Tinha mantido a média alta nos estudos, fora eleita rainha do baile de finalistas e acabou por ir para a universidade Gonzaga, onde arranjou lugar na residência universitária mais prestigiada. Os seus pais não poderiam orgulhar-se mais dela e asseguraram-se de que Maggie o sabia sempre. Depois de acabar o curso, Morgan começou a dar aulas de música numa escola local e a namorar com homens que trabalhavam em bancos ou companhias de seguros, do tipo que usavam fato para o trabalho todos os dias. Acabou por conhecer Jim, que trabalhava para a Merrill Lynch, e depois de namorarem durante dois anos ele pediu-a em casamento. Tinham tido um casamento pequeno

– mas perfeitamente orquestrado – e mudaram-se imediatamente para a casa que os dois compraram, completa com um grelhador para churrascos no quintal. Daí a uns anos, Morgan deu à luz Tia. Três anos depois, nasceu Bella, dando origem a fotos de família tão perfeitas que poderiam ser usadas para vender molduras.

Entretanto, Maggie tinha deixado a família e passara aqueles anos a tentar lançar a sua carreira e a viver uma vida louca, o que significava que as suas posições relativas como filhas não se tinham alterado. Tanto Maggie como Morgan sabiam quais eram os seus papéis respetivos na família – a estrela e a falhada –, que condicionavam as suas conversas telefónicas regulares, embora não frequentes.

Mas depois Maggie conseguiu singrar e aos poucos foi ganhando uma reputação que lhe permitia viajar regularmente pelo mundo; depois disso, veio a gerência da galeria. Ao longo do tempo, até a sua vida social se foi estabilizando. Morgan parecia desconfortável com aquelas mudanças, e houve alturas em que Maggie pressentiu até um pouco de inveja. Nunca foi explícita quando Maggie andava pelos vinte anos; na maior parte das vezes, assumia a forma de remoques passivo-agressivos. *Com certeza o novo tipo com quem andas é uma grande melhoria em relação ao anterior,* ou *Dá para acreditar na tua sorte?* Ou *Viste as fotografias na* National Geographic *este mês? São realmente incríveis.*

Quanto mais sucesso Maggie tinha, mais Morgan tentava manter o foco nela própria. Normalmente, descrevia um desafio atrás de outro – com as filhas, com a casa, com o trabalho – antes de explicar como resolvera os problemas usando tanto a inteligência como a perseverança. Nessas conversas, Morgan era simultaneamente uma vítima e uma heroína, ao passo que Maggie era simplesmente uma *sortuda.*

Durante muito tempo, Maggie fez os possíveis por ignorar aquelas... *peculiaridades.* Lá no fundo, sabia que Morgan gostava muito dela, e que ter duas filhas pequenas e cuidar da casa ao mesmo tempo que trabalhava a tempo inteiro era stressante para qualquer pessoa. O egocentrismo de Morgan não era inesperado, e, além disso, Maggie sabia que, com inveja ou sem ela, Morgan se orgulhava da sua irmã.

Só quando Maggie ficou doente é que começou a pôr em questão os seus pressupostos mais básicos. Pouco depois do diagnóstico inicial – quando ainda tinha esperança –, o casamento de Morgan começou a degradar-se, e esses problemas tornaram-se o tema de quase todas as conversas. Em vez de Morgan proporcionar a Maggie uma oportunidade para desabafar ou exprimir as suas preocupações sobre o cancro, escutava-a por breves momentos antes de mudar de assunto. Queixava-se de que Jim parecia considerá-la sua criada, ou de que Jim se tinha fechado emocionalmente e nem sequer punha a hipótese de irem a uma consulta de aconselhamento matrimonial, porque tinha dito que quem precisava de aconselhamento era Morgan. Ou então admitia que já não faziam sexo há meses ou que Jim tinha começado a trabalhar até tarde no escritório três ou quatro dias por semana. Era uma coisa atrás de outra, e sempre que Maggie tentava clarificar algo que Morgan tinha dito, a sua irmã ficava irritada e acusava-a de tomar o partido de Jim. Mesmo agora, Maggie continuava sem saber ao certo o que falhara no casamento, para além do velho cliché de que Morgan e Jim se tinham simplesmente afastado.

Como Morgan andava tão infeliz – a palavra divórcio começara a insinuar-se nas conversas –, Maggie foi apanhada de surpresa pela fúria da irmã quando Jim fez as malas e saiu de casa. Ficou ainda mais abismada quando a fúria e o azedume se intensificaram. Embora Maggie soubesse que passar por um divórcio era frequentemente uma experiência terrível, não podia compreender por que Morgan parecia decidida a tornar as coisas piores. Porque é que não podiam resolver as coisas os dois, sem advogados a atirarem gasolina para o lume, ao mesmo tempo fazendo aumentar as despesas legais e arrastar o processo?

Maggie sabia que, provavelmente, estava a ser ingénua. Nunca passara por um divórcio, mas, mesmo assim, a sensação de traição e de ter toda a razão de Morgan refletia a sua convicção de que Jim merecia ser castigado. Pela sua parte, Jim talvez se sentisse também uma vítima, e tudo isso significou um processo de divórcio longo e acrimonioso que demorou dezassete penosos meses a ser finalmente resolvido.

Contudo, mesmo isso não foi o fim da história. No verão passado, sempre que falavam uma com a outra, Morgan continuava a queixar-se de Jim e da sua namorada, mais nova, ou desabafava longamente sobre o facto de Jim não estar a cumprir os seus deveres de pai. Contava a Maggie que Jim se atrasara para os encontros de pais e professores, ou que tentara levar as filhas numa caminhada nas Cascades, embora fosse oficialmente o fim de semana de Morgan com elas. Ou que Jim se esquecera de levar o medicamento para a alergia numa visita a um pomar de macieiras, embora Bella fosse alérgica a abelhas.

A todas essas coisas Maggie sentia vontade de dizer: *A quimioterapia é horrível, já agora. Está-me a cair o cabelo e vomito todo o tempo. Obrigada por perguntares.*

Para ser justa, Morgan perguntava a Maggie como ela se estava a sentir; Maggie simplesmente tinha a sensação de que, por mais horrendamente que se sentisse, Morgan consideraria pior a sua própria situação.

Tudo isso significava cada vez menos telefonemas, especialmente no último mês e meio. A última conversa ao telefone fora nos anos de Maggie, antes do Halloween, e, para além de uma breve mensagem e de uma resposta igualmente breve, nem sequer tinham estado em contacto no Dia de Ação de Graças. Maggie não mencionou essas coisas a Mark quando falou sobre as suas razões para manter o silêncio em relação ao seu diagnóstico por agora. E também era verdade que não queria ensombrar o Natal de Morgan, especialmente por causa de Tia e de Bella. Mas para que o Natal se mantivesse um período de paz, Maggie achava que ficaria melhor sem a sua irmã.

Maggie apanhou um táxi para a galeria e chegou meia hora depois do fecho. Apesar do dia lânguido e de mais uma dose de analgésicos, continuava a sentir-se amarfanhada, como se tivesse sido acidentalmente atirada para dentro da máquina de secar com o resto da roupa. Doíam-lhe as articulações e os músculos como se tivesse feito demasiado exercício, e o estômago andava-lhe às voltas. Quando avistou a árvore de Natal à direita da porta, no entanto, sentiu-se ligeiramente mais animada. Era uma árvore cheia e direita; como ela não a escolhera, uma parte de si receara que acabasse com o tipo de árvore que o Charlie Brown tinha escolhido naquele velho desenho animado de Natal. Depois de abrir a porta, entrou na galeria quando Mark estava a aparecer dos gabinetes nas traseiras.

— Olá – disse ele, com um sorriso a iluminar-lhe o rosto. – Sempre veio. Durante uns minutos, duvidei se viria.

— Perdi a noção do tempo. – Fora mais o não ter forças suficientes, mas porquê começar pelas coisas desagradáveis? – Como é que foi hoje?

— Moderadamente movimentado. Apareceram muitos fãs, mas só se vendeu um par de fotografias. No entanto, recebemos uma série de encomendas pela Internet.

— Alguma coisa para o Trinity?

— Só algumas perguntas pela Internet. Já enviei a informação, portanto vamos ver como isso corre. Também havia um e-mail de uma galeria em Newport Beach a perguntar se o Trinity estaria recetivo a fazer uma exposição lá.

— Não vai estar – disse Maggie. – Mas deduzo que transmitiu a informação ao agente de publicidade dele?

— Transmiti. Também enviei todas as suas encomendas da Internet.

– Tem estado muito ocupado. Quando é que a árvore chegou?

– Por volta das quatro. Os enfeites chegaram antes. Suponho que foram realmente caros.

– A árvore é bonita. Estou um bocado espantada que ainda tivessem uma árvore em condições. Pensei que já estariam todas vendidas.

– Pequenos milagres – concordou ele. – Já reguei a base e dei um salto à Duane Reade para comprar uma extensão para o caso de precisarmos.

– Obrigada. – Maggie suspirou. Até estar de pé, apercebeu-se, requeria mais esforço do que ela supusera. – Não se importa de trazer a cadeira do meu gabinete para aqui? Para me poder sentar?

– É claro – disse ele. Virou-se e desapareceu para as traseiras; daí a um momento, estava a empurrar a cadeira pelo chão, pondo-a por fim de frente para a árvore. Quando Maggie se sentou, estremeceu, e Mark franziu a testa com preocupação.

– Está-se a sentir bem?

– Não, mas tenho a certeza de que não é suposto que esteja. Com o cancro a comer-me por dentro e tudo.

Ele baixou os olhos, fazendo-a arrepender-se de não ter dado uma resposta mais delicada, mas o cancro era tudo menos delicado.

– Posso trazer-lhe mais alguma coisa?

– Estou bem por agora – disse ela. – Obrigada.

Examinou a árvore, pensando que precisava de ser virada ligeiramente. Mark seguiu o seu olhar.

– Não lhe agrada a falha perto da parte de baixo, certo?

– Não reparei nela quando vi a árvore lá de fora.

Ele dirigiu-se para a árvore.

– Hum... – Agarrou-a, ergueu-a e rodou-a um pouco. – Está melhor?

– Perfeito – respondeu ela.

– Tenho uma surpresa – disse ele. – Espero que não se importe.

– Adoro surpresas.

– Dê-me um minuto, OK?

Desapareceu de novo para as traseiras, regressando com uma pequena coluna de som portátil e velas enfiadas debaixo do braço, juntamente com dois copos cheios com um líquido cremoso. Ela supôs que era um batido, mas, quando ele se aproximou, apercebeu-se de que se enganara.

– *Eggnog*?

– Pensei que parecia apropriado.

Passou-lhe um copo para as mãos e ela bebeu um gole, esperando que o seu estômago não reagisse. Por sorte, não reagiu, nem ela sentiu um mau sabor. Bebeu mais um gole, apercebendo-se de como se sentia cheia de fome.

– Há bastante nas traseiras para voltar a encher o copo – disse ele. Bebeu também um gole e depois pousou o copo num pedestal baixo de madeira. Colocou a coluna de som ao lado do copo e tirou o telemóvel do bolso. Daí a uns segundos, ela estava a ouvir Mariah Carey a cantar *All I Want for Christmas Is You*, com o volume baixo. Ele acendeu as velas e depois foi desligar a maior parte das luzes, deixando só acesas as que estavam na parte de trás da galeria.

Sentou-se no pedestal.

– A minha história afetou-o realmente, não? – perguntou ela.

– Contei-a toda à Abigail quando falámos pelo FaceTime ontem à noite. Ela sugeriu que, se vamos enfeitar a árvore, já agora eu podia tentar recriar partes do seu Natal em Ocracoke também. Ajudou-me com a *playlist*, e fui buscar o *eggnog* e as velas quando fui comprar a extensão.

Maggie sorriu enquanto tirava as luvas, mas, ainda enregelada, decidiu manter o casaco vestido e o cachecol ao pescoço.

– Não tenho a certeza se vou ter energia suficiente para o ajudar com a árvore – confessou.

– Tudo bem. Pode orientar-me, como fez a mãe do Bryce. A não ser que queira tentar de novo amanhã...

– Amanhã não. Vamos fazê-la agora. – Bebeu mais um gole de *eggnog*. – Pergunto-me quando é que as pessoas começaram a enfeitar uma árvore no Natal.

— Tenho quase a certeza de que foi em meados ou finais do século XVI no que é agora a Alemanha. Durante muito tempo, foi considerado um costume protestante. A primeira árvore de Natal no Vaticano só foi exibida em 1982.

— E sabia isso por acaso, assim, sem mais?

— Fiz um trabalho sobre esse tema quando andava na secundária.

— Não me consigo lembrar de nada dos trabalhos que fiz na secundária.

— Nem mesmo do sobre o Thurgood Marshall?

— Nem mesmo desse. E, só para que saiba, embora a minha família fosse católica, tínhamos árvores de Natal desde que eu era pequena.

— Não deite as culpas ao mensageiro — disse ele na brincadeira. — Está pronta para me orientar enquanto meto mãos ao trabalho?

— Só se tem a certeza de que não se importa.

— Está a brincar? Isto é ótimo. Não tenho uma árvore no meu apartamento, portanto esta é a única oportunidade que vou ter este ano.

Foi buscar a caixa, tirou as luzes do seu invólucro de plástico e depois ligou a extensão. Como Bryce há muitos anos, afastou a árvore do canto para colocar as luzes, fazendo ajustes à medida que Maggie os sugeria. Seguiram-se as fitas de seda, e finalmente um grande laço a condizer, que colocou no topo, na vez de uma estrela. Terminou dispersando os ornamentos pela árvore toda, seguindo as instruções de Maggie. Depois de arrastar a árvore para o seu lugar, recuou para junto de Maggie, os dois a avaliarem-na.

— Está bem? — perguntou ele.

— Está perfeito — respondeu ela.

Mark continuou a fitar a árvore, antes de por fim pegar no telemóvel. Tirou uma série de fotografias e depois começou a martelar o ecrã.

— A Abigail?

Maggie viu-o corar.

– Ela queria ver a árvore mal acabássemos de a enfeitar. Não tenho a certeza se confiava que eu fizesse um bom trabalho. Também vou mandar uma foto aos meus pais.

– Teve notícias deles hoje?

– Enviaram-me umas fotos de Nazaré e do Mar da Galileia. A Maggie já esteve em Israel, certo?

– É um país incrível. Quando o visitei, não parava de pensar que era capaz de estar a seguir as pisadas de Cristo. Literalmente, quero dizer.

– O que é que esteve a fotografar?

– Tel Megiddo, os penhascos de Qumran e algumas outras escavações arqueológicas. Estive lá cerca de uma semana, e sempre quis voltar, mas havia muitos outros lugares para ver pela primeira vez.

Mark inclinou-se para a frente, com os cotovelos apoiados nos joelhos, a fitá-la.

– Se eu só pudesse visitar um lugar do mundo, qual é que acha que devia ser? – A luz cintilava nos seus olhos, fazendo-o parecer quase uma criança.

– Muitas pessoas me têm feito essa pergunta, mas não há uma resposta única. Depende de em que ponto da vida se está.

– Não sei bem se compreendo.

– Se andar stressado e a trabalhar um milhão de horas há meses, talvez o melhor destino seja uma praia tropical algures. Se estiver à procura do sentido da vida, talvez ir fazer uma caminhada no Butão ou visitar o Machu Picchu ou assistir à missa na Basílica de São Pedro. Ou talvez só queira ver animais, portanto viaja para o Botsuana ou para o Norte do Canadá. Posso dizer que vejo todos esses lugares de modo diferente – e fotografei-os de modo diferente também –, em parte com base nas minhas próprias experiências de vida na altura.

– Compreendo isso – disse ele. – Ou pelo menos acho que sim.

– Aonde é que gostaria de ir? Se só pudesse ir a um lugar.

Ele estendeu a mão para o seu *eggnog* e bebeu um gole.

– Gosto da sua ideia do Botsuana. Adorava fazer um safari, ver os animais selvagens. Poderia até deixar-me convencer a levar uma máquina fotográfica, embora só usasse a configuração automática.

– Posso dar-lhe umas dicas sobre fotografia, se quiser. E quem sabe? Talvez venha a ter a sua própria galeria um dia.

Ele riu-se.

– Não há hipótese disso.

– Fazer um safari é uma boa opção. Talvez possa pensar nisso para a sua lua de mel?

– Ouvi dizer que é um bocado caro. Mas tenho a certeza de que chegaremos lá um dia. Querer é poder, não é o que se diz?

– Como os seus pais com a viagem a Israel?

– Exatamente – respondeu ele.

Ela recostou-se na cadeira, começando por fim a sentir-se de novo perto do normal. Ainda não estava suficientemente quente para tirar o casaco, mas a sensação de enregelamento até aos ossos tinha passado.

– Sei que o seu pai é pastor, mas parece-me que nunca lhe perguntei nada sobre a sua mãe.

– É psicóloga pediátrica. Ela e o meu pai conheceram-se quando estavam os dois a fazer o doutoramento em Indiana.

– Ela dá aulas ou exerce a profissão?

– Fez um pouco das duas em tempos, mas agora dedica-se principalmente às consultas. Também colabora com a polícia quando é necessário. É a especialista que chamam se houver uma criança com problemas, e, como é muitas vezes chamada a testemunhar como perita, vai bastante aos tribunais.

– Soa muito inteligente. E muito atarefada.

– E é.

Embora requeresse algum esforço, Maggie cruzou a perna, a tentar arranjar uma posição mais confortável.

– Imagino que na sua casa não houvesse muita gritaria quando as emoções estavam ao rubro. Sendo o seu pai pastor, e a sua mãe psicóloga...

– Nunca – concordou ele. – Penso que nunca ouvi nem um nem o outro erguer a voz. A não ser que estivessem a aplaudir-me no hóquei ou no basebol, quero dizer. Preferem conversar sobre as coisas, o que soa ótimo, mas também pode ser frustrante. Não é nada divertido ser a única pessoa a berrar.

– Não consigo imaginar que o Mark alguma vez berrasse.

– Não acontecia muitas vezes, mas, quando o fazia, eles pediam-me para baixar o volume para podermos ter uma conversa racional ou diziam-me para ir para o meu quarto até me acalmar, e depois tínhamos a tal conversa racional, de qualquer maneira. Não demorei muito tempo a compreender que gritar não resulta.

– Há quanto tempo é que os seus pais são casados?

– Há trinta e um anos – respondeu ele.

Ela fez o cálculo mental.

– São um pouco mais velhos então, certo? Já que se conheceram quando estavam a fazer o doutoramento.

– Vão fazer os dois sessenta anos no próximo ano. Ocasionalmente, a minha mãe e o meu pai falam em se aposentarem, mas não tenho a certeza de que esse dia alguma vez chegue. Ambos gostam demasiado do que fazem.

Maggie recordou as suas reflexões anteriores sobre Morgan.

– Alguma vez desejou ter tido irmãos?

– Só recentemente – disse ele. – Ser filho único foi tudo o que conheci. Penso que os meus pais queriam mais filhos, mas simplesmente não calhou. E, por vezes, ser filho único tem as suas vantagens. Não tinha de fazer cedências quando era para decidir que filme ver ou no que andar primeiro no Disney World. Mas agora que estou com a Abigail e vejo como ela é próxima dos irmãos, por vezes pergunto-me como teria sido.

Depois de Mark parar de falar, nem um nem o outro disseram nada durante um breve espaço de tempo. Maggie tinha a sensação de que ele gostaria de ouvir mais sobre o tempo que ela passara em Ocracoke, mas apercebia-se de que não estava pronta ainda para começar. Em vez disso:

– Como é que foi crescer no Indiana? – perguntou. – É um dos estados que nunca visitei.

– Sabe alguma coisa sobre Elkhart?

– Nem uma única coisa.

– Fica na parte norte do estado, com uma população de cerca de cinquenta mil habitantes, e, tal como muitas cidades no Midwest, ainda tem um ambiente de pequena cidade. A maior parte das lojas fecha às seis, a maior parte dos restaurantes acaba de servir às nove, e a agricultura, no nosso caso os laticínios, desempenha um grande papel na economia. Penso que as pessoas são genuinamente boas. Ajudam um vizinho doente, e as igrejas são centrais na comunidade. Mas, quando se é criança, não se pensa realmente em nenhuma dessas coisas. O que era importante para mim era que havia parques e campos onde jogar, campos de basebol e de basquete, um rinque de hóquei. Em pequeno, mal chegava a casa da escola voltava logo a sair para ir jogar com os meus amigos. Havia sempre um jogo a decorrer algures. É do que me lembro mais da minha infância e adolescência lá. Só... jogar basquete ou basebol ou futebol ou hóquei todas as tardes.

– E eu que pensava que toda a gente da sua geração andava colada aos seus iPads – disse ela, com uma expressão de falso espanto.

– Os meus pais não me deixavam ter um. Nem sequer me deixaram ter um iPhone até fazer dezassete anos, e mesmo assim fizeram-me ser eu a comprá-lo. Tive de trabalhar o verão todo para o poder pagar.

– Eram antitecnologia?

– De modo nenhum. Eu tinha um computador em casa, e eles tinham telemóvel. Penso que quiseram que crescesse como eles.

– Com valores antiquados?

– Suponho que sim.

– Estou a começar a gostar cada vez mais dos seus pais.

– São boas pessoas. Por vezes, não sei como conseguem.

– O que quer dizer?

Ele fitou o seu *eggnog*, como se à procura de palavras no copo.

– No trabalho dela, a minha mãe ouve algumas coisas bastante horríveis, especialmente quando trabalha com a polícia. Abuso físico, abuso sexual, abuso emocional, abandono... E o meu pai... como é pastor, também faz muito aconselhamento. As pessoas vêm ter com ele para se aconselharem quando estão a ter problemas no casamento, a debater-se com a toxicodependência, a ter problemas no trabalho ou com o comportamento dos filhos, ou mesmo se estiverem a ter uma crise de fé. Ele também passa muito tempo no hospital, já que mal se passa uma semana em que alguém da igreja não adoeça ou tenha um acidente ou precise de ser reconfortado no luto. É esgotante para os dois. Durante a minha infância e adolescência, havia ocasiões em que um ou o outro ficava muito calado durante o jantar, e acabei por reconhecer os sinais de um dia particularmente difícil.

– Mas continuam a adorar o que fazem?

– Continuam. E penso que parte deles sente uma sensação real de responsabilidade no que diz respeito a ajudar os outros.

– Obviamente isso passou também para si. Aqui está o Mark, a ficar outra vez até tarde.

– Isto é um prazer – disse ele. – Não é um sacrifício de modo nenhum.

Agradou a Maggie ouvir aquilo.

– Gostava de conhecer os seus pais um dia. Se alguma vez eles vierem a Nova Iorque, quero dizer.

– Tenho a certeza de que eles também gostariam de a conhecer. E a Maggie? Como é que são os seus pais?

– São pais, só isso.

– Alguma vez vieram a Nova Iorque?

– Duas vezes. Uma quando tinha vinte e tal anos e outra quando andava pelos trinta e tal. – Depois, como que apercebendo-se de como aquilo soava, acrescentou: – É um voo longo, e eles não são grandes fãs da cidade, portanto era mais fácil ir eu vê-los a Seattle. Dependendo de onde fosse a sessão fotográfica, por vezes fazia escala em Seattle no regresso e ficava um fim de semana. Até há pouco tempo, costumava acontecer uma ou duas vezes por ano.

– O seu pai ainda trabalha?

Ela abanou a cabeça.

– Aposentou-se há uns anos. Agora brinca com os seus modelos de comboios.

– A sério?

– Tinha-os quando era pequeno, e, depois de se aposentar, voltou a interessar-se. Construiu um grande cenário na garagem, uma velha cidade do Oeste com um desfiladeiro e montes cobertos de árvores, e anda continuamente a acrescentar novos edifícios ou arbustos ou sinais, ou a instalar novos carris. É na verdade muito impressionante. Um jornal publicou um artigo no ano passado, completo com imagens. E mantém-no ocupado e fora de casa. De outro modo, penso que os meus pais dariam em doidos um com o outro.

– E a sua mãe?

– É voluntária na igreja umas manhãs por semana, mas o principal é que ajuda a minha irmã, a Morgan, com as filhas. É a minha mãe que as vai buscar à escola e olha por elas durante o verão, leva-as aos eventos se a Morgan estiver a trabalhar até tarde, o que for necessário.

– O que é que a Morgan faz?

– É professora de música, mas também está encarregada do clube de teatro. Há sempre ensaios depois das aulas para concertos ou espetáculos.

– Aposto que a sua mãe adora ter as netas por perto.

– Adora. E sem ela não sei o que é que a Morgan faria. Divorciou-se, e tem sido duro.

Mark acenou com a cabeça antes de baixar os olhos. Ambos ficaram em silêncio por um momento antes de Mark finalmente apontar para a árvore.

– Fico contente por ter decidido pôr uma árvore aqui. Tenho a certeza de que os clientes a vão apreciar.

– A árvore era para mim, francamente.

– Posso-lhe perguntar uma coisa?

– Claro.

Virou-se para olhar para ela.

– Aquele Natal em Ocracoke foi o seu preferido?

Em fundo, ela ainda ouvia a música que Mark selecionara a sair da coluna de som.

– Em Ocracoke, como sabe, eu estava no meio de um período muito difícil. E é claro que todo aquele deslumbramento da infância com o Natal já tinha desaparecido. Mas... o Natal naquele ano deu-me a sensação de ser muito *real*. O desfile, enfeitar a árvore com o Bryce, o trabalho voluntário na véspera de Natal, ir à Missa do Galo, e depois, claro, o próprio Natal. Adorei-o nessa altura, mas ao longo do tempo a recordação tornou-se ainda mais especial. É o único Natal que gostava de poder voltar a viver.

Mark sorriu.

– Agrada-me que tenha essa recordação.

– A mim também. E ainda tenho aquela fotografia do farol, a propósito. Está pendurada na parede do quarto que uso como estúdio.

– Chegaram a ir fazer os *biscuits*?

– Acho que é a sua maneira de perguntar o que se segue na história. Ou estou enganada?

– Estou mortinho por saber o que aconteceu a seguir.

– Suponho que poderia contar-lhe um pouco mais. Mas só com uma condição.

– Qual é?

– Vou precisar de mais *eggnog*.

– É para já – disse ele. Pegando nos dois copos, foi às traseiras e regressou com o *eggnog*. Surpreendentemente, aquela mistela espessa e doce estava a revelar-se ao mesmo tempo inócua para o seu estômago e estranhamente nutritiva, algo que ela não sentia há semanas. Bebeu mais um gole.

– Falei-lhe da tempestade?

– Refere-se à do Natal? Quando estava a chover?

– Não – respondeu ela. – Uma outra tempestade. A de janeiro.

Mark abanou a cabeça.

– Falou-me da semana a seguir ao Natal, quando despachou os trabalhos para casa e o Bryce começou a ensinar-lhe as noções básicas de fotografia.

– Oh, sim – disse ela. – Tem razão. – Fitou atentamente o teto, como se a examinar os canos expostos à procura das suas recordações perdidas. Quando voltou a olhar para Mark, comentou: – As minhas notas foram de facto bastante boas no fim daquele primeiro semestre, diga-se de passagem. Para mim, pelo menos. Duas notas máximas e o resto bom. Acabou por ser o meu melhor semestre na secundária.

– Ainda melhor do que o semestre da primavera?

– Sim – respondeu ela.

– Porquê? Porque a fotografia passou a ocupá-la mais?

– Não – disse ela. – Não foi isso. Penso... – Ajustou o cachecol no pescoço, a ganhar tempo para calcular como melhor pegar na ponta que deixara solta na sua narrativa.

– Para o Bryce e para mim, penso que tudo começou a mudar por volta da altura em que a tempestade do nordeste assolou Ocracoke...

O SEGUNDO TRIMESTRE

Ocracoke
1996

A tempestade dos ventos do nordeste chegou na segunda semana de janeiro, depois de três dias seguidos de temperaturas mais elevadas do que o normal para a época e de dias de sol que pareciam estranhos depois do soturno dezembro. Nunca poderia ter previsto que estava a avizinhar-se uma gigantesca tempestade.

Também não poderia ter previsto as mudanças que se aproximavam no meu relacionamento com o Bryce. Na véspera do Ano Novo, ainda não o considerava mais do que um amigo, embora ele tivesse optado por passar o serão na minha casa enquanto o resto da sua família ia para fora. A Gwen trouxe o seu televisor e sintonizámos o espetáculo do Dick Clark, ao vivo da Times Square; quando se aproximava a meia-noite, fizemos a contagem decrescente com o resto da América. Quando a bola caiu, o Bryce rebentou um par de foguetes no alpendre, que explodiram sobre o mar com estrondo e faíscas. Os vizinhos nos seus alpendres bateram em panelas com colheres, mas daí a uns minutos a cidade voltou ao seu estado de sonolência e as luzes nas casas próximas começaram a apagar-se. Telefonei aos meus pais para lhes desejar um feliz

Ano Novo e eles recordaram-me que viriam visitar-me mais tarde nesse mês.

Apesar de ser feriado, o Bryce estava de volta daí a menos de oito horas, dessa vez com a *Daisy*, a primeira vez que a trazia. Ajudou-me a mim e à minha tia a desmontar a árvore – que nessa altura já constituía decididamente perigo de incêndio – e a arrastá--la para a estrada. Depois de eu ter arrumado os enfeites e varrido as agulhas do pinheiro, sentámo-nos à mesa para fazer os trabalhos da escola. A *Daisy* andava a farejar a toda a volta na cozinha; quando o Bryce a chamou para junto de si, ela deitou-se prontamente perto da cadeira dele.

– A Linda disse que não fazia mal eu trazê-la quando lhe perguntei ontem à noite – explicou ele. – A minha mãe diz que ela ainda é muito irrequieta.

Lancei um olhar à *Daisy*, que mo retribuiu com inocência e contentamento, de cauda a abanar.

– Parece-me muito bem. E olha para o focinho giro dela.

A *Daisy* pareceu adivinhar que estávamos a falar sobre ela e sentou-se, enfiando o nariz na mão do Bryce. Quando ele a ignorou ela afastou-se de novo na direção da cozinha.

– Estás a ver? É exatamente disto que estou a falar – disse ele. – *Daisy*! Vem.

A *Daisy* fingiu não o ouvir. Foi só à segunda ordem que regressou por fim para o lado dele e se deitou com um gemido. Já tinha reparado que por vezes a *Daisy* era teimosa, e quando ela tentou afastar-se de novo, o Bryce acabou por lhe pôr a trela e prendê-la à cadeira, de onde ela ficou a olhar para nós com uma expressão abatida.

Essa semana foi bastante semelhante à anterior: estudos e fotografia. Para além de me deixar tirar bastantes fotografias, o Bryce trouxe uma caixa de arquivo cheia de fotografias que ele e a mãe tinham tirado ao longo dos anos. Nas costas de cada uma havia apontamentos sobre os aspetos técnicos – hora do dia, luz, abertura, velocidade do filme – e, pouco a pouco, comecei a prever como mudar um só elemento podia alterar inteiramente a imagem.

Passei também a minha primeira tarde no quarto escuro, a ver o Bryce e a mãe dele revelar doze fotografias a preto e branco que eu tinha tirado no centro da cidade. Explicaram-me o processo de acertar nos banhos químicos, o revelador, o interruptor, o fixador, e como limpar o negativo. Mostraram-me como usar a ampliadora e como criar o equilíbrio certo de claro e escuro que pretendia. Embora a maior parte daquilo me tenha passado ao lado, quando vi surgirem as imagens fantasmagóricas pareceu-me magia.

O interessante foi que, embora ainda fosse uma novata a tirar fotografias e a revelá-las, afinal parecia ter um talento natural para o Photoshop. Carregar as imagens requeria um digitalizador de topo e um computador Mac, e o Porter tinha comprado os dois para a sua mulher um ano antes. Desde então, a mãe do Bryce tinha já editado uma data das suas fotografias preferidas e, para mim, passar em revista o trabalho dela foi a introdução perfeita ao programa, porque podia ver o antes e o depois... e a seguir tentar replicar eu própria o efeito. Bom, não estou a dizer que fosse um génio informático como o Richard ou que tivesse a experiência com o programa que o Bryce e a mãe dele tinham, mas, depois de aprender a usar uma das ferramentas, apanhei-lhe o jeito. Também tinha um sentido bastante bom de que aspetos de uma fotografia precisavam de ser editados, uma espécie de compreensão intuitiva que os surpreendeu aos dois.

A questão é que, entre as férias e as explicações e todas as coisas relacionadas com fotografia, eu e o Bryce estávamos juntos desde manhã cedo até ao fim do dia, praticamente todos os dias desde o Natal até à grande tempestade. Com a *Daisy* como nossa companheira constante quando chegou o mês de janeiro (o que ela mais adorava era seguir-nos quando estávamos a praticar com a máquina fotográfica), a minha vida começou a dar a sensação de ser quase anormalmente normal, se isso faz algum sentido. Tinha o Bryce e um cão e uma paixão recém-descoberta; os pensamentos sobre a minha casa pareciam distantes, e sentia-me de facto ansiosa por me levantar de manhã. Era uma sensação nova para mim, mas também um bocado assustadora, numa espécie de *Espero que isto continue.*

Não pensei no que significaria para nós os dois passarmos tanto tempo juntos. De facto, não pensava lá muito no Bryce. Na maior parte daquele período, ele estava simplesmente *lá*, como a minha tia Linda ou a minha família em Seattle ou até o ar que eu respirava. Quando pegava na máquina fotográfica, estudava fotografias ou fazia experiências com o Photoshop, não tenho sequer a certeza se reparava ainda nas covinhas nas faces dele. Acho que só me apercebi de como ele se tinha tornado importante para mim pouco antes da tempestade. Ele estava no alpendre, depois de mais um longo dia juntos, quando por fim me passou para as mãos a máquina dele, o fotómetro e um rolo novo a preto e branco.

– Para que é isto? – perguntei, pegando nas coisas.

– É para o caso de quereres praticar amanhã.

– Sem ti? Ainda não sei o que estou a fazer.

– Sabes mais do que pensas. Vais-te sair bem. E vou andar muito ocupado nos próximos dois dias.

Mal ele disse aquilo, senti uma pontada inesperada de tristeza com a ideia de não o ver. – Aonde é que vais?

– Vou estar cá, mas tenho de ajudar o meu pai a aprontar as coisas para o nordeste.

Embora tivesse ouvido a minha tia mencionar a tempestade, calculava que não seria muito diferente do tempo que tínhamos tido ocasionalmente desde a minha chegada a Ocracoke.

– O que é o nordeste?

– É uma tempestade na Costa Leste. Mas por vezes, como supostamente vai ser agora, colide com outro sistema meteoroló-gico e parece um furacão fora de época.

Enquanto o Bryce explicava aquilo, eu estava ainda a tentar processar o meu desconforto ao saber que não o ia ver. Desde que nos tínhamos conhecido, o período de tempo mais longo que tínhamos passado afastados fora de dois dias, o que, apercebi-me naquele momento, era também de certo modo estranho. Excluindo a família, nunca tinha passado assim tanto tempo com *ninguém*. Quando a Madison e a Jodie e eu passávamos um fim de semana juntas, era usual acabarmos por nos sentirmos irritadas umas com as outras. Mas, a querer manter o Bryce no alpendre mais um pouco, forcei um sorriso.

— O que é que tens de fazer com o teu pai?

— Pôr o barco do meu avô em segurança, entaipar as janelas da nossa casa e da dos meus avós. A de outras pessoas na vila, entre elas a da tua tia e a da Gwen. Vai demorar um dia a montar tudo e depois no dia seguinte vamos ter de desmontar tudo.

Por trás dele estava o céu azul, e eu tinha quase a certeza de que ele e o pai estavam a exagerar.

Mas não estavam.

No dia seguinte, acordei com a casa vazia depois de dormir até mais tarde do que o costume, e o meu primeiro pensamento foi *Sem o Bryce*.

Para ser sincera, fez-me sentir um bocado desanimada. Continuei de pijama, comi uma torrada na cozinha, fui até ao alpendre, vagueei pela casa, ouvi música e depois acabei de novo na cama. Mas não conseguia dormir — estava mais entediada do que cansada — e, depois de dar voltas sobre voltas durante algum tempo, arranjei finalmente a energia suficiente para me vestir, só para pensar: *E agora?*

Suponho que podia ter estudado para os exames finais ou continuado a fazer os trabalhos para o semestre seguinte, mas, como não estava com disposição para isso, peguei num casaco e na máquina fotográfica juntamente com o fotómetro e meti tudo no cesto da minha bicicleta. Não fazia realmente ideia de aonde ir, portanto pedalei à toa durante um bocado, parando de vez em quando para praticar o mesmo tipo de fotografias que andava a tirar – cenas de rua, edifícios e casas. No entanto, acabava sempre por baixar a máquina antes de carregar no obturador. Mentalmente, sabia já que nenhuma delas seria lá muito especial – só mais do mesmo – e não queria desperdiçar rolo.

Foi por volta dessa altura que senti que o ambiente da vila se tinha alterado. Já não era uma vila fantasma e sonolenta, mas estranhamente atarefada. Em praticamente todas as ruas ouvia o som de berbequins ou martelos, e quando passei pela mercearia reparei que o parque de estacionamento estava cheio, com mais carros estacionados na rua em frente à loja. Passavam por mim camiões cheios de madeira, e numa das lojas que vendia coisas para turistas, como *t-shirts* e papagaios de papel, vi um homem no telhado a prender um oleado. Os barcos nas docas estavam amarrados com dúzias de cordas, e outros tinham sido ancorados no porto. Não havia dúvida de que as pessoas se estavam a preparar para o vento do nordeste, e subitamente apercebi-me de que tinha a oportunidade de tirar uma série de fotografias com um tema, algo com um título como *Pessoas Antes da Tempestade*.

Passei-me um bocado, embora só tivesse doze fotografias no rolo. Como não havia nenhuma jovialidade nas pessoas que eu via – só uma determinação sombria –, tentei ser tão circunspeta com a máquina quanto possível, ao mesmo tempo que tentava lembrar-me de tudo o que o Bryce e a mãe dele me tinham ensinado. A luz em geral, felizmente, era bastante boa – tinham aparecido umas nuvens espessas, algumas de tom cinzento quase negro – e, depois de verificar o fotómetro, espreitava pelo visor e ia mudando de posição até finalmente conseguir a perspetiva e a composição que pareciam adequadas. A pensar nas fotografias que tinha estudado com o Bryce, sustinha a respiração e mantinha a máquina perfeitamente imóvel enquanto premia cuidadosamente o obturador. Sabia que não iam ser todas espantosas, mas tinha a esperança de que uma ou duas fossem para guardar. Note-se que era a primeira vez que fotografava pessoas na sua vida do dia a dia... o pescador com um esgar a amarrar o seu barco; a mulher com um bebé ao colo a inclinar-se contra o vento; um homem enxuto e cheio de rugas a fumar em frente a uma montra entaipada.

Continuei a fotografar durante a hora do almoço, parando só na loja da minha tia para comer uma sanduíche quando o tempo começou a piorar percetivelmente. Quando voltei para a casa da minha tia, só me restava uma fotografia no rolo. A minha tia tinha regressado cedo da loja – o carro dela estava no caminho da casa – mas não a vi, e cheguei ao mesmo tempo que o Bryce na sua carrinha. Quando ele me acenou, senti o meu coração a acelerar loucamente. O pai do Bryce estava ao lado dele, e vi o Richard e o Robert na caixa da carrinha. Peguei na máquina do cesto da bicicleta. Depois de saltar da carrinha, o Bryce dirigiu-se para mim. Estava com uma *t-shirt* e umas calças de ganga desbotadas que lhe acentuavam os ombros largos e as ancas angulares, e com um cinto de couro com ferramentas em que havia um berbequim a pilhas e um par de luvas de couro. A sorrir naquela sua maneira simples, acenou-me com a mão.

– Que tal correu hoje? – perguntou. – – Alguma coisa boa?

Falei-lhe sobre a minha ideia de *Pessoas Antes da Tempestade* e acrescentei:

– Espero que tu ou a tua mãe possam revelá-las em breve.

– Tenho a certeza de que a minha mãe o faz com todo o gosto. O quarto escuro é o sítio mais feliz da casa para ela, o único sítio onde ela pode ser realmente ela própria. Mal posso esperar para as ver.

Por trás dele, na carrinha, vi o pai descarregar um escadote.

– Que tal tem corrido para vocês?

– Não parámos um minuto, e ainda nos falta ir a alguns sítios. A seguir vamos à loja da tua tia.

Ao perto, reparei nas manchas de sujidade na *t-shirt* do Bryce, o que não afetava minimamente o aspeto dele.

– Não tens frio? Provavelmente precisas de um casaco.

– Não tive tempo para pensar nisso – disse ele. Depois, surpreendendo-me: – Senti saudades tuas hoje.

Olhou para o chão e depois voltou a olhar-me nos olhos, com um olhar firme, e, por uma fração de segundo, tive a distinta sensação de que queria beijar-me. A sensação apanhou-me desprevenida, e penso que ele deve ter-se apercebido, porque subitamente espetou o polegar por cima do ombro, tornando-se de novo o Bryce que eu conhecia.

– Se calhar devia ir indo para podermos terminar antes de escurecer.

Senti a garganta seca.

– Não te quero atrasar.

Recuei, a perguntar-me se teria imaginado coisas, ao mesmo tempo que o Bryce se virava. Alcançou o pai e aproximaram-se da zona de arrumos por baixo da casa.

Entretanto, o Richard e o Robert estavam a levar o escadote para o alpendre. Por instinto, afastei-me da casa, a tentar inconscientemente calcular como enquadrar a última fotografia com a última do rolo que me restava. Parando quando o ângulo me pareceu certo, ajustei a abertura e verifiquei o fotómetro, a assegurar-me de que tudo estava pronto.

O Bryce e o pai dele tinham desaparecido para dentro dos arrumos, mas, daí a uns segundos, vi o Bryce sair com um pedaço de contraplacado. Encostou-o à parede e depois voltou a entrar para ir buscar outro; daí a uns minutos, havia uma pilha de tábuas. O Bryce e um dos gémeos levaram uma tábua para a porta da frente enquanto o Porter e o outro gémeo faziam o mesmo. Desapareceram para dentro da casa, com a minha tia a segurar-lhes a porta aberta, e voltaram daí a uns segundos. Ergui a lente quando eles começaram a colocar o contraplacado por cima da porta de correr de vidro, mas não valia a pena tirar a fotografia, porque eles estavam todos de costas para mim. O Bryce pregou o primeiro parafuso e o resto seguiu-se rapidamente. Colocaram a segunda tábua com igual rapidez, e os quatro desceram do escadote. De ambas as vezes, baixei a máquina.

Outras duas tábuas de contraplacado taparam a janela da frente com a mesma rapidez, e mais uma vez o meu ângulo não era bom. Só tirei a fotografia que queria quando o escadote passou para a janela do quarto da minha tia.

O Bryce subiu o escadote primeiro; os gémeos passaram uma tábua de contraplacado pequena ao pai deles, que depois a passou ao Bryce. Foquei a cena e de repente o Bryce tinha de se virar na minha direção; enquanto ele segurava o contraplacado com as duas mãos, premi automaticamente o obturador. Com igual rapidez, voltou a virar-se, em posição para pregar o contraplacado, e não pude deixar de pensar se teria falhado.

E assim, sem mais, a janela ficou tapada, tornando óbvio que aquela não era a primeira vez deles. Os gémeos levaram o escadote para a carrinha enquanto o Bryce e o pai voltavam ao espaço de arrumação por baixo da casa. Saíram com algo pesado que parecia um pequeno motor. Pousaram-no ao lado do espaço de arrumação, num lugar que ficaria abrigado do vento e da chuva. Puxando o cordão, ligaram-no, e o som era como o de um corta-relva.

– Um gerador – disse o Bryce, sabendo que eu não fazia ideia do que estava a ver. – É praticamente garantido que a eletricidade vai abaixo.

Depois de o desligarem, encheram o depósito de um bidão grande de gasolina que estava na caixa da carrinha, e o Bryce levou um fio elétrico comprido para dentro de casa. Comecei a rebobinar o rolo distraidamente, com a esperança de ter obtido por milagre a fotografia do Bryce que queria.

Quando o rolo fez clique, virei-me para a água, que já era um mar de ondas com cristas brancas. Ele tinha realmente querido beijar-me? Continuei a perguntar-me isso quando o vi descer os degraus do alpendre. Os outros já estavam na carrinha e, depois de mais uma troca de acenos de mão, fiquei a vê-lo ir embora.

Perdida nos meus próprios pensamentos, questionei-me se entraria em casa, mas, impulsivamente, saltei para cima da minha bicicleta outra vez. Fui a toda a velocidade à casa do Bryce, sabendo que ele ainda não estaria lá, e fiquei aliviada quando a mãe dele abriu a porta.

– Maggie? – Fitou-me, curiosa. – Se vieste para ver o Bryce, ele está a trabalhar com o pai hoje.

– Eu sei, mas queria pedir-lhe um grande favor. Sei que deve estar ocupada a preparar-se para a tempestade e tudo, mas pensei se não se importaria de me revelar este rolo. – Tal como tinha feito com o Bryce, expliquei o meu tema, e vi que me olhava atentamente.

– Disseste que também tiraste uma ao Bryce?

– Não tenho a certeza. Espero que sim – respondi. – É a última fotografia do rolo.

Ela inclinou a cabeça, sem dúvida a intuir a sua importância para mim, e depois estendeu a mão.

– Deixa-me ver o que posso fazer.

A casa da minha tia estava escura e parecia uma gruta, o que não era surpreendente, visto que não entrava nem uma réstia de luz pelas janelas entaipadas. Na cozinha, o frigorífico estava afastado da parede, sem dúvida para que pudesse ser facilmente ligado ao gerador quando chegasse a hora. A minha tia não se via em lado nenhum, e, quando me sentei no sofá, dei comigo a reviver o momento em que tinha pensado que o Bryce poderia beijar-me, ainda a tentar compreender aquilo.

Com a esperança de distrair a mente desse assunto, peguei nos meus livros da escola e passei a hora e meia seguinte a estudar e a fazer os trabalhos para casa. A minha tia saiu por fim do seu quarto e começou a fazer o jantar e, quando eu estava a cortar tomates para a salada, ouvi o ronco inconfundível de um veículo no cascalho lá fora. A minha tia também o ouviu, e ergueu uma sobrancelha, sem dúvida a perguntar-se se eu teria convidado o Bryce para jantar.

– Ele não mencionou que vinha cá – disse-lhe com um encolher de ombros.

– Fazes-me o favor de ir ver quem é? Tenho o frango na caçarola.

Fui à porta e reconheci a carrinha da família Trickett no caminho da casa, com a mãe do Bryce ao volante. O céu tinha ficado muito escuro e o vento soprava com força suficiente para me obrigar a agarrar-me ao corrimão. Quando cheguei junto da carrinha, a mãe do Bryce baixou o vidro do lado do condutor e estendeu-me um envelope pardo.

– Fiquei com a sensação de que tinhas pressa, por isso comecei a revelar o rolo mal te foste embora. Tiraste algumas fotografias maravilhosas. Conseguiste apanhar muito caráter em algumas das caras. Gostei especialmente da do homem a fumar junto à loja.

– Desculpe se sentiu que tinha de se apressar – disse eu, a esforçar-me por ser ouvida com o vento. – Não tinha de o fazer.

– Queria tratar disso antes de ficarmos sem eletricidade – disse ela. – Tinha a certeza de que estavas em pulgas. Lembro-me do primeiro rolo que tirei sozinha.

Engoli em seco.

– A fotografia do Bryce saiu bem?

– É a minha preferida – disse ela. – Mas é claro que sou suspeita.

– Eles já voltaram?

– Suponho que devem chegar a qualquer momento, portanto se calhar eu devia ir indo.

– Obrigada mais uma vez por ter feito isto tão depressa.

– Foi um prazer. Por minha vontade, passava os dias todos no quarto escuro.

Fiquei a vê-la fazer marcha-atrás, acenei-lhe quando a carrinha começou a avançar e depois corri para dentro de casa. Na sala de estar, acendi o candeeiro, a querer tanta luz quanto possível para ver as fotografias.

Como tinha suspeitado, só havia um par de fotografias boas. A maior parte andava perto, mas não eram perfeitas. Ou estavam um pouco desfocadas ou as configurações da máquina não eram as ideais. A composição também não era sempre grande coisa, mas a mãe do Bryce tinha razão ao achar que a fotografia do fumador era decididamente para guardar. Foi a do Bryce, no entanto, que quase me cortou a respiração.

Estava bem focada e a luz era dramática. Tinha-o apanhado no momento em que virou o tronco na minha direção; os músculos dos seus braços destacavam-se como se gravados em relevo, e a sua expressão refletia uma concentração intensa. Parecia bastante o que era, desinibido e naturalmente gracioso. Passei a ponta do dedo levemente pela figura do Bryce.

Apercebi-me então de que ele – tal e qual como a minha tia – tinha entrado na minha vida no momento em que eu mais precisava. Mais do que isso, transformara-se rapidamente no amigo mais íntimo que eu já alguma vez tivera, e não me tinha enganado ao interpretar o desejo dele. Se estivéssemos sós, ele poderia até ter tentado dar-me um beijo, mesmo que ambos soubéssemos que era a última coisa que eu queria ou de que precisava. Tal como eu, devia saber que uma relação entre nós nunca poderia resultar. Daí a poucos meses, eu ia deixar Ocracoke para trás e tornar-me uma pessoa nova outra vez, alguém que ainda não conhecia. A nossa relação estava condenada ao fracasso, mas, mesmo com essa perceção a abater-se sobre mim, sabia no meu íntimo que – tal como o Bryce – ansiava por algo mais entre nós.

Os meus pensamentos continuaram aos tombos e às voltas como roupas numa máquina de secar durante o jantar e mesmo quando a tempestade começou a aproximar-se. Uivava, com o escuro a instalar-se, aumentando de intensidade a cada hora que passava. A chuva e o vento fustigavam a casa, fazendo-a ranger e tremer. Eu e a minha tia deixámo-nos ficar sentadas na sala de estar, nem uma nem a outra a querer ficar só. Quando julgava que a tempestade não poderia ficar pior, éramos assoladas por mais uma rajada de vento e a chuva tombava com tanta força que soava como foguetes. A eletricidade, como tinha sido previsto, foi abaixo, e a sala de estar ficou escura como o breu. Entrouxámo-nos em roupas, sabendo que íamos ter de ligar o gerador. Mal a tia Linda desandou o puxador, a porta praticamente voou para dentro; a chuva picava-me o rosto enquanto descíamos os degraus do alpendre a toda a pressa, ambas agarradas ao corrimão para não sermos levadas pelo vento.

Por baixo da casa, o vento fazia-me vacilar, mas pelo menos estávamos abrigadas da chuva torrencial. Vi a minha tia esforçar-se por ligar o gerador; substituí-a, e consegui que funcionasse à terceira tentativa. Arrostámos com a tempestade para voltar para dentro de casa, onde a tia Linda acendeu uma série de velas e ligou o frigorífico. As minúsculas luzes pouco faziam para iluminar a sala.

Por fim, adormeci no sofá já depois da meia-noite. A tempestade continuou implacável até pouco depois do amanhecer. Embora ainda houvesse vento, a chuva acabou por se reduzir a uns chuviscos e parar a meio da manhã. Só então é que fomos lá fora para avaliar os estragos.

Tinha caído uma árvore no quintal dos vizinhos, com ramos espalhados por todo o lado, e algumas telhas tinham sido arrancadas do telhado. Na estrada em frente à casa havia mais de trinta centímetros de água. As docas ali perto estavam torcidas ou tinham sido completamente arrancadas, com os destroços a quase chegarem à nossa casa. O ar estava gélido, o vento era positivamente ártico.

O Bryce e o pai dele apareceram uma hora antes do meio-dia. Nessa altura, o vento era já uma pálida imitação do que tinha sido. A tia Linda trouxe um saco de *biscuits* que tinham sobrado e encaminhei-me para o Bryce. Enquanto andava, tentava convencer-me de que os meus sentimentos do dia anterior eram como um sonho quando se acorda. Não eram reais; não eram nada mais do que centelhas e faíscas destinadas a desaparecerem completamente. Mas quando o vi estender a mão para o escadote na caixa da carrinha, pensei de novo na maneira como tinha parado diante de mim, e soube que só estava a tentar enganar-me a mim própria.

O sorriso dele foi tão pronto como sempre. Estava de novo com o seu casaco verde-oliva *sexy* e um boné de basebol, com as calças de ganga e o cinto das ferramentas. Sentia-me como se estivesse a flutuar, mas fiz os possíveis por parecer calma, como se fosse só um dia como outro qualquer.

– O que é que achaste da tempestade? – perguntou ele.

– Foi uma loucura ontem à noite. – Soava como se as minhas palavras estivessem a vir de outro lugar. – Como é que está o resto da vila?

Pousou o escadote no chão.

– Há muitas árvores tombadas e ninguém tem eletricidade. Espera-se que as equipas de reparação cheguem cá esta tarde, mas quem sabe? Um dos motéis e um par de outras lojas tiveram uma inundação, e metade dos prédios do centro ficou com os telhados danificados. Acho que a maior novidade é que um dos barcos soltou-se e veio dar à estrada perto do hotel.

Como ele parecia o Bryce normal, casual, senti que me descontraía.

– A loja da minha tia sofreu danos?

– Não que eu tenha visto – respondeu. – Tirámos o contraplacado, mas, obviamente, não pudemos ir lá dentro ver se havia infiltrações.

– E a tua casa?

– Só uns ramos caídos no quintal. A Gwen e os meus avós também estão bem. Mas se estás a pensar ir tirar fotografias hoje, tem cuidado com as linhas elétricas que caíram. Especialmente em sítios alagados. Podem matar.

Não tinha pensado nisso, e as visões de ser eletrocutada fizeram-me estremecer.

– Vou só ficar por aqui com a minha tia, talvez estudar um bocadinho. Mas gostava de ir ver os estragos e talvez tirar umas fotografias.

– Que me dizes a eu passar por cá mais tarde e levar-te a dar uma volta? Posso trazer mais um rolo.

– Vais ter tempo?

– Tirar as tábuas é muito mais rápido do que colocá-las, e o meu avô já tratou do barco.

Depois de eu concordar, o Bryce pegou no escadote e levou-o para o alpendre. Aí, ele e o pai inverteram o processo do dia anterior: a única diferença foi que usaram uma pistola de silicone para encher os buracos dos parafusos. Enquanto trabalhavam, eu e a minha tia começámos a limpar os destroços do quintal, empilhando-os perto da rua. Ainda estávamos a trabalhar quando o Bryce e o pai saíram do caminho da nossa casa para a estrada.

Com o quintal limpo, eu e a tia Linda voltámos para dentro de casa, a piscar os olhos à luz que entrava pelas janelas. A minha tia dirigiu-se imediatamente para a cozinha e começou a preparar pão com manteiga de amendoim e compota.

– O Bryce disse que a loja parecia estar bem – comentei.

– O pai dele disse a mesma coisa, mas preciso de ir lá daqui a pouco para confirmar.

– Esqueci-me de perguntar, a loja tem um gerador?

Acenou com a cabeça.

– Liga-se automaticamente quando falha a eletricidade. Ou devia ligar-se, pelo menos. Essa é outra coisa que quero ir verificar. As pessoas vão querer *biscuits* e livros amanhã, já que não vai haver grandes cozinhados ou grande coisa para fazer até a eletricidade voltar. Não vamos ter mãos a medir até lá.

Pensei em me oferecer para ajudar, mas, como ainda não tinha tido a aula de fazer *biscuits* com o Bryce, achei que só a iria atrasar.

– O Bryce vai passar por cá mais logo – disse. – Vamos ver as consequências da tempestade.

Ela pôs os pães com manteiga de amendoim e compota em pratos e trouxe-os para a mesa.

– Tenham cuidado com as linhas elétricas tombadas.

Parecia claro que toda a gente estava a par deste perigo potencial menos eu.

– Vamos ter.

– Tenho a certeza de que vais gostar de passar algum tempo com ele.

– Provavelmente, só vamos tirar fotografias.

Aposto que a tia Linda reparou em como desviei a conversa, mas não insistiu. Em vez disso, sorriu.

– Então, provavelmente vais tornar-te uma excelente fotógrafa um dia.

Depois do almoço, estudei, ou tentei, de qualquer modo. Estava sempre a ser interrompida pela visão do envelope pardo, que parecia insistir que eu espreitasse a imagem do Bryce em vez de estudar.

Passaram várias horas até o Bryce aparecer. Mal ouvi o motor da carrinha no caminho da casa, peguei na máquina fotográfica e comecei a descer as escadas do alpendre, sorrindo ao ver a *Daisy* na parte de trás. Ela pôs-se a ganir e a abanar a cauda ao ver que me aproximava, por isso parei e fiz-lhe umas festas. O Bryce, entretanto, tinha saltado para fora e contornado a carrinha para poder abrir-me a porta, e o meu coração fez aquela coisa louca de bater acelerado outra vez. Ele estendeu-me o braço para me ajudar a subir – tinha tomado um duche e eu via gotas de água ainda a escorrerem-lhe do cabelo – e quando fechou a porta uma voz interior repreendeu-me, a ordenar que me controlasse.

Andámos de carro pela vila, a conversar facilmente e a parar aqui e ali para tirar fotografias. Perto do hotel, onde se encontrava o barco tombado de lado no meio da estrada, passei muito tempo a tentar obter a fotografia certa. Por fim, passei a máquina fotográfica ao Bryce para ele tentar, e vi-o afastar-se, reparando mais uma vez na maneira fluida como ele se movia. Sabia que andava a fazer exercício físico para se preparar para a academia militar de West Point, mas a graciosidade e a coordenação naturais dele levavam-me a pensar que seria bom em qualquer desporto.

Por outro lado, porque é que isso haveria de me surpreender? O Bryce, tanto quanto eu podia ver, parecia ser bom *em tudo*. Era o filho e o irmão mais velho perfeito, inteligente e atlético, bonito e compassivo. O melhor era que fazia com que tudo parecesse sem esforço. Até as suas atitudes não eram como as de mais ninguém que alguma vez tivesse conhecido, especialmente quando comparadas com as dos rapazes da minha escola. Muitos pareciam simpáticos numa conversa a sós com eles, mas quando estavam com os amigos emproavam-se todos e faziam-se de desinteressados e diziam coisas idiotas, e acabava por me perguntar quem eram realmente.

E no entanto, se a Madison e a Jodie achavam a atenção deles lisonjeira – e decididamente achavam –, perguntava-me o que é que pensariam do Bryce. Oh, iam reparar logo que era giro, mas será que lhes ia interessar a inteligência dele, a paciência ou o interesse pela fotografia? Ou que ele andasse a treinar um cão para ajudar alguém que estivesse numa cadeira de rodas? Ou que era o tipo de adolescente que ajudava o pai a entaipar as casas de pessoas como a tia Linda e a Gwen?

Não tinha a certeza, mas pressentia que para a Madison e a Jodie o aspeto dele seria mais do que suficiente, e o resto só moderadamente interessante. E se o J era uma indicação fiável, provavelmente eu teria pensado o mesmo antes de ir para Ocracoke e conhecer um tipo que me dera um motivo para mudar de opinião.

Mas porque é que isso tinha acontecido? Costumava pensar que era bastante madura para a minha idade, mas a idade adulta ainda parecia uma miragem, e perguntei-me se parte disso teria a ver com a secundária em geral. Quando olhava para trás, parecia-me que tinha passado todo o meu tempo a tentar levar as pessoas a gosta-rem de mim em vez de descobrir se eu gostava delas. O Bryce não tinha andado na escola nem tivera de lidar com todas aquelas pres-sões idiotas, portanto talvez isso nunca tivesse sido um problema para ele. Tinha sido livre para ser ele mesmo, e aquilo fez-me pen-sar em quem é que eu me teria tornado se não tivesse andado tão ocupada a tentar ser exatamente como as minhas amigas.

Era demasiado para pensar e abanei a cabeça, a tentar arredar aqueles pensamentos. O Bryce tinha subido a um contentor do lixo para ter uma perspetiva melhor do barco na estrada. A *Daisy*, que o tinha seguido, fitava-o lá em cima, mas por fim lembrou-se da minha presença. Trotou na minha direção, de cauda a abanar, e depois enroscou-se à volta das minhas pernas. Os seus olhos cas-tanhos eram tão meigos que não me contive e inclinei-me para ela. Pus a mão em concha no queixo dela e dei-lhe um beijo no nariz. Ao mesmo tempo, ouvi o clique ténue de um obturador. Quando olhei para cima, o Bryce – ainda no contentor do lixo – estava com uma expressão comprometida, e baixou a máquina fotográfica.

– Desculpa lá – disse em voz alta. Saltou para baixo, aterrando como um ginasta, e começou a dirigir-se para mim. – Sei que devia ter pedido licença, mas não consegui resistir.

Embora nunca tivesse gostado de ser fotografada, encolhi os ombros.

– Não tem mal. Eu tirei-te uma ontem.

– Eu sei – disse ele. – Vi-te.

– Viste?

Encolheu os ombros sem responder.

– E a seguir? Há mais alguma coisa que queiras ver ou fazer?

Ao ouvir as perguntas dele, pensei a toda a pressa.

– E se fôssemos até à casa da minha tia passar um bocado?

A tia Linda tinha ido para a loja, deixando-me só com o Bryce. Sentámo-nos no sofá, eu numa ponta com os pés enfiados debaixo das coxas e o Bryce na outra ponta. Estava a ver as fotografias que eu tinha tirado no dia anterior, a elogiar-me mesmo quando eu tinha feito algo obviamente errado. Mesmo antes de chegar à fotografia dele, senti de repente uma sensação muito ténue na barriga, como uma borboleta a bater as asas. Automaticamente, pousei as mãos na barriga, mas de resto deixei-me ficar completamente imóvel. Ele deve ter-me feito uma pergunta, mas, como estava muito concentrada, não a ouvi.

– O que foi? Estás bem?

Perdida na experiência que estava a ter, não respondi; em vez disso, fechei os olhos. E o certo é que voltei a sentir aquele movimento, como ondinhas num lago. Embora nunca tivesse tido esta experiência, soube exatamente o que era.

– Senti a bebé mexer-se.

Esperei um pouco, mas, quando não aconteceu mais nada, instalei-me numa posição mais confortável. Sabia pelo livro que a minha mãe me tinha dado que no futuro não muito distante aqueles ligeiros movimentos se tornariam pontapés e o meu estômago ia começar a mexer-se sozinho como naquela cena supernojenta e assustadora no filme *Alien*. O Bryce manteve-se em silêncio, mas tinha empalidecido um pouco, o que me pareceu um bocado esquisito, já que ele normalmente era imperturbável.

– Parece que viste um fantasma – disse eu na brincadeira.

O som da minha voz pareceu despertá-lo daquele estado.

– Desculpa – respondeu. – Sei que estás grávida, mas nunca penso nisso realmente. Nem sequer aumentaste de peso.

Recompensei a mentira dele com um sorriso de gratidão. Tinha aumentado seis quilos.

– Acho que a tua mãe sabe que estou grávida.

– Eu não lhe disse nada...

– Não tiveste de lho dizer. É uma coisa de mães.

Estranhamente, apercebi-me de que era a primeira vez que a minha gravidez vinha à baila desde que tínhamos enfeitado a árvore de Natal. Via que ele se sentia curioso mas não sabia como o exprimir.

– Não tem mal fazeres-me perguntas sobre isto – disse-lhe. – Não me importo.

Pousou as fotografias na mesa de apoio aos sofás, com uma expressão pensativa.

– Sei que acabaste de sentir a bebé a mexer-se, mas como é estar grávida? Sentes-te diferente?

– Tive enjoos matinais durante muito tempo, portanto decididamente sentia que estava grávida, mas agora são principalmente as coisas pequenas. Estou mais sensível aos cheiros, e por vezes sinto que preciso de fazer uma sesta. E, claro, ando sempre a fazer xixi, mas isso já tu sabes. Para além disso, não reparei em grande coisa. Tenho a certeza de que vai mudar quando começar a ficar com a barriga maior.

– Quando é que está previsto que a bebé nasça?

– Em nove de maio.

– É assim tão exato?

– Segundo o médico, sim. As gravidezes duram duzentos e oitenta dias.

– Não sabia isso.

– Porque é que o saberias?

Riu-se baixinho antes de ficar outra vez sério.

– É assustadora? A ideia de dares a tua bebé para adoção?

Refleti antes de responder.

– Sim e não. Quer dizer, espero que a bebé vá para um casal maravilhoso, mas nunca se sabe realmente. Essa parte assusta-me um bocado quando penso nela. Ao mesmo tempo, sei que ainda não estou pronta para ser mãe. Ainda ando no secundário, portanto de maneira nenhuma poderia sustentá-la. Nem sequer sei conduzir.

– Não tens carta de condução?

– Ia começar a ter aulas em novembro, mas vir para cá baralhou-me os planos.

— Posso ensinar-te a conduzir. Se os meus pais concordarem, quero dizer. E a tua tia, claro.

— A sério?

— Porque não? Quase nunca há carros na estrada na outra ponta da ilha. Foi onde o meu pai me ensinou.

— Obrigada.

— Posso-te fazer outra pergunta sobre a bebé?

— É claro que sim.

— Vais poder escolher o nome dela?

— Acho que não. Quando fui ao médico, a única coisa que ele me perguntou foi se queria ter a bebé nos braços depois de dar à luz.

— O que é que disseste?

— Não respondi, mas acho que não vou querer. Receio que se o fizer vá ser mais difícil dá-la.

— Alguma vez pensaste em nomes? Se pudesses escolher o nome dela, quero dizer?

— Sempre gostei do nome Chloe. Ou Sofia.

— São nomes lindos. Talvez devessem deixar-te escolher o nome. Agradou-me aquilo.

— Tenho de admitir que não estou cheia de vontade de entrar em trabalho de parto. Com o primeiro filho, por vezes pode durar mais de um dia. E não faço ideia de como é que um bebé inteiro vai...

Não terminei a frase, mas não fez mal. Soube que ele compreendia quando o vi estremecer.

— Se te faz sentir melhor, a minha mãe nunca disse que o trabalho de parto custasse muito. Mas recorda-nos que nenhum de nós dormia bem e que ainda somos responsáveis por a compensar pelos anos de privação de sono que passou.

— Isso ia-me custar muito. Gosto bastante de dormir.

Ele uniu as mãos e vi os músculos dos seus antebraços fletirem-se.

— Se fores embora em maio, voltas logo para a escola?

— Não sei — respondi. — Acho que depende se estou muito atrasada ou até adiantada na matéria. Posso não precisar de ir à escola a não ser para os exames, e mesmo esses talvez possa fazê-los em casa. Tenho a certeza de que os meus pais também vão ter uma opção quanto a isso. – Passei a mão pelo cabelo. – Está combinado que me vêm visitar no fim do mês.

– Tenho a certeza que vai ser bom para ti vê-los.

– Pois – concordei, mas a verdade era que me sentia ambivalente em relação a isso. Ao contrário da minha tia, não eram as pessoas mais relaxantes com quem conviver.

– Tens alguns desejos esquisitos?

– Adoro o bife Stroganoff da minha tia, principalmente porque é o melhor que alguma vez comi. E neste momento, estou com vontade de comer uma tosta de queijo, mas não sei se isso conta como um desejo de grávida. Sempre gostei de tostas de queijo.

– Queres que te faça uma?

– É simpático da tua parte, mas estou bem. A minha tia vai fazer o jantar daqui a pouco.

Ele olhou à volta da sala, como se à procura de algo mais para perguntar.

– Que tal vão os teus estudos?

– Oh, não dês cabo da conversa – disse eu. – Não quero pensar nos estudos neste momento.

– Admito que é um alívio ver-me livre do secundário.

– Quando é que tens de ir para West Point?

– Em julho – respondeu.

– Estás entusiasmado?

– Vai ser diferente – disse ele. – Não é como estudar em casa. É muito estruturado, e espero ser capaz de lidar com isso.

Só quero que os meus pais se sintam orgulhosos de mim.

Quase me ri alto com o absurdo do que ele tinha acabado de dizer. Que pais não se sentiriam orgulhosos dele? Demorei um momento a aperceber-me de que ele falava a sério.

– Eles orgulham-se de ti.

Ele estendeu a mão para a máquina fotográfica, pegou nela e depois voltou a pousá-la cuidadosamente na mesma posição.

– Sei que mencionaste que a tua irmã, a Morgan, é a filha perfeita – disse ele –, mas também não é fácil ter o Richard e o Robert como irmãos. – A voz dele era tão baixa que tive de me esforçar para o ouvir quando continuou a falar. – Sabias que fizeram os exames de admissão ao ensino superior em setembro passado? Lembra-te de que só têm doze anos, e ambos obtiveram notas quase perfeitas: 1570 e 1580, muito mais altas do que a que eu tive. E quem sabe se o Richard vai sequer precisar de ir para a universidade? Podia ir diretamente para uma carreira na informática. Sabes o que é a Internet, certo? Vai mudar o mundo, podes confiar no que te digo, e o Richard já está a fazer nome nesse campo. Ganha mais do que o meu pai, a trabalhar em *part-time* e como *freelancer*. Provavelmente, vai ser milionário quando chegar à minha idade. O Robert vai fazer o mesmo. Penso que tem um bocado de inveja por causa do dinheiro, mas no último par de meses tem andado a trabalhar com o Richard na programação, para além de construir o avião dele. E, claro, acha aquilo risivelmente fácil. Como é que posso competir com irmãos assim?

Quando ele acabou de falar, não pude dizer nada. A sua insegurança não fazia sentido nenhum... só que, na família dele, até que sim.

– Não fazia ideia.

– Não me interpretes mal. Tenho orgulho em como eles são espertos, mas não deixa de me levar a sentir que também tenho de fazer algo extraordinário. E West Point vai ser um desafio, embora não tenha ilusões de que venha a conseguir replicar o que meu pai fez lá.

– O que é que ele fez?

– Todos os diplomados de West Point recebem uma nota final baseada no desempenho académico e nos méritos e deméritos, que são influenciados pelo caráter, a liderança, a honra e coisas do género. O meu pai teve a quarta nota mais alta na história de West Point, logo a seguir ao Douglas MacArthur.

Embora nunca tivesse ouvido falar de Douglas MacArthur, pela maneira como o Bryce disse o nome deduzi que tinha sido alguém bastante importante.

– E depois, claro, há a minha mãe e o MIT aos dezasseis anos...

Quanto mais pensava naquilo tanto mais a insegurança dele me parecia justificada, mesmo que os padrões da família dele fossem estratosféricos.

– Tenho a certeza de que quando acabares o curso já vais ser general.

– Impossível. – Riu-se. – Mas obrigado pelo voto de confiança.

Ouvi o carro da minha tia lá fora a virar para o caminho sulcado da casa, e um guincho alto quando o motor foi desligado.

O Bryce também o deve ter ouvido.

– É a correia de transmissão que faz aquele ruído. Provavelmente, precisa de ser apertada. Posso arranjar-lha.

Ouvi a tia Linda subir os degraus e depois empurrar a porta para a abrir. Os seus olhos pousaram-se em nós os dois e, embora não o tenha dito, tive quase a certeza de que se sentia satisfeita por nos encontrarmos em lados opostos do sofá.

– Olá, meninos – disse.

– Que tal correu? – perguntei.

Ela despiu o casaco.

– Não há infiltrações e o gerador está a funcionar perfeitamente.

– Oh, ainda bem. O Bryce diz que consegue consertar o teu carro.

– O que é que há de errado no meu carro?

– A correia de transmissão precisa de ser apertada.

Pareceu perplexa por ter sido eu a dizê-lo e não o Bryce. Quando lhe lancei um olhar, vi que ainda estava a pensar nas suas confissões recentes.

– Ele pode ficar para o jantar?

– É claro que pode – respondeu a minha tia. – Mas não vai ser nada muito elaborado.

– Tostas de queijo?

– É o que te apetece? Talvez com sopa?

– Perfeito.

– E também é fácil para mim. Pode ser daqui a uma hora?

Senti a vontade de comer a rebentar, como pipocas no micro-
-ondas.

– Mal posso esperar.

Depois do jantar, acompanhei o Bryce até à porta. No alpendre, ele virou-se.

– Vejo-te amanhã? – perguntei.

– Estou cá às nove. Obrigado pelo jantar.

– Agradece à minha tia, não a mim. Eu só lavo a louça.

– Já lhe agradeci. – Enfiou a mão no bolso antes de continuar
a falar. – Passei um bocado agradável hoje – disse. – A ficar a conhecer-te melhor, quero dizer.

– Eu também. Mesmo que me tenhas mentido.

– Quando é que eu menti?

– Quando disseste que não parecia grávida.

– Não pareces – disse ele. – Mesmo nada.

– Pois, está bem – fiz um sorriso irónico –, espera só mais um mês.

A semana e meia seguinte passou-se numa névoa, a preparar-
-me para os exames, adiantar os trabalhos do semestre seguinte e a
fotografia. A Gwen examinou-me rapidamente e disse que tanto o
bebé como eu estávamos bem. Também comecei a pagar os rolos e
o papel de fotografia que estava a usar. A mãe do Bryce comprava-
-os por atacado, portanto era menos caro. O Bryce mostrou-se
hesitante em aceitar o dinheiro, mas eu estava a usar tantos rolos

213

que parecia o mais correto. O melhor de tudo era que, com cada rolo, parecia estar a ficar um pouco melhor.

O Bryce, pela sua parte, quase sempre revelava os meus rolos à noite, enquanto eu fazia os trabalhos extra. Passávamos em revista os negativos na manhã seguinte e decidíamos juntos quais as imagens que queríamos imprimir. Ele também me ajudava a fazer fichas de revisão quando eu achava que precisava delas, fazia-me perguntas sobre os capítulos que eu precisava de saber em todas as disciplinas, e praticamente assegurou-se de que estava preparada para os exames finais. Não vou dizer que tive resultados extraordinários, mas, tendo em conta as minhas notas anteriores, quase desloquei o ombro a dar a mim mesma palmadinhas nas costas. Para além disso – e de ver o Bryce apertar a correia de transmissão do carro da minha tia –, a única coisa importante que faltava ainda fazer era a minha tia ensinar-nos a fazer *biscuits* na loja.

Fomos num sábado, alguns dias antes de chegarem os meus pais. A minha tia mandou-nos pôr um avental e fez-nos seguir todos os passos.

Quanto aos segredos, realmente resumiam-se a isto: era importante usar farinha com fermento da marca White Lily, não de qualquer outra, e peneirá-la antes de a adicionar, porque isso tornava os *biscuits* mais fofos. Adicionava-se margarina, leitelho e um pouco de açúcar de pasteleiro (supersecreto), o que algumas pessoas no Sul poderiam considerar uma blasfémia. Depois disso, tinha tudo que ver com ter o cuidado de não trabalhar demasiado a massa quando se misturavam os ingredientes. Oh, e nunca torcer o cortador; tinha de se pressionar em cima da massa já estendida. Depois, acabados de sair do forno, barravam-se as duas partes com manteiga derretida.

Naturalmente, o Bryce fez um milhão de perguntas e levou a lição muito mais a sério do que eu. Quando deu uma dentada num *biscuit*, praticamente gemeu como um miúdo pequeno. Quando a minha tia disse que ele podia partilhar a receita com a mãe, ele pareceu ficar quase ultrajado.

– Nem pensar. Isto foi o *meu* presente.

214

Mais tarde nesse dia, o Bryce mostrou-me finalmente a fotografia que tinha tirado de mim com a *Daisy* quando andámos a ver a vila depois da tempestade.

– Também imprimi uma para ti – disse, entregando-ma. Estávamos na carrinha dele, estacionada perto do farol. Eu tinha acabado de tirar algumas fotografias do pôr do sol e o céu já estava a começar a escurecer. – Na verdade, a minha máe ajudou-me a imprimi-la, mas entendes o que quero dizer.

Via porque é que o Bryce tinha querido uma para ele. Era realmente uma fotografia muito querida, mesmo que por acaso eu figurasse nela. Ele tinha recortado a imagem para ficarem só o meu rosto e o focinho da *Daisy* de perfil e captara o instante em que os meus lábios tocaram no nariz da *Daisy*; eu tinha os olhos fechados, mas os dela estavam a transbordar com adoração. E o melhor de tudo é que meu corpo não aparecia, o que tornava mais fácil acreditar que toda aquela asneira nunca tinha acontecido.

– Obrigada – disse, continuando a fitar a imagem. – Quem me dera conseguir fotografar tão bem como tu. Ou a tua máe.

– És muito melhor do que eu era quando comecei. E algumas das tuas fotografias são fantásticas.

Talvez, pensei. *Mas talvez não.*

– Tenho andado para te perguntar se achas que não faz mal eu estar no quarto escuro. Por estar grávida, quero dizer.

– Perguntei isso à minha máe – disse ele. – Não te preocupes, não te mencionei, mas ela disse que trabalhou no quarto escuro quando estava grávida. Disse que, desde que uses luvas de borrachas e não estejas lá todos os dias, não é perigoso.

– Ainda bem – disse eu. – Adoro ver as imagens começarem a aparecer no papel. Num segundo, não há nada lá... e depois, pouco a pouco, a imagem ganha vida.

– Entendo perfeitamente. Para mim, é uma parte essencial da experiência – acrescentou ele. – No entanto, pergunto-me o que vai acontecer quando a fotografia digital se tornar comum. Aposto que ninguém vai continuar a revelar fotografias.

– O que é a fotografia digital?

– Em vez de ficarem gravadas num rolo, as imagens passam a ficar guardadas num disco na máquina fotográfica que depois se pode ligar a um computador sem ter de usar um digitalizador. Podem até passar a haver máquinas fotográficas em que se pode ver imediatamente a imagem num pequeno ecrã na parte de trás.

– Isso é uma coisa real?

– Vai ser, tenho a certeza – respondeu ele. – Essas máquinas fotográficas são supercaras agora, mas, tal como os computadores, tenho a certeza de que o preço vai continuar a baixar. A seu tempo, penso que a maior parte das pessoas vai querer usar esses tipos de máquina fotográfica. Eu incluído.

– Isso é de certa maneira triste – disse eu. – Retira-lhe alguma da magia.

– É o futuro – disse ele. – E nada dura para sempre.

Não pude deixar de me perguntar se estaria também a referir-se a nós os dois.

Com a aproximação da visita dos meus pais, comecei a sentir-me ansiosa, com um ligeiro nervosismo latente abaixo da superfície. Eles chegavam de avião a New Bern na quarta-feira e apanhariam o primeiro *ferry* da manhã para Ocracoke na quinta. Não iam ficar muito tempo – só até domingo à tarde – e o plano era que nós todos fôssemos à igreja e nos despedíssemos no parque de estacionamento depois da missa.

Na quinta-feira de manhã acordei mais cedo do que o costume para tomar um duche e me arranjar, mas, mesmo quando o Bryce apareceu, tive dificuldade em me concentrar no estudo. Não que houvesse grande coisa para fazer – com os exames finais despachados, estava a avançar pela matéria do segundo semestre a um ritmo que até à Morgan deixaria orgulhosa. O Bryce viu que me sentia ansiosa e tenho a certeza de que a *Daisy* também intuiu o meu estado de espírito. Pelo menos duas vezes por hora vinha para o meu lado e enfiava o nariz na minha mão antes de começar a ganir, um som que lhe vinha do fundo da garganta. Apesar das suas tentativas de me acalmar, quando a tia Linda apareceu para me levar de carro ao *ferry* para irmos receber os meus pais, senti as pernas bambas ao levantar-me da cadeira.

– Vai correr tudo bem – disse o Bryce. Estava a arrumar o meu trabalho em pilhas ordenadas na mesa da cozinha.

– Espero que sim – disse eu. Preocupada como andava, mal reparara em como ele estava giro ou no quanto acabara por depender dele ultimamente.

– Tens a certeza de que queres que eu venha amanhã?

– Os meus pais disseram que te queriam conhecer.

Não mencionei que a ideia de ficar só na casa com os meus pais enquanto a tia Linda estava na loja me aterrava, de certo modo.

Nessa altura, a minha tia espreitou da porta da frente.

– Estás pronta? O *ferry* deve chegar daqui a dez minutos.

– Quase – disse-lhe eu. – Só estávamos a arrumar.

Fui pôr os livros e os cadernos no meu quarto, e depois de eu pegar no casaco o Bryce seguiu-me pelas escadas abaixo. Piscou-me o olho ao subir para a carrinha, o que me deu o encorajamento de que precisava para entrar no carro da minha tia, apesar dos nervos.

O tempo estava frio e cinzento ao nos dirigirmos às docas. O carro de aluguer dos meus pais foi o segundo veículo a sair do *ferry*. Quando nos viram, o meu pai parou o carro e nós dirigimo--nos para eles.

Abraços e beijos, um par de *que bom é ver-te*, nenhum comentário sobre o meu tamanho, provavelmente porque queriam fazer de conta que eu não estava grávida, e depois voltei para dentro do carro com a minha tia. Ocasionalmente, os meus olhos desviavam-se para o espelho lateral enquanto os meus pais nos seguiam até casa, e, depois de estacionarem ao nosso lado, saíram do carro e fitaram a casa. Naquele tempo cinzento, pareceu-me mais desleixada do que o usual.

– Então é isto, há? – perguntou a minha mãe, apertando o casaco ao corpo a proteger-se do frio. – Compreendo porque é que tivemos de reservar um quarto no hotel. Parece um bocado pequena.

– É confortável e tem uma vista fantástica do mar – disse eu.

– O *ferry* pareceu demorar uma eternidade. É sempre assim tão lento?

– Acho que sim – respondi. – Mas ao fim de algum tempo uma pessoa habitua-se.

– Hum – disse ela. O meu pai, entretanto, mantinha-se em silêncio, e a minha mãe não acrescentou mais nada.

– Que me dizem a um almocinho? – atalhou a minha tia com uma animação forçada. – Fiz salada de frango e pensei que podíamos comer umas sanduíches.

– Sou alérgica à maionese – disse a minha mãe.

A tia Linda deu a volta rapidamente.

– Acho que ainda tenho uns restos de rolo de carne, podia fazer-te uma sanduíche com eles.

A minha mãe acenou com a cabeça; o meu pai manteve-se em silêncio. Nós os quatro encaminhámo-nos para a porta da frente, comigo a sentir o nó do estômago a apertar-se cada vez mais com cada passo.

Almoçámos sem percalços, mas a conversa continuava igualmente forçada. Sempre que se instalava um silêncio desconfortável na mesa, a tia Linda voltava a falar sobre a loja, a tagarelar como se a visita deles não fosse nada fora do normal. A seguir, metemo-nos todos no carro da minha tia para dar uma volta rápida pela vila. Ela praticamente repetiu o que me tinha dito quando me levou a ver as vistas, e tenho a certeza de que os meus pais ficaram tão pouco impressionados quanto eu tinha ficado. No banco de trás, a minha mãe parecia quase em estado de choque.

No entanto, a loja pareceu agradar-lhes. Gwen estava lá e, embora já tivessem comido, insistiu em dar-lhes *biscuits* de sobremesa, que era essencialmente *biscuits* feitos com mirtilos e rematados com uma cobertura de açúcar. A Gwen detetou imediatamente a atmosfera de desconforto na minha família e manteve a conversa ligeira. Na zona dos livros, apontou para alguns dos seus favoritos, para o caso de o meu pai ou a minha mãe estarem interessados. Não estavam – os meus pais não liam –, mas acenaram com a cabeça de qualquer maneira, fazendo-me sentir que estávamos a participar numa peça de teatro em que todas as personagens queriam estar noutro lugar.

De regresso a casa, a tia Linda e o meu pai começaram a conversar sobre a família – as outras irmãs deles e as minhas primas – e ao fim de algum tempo a minha mãe pigarreou.

– E se fôssemos dar um passeio na praia? – sugeriu-me.

Fez com que parecesse que eu não tinha grande escolha, e fomos as duas até à praia no carro alugado, que estacionámos perto das dunas.

– Pensei que a praia era mais perto – disse ela.

– A vila fica no lado da baía.

– Como é que vens cá? – perguntou.

– Venho de bicicleta.

– Tens uma bicicleta?

– A tia Linda comprou-a numa venda de garagem antes de eu chegar.

– Oh – disse ela. Lá em casa, ela sabia, a minha bicicleta estava na garagem, com os pneus estalados e sem ar por falta de uso e com o selim coberto de poeira. – Pelo menos sais de vez em quando. Estás muito pálida.

Encolhi os ombros e não respondi. Saímos do carro e puxei o fecho do meu casaco até cima antes de enfiar as mãos nos bolsos.

Encaminhando-nos para a beira da água, contornámos a duna, com os pés a afundarem-se e a escorregarem com cada passo que dávamos. Só quando começámos a andar na praia é que a minha mãe voltou a falar.

– A Morgan pediu-me para te dizer que gostava de ter podido vir. Mas tem o papel principal na peça de teatro da escola e havia ensaios. Também está a ver se consegue uma bolsa de estudos dos Rotários, embora já tenha conseguido bolsas suficientes para cobrir a maior parte das propinas.

– Tenho a certeza de que a vai conseguir – murmurei. O que era verdade, e, embora sentisse a pontada familiar de insegurança, apercebi-me de que não me fazia sentir tão mal em relação a mim mesma como dantes.

Demos mais uns passos antes de eu ouvir a voz da minha mãe outra vez.

– Ela diz que vocês as duas já não falam há umas duas semanas.

Perguntei-me se a tia Linda teria mencionado que levava o fio do telefone com ela para o trabalho.

– Tenho andado muito ocupada com os estudos. Telefono-lhe para a semana.

– Porque é que ficaste tanto para trás nos estudos? A tua tia estava realmente preocupada contigo, e os teus professores também.

Senti que os ombros me descaíam um pouco.

– Acho que me levou algum tempo a adaptar-me a estar aqui.

– Não estás a perder nada lá em Seattle.

Não sabia bem o que dizer àquilo.

– Tens notícias da Madison ou da Jodie?

– Não telefonaram lá para casa, se é o que estás a perguntar.

– Sabes o que é que têm andado a fazer?

– Não faço ideia. Suponho que podia perguntar à Morgan quando voltar para casa.

– Não vale a pena – disse eu, sabendo que a minha mãe não o faria. Na sua opinião, quanto menos as pessoas falassem ou fizessem perguntas sobre mim, melhor.

– Se quiseres escrever-lhes uma carta – prosseguiu ela –, acho que posso mandá-las entregar. É claro que não podes ser muito específica nem dar a entender o que se está realmente a passar.

– Talvez – disse eu. Não queria mentir-lhes, e, como também não podia contar a verdade, não teria nada para dizer.

Ela puxou a gola do casaco para tapar o pescoço.

– O que é que achaste do médico que a Linda arranjou? Sei que a Gwen seria capaz de fazer o parto, mas disse à Linda que me ia sentir mais descansada se fosses para um hospital.

Mal ela perguntou, visualizei imediatamente as mãos gigantescas do doutor Chinowith.

– É de uma certa idade, mas parece simpático, e a Gwen já trabalhou muito com ele. Vou ter uma menina, já agora.

– O médico é homem?

– Isso é problema?

Ela pareceu não querer responder e limitou-se a abanar a cabeça.

– De qualquer modo, vais estar em casa e de volta ao normal daqui a poucos meses.

Sem saber o que dizer, perguntei:

– Que tal está o papá?

– Tem tido de fazer horas extraordinárias porque há uma encomenda grande dos novos aviões. Mas a não ser isso, está na mesma.

Pensei nos pais do Bryce e na maneira terna como se tratavam um ao outro, tão diferente da dos meus pais.

– Ainda continuam a ir jantar fora duas vezes por mês?

– Ultimamente não – disse ela. – Houve uma fuga na canalização e entre mandá-la consertar, o Natal e vir cá para te ver, temos andado com o orçamento mais apertado.

Embora provavelmente não fosse essa a intenção dela, aquilo fez-me sentir culpada. De facto, aquele passeio estava-me a fazer sentir mais deprimida do que me sentia antes de eles chegarem. Mas fez-me pensar...

– Suponho que as explicações também são caras.

– Isso está a ser tratado.

– Pela tia Linda?

– Não – disse ela. Pareceu hesitar antes de explicar, e por fim suspirou. – Algumas das tuas despesas estão a ser custeadas pelos potenciais pais adotivos, através da agência. A escola, a parte das despesas médicas que o nosso seguro não cubra, os teus voos para vires para cá e voltares. Até algum dinheiro para tu gastares.

O que explicava o envelope com dinheiro que ela me tinha dado no aeroporto.

– Conheceste os pais? Quer dizer, são pessoas simpáticas?

– Não os conheci. Mas tenho a certeza de que vão ser bons pais.

– Como é que tens a certeza se não os conheceste?

– A tua tia e a Gwen já trabalharam com esta agência e conhecem a senhora que está à frente dela, portanto ela selecionou pessoalmente os candidatos. É muito experiente, e tenho a certeza de que avaliou exaustivamente os potenciais pais adotivos. É realmente tudo quanto sei, e tu também não devias querer saber mais. Quanto menos te preocupares, mais fácil vai acabar por ser.

Suspeitava que ela tinha razão. Embora a bebé andasse a mexer-se regularmente agora, a minha gravidez continuava a nem parecer sempre real. A minha mãe sabia que não valia a pena insistir, portanto deixou passar.

– Tem estado muito parado lá em casa desde a tua partida.

– Também é parado aqui.

– É o que parece. Julguei que a vila era maior. É tão isolada. Quer dizer... o que é que as pessoas fazem aqui?

– Dedicam-se à pesca e ao turismo. Na época baixa, consertam os barcos e o equipamento e preparam-se para o inverno – respondi. – Ou têm ou trabalham em lojas que mantêm a cidade a funcionar, como a tia Linda. Não é uma vida fácil. As pessoas têm de trabalhar no duro para sobreviver.

– Acho que não conseguia viver aqui.

Mas para mim serviu, certo? E no entanto...

– Não é tão mau como isso.

– Por causa do Bryce?

– Ele é o meu explicador.

– E também te anda a ensinar fotografia?

– Foi a mãe dele que o fez interessar-se. Tem sido muito divertido e acho que sou capaz de continuar quando voltar para casa.

– Alguma vez vais à casa dele?

Ainda estava a pensar porque é que ela não parecia interessada pela minha nova paixão.

– Às vezes.

– Os pais dele estão em casa quando vais lá?

Com aquela pergunta, compreendi de repente de onde estava a vir aquilo tudo.

– A mãe está sempre lá. Os irmãos também costumam estar lá.

– Oh – disse ela, mas naquela única sílaba consegui ouvir o seu alívio.

– Gostavas de ver algumas das fotografias que tirei?

Ela deu uns passos sem dizer nada.

– É ótimo que tenhas arranjado um passatempo, mas não achas que devias estar antes a concentrar-te nos estudos? Talvez usares o teu tempo livre para estudares sozinha?

– Eu estudo sozinha – disse eu, a ouvir o tom defensivo no meu tom de voz. – Tu viste as minhas notas, e já estou muito adiantada neste semestre também. – Pelo canto do olho, via as ondas a rolarem constantemente na direção da praia, como que a tentarem apagar as nossas pegadas.

– Só me pergunto se não estarás a passar demasiado tempo com o Bryce em vez de trabalhares em ti.

– O que é que queres dizer com trabalhar em mim? Estou-me a sair bem nos estudos, arranjei um passatempo fixe, tenho feito amigos...

– Amigos? Ou um amigo?

– Para o caso de não teres reparado, não há aqui muita gente da minha idade.

– Só estou preocupada contigo, Margaret.

223

– Maggie – recordei à minha mãe, sabendo que ela só usava *Margaret* quando estava incomodada. – E não tens de te preocupar comigo.

– Esqueceste-te de porque é que estás aqui?

O comentário dela magoou-me, recordando-me que, fizesse eu o que fizesse, seria sempre a filha que a tinha dececionado.

– Sei porque é que estou aqui.

Ela acenou com a cabeça, sem dizer nada, a baixar os olhos de repente.

– Mal se nota.

Pus as mãos automaticamente na barriga.

– A camisola que me compraste esconde muito.

– Essas calças são de pré-mamã?

– Tive de as comprar no mês passado.

Sorriu, mas o sorriso não ocultava a sua tristeza.

– Sentimos saudades tuas, sabes?

– Também sinto saudades vossas. – E, nesse momento, sentia, mesmo que por vezes ela o tornasse muito difícil.

As minhas interações com o meu pai eram igualmente embaraçadas. Ele passou quase toda a tarde de quinta-feira com a minha tia, os dois sentados à mesa da cozinha ou de pé nas traseiras, perto da beira da água. Nem mesmo ao jantar me disse grande coisa, para além de «Passas-me o milho?» Cansados da viagem ou talvez só sob um stresse intenso, foram para o hotel pouco depois de acabarmos de jantar.

Quando voltaram na manhã seguinte, viram-me com o Bryce a estudar à mesa. Depois de uma apresentação rápida – o Bryce mostrou-se encantador como sempre e os meus pais observaram-no com uma expressão reservada –, eles sentaram-se na sala de estar, a falar em voz baixa enquanto nós voltávamos ao estudo. Embora estivesse adiantada nos trabalhos para a escola, a presença deles enquanto estava a estudar punha-me nervosa. Dizer que aquela coisa toda dava a sensação de ser esquisita é dizer pouco.

O Bryce detetou a tensão, portanto concordámos que acabaríamos mais cedo, à hora do almoço. Para além da loja da minha tia, havia poucos lugares onde comer, e eu e os meus pais acabámos no Pony Island Restaurant. Nunca tinha estado lá, e, embora só servisse comida de pequenos-almoços, os meus pais não pareceram importar-se. Comi rabanadas, e a minha mãe também, e o meu pai comeu bacon com ovos estrelados. A seguir, foram até à loja da minha tia e voltei para casa para fazer uma sesta. Quando me levantei, a minha mãe estava a falar com a tia Linda, que já tinha voltado para casa. O meu pai estava a beber café no alpendre e fui ter com ele e sentei-me na outra cadeira de baloiço. O meu primeiro pensamento foi que parecia mais em baixo do que alguma vez o vira.

– Que tal estás, Papá? – perguntei, fingindo que não tinha reparado.

– Estou bem – disse ele. – E tu?

– Ando um bocado cansada, mas isso é normal. De acordo com o livro, de qualquer maneira.

Disparou um olhar à minha barriga, e depois de novo para cima. Mexi-me na cadeira, a tentar pôr-me mais confortável.

– Que tal vai o trabalho? A mamã diz que tens feito muitas horas extraordinárias ultimamente.

– Há uma data de encomendas do novo 777-300 – disse ele, como se toda a gente fosse especialista em aviões Boeing como ele.

– Isso é bom, certo?

– É um ganha-pão – resmungou ele. Bebeu um gole de café. Voltei a mexer-me na cadeira, a pensar se a minha bexiga ia começar a clamar, dando-me uma desculpa para voltar para dentro de casa. Não o fez.

– Tenho gostado de aprender fotografia – arrisquei.

– Oh – disse ele. – Ótimo.

– Gostavas de ver algumas das minhas fotografias?

Demorou uns segundos a responder.

– Não ia saber o que estava a ver. – No silêncio que se seguiu à resposta dele, vi o vapor a erguer-se do café antes de desaparecer rapidamente, uma miragem temporária. Depois, como se sabendo que era a sua vez de fazer avançar a conversa, ele suspirou. – A Linda diz que tens sido uma grande ajuda na casa.

– Tento – disse eu. – Ela manda-me fazer certas tarefas, mas não me importo. Gosto da tua irmã.

– Ela é uma boa senhora. – Parecia estar a fazer os possíveis por não olhar na minha direção. – Continuo sem saber porque é que se mudou para aqui.

– Já lhe perguntaste?

– Disse que depois de ela e a Gwen saírem da ordem queriam ter uma vida tranquila. Julguei que os conventos eram tranquilos.

– Eram próximos em pequenos?

– Ela é onze anos mais velha do que eu, portanto olhava por mim e pelas nossas irmãs depois das aulas quando eu era pequeno. Mas saiu de casa quando tinha dezanove anos e não voltei a vê-la durante muito tempo. Escrevia-me cartas, no entanto. Sempre gostei das cartas dela. E depois de eu e a tua mãe casarmos, ela veio visitar-nos um par de vezes.

Era o máximo que o meu pai alguma vez tinha dito de seguida, o que, de certo modo, me sobressaltou.

– Só me lembro de ela nos visitar uma vez, quando eu era pequena.

– Não era fácil para ela sair. E depois de se mudar para Ocracoke, não podia.

Fitei-o.

– Estás realmente bem, Papá?

Demorou muito tempo a responder.

– Só estou triste, é tudo. Triste por ti, triste pela nossa família.

Sabia que estava a ser sincero, mas, tal como as coisas que a minha mãe tinha dito, as palavras dele magoaram-me.

– Lamento, e estou a fazer os possíveis por endireitar as coisas.

– Eu sei que estás.

Engoli em seco.

– Ainda gostas de mim?

Pela primeira vez, ele olhou-me de frente, e a sua surpresa era evidente.

– Vou sempre gostar de ti. Vais ser sempre a minha pequenina.

Olhando por cima do ombro, vi a minha mãe e a minha tia sentadas à mesa.

– Acho que a mamã está preocupada comigo.

Ele voltou a desviar os olhos.

– Nem eu nem ela queríamos isto para ti.

Depois daquelas palavras, ficámos sentados sem falar até o meu pai por fim se levantar da cadeira e voltar para dentro para se servir de mais café, deixando-me só com os meus pensamentos.

Mais tarde nessa noite, depois de os meus pais terem voltado para o hotel, sentei-me na sala de estar com a minha tia. O jantar tinha sido embaraçoso, com comentários sobre o tempo intercalados com longos silêncios. A tia Linda estava a beber chá na cadeira de balouço e eu estava sentada no sofá com os pés debaixo da almofada.

– É como se nem sequer estivessem contentes por me ver.

– Estão contentes – disse ela. – É só que ver-te é mais difícil para eles do que julgavam que seria.

– Porquê?

– Porque tu não és a mesma rapariga que os deixou em novembro.

– É claro que sou – disse eu, mas, mal as palavras me saíram da boca, soube que não era verdade. – Não quiseram ver as minhas fotografias – acrescentei.

A tia Linda pousou o chá na mesa ao seu lado.

– Já te tinha contado que quando trabalhei com jovens como tu tínhamos uma sala para a pintura? Com aguarelas? Havia uma grande janela que dava para o jardim e quase todas as raparigas experimentavam pintar enquanto estavam lá. Algumas até acabaram por adorar, e, quando os pais as vinham visitar, muitas delas queriam mostrar-lhes os seus trabalhos. Na maior parte das vezes os pais diziam que não.

– Porquê?

– Porque receavam ver o reflexo da artista em vez do seu próprio.

Não explicou melhor, e, mais tarde nessa noite, abraçada à ursinha Maggie na cama, pensei no que ela tinha dito. Imaginei umas raparigas grávidas numa sala luminosa e arejada no convento, com flores silvestres lá fora. Pensei em como se sentiam ao pegar no pincel, a acrescentarem cor e encanto a uma tela em branco e a sentirem – pelo menos por um breve momento – que eram como as outras raparigas da sua idade, sem o fardo de erros passados. E compreendi que elas sentiam o mesmo que eu quando olhava pela lente, que encontrar e criar beleza podia iluminar mesmo o período mais negro.

Compreendi então o que a minha tia tinha tentado dizer-me, assim como me apercebi de que os meus pais continuavam a gostar de mim. Sabia que queriam o melhor para mim, agora e no futuro. Mas queriam ver os seus próprios sentimentos nas fotografias, não os meus. Queriam que eu me visse da mesma maneira que eles me viam.

Os meus pais, compreendi, queriam ver deceção.

Aquela revelação não me animou, embora me tenha ajudado a compreender a atitude dos meus pais. Francamente, também estava dececionada comigo mesma, mas tinha tentado fechar aquele sentimento num qualquer canto remoto do meu cérebro, porque não tinha tempo para me recriminar como dantes. Nem queria fazê-lo. Para os meus pais, quase tudo o que eu estava a fazer tinha a sua origem no meu erro. E, de cada vez que havia um lugar vazio à mesa, de cada vez que passavam pelo meu quarto desocupado, de cada vez que recebiam os resultados que eu tinha obtido do outro lado do país, era-lhes recordado o facto de que eu tinha temporariamente destroçado a família e ao mesmo tempo estilhaçado a ilusão de que – nas palavras do meu pai – era ainda a sua menina pequena.

A visita deles não melhorou com a passagem das horas. O sábado foi praticamente a mesma coisa que no dia anterior, só que o Bryce não foi lá a casa. Voltámos a explorar a vila, o que os entediou tanto quanto eu esperava. Fiz uma sesta e, embora sentisse o bebé dar pontapés sempre que me deitava, não lhes disse nada. Li e fiz trabalhos para casa no meu quarto com a porta fechada. Também usei as minhas *sweatshirts* mais largueironas e um casaco, a fazer os possíveis por ter o aspeto de sempre.

A minha tia, graças a Deus, fazia as despesas da conversa sempre que a tensão começava a insinuar-se. A Gwen também. Veio jantar connosco no sábado à noite, e entre as duas, fizeram com que eu mal tivesse de falar. Também evitaram qualquer menção do Bryce ou da fotografia; em vez disso, a tia Linda manteve a conversa focada na família, e foi interessante descobrir que a minha tia sabia ainda mais sobre as minhas outras tias e primas do que os meus pais. Como fazia com o meu pai, escrevia a todas regularmente, o que era mais uma coisa que eu não sabia sobre ela. Calculei que, provavelmente, escrevia essas cartas quando estava na loja, já que eu nunca a tinha visto de esferográfica em punho.

O meu pai e a tia Linda também partilharam histórias sobre a infância e a juventude deles em Seattle, quando a cidade tinha ainda bastantes terrenos sem construções. De vez em quando, a Gwen falava sobre a sua vida no Vermont, e fiquei a saber que a família dela tinha seis vacas premiadas que produziam uma manteiga cremosa usada em alguns dos restaurantes mais chiques de Boston.

Apreciava o que a tia Linda e a Gwen estavam a fazer, mas, mesmo enquanto as escutava, dei com os meus pensamentos a divagarem para o Bryce. O sol estava-se a pôr e, se os meus pais não estivessem ali, eu e ele andaríamos com a máquina fotográfica a tentar captar a luz perfeita da hora dourada. Naqueles momentos, apercebi-me, o meu mundo reduzia-se à tarefa entre mãos, ao mesmo tempo que se expandia exponencialmente.

Queria mais do que tudo que os meus pais partilhassem o meu interesse; queria que se sentissem orgulhosos de mim. Queria dizer--lhes que tinha começado a imaginar uma carreira como fotógrafa. Mas depois a conversa virou-se para a Morgan. Os meus pais falaram sobre as notas dela e a sua popularidade e o violino e as bolsas de estudo que tinha recebido para frequentar a universidade Gonzaga. Quando vi a maneira como os olhos deles se iluminavam, baixei os meus, e perguntei-me se os meus pais alguma vez ficariam inchados de orgulhos da mesma maneira ao falarem sobre mim.

No domingo, partiram finalmente. O avião deles era à tarde, mas apanhámos todos o *ferry* de manhã, fomos à missa e almoçámos antes de nos despedirmos no parque de estacionamento. O meu pai e a minha mãe abraçaram-me, mas nenhum dos dois verteu uma lágrima, ao passo que eu sentia que elas me estavam a vir aos olhos. Depois de me soltar, limpei as faces e, pela primeira vez desde que tinham chegado, senti algo semelhante a compreensão da parte dos meus pais.

– Vais estar de volta a casa não tarda nada – assegurou-me a minha mãe, e, embora o meu pai tenha apenas acenado com a cabeça, pelo menos olhou para mim. A sua expressão era pesarosa como de costume, mas, mais do que isso, detetei um sentimento de impotência.

– Vou ficar bem – disse eu, ainda a limpar os olhos, e, embora tenha falado com sinceridade, não tenho a certeza se quer um quer o outro acreditaram em mim.

O Bryce apareceu à porta ao fim do dia. Tinha-lhe pedido que viesse lá a casa e, embora fizesse bastante frio, sentámo-nos no alpendre, no mesmo lugar onde o meu pai e eu nos tínhamos sentado um par de dias antes.

Contei a história da visita dos meus pais sem deixar nada de fora, e o Bryce não me interrompeu. No fim, eu já estava a chorar, e ele aproximou a sua cadeira da minha.

– Lamento que não tenha sido a visita que querias que fosse – murmurou.

– Obrigada.

– Há alguma coisa que possa fazer para te ajudar a sentires-te melhor?

– Não.

– Podia trazer-te cá a *Daisy* para tu te aconchegares com ela esta noite.

– Pensei que ela não devia subir para os sofás ou as camas.

– E não deve. Então, e se eu te fizesse antes um chocolate quente?

– Não vale a pena.

Pela primeira vez desde que o tinha conhecido, estendeu a mão e pô-la em cima da minha. Apertou-ma, e o seu toque foi elétrico.

– Pode não querer dizer nada, mas eu acho que tu és incrível – disse ele. – És esperta e tens um sentido de humor fantástico e, obviamente, já sabes como és linda.

Senti que corava ao ouvir as palavras dele, grata pelo escuro. Ainda sentia a mão dele na minha, a irradiar calor pelo meu braço acima. Ele não parecia com pressa de a tirar.

– Sabes no que é que estava a pensar? – perguntei. – Mesmo antes de chegares?

– Não faço ideia.

– Estava a pensar que, embora os meus pais só tenham estado cá três dias, pareceu-me um mês inteiro.

Soltou uma risadinha antes de voltar a olhar-me nos olhos. Senti o seu polegar a acariciar as costas da minha mão, leve como uma pena.

– Queres que venha amanhã para as explicações? Porque, se precisares de um dia para descomprimir, compreendo totalmente.

Evitar o Bryce, eu sabia, far-me-ia sentir ainda pior.

– Quero continuar a fazer as leituras e os trabalhos – respondi, surpreendendo-me a mim mesma. – Vou ficar bem depois de dormir esta noite.

A expressão dele era meiga.

– Tu sabes que eles te adoram, certo? Os teus pais, quero dizer. Mesmo que não sejam lá muito bons a mostrá-lo?

– Eu sei – respondi, mas, estranhamente, dei comigo a perguntar-me de repente se o Bryce estaria a falar sobre os meus pais ou sobre si mesmo.

Ao entrarmos em fevereiro, o Bryce e eu retomámos a nossa rotina. No entanto, não era bem como antes. Para começar, algo mais profundo se tinha enraizado quando eu pressenti que ele queria beijar-me, e tornou-se ainda mais forte quando ele me pegou na mão. Embora não tenha voltado a tocar-me – e de modo nenhum tenha tentado beijar-me –, havia uma nova carga entre nós, um zunido baixo e insistente que era quase impossível ignorar. Eu estava a resolver um problema de Geometria e dava com ele a fitar-me de uma maneira que não parecia familiar, ou quando ele me passava a máquina fotográfica para as mãos segurava-a por um instante mais, obrigando-me a puxá-la, e eu sentia que ele estava a tentar controlar as suas emoções.

Entretanto, eu examinava os meus próprios sentimentos, especialmente mesmo antes de adormecer. Chegava ao ponto de não haver volta atrás – aquele período breve e vago em que o consciente se mistura com o inconsciente e as coisas se tornam esfumadas – e de repente via-o no escadote ou recordava a maneira como o seu toque me tinha posto os nervos em fogo, e acordava imediatamente.

Também a minha tia parecia reparar que a minha relação com o Bryce tinha... *evoluído.* Ele ainda jantava connosco duas ou três vezes por semana, mas, em vez de se ir embora imediatamente a seguir, sentava-se connosco na sala de estar durante algum tempo. Apesar da falta de privacidade – ou talvez por causa dela –, eu e ele começámos a desenvolver a nossa própria comunicação não-verbal secreta. Ele erguia delicadamente a sobrancelha e eu sabia que ele estava a pensar a mesma coisa que eu; ou quando eu passava a mão com impaciência pelo cabelo o Bryce sabia que eu queria mudar de assunto. Julgava que éramos bastante subtis em relação àquela coisa toda, mas a tia Linda não se deixava enganar facilmente. Depois de ele se ir embora, ela dizia alguma coisa que me fazia refletir no que estava realmente a tentar dizer-me.

«Vou sentir a tua falta quando te fores embora», dizia casualmente, ou, «Que tal andas a dormir? A gravidez pode ter todo o tipo de efeitos sobre as hormonas.»

Tenho a certeza de que era a maneira dela de me recordar que apaixonar-me pelo Bryce não era bom para mim, mesmo que não o dissesse diretamente. O resultado era que eu refletia sobre os seus comentários depois de reconhecer a verdade que estava por baixo deles: as minhas hormonas estavam *de facto* descontroladas e eu ia *mesmo* partir em breve.

No entanto, o coração é uma coisa esquisita, porque, embora soubesse que não havia um futuro para o Bryce comigo, ficava acordada à noite a escutar as ondas a baterem suavemente na areia, a saber que uma grande parte de mim simplesmente não se importava com isso.

A apontar uma só mudança notável nos meus hábitos desde que tinha chegado a Ocracoke, seria a minha diligência no que dizia respeito aos estudos. Na segunda semana de fevereiro, já estava a acabar os trabalhos de março e tinha tido boas notas nas fichas de avaliação e nos exames. Ao mesmo tempo, continuava a tornar-me mais confiante com a máquina fotográfica, e a minha proficiência estava a melhorar consistentemente. Atribua-se à nossa concentração no estudo e na fotografia, mas o Dia dos Namorados foi só... *razoável*.

Não estou a dizer que o Bryce se esqueceu dele. Apareceu nessa manhã com flores, e, embora eu me tenha sentido momentaneamente tocada, reparei logo que tinha trazido dois ramos, um para mim e outro para a minha tia, o que de certo modo diminuía o seu impacto. Mais tarde, confirmei que também tinha dado flores à sua mãe. Tudo isso deixou-me a pensar se o que estava a acontecer entre nós não passaria de uma fantasia induzida pelas hormonas.

Daí a duas noites, no entanto, ele compensou tudo. Era a noite de sexta-feira – já estávamos juntos há doze horas nessa altura – e a minha tia estava na sala de estar e nós no alpendre. Era uma noite mais quente do que o usual, comparada com as anteriores, portanto deixámos a porta de correr ligeiramente aberta. Calculei que a minha tia poderia ouvir-nos, e, embora ela tivesse um livro aberto no regaço, eu suspeitava que estava também a lançar-nos um olhar à socapa de vez em quando. Entretanto, o Bryce mexia-se na cadeira e arrastava os pés como o adolescente nervoso que era.

– Sei que tens de te levantar cedo no domingo de manhã, mas tinha a esperança de que estivesses livre amanhã à noite.

– O que é que vai acontecer amanhã à noite?

– Tenho andado a construir uma coisa com o Robert e o meu pai – disse ele. – Queria mostrar-ta.

– O que é?

– É uma surpresa – respondeu. Depois, como se estivesse a correr o risco de prometer demasiado, prosseguiu, com as palavras a saírem-lhe rapidamente. – Não é nada de mais. E não tem nada que ver com fotografia, mas estive a ver a previsão do tempo e penso que as condições atmosféricas vão estar perfeitas. Acho que podia mostrar-te durante o dia, mas vai ser muito melhor à noite.

Não fazia ideia do que é que ele estava a falar; a única coisa que sabia com toda a certeza era que estava a comportar-se da mesma maneira que quando me convidou para ir ver o desfile de Natal de New Bern com a família dele. *Uma espécie de* encontro. Ele era mesmo incrivelmente fofinho quando estava nervoso.

— Vou ter de perguntar à minha tia.

— É claro — disse ele.

Esperei, e, como ele não acrescentou mais nada, fiz a pergunta óbvia:

— Podes dar-me um bocadinho mais de informação?

— Oh, pois. Certo. Tinha a esperança de te poder levar a jantar ao Howard's Pub e, depois disso, a surpresa. Devo conseguir trazer-te a casa até às dez.

Interiormente, sorri, a pensar que, se um rapaz perguntasse aos meus pais se eu podia ficar fora até às dez, mesmo *eles* teriam concordado. Bem... no passado teriam concordado, mas talvez não agora. De qualquer maneira, aquilo soava como um *encontro* encontro, não *uma espécie de* encontro, e, embora o coração me tivesse começado de repente a bater com força no peito, virei-me na cadeira de balouço a tentar parecer calma e com a esperança de surpreender o olhar da minha tia.

— Às dez horas está bem — disse ela, ainda a olhar para o seu livro. — Mas não mais tarde.

Olhei de novo para o Bryce.

— Está tudo bem.

Ele acenou com a cabeça. Arrastou os pés. Acenou de novo.

— Então... a que horas? — perguntei.

— O que é que queres dizer?

— Quero dizer a que horas é que tenho de estar pronta amanhã?

— Que tal às nove?

235

Embora eu soubesse exatamente o que ele queria dizer, fingi que não só para ter piada.

– Vens-me buscar às nove, jantamos no Howard's Pub, vemos a surpresa e pões-me em casa às dez?

Arregalou os olhos.

– Às nove da manhã – disse ele. – Para fazermos umas fotografias, quero dizer, e talvez praticar um bocado o Photoshop. Também há um sítio na ilha que te quero mostrar. Só as pessoas de cá é que o conhecem.

– Que sítio?

– Depois vês – disse ele. – Sei que não estou a fazer muito sentido, mas... – Parou de falar e eu contive a excitação ao pensar que me tinha convidado mesmo para um *encontro* encontro. O que, de certo modo, me assustava, mas também me empolgava. – Vemo-nos amanhã? – acrescentou ele por fim.

– Mal posso esperar.

E, verdade seja dita, mal podia esperar.

A minha tia manteve-se em silêncio depois de eu fechar a porta. Oh, escondia-o bem – com o livro aberto e tudo –, e não fez nenhum comentário cheio de sentidos ocultos, mas pressenti a sua preocupação, embora me sentisse nas nuvens.

Dormi bem, melhor do que andava a dormir há semanas, e acordei a sentir-me repousada. Tomei o pequeno-almoço com a minha tia e de manhã o Bryce e eu tirámos algumas fotografias perto da casa dele. A seguir, trabalhámos com a sua mãe ao computador. O Bryce estava sentado perto de mim a irradiar calor, o que tornava mais difícil concentrar-me do que o costume.

Almoçámos na casa dele e depois metemo-nos na carrinha. Pensei que me ia levar de volta à casa da minha tia, mas ele virou para uma rua por onde eu já tinha passado dúzias de vezes, mas em que nunca tinha realmente reparado.

– Aonde é que vamos? – perguntei.

– Vamos fazer um pequeno desvio à Grã-Bretanha.

Pisquei os olhos.

– Estás-te a referir à Inglaterra? Tipo, ao país?

– Exatamente – respondeu ele com um piscar de olho. – Vais ver.

Passámos por um pequeno cemitério à esquerda e depois por um outro à direita antes de ele finalmente virar. Quando saímos, levou-me a um memorial em granito localizado perto de quatro sepulturas retangulares bem cuidadas, rodeadas por cascas de pinheiro e ramos de flores, tudo com uma vedação de madeira à volta.

– Bem-vinda à Grã-Bretanha – disse ele.

– Perdeste-me completamente.

– Em 1942, a traineira HMT Bedfordshire foi torpedeada por um submarino alemão ao largo da costa e quatro corpos vieram dar à praia em Ocracoke. Conseguiram identificar dois dos homens, mas os outros dois continuaram por identificar. Estão sepultados aqui, e este espaço foi cedido à Commonwealth Britânica em perpetuidade.

Havia mais informações na lápide, incluindo os nomes de todas as pessoas que tinham estado na traineira. Parecia impossível que submarinos alemães tivessem andado a patrulhar as águas destas ilhas isoladas. Não havia outro sítio onde devessem estar? Embora a Segunda Guerra Mundial fosse uma das matérias dos meus livros de História, a minha visão da guerra tinha sido mais moldada pelos filmes de Hollywood do que por livros, e dei comigo a visualizar como devia ter sido horrível estar a bordo quando uma explosão destroçou o casco. Que só quatro corpos tivessem sido recuperados dos trinta e sete a bordo parecia-me terrível, e perguntei-me o que teria acontecido ao resto da tripulação. Ter-se-iam afogado quando o navio foi ao fundo, enterrados no casco? Ou teriam dado à costa noutro sítio ou talvez flutuado para alto-mar?

Aquela coisa toda dava-me arrepios, mas eu nunca me tinha sentido lá muito à vontade em cemitérios. Depois de os meus avós morrerem – os quatro antes de eu fazer dez anos –, os meus pais levavam-me a mim e à Morgan à campa deles para deixarmos flores. Eu só conseguia pensar no facto de que estava rodeada por pessoas mortas. Sei que a morte é inevitável, mas não era algo em que gostasse de pensar.

– Quem põe as flores aqui? As famílias?

– Provavelmente, a guarda costeira. São eles que olham pelas campas, embora seja território britânico.

– Porque é que havia cá submarinos alemães?

– A nossa frota mercante ia buscar abastecimentos à América do Sul ou às Caraíbas e depois seguia a corrente do Golfo para norte, e daí para a Europa. Contudo, inicialmente os navios mercantes eram lentos e estavam desprotegidos, portanto eram alvos fáceis para os submarinos. Dúzias e dúzias de navios mercantes foram afundados ao largo da costa. Era por isso que a Bedfordshire estava aqui. Para ajudar a protegê-los.

Enquanto observava as sepulturas muito bem cuidadas, dei-me conta de que era provável que muitos dos marinheiros a bordo do navio não fossem muito mais velhos do que eu e de que as quatro pessoas sepultadas ali estavam a um oceano de distância da família que tinham deixado na sua terra. Perguntei-me se os seus pais alguma vez teriam feito a viagem a Ocracoke para ver a sua última morada, e como seria de partir o coração, qualquer que fosse a resposta.

– Isto deixa-me triste – disse eu por fim, a compreender por que o Bryce não tinha sugerido que trouxéssemos a máquina fotográfica. Era um lugar para recordar em pessoa.

– A mim também – confessou ele.

– Obrigada por me teres trazido aqui.

Ele comprimiu os lábios e daí a algum tempo voltámos para a carrinha, a andar mais devagar do que o normal.

Depois de ele me deixar em casa, fiz uma longa sesta e a seguir telefonei à Morgan. Tinha-lhe telefonado um par de vezes desde a visita dos meus pais, e conversámos durante um quarto de hora. Ou, para ser mais exata, a Morgan fez as despesas da conversa e tudo o que eu tive de fazer foi ouvi-la. Depois de desligar, comecei a preparar-me para o meu encontro. Em termos de roupa, estava limitada às calças de ganga elásticas e à camisola nova que tinha recebido no Natal. Por sorte, o meu acne tinha melhorado, portanto não precisei de aplicar muita base ou pó. Também não exagerei no *blush* ou na sombra dos olhos, mas pus um brilho nos lábios.

Pela primeira vez, via-se realmente que estava grávida. A minha cara estava mais redonda e eu estava simplesmente... *maior*, especialmente no busto. Decididamente, precisava de *soutiens* maiores. Teria de os ir comprar depois da missa, o que, de algum modo, não parecia apropriado, mas não tinha propriamente outra opção.

A tia Linda estava ao fogão; tencionava fazer bife Stroganoff, e eu sabia que a Gwen viria jantar com ela. O aroma dos seus cozinhados fez roncar o meu estômago, e ela deve tê-lo ouvido.

– Queres fruta? Para te aguentares até ao jantar?

– Estou bem – respondi. Sentei-me à mesa.

Apesar da minha resposta, ela secou as mãos e pegou numa maçã.

– Como é que te correu o dia?

Falei-lhe sobre o Photoshop e a ida ao cemitério. Ela acenou com a cabeça.

– Todos os anos a onze de maio, o aniversário do naufrágio, a Gwen e eu vamos lá deixar flores e rezar pela alma deles.

Seria de esperar.

– Ainda bem que fazem isso. Já alguma vez foste ao Howard's Pub?

– Muitas vezes. É o único restaurante aqui que está aberto o ano todo.

– Para além do teu.

– Não somos um restaurante a sério. Estás bonita.

Cortou rapidamente a maçã em quartos e trouxe-ma à mesa.

– Pareço grávida.

– Ninguém vai conseguir adivinhar.

Voltou a pôr-se a limpar os cogumelos enquanto eu comia um pedaço de maçã, que era exatamente do que o meu estômago precisava. Mas fez-me pensar...

– O trabalho de parto é muito mau? – perguntei. – Quer dizer, já ouvi tantas histórias horríveis.

– É-me difícil responder a isso. Nunca dei à luz, portanto não posso falar por experiência própria. E com as raparigas que ficavam connosco, só estive no quarto de hospital com algumas delas. Provavelmente, a Gwen poderia dar-te uma resposta melhor, já que é parteira, mas, pelo que sei, as contrações não são nada agradáveis. E, no entanto, não é tão terrível que as mulheres se recusem a voltar a passar por isso.

Aquilo fazia sentido, mesmo que não respondesse realmente à minha pergunta.

– Achas que eu devia pegar no bebé depois de dar à luz?

Demorou uns segundos a responder.

– Também não sei responder-te a isso.

– O que é que tu farias?

– Sinceramente, não sei.

Peguei noutro pedaço de maçã e dei-lhe umas dentadinhas enquanto pensava, mas fui interrompida ao ver a luz de uns faróis a entrar pela janela e a incidir no teto. *A carrinha do Bryce*, pensei com um acesso inesperado de nervosismo. O que era uma tolice. Já tinha passado metade do dia com ele.

– Sabes aonde é que o Bryce me vai levar depois do jantar?

– Ele disse-me hoje, antes de irem para a casa dele.

– E?

– Não te esqueças de levar um casaco.

Esperei, mas ela não acrescentou mais nada.

– Estás zangada comigo por ir sair com ele?

– Não.

– Mas não achas boa ideia.

– A questão real é se *tu* achas que é boa ideia.

– Só somos amigos – respondi.

Não disse nada, mas não tinha de dizer nada. Porque, tal como eu, apercebi-me, estava nervosa.

Hora da confissão: este era o meu primeiro jantar de encontro a sério. Oh, já tinha ido ter com um rapaz e alguns amigos a uma pizaria, e o mesmo rapaz tinha-me levado a comer um gelado, mas para além disso era praticamente uma principiante no que dizia respeito a como me comportar ou o que dizer.

Felizmente, demorei dois segundos a aperceber-me de que o Bryce também nunca tinha ido a um jantar de encontro, porque estava a comportar-se ainda com mais nervosismo do que eu, pelo menos até chegarmos ao restaurante. Tinha-se perfumado liberal- mente com uma água-de-colónia com um cheiro forte e vinha de camisa com as mangas arregaçadas até aos cotovelos e – talvez por- que sabia que as minhas opções de indumentária eram limitadas – de calças de ganga como eu. A diferença era que parecia saído das páginas de uma revista enquanto eu me assemelhava a uma versão mais inchada da rapariga que queria ser.

Quanto ao Howard's Pub, era mais ou menos o que eu espe- rava, com soalho de traves de madeira e paredes decoradas com bandeirolas e chapas de matrícula, com um bar cheio de clientes e barulhento na parte da frente. À mesa, pegámos nas ementas e daí a menos de um minuto apareceu uma empregada para ver o que queríamos beber. Ambos pedimos chá doce, o que, provavelmente, fazia de nós as únicas pessoas que não tinham ido ali por causa da parte de *pub* do nome do restaurante.

– A minha mãe diz que as empadas de caranguejo daqui são boas – disse o Bryce.

– É isso que vais pedir?

– Sou capaz de optar pelas costeletas – respondeu ele. – É o que peço sempre.

– A tua família vem cá muitas vezes?

– Uma ou duas vezes por ano. Os meus pais vêm com mais frequência, sempre que precisam de fazer uma pausa dos filhos. Ao que parece, há alturas em que conseguimos ser um bocado de mais.

Sorri.

– Tenho estado a pensar naquele cemitério – comentei. – Ainda bem que não tirámos fotografias.

– Nunca tiro, principalmente por causa do meu avô. Ele era um daqueles marinheiros da marinha mercante que o Bedfordshire estava a tentar proteger.

– Alguma vez falou sobre a guerra?

– Nem por isso, a não ser para dizer que foram os tempos mais assustadores da sua vida. Não só por causa dos submarinos, mas também por causa das tempestades no Atlântico Norte. Já passou por furacões, mas as ondas no Atlântico Norte eram para lá de aterradoras. É claro, antes da guerra nunca tinha sequer posto os pés no continente, portanto tudo era praticamente novidade para ele.

Tentei imaginar uma vida assim, mas não consegui. No silêncio, senti a bebé mexer-se – de novo aquela pressão como de água – e levei automaticamente a mão à barriga.

– A bebé? – perguntou ele.

– Está a ficar muito ativa – respondi.

Ele pôs de lado a ementa.

– Sei que a decisão não é minha ou sequer da minha conta, mas fico contente que tenhas decidido dar o bebé para adoção em vez de fazer um aborto.

– Os meus pais não me teriam deixado. Suponho que podia ter ido sozinha ao Planeamento Familiar ou coisa do género, mas essa ideia nunca me passou pela cabeça. É uma coisa católica.

– O que queria dizer era que se tivesses feito isso nunca terias vindo para Ocracoke e eu não teria tido a oportunidade de te conhecer.

– Não terias perdido muito.

– Tenho a certeza de que teria perdido tudo.

Senti um calor súbito na nuca, mas por sorte a empregada apareceu com as nossas bebidas, a salvar-me. Pedimos o que queríamos comer – empadas de caranguejo para mim, costelas para ele – e, enquanto bebíamos o chá, a conversa desviou-se para temas mais fáceis e que faziam corar menos. Ele descreveu os muitos lugares nos Estados Unidos e na Europa onde tinha vivido; eu relatei a conversa que tinha tido com a Morgan – que girava na sua maior parte em torno da pressão sob a qual *ela* estava – e partilhei algumas histórias acerca da Madison e da Jodie e algumas das nossas aventuras de raparigas, que na realidade se centravam em festas de pijama e nos ocasionais fiascos de maquilhagem. Estranhamente, não tinha pensado na Madison nem na Jodie desde a conversa que tivera com a minha mãe quando fomos passear na praia. Se alguém me tivesse sugerido antes de eu chegar a Ocracoke que me esqueceria delas nem que fosse por um ou dois dias, eu não teria acreditado. Em quem, perguntei-me, é que eu me estava a tornar?

As saladas chegaram, a seguir o prato principal, enquanto o Bryce falava sobre o processo árduo de candidatura a West Point. Tinha obtido recomendações de ambos os senadores da Carolina do Norte, o que de certo modo me espantou – mas acrescentou que, mesmo que não tivesse conseguido entrar em West Point, teria ido para outra universidade e a seguir entraria para o exército como oficial depois de tirar o curso.

– E a seguir a coisa dos Boinas Verdes?

– Ou da força Delta, que é mais um passo acima. Se me qualificar para isso, quero dizer.

– Não tens medo de ser morto? – perguntei.

– Não.

– Como é que podes não ter medo?

– Não penso nisso.

Eu só pensaria nisso.

– E depois do serviço militar? Alguma vez pensaste no que queres fazer a seguir? Gostavas de ser consultor como o teu pai?

– Nem pensar. Se fosse possível, seguia as pisadas da minha mãe e tentava fazer fotografia de viagens. Acho que ia ser fixe ir a lugares remotos e contar histórias com as minhas imagens.

– Como é que se consegue arranjar emprego a fazer isso?

– Não faço ideia.

– Podias sempre dedicar-te a treinar cães. A *Daisy* está muito melhor ultimamente, já não se afasta tanto.

– Ia ser muito difícil estar sempre a dar os cães. Fico muito ligado.

Apercebi-me de que também eu ficaria triste.

– Ainda bem que a vais trazer lá a casa, então. Para a poderes ver o máximo possível antes de ela ter de ir embora.

Pôs-se a fazer girar o copo do chá.

– Importavas-te se fosse buscá-la hoje à noite?

– O quê? Para a surpresa?

– Acho que ela se ia divertir.

– O que é que vamos fazer? Podes pelo menos dar-me uma pista?

Ele pensou na minha pergunta.

– Não peças sobremesa.

– Isso não ajuda nada

Vi um ligeiríssimo brilho nos olhos dele.

– Ótimo.

Depois do jantar, fomos à casa do Bryce, onde demos com os seus pais e os gémeos a verem um documentário sobre o Manhattan Project, o que não me surpreendeu minimamente. Depois de metermos a *Daisy*, que estava toda excitada, na caixa da carrinha, voltámos para a estrada e daí a pouco tempo eu já sabia aonde íamos. Aquela estrada só levava a um lugar.

– A praia?

Quando acenou com a cabeça, lancei-lhe um olhar.

– Não vamos para a água, certo? Como aquela cena no princípio do *Tubarão*, em que a senhora vai nadar e é comida por um tubarão? Porque se é esse o teu plano, podes dar meia volta agora.

– A água está demasiado fria para ir nadar.

Em vez de parar no parque de estacionamento, dirigiu-se para um espaço entre as dunas e depois virou para o areal e começou a descer a praia.

– Isto é legal?

– É claro que sim – respondeu. – Mas não é legal atropelar ninguém.

– Obrigadinha – disse eu, a revirar os olhos. – Nunca tal teria adivinhado.

Riu-se enquanto percorríamos o areal aos solavancos, eu com a mão a agarrar a pega por cima da porta. Estava escuro – mesmo, mesmo escuro –, porque a lua era uma lasca minúscula, e, mesmo através do para-brisas, via as estrelas espalhadas pelo céu.

O Bryce manteve-se em silêncio enquanto eu tentava divisar um contorno esfumado mais à frente. Mesmo com os máximos ligados, não conseguia ver o que era, mas ele virou o volante quando nos aproximámos e pouco depois parou.

– Chegámos – disse. – Mas fecha os olhos e espera na carrinha até eu pôr tudo pronto. E não espreites, OK?

Fechei os olhos – porque não? – e ouvi-o sair e fechar a porta. Mesmo assim, conseguia ouvi-lo vagamente a dizer de vez em quando à *Daisy* que não se afastasse enquanto ele ia e vinha entre a carrinha e um sítio qualquer.

Ao fim do que foram provavelmente uns minutos mas pareceu mais tempo, ouvi por fim a sua voz pela janela do meu lado.

– Mantém os olhos fechados – disse do outro lado do vidro. – Vou abrir a porta e ajudar-te a descer da carrinha e levar-te aonde quero que vás. Só depois é que os podes abrir, OK?

– Não me deixes cair – avisei.

Ouvi a porta abrir-se, senti a mão dele quando estendi a minha. Baixei-me cuidadosamente e estendi o pé até sentir o chão. Depois disso, foi fácil, com o Bryce a conduzir-me pela areia fria e o vento forte a despentear-me o cabelo.

– Não há nada à tua frente – garantiu-me ele. – Podes andar.

Depois de uns passos, senti uma baforada de calor e parecia haver luz a infiltrar-se pelas minhas pálpebras. Ele fez-me parar delicadamente.

– Já podes abrir os olhos.

O contorno esfumado que tinha avistado era um monte de areia a formar um muro semicircular à volta de uma cova com o fundo plano e cerca de sessenta centímetros de profundidade. No lado do oceano do buraco, havia uma pirâmide de lenha já a brilhar com chamas e ele tinha posto duas pequenas cadeiras de lona de frente para ela, com um cobertor em cima de cada uma. Entre as cadeiras havia uma pequena mala térmica e por trás algo montado num tripé. Na categoria de gestos românticos em filmes, talvez não contasse para muito, mas para mim era absolutamente perfeito.

– Uau! – exclamei por fim em voz baixa. Sentia-me tão emocionada que não me veio mais nada à mente.

– Ainda bem que gostas.

– Como é que conseguiste fazer a fogueira tão depressa?

– Com briquetes de carvão e combustível de isqueiro.

– E o que é aquela coisa? – perguntei, apontando para o tripé.

– Um telescópio – respondeu ele. – O meu pai empresta-mo. É dele, mas a família toda usa-o.

– Vou ver o cometa Halley ou coisa do género?

– Não – respondeu ele. – Isso foi em 1986. A próxima vez que vai ser visível é em 2061.

– E sabes isso só por acaso?

– Penso que toda a gente que tem um telescópio o sabe.

É claro que ele pensa isso.

– O que é que vamos ver, então?

– Vénus e Marte. Sírio, que também se chama Estrela do Cão Maior. A Lebre. A Cassiopeia. A Orion. Algumas outras constelações. E a Lua e Júpiter estão quase em conjunção.

246

– E a mala térmica?

– São *s'mores*[1] – disse ele. – É divertido assá-los numa fogueira.

Apontou para as cadeiras com um movimento amplo do braço e eu dirigi-me para a mais afastada. Inclinei-me, a tirar a manta, mas, ao estendê-la sobre o regaço, apercebi-me de que o vento era agora praticamente inexistente por causa da cova e do muro de areia atrás de mim. A *Daisy* aproximou-se e deitou-se ao lado da cadeira do Bryce. Com a fogueira, estava mesmo quentinho.

– Quando é que fizeste isto tudo?

– Cavei o buraco e pus a lenha e o carvão depois de ter ido deixar-te a casa.

Enquanto eu estava a fazer uma sesta. O que explicava a diferença entre nós os dois – ele fazia, enquanto eu dormia.

– É... incrível. Obrigada por fazeres isto tudo.

– Também tenho uma coisa para ti do Dia dos Namorados.

– Já me trouxeste flores.

– Queria dar-te uma coisa que te recordasse Ocracoke.

Eu já tinha a sensação de que recordaria aquela terra – e aquela noite – para sempre, mas fiquei a olhar fascinada, a vê-lo meter a mão ao bolso do casaco, tirar uma caixinha embrulhada em papel vermelho e verde e entregar-ma. Não pesava quase nada.

– Desculpa. Só havia papel de embrulho de Natal lá em casa.

– Não tem mal – disse eu. – É para abrir agora?

– Sim, por favor.

– Não te comprei nada.

– Deixaste-me levar-te a jantar fora, o que é mais do que suficiente.

Ao ouvir as suas palavras, o meu coração fez outra vez aquela coisa esquisita de bater acelerado, o que andava a acontecer com demasiada frequência ultimamente. Baixei os olhos e comecei

---

[1] Doçaria que consiste em chocolate e marshmallow tostado entre duas bolachas. *(N. da T.)*

a puxar o papel até por fim o tirar todo. Lá dentro havia uma caixa de uma pinça para remover agrafos.

– Também não havia caixas para presentes – disse ele em jeito de desculpa.

Quando a abri e a inclinei, caiu-me na palma da mão uma fina corrente de ouro. Sacudi-a delicadamente, e soltou um pequeno pingente de ouro com a forma de uma concha de vieira. Ergui-o à luz bruxuleante da fogueira, demasiado comovida para dizer fosse o que fosse. Era a primeira vez que um rapaz me comprava qualquer tipo de joia.

– Lê o que está por trás – disse ele.

Virei-o e inclinei-me para mais perto da luz da fogueira. Era difícil de ler, mas não impossível.

Recordações
de Ocracoke

Continuei a fitar o pingente, incapaz de desviar os olhos.

– É lindo – sussurrei, com um nó na garganta.

– Nunca te vi usar um colar, por isso não tinha a certeza se ias gostar.

– É perfeito – disse eu, virando-me finalmente para ele. – Mas agora sinto-me mal por não te ter dado nada.

– Mas deste – disse ele, com a luz da fogueira a tremeluzir nos seus olhos escuros. – Deste-me as recordações.

Quase conseguia acreditar que nós os dois estávamos sozinhos no mundo, e ansiava por lhe dizer o quanto ele significava para mim. Procurei as palavras certas, mas não pareciam ocorrer-me. Por fim, desviei os olhos.

Para lá da luz da fogueira, era impossível ver as ondas, mas ouvia-as bater na areia, a abafar o som do crepitar do lume. Cheirava-me a fumo e a sal e reparei que tinham surgido ainda mais estrelas no céu. A *Daisy* tinha-se enroscado aos meus pés. Sentindo os olhos do Bryce em mim, soube de repente que se tinha apaixonado por mim. Não se importava que estivesse grávida de outro ou que fosse partir em breve. Não se importava que não fosse tão esperta ou tão talentosa como ele, ou que, mesmo no meu melhor, nunca fosse suficientemente bonita para um rapaz como ele.

– Ajudas-me a pô-lo? – consegui finalmente perguntar, com a minha voz a soar-me estranha.

– É claro que sim – murmurou.

Virei-me e levantei o cabelo, a sentir os seus dedos roçarem-me a nuca. Depois de ficar presa, toquei no pingente, a pensar que dava a sensação de estar tão quente como eu, e enfiei-o dentro da camisola.

Voltei a sentar-me, estonteada com a noção de que ele me amava, e a perguntar-me como e quando teria isso acontecido. A minha mente folheou a toda a velocidade uma biblioteca de recordações – conhecer o Bryce no *ferry*, e a manhã em que ele tinha aparecido à minha porta; a sua reação simples quando lhe disse que estava grávida. Pensei em quando tinha estado ao lado dele a assistir ao desfile de barcos e quando o vi a andar por entre as decorações de Natal na quinta em Vanceboro. Recordei a expressão dele quando lhe dei como presente a receita dos *biscuits*, e a expetativa nos seus olhos quando me passou para as mãos pela primeira vez uma máquina fotográfica. Por fim, visualizei-o de pé no escadote enquanto entaipava as janelas, a imagem que eu sabia que seria minha para sempre.

Quando o Bryce me perguntou se queria olhar pelo telescópio, levantei-me da cadeira como se estivesse num sonho e encostei o olho à lente, a ouvi-lo descrever o que estava a ver. Ele rodou e ajustou a lente várias vezes antes de se lançar numa introdução aos planetas, às constelações e às estrelas distantes. Referiu-se a lendas e à mitologia, mas, distraída pela sua proximidade e pelas minhas descobertas recentes, mal apreendi o que dizia.

Ainda estava como que enfeitiçada quando o Bryce me mostrou como fazer os *s'mores*. Enfiou os *marshmallows* em espetos de madeira e mostrou-me a que altura acima das chamas deviam estar para não se queimarem. Montámos as bolachas de água e sal e as tabletes de chocolate Hershey e assim cada um fez o seu *s'more*, saboreando a seguir aquela delícia doce e glutinosa. Vi um fio de *marshmallow* escorrer-lhe dos lábios quando deu a primeira dentada, o que o fez inclinar-se para a frente, atrapalhado com o *s'more*. Sentou-se direito rapidamente, a balouçar aquela mistura pegajosa, e de alguma maneira conseguiu meter o fio na boca. Riu-se, recordando-me que, por muito bom que fosse em praticamente tudo, nunca parecia levar-se demasiado a sério.

Daí a uns minutos, levantou-se da cadeira e foi à carrinha. A *Daisy* seguiu-o, e ele tirou uma coisa grande e volumosa da caixa da carrinha; eu não conseguia ver o que era. Passou pelo nosso sítio com ela e por fim parou na areia compactada perto da beira da água. Só quando lançou o papagaio de papel é que reconheci o que tinha nas mãos, e fiquei a vê-lo subir cada vez mais alto até desaparecer no escuro.

Acenou-me com a alegria de uma criança, e eu levantei-me da cadeira para ir ter com ele.

– Um papagaio de papel?

– O Robert e o meu pai ajudaram-me a fazê-lo – explicou.

– Mas não consigo vê-lo.

– Não te importas de segurar isto por um segundo?

Embora eu já não lançasse um papagaio desde que era pequena, aquele dava a impressão de estar colado ao céu. Do bolso de trás, o Bryce tirou o que parecia ser um comando à distância, semelhante ao de um televisor. Premiu uma tecla e o papagaio ficou subitamente visível contra o céu escuro, iluminado pelo que supus serem luzes vermelhas de Natal. As luzes encontravam-se ao longo da estrutura de madeira, gravando um triângulo grande e uma série de caixas no céu.

– Surpresa! – exclamou ele.

Vi o seu rosto empolgado e depois olhei de novo para o papagaio. Balouçou-se um pouco e eu mexi o braço, a vê-lo reagir ao meu movimento. Soltei um pouco mais o fio, quase hipnotizada por aquela visão. O Bryce também estava de olhos cravados nela.

– São luzes de Natal? – perguntei, maravilhada.

– Sim, com umas pilhas e um recetor. Posso fazer piscar as luzes, se quiseres.

– Vamos deixá-las como estão – disse eu.

O Bryce e eu estávamos suficientemente perto um do outro para eu sentir o calor do seu corpo, apesar do vento. Quando me concentrava, sentia o pingente em forma de concha contra a minha pele; pensei no jantar e na fogueira e nos *s'mores* e no telescópio. A fitar o papagaio, pensei em quem era quando cheguei a Ocracoke e maravilhei-me com a nova pessoa em que me tornara.

Senti que o Bryce se virava para mim e imitei o seu movimento, vendo-o dar um passo hesitante a aproximar-se. Estendeu a mão e pousou-a na minha anca e, de repente, eu soube o que ia acontecer. Senti-o puxar-me muito ligeiramente, a cabeça dele começar a descair. Inclinou-se para mim, com os lábios cada vez mais perto, até finalmente tocarem os meus.

Foi um beijo delicado, suave e doce, e uma parte de mim queria fazê-lo parar. Queria recordar-lhe que estava grávida e era uma visitante que partiria em breve; devia ter-lhe dito que não havia futuro para nós como casal.

Mas não disse nada. Em vez disso, ao sentir os seus braços envolverem-me e o seu corpo comprimir-se contra o meu, de repente soube que queria aquilo. A boca dele abriu-se lentamente e quando as nossas línguas se encontraram perdi-me num mundo em que passar tempo com ele era a única coisa que importava. Em que tê-lo nos braços e beijá-lo era tudo o que eu queria para sempre.

Não era o meu primeiro beijo, nem sequer o meu primeiro *linguado*, mas era o primeiro beijo que dava a sensação de ser perfeito e certo de todas as maneiras, e, quando finalmente nos separámos, ouvi-o suspirar.

– Não sabes há quanto tempo queria fazer isto – segredou. – Amo-te, Maggie.

Em vez de responder, encostei-me a ele, a deixar que me abraçasse, a sentir as pontas dos seus dedos percorrerem delicadamente a minha espinha. Imaginei o coração dele a bater em uníssono com o meu, embora a sua respiração parecesse mais calma do que a minha.

O meu corpo estava trémulo, mas nunca me sentira mais confortável, mais completa.

– Oh, Bryce – murmurei, as palavras a saírem-me naturalmente. – Também te amo.

ESPÍRITO FESTIVO E VÉSPERA DE NATAL

Manhattan
Dezembro de 2019

No clarão das luzes da árvore de Natal da galeria, a memória daquele beijo continuava vívida na mente de Maggie. Sentia a garganta seca e perguntou-se há quanto tempo estaria a falar. Como de costume, Mark mantivera-se em silêncio enquanto ela contava os acontecimentos daquele período da sua vida. Estava inclinado para a frente, com os antebraços apoiados nas coxas e as mãos unidas.

– Uau! – exclamou por fim. – O beijo perfeito?

– Sim – concordou ela. – Sei como soa. Mas... foi o que foi. Até hoje, é o beijo com que todos os outros têm sido comparados.

Ele sorriu.

– Alegra-me que tenha tido essa experiência, mas admito que me deixa a sentir-me um pouco intimidado.

– Porquê?

– Porque quando a Abigail ouvir isto, talvez se pergunte se está a perder alguma coisa... Pode fugir à procura do seu beijo perfeito.

A rir, Maggie tentou recordar-se de há quanto tempo não se sentava com uma pessoa amiga horas a fio e simplesmente... *falava*.

Sem constrangimentos nem preocupações, a sentir que podia ser realmente ela própria? Há demasiado tempo...

– Tenho a certeza de que a Abigail se derrete toda quando o Mark a beija – disse na brincadeira.

Mark corou até à raiz do cabelo. Depois, de repente sério, disse:

– Foi sincera. Quando disse que o amava.

– Não sei bem se alguma vez deixei de o amar.

– E?

– E vai ter de esperar para ouvir o resto. Não tenho energia para continuar a falar esta noite.

– Tudo bem – disse ele. – Pode esperar. Mas conto que não me faça esperar demasiado tempo.

Ela fitou a árvore, a examinar a sua forma, o brilho e as fitas artisticamente colocadas.

– Custa-me acreditar que este vai ser o meu último Natal – disse num tom pensativo. – Obrigada por me ajudar a torná-lo ainda mais especial.

– Não tem de me agradecer. Sinto-me honrado por me ter escolhido para passar parte dele comigo.

– Sabe o que é que nunca fiz? Embora já viva em Nova Iorque há estes anos todos?

– Nunca tinha visto *O Quebra-Nozes*?

Ela abanou a cabeça.

– Nunca fui patinar no gelo no Rockfeller Center com a árvore gigantesca. Nunca vi a árvore, a não ser na televisão, nos primeiros anos cá.

– Então devíamos ir! A galeria está fechada amanhã, portanto porque não?

– Não sei patinar no gelo – respondeu com uma expressão melancólica. *E não tenho a certeza se teria a energia necessária, mesmo que soubesse.*

– Mas eu sei – disse ele. – Joguei hóquei no gelo, lembra-se? Posso ajudá-la.

Ela olhou-o com um ar de dúvida.

– Não tem algo melhor para fazer no seu dia de folga? Não deve sentir que é sua responsabilidade satisfazer os caprichos loucos da sua patroa.

– Acredite em mim, soa muito mais divertido do que o que costumo fazer ao domingo.

– Que é o quê, exatamente?

– Lavar a roupa. Ir ao supermercado. Jogar um jogo por outro no computador. Estamos combinados?

– Vou ter de dormir até tarde. Só estaria pronta a meio da tarde.

– E se nos encontrássemos na galeria por volta das duas? Podemos apanhar um Uber juntos para a parte alta da cidade.

Apesar das suas reservas, ela concordou.

– OK.

– E depois, dependendo de como se sinta, talvez possa pôr-me a par do que aconteceu a seguir entre si e o Bryce.

– Talvez – disse ela. – Veremos como me sinto.

De regresso ao seu apartamento, Maggie sentiu-se dominada por uma profunda exaustão que a puxava para baixo como uma subcorrente. Tirou o casaco e deitou-se na cama, a querer descansar os olhos por um minuto antes de se despir e vestir o pijama.

Acordou ao meio-dia e meia hora no dia seguinte, ainda vestida com as roupas que usara no dia anterior.

Era domingo, 22 de dezembro, três dias antes do Natal.

Embora confiasse em Mark, Maggie sentia-se nervosa ao pensar que podia cair no gelo. Apesar de ter dormido profundamente durante a noite – duvidava que se tivesse sequer virado na cama –, sentia-se mais fraca do que o normal, até para ela. A dor voltara, também, em lume brando quase a ferver, tornando impossível a mera ideia de comer.

A sua mãe telefonara nessa manhã e deixara uma breve mensagem, a dizer que era só para saber como ela se encontrava e que esperava que estivesse bem – o habitual –, mas, mesmo na mensagem, Maggie detetava a tensão da preocupação. Preocupar-se, decidira Maggie há muito tempo, era a maneira como a mãe lhe mostrava o quanto gostava dela.

Mas era também cansativo. A preocupação, ao fim e ao cabo, tinha a sua raiz na reprovação – como se a vida de Maggie pudesse ter sido melhor se ela tivesse dado ouvidos à sua mãe –, e ao longo do tempo tornara-se a sua atitude-padrão.

Embora Maggie tivesse querido esperar até depois do Natal, sabia que tinha de retribuir o telefonema. Se não o fizesse, era provável que recebesse outra mensagem ainda mais louca de preocupação. Sentou-se na beira da cama e, depois de lançar um olhar ao relógio, apercebeu-se de que era provável que os seus pais estivessem na missa, o que seria ideal. Poderia deixar uma mensagem, dizer que tinha um dia muito atarefado pela frente, e evitar assim o potencial para qualquer tensão desnecessária. Mas não teve essa sorte. A mãe atendeu ao segundo toque.

Falaram durante vinte minutos. Maggie perguntou pelo pai e por Morgan e as sobrinhas, e a sua mãe pô-la ao corrente de tudo. Perguntou a Maggie como se andava a sentir, e Maggie respondeu que estava tão bem quanto poderia esperar-se. Felizmente, parou por ali, e Maggie soltou um suspiro de alívio, a saber que conseguiria esconder a verdade até depois do período festivo. Perto do fim da conversa, o pai de Maggie veio ao telefone e foi lacónico como sempre. Falaram sobre o tempo em Seattle e em Nova Iorque, ele pô-la ao corrente sobre a época que os Seahawks estavam a ter – adorava futebol – e mencionou que tinha comprado um par de binóculos para o Natal. Quando a Maggie perguntou porquê, foi-lhe dito que a sua mãe se tinha inscrito num clube de observação de aves. Maggie perguntou-se quanto tempo duraria o interesse pelo clube e supôs que iria pelo mesmo caminho que os outros clubes em que a sua mãe se fora inscrevendo ao longo dos anos. Inicialmente, haveria muito entusiasmo e Maggie ouviria descrições empolgadas de como os outros membros do clube eram fascinantes; ao fim de uns meses, a sua mãe observaria que havia algumas pessoas no clube com quem não se dava bem; e mais tarde anunciaria a Maggie que tinha desistido, porque a maior parte das pessoas era simplesmente horrível. No mundo da sua mãe, outra pessoa qualquer era sempre o problema.

O seu pai não disse mais nada, e, depois de desligar, Maggie pensou que gostaria de ter uma relação diferente com os pais, especialmente com a mãe. Uma relação caraterizada mais pelo riso do que pelos suspiros. A maior parte dos seus amigos tinha boas relações com as suas respetivas mães. Até Trinity se dava bem com a sua mãe, e ele era temperamental quando comparado com outros artistas. Por que era tão difícil para Maggie?

Porque, reconheceu silenciosamente, a sua mãe o tornava difícil, e fazia-o desde que ela se lembrava. Para ela, Maggie era mais uma sombra do que uma pessoa real, alguém cujas esperanças e cujos sonhos lhe pareciam incompreensivelmente estranhos. Mesmo que tivessem a mesma opinião sobre um assunto em particular, não era provável que a sua mãe se sentisse reconfortada com tal coisa. Em vez disso, focava a sua atenção numa área de desacordo relacionada, usando a preocupação e a reprovação como suas armas primárias.

Maggie sabia que a sua mãe não conseguia evitá-lo; provavelmente, já era assim em criança. E era uma infantilidade, de certo modo, agora que pensava nisso. *Faz o que eu quero, caso contrário...* Para a sua mãe, as birras eram sublimadas noutros meios de controlo mais insidiosos.

Os anos que se seguiram ao regresso de Ocracoke, antes de se mudar para Nova Iorque, tinham sido especialmente difíceis. A sua mãe acreditava que uma carreira na fotografia era ao mesmo tempo uma tolice e um risco, que Maggie devia ter seguido Morgan para a universidade Gonzaga, que devia tentar conhecer o tipo certo de homem e assentar. Quando Maggie finalmente saiu de casa, receava até falar com a mãe.

O mais triste era que a sua mãe não era uma pessoa terrível. Não era necessariamente sequer uma má mãe. Olhando para trás, tomara a decisão certa ao enviar Maggie para Ocracoke, e não era a única mãe que se importava com as notas nos estudos, se preocupava com o facto de a sua filha andar com o tipo errado de homem ou que acreditava que casar e ter filhos era mais importante do que uma carreira. E, claro, alguns dos seus outros valores tinham-se entranhado em Maggie. Tal como os seus pais, Maggie raramente bebia, evitava drogas, pagava as contas, dava valor à honestidade e era cumpridora da lei. Contudo, já não ia à missa; isso terminara aos vinte e poucos anos, quando tivera uma crise de fé. Bem, uma crise de praticamente tudo, de facto, que levara à sua mudança espontânea para Nova Iorque e a uma série de relacionamentos horríveis, partindo do princípio de que se podia chamar-lhes relacionamentos.

Quanto ao seu pai...

Maggie perguntava-se por vezes se alguma vez o conhecera realmente. Se pressionada, diria que ele era um produto de outra era, de um tempo em que os homens trabalhavam para sustentar a família e iam à igreja e compreendiam que queixar-se raramente proporcionava soluções. A sua quietude geral, contudo, fora substituída por algo diferente depois de se aposentar, uma quase reticência em falar. Passava horas sozinho na garagem, mesmo quando Maggie os ia visitar, e contentava-se com deixar a sua mulher falar por ele durante os jantares.

Mas a conversa ao telefone estava cumprida, pelo menos até ao Natal, e fê-la compreender o quanto temia a seguinte. Com certeza a mãe exigiria que Maggie regressasse a Seattle, e usaria todas as armas com base na culpa ao seu dispor para tentar levar a sua avante. Não ia ser nada bonito.

Arredou esse pensamento e tentou concentrar-se no presente. Reparou que a dor estava a ficar pior e pensou se deveria enviar uma mensagem a Mark a cancelar. Com um esgar, dirigiu-se para a casa de banho e pegou no frasco de analgésicos, lembrando-se de que a médica lhe dissera que provocavam dependência se usados de modo inapropriado. Que tolice dizer uma coisa daquelas. O que importava realmente se Maggie ficasse viciada nesta fase? E que quantidade era inapropriada? As suas entranhas davam-lhe a sensação de serem uma almofada de alfinetes, e mesmo tocar nas costas da mão desencadeava pequenos clarões brancos nos cantos dos seus olhos.

Engoliu dois comprimidos, hesitou, e depois tomou um terceiro, pelo sim pelo não. Decidiu ver como se sentiria daí a meia hora antes de tomar uma decisão final sobre o dia, e foi sentar-se no sofá à espera de que fizessem efeito. Embora se tivesse perguntado se os comprimidos resultariam como de costume, como magia, a dor começou a desvanecer-se. Quando chegou a hora de sair de casa, sentia-se a flutuar numa onda de bem-estar e otimismo. Poderia sempre ficar a ver Mark patinar, se tivesse de ser, e, provavelmente, era uma boa ideia apanhar um pouco de ar fresco, não era?

Apanhou um táxi para a galeria e avistou Mark à porta. Ele estava com um copo de plástico na mão, com certeza o batido favorito dela, e quando a viu saudou-a com um sorriso rasgado. Apesar do seu estado, ela teve a certeza de que tomara a decisão certa.

– Acha que vamos poder patinar? – perguntou Maggie quando chegaram ao Rockfeller Center e viram as multidões a transbordar do rinque. – Nem sequer me ocorreu que poderíamos ter de fazer reserva.

– Eu telefonei para cá hoje de manhã – tranquilizou-a Mark. – Está tudo combinado.

Mark encontrou um lugar para ela se sentar enquanto ele ia esperar na fila, e Maggie bebeu uns goles do seu batido, a pensar que o terceiro comprimido dera resultado. Sentia-se um pouco estonteada, mas não tão agitada como antes; de qualquer modo, a dor atenuara-se para um nível quase tolerável. Além disso, sentia--se de facto quente pela primeira vez desde o que parecia uma eternidade. Embora conseguisse ver o seu bafo, não estava a tremer e não lhe doíam os dedos, para variar.

O batido também estava a escorregar-lhe bem pela garganta, o que era um alívio. Sabia que precisava de todas as calorias, o que era uma ironia. Depois de uma vida inteira a ter cuidado com o que comia e a gemer de cada vez que a balança indicava mais meio quilo, agora que de facto necessitava de calorias era quase impossível ingeri--las. Ultimamente, receava pesar-se, porque a aterrava ver quanto peso tinha perdido. Por baixo das roupas, estava a tornar-se um esqueleto.

Mas bastava de pensamentos sombrios. Hipnotizada pela massa de corpos em movimento no gelo, só ouviu vagamente o som do telemóvel. Meteu a mão ao bolso e viu que Mark lhe enviara uma mensagem a dizer que vinha a caminho para poder acompanhá--la até ao rinque e ajudá-la com os patins.

No passado, a sua oferta de assistência tê-la-ia humilhado. Mas o facto era que duvidava que fosse capaz de pôr os patins sem a ajuda dele. Quando ele chegou ao pé dela, estendeu-lhe o braço e os dois desceram lentamente os degraus para a zona onde afivelariam os patins.

Embora Mark estivesse a segurá-la, Maggie sentia-se como se o vento pudesse derrubá-la.

– Quer que continue a segurá-la? – perguntou Mark. – Ou acha que já lhe apanhou o jeito?

– Nem pense em largar-me – respondeu por entre os dentes cerrados.

A adrenalina, aumentada pelo medo, tinha maneira de aclarar a mente, e Maggie decidiu que patinar no gelo era muito melhor como conceito do que na prática. Tentar manter-se na vertical em duas lâminas finas em cima de uma camada escorregadia de gelo no estado de saúde em que se encontrava não tinha sido uma ideia brilhante. De facto, poderia facilmente dizer-se que era uma idiotice.

E no entanto...

Mark tornava aquilo tão fácil e seguro quanto possível. Estava a patinar de costas em frente a Maggie, com ambas as mãos firmemente nas ancas dela. Estavam perto do perímetro exterior do rinque e a avançar lentamente; mais para dentro, praticamente todas as pessoas, de senhoras de idade a meninos pequenos, passavam a toda a velocidade, com um ar despreocupado e alegre. Porém, com a ajuda de Mark, Maggie estava pelo menos a deslizar. Havia algumas outras pessoas que, tal como ela, claramente nunca tinham afivelado um par de patins, e agarravam-se à parede exterior enquanto avançavam lentamente a arrastar os pés, com as pernas ocasionalmente a dispararem em direções imprevisíveis.

À sua frente, Maggie presenciou um desses incidentes.

– Eu não quero mesmo cair.

– Não vai cair – disse Mark, com os olhos fixos nos patins dela. – Eu estou a segurá-la.

– Não consegue ver para onde vai – protestou ela.

– Estou a usar a minha visão periférica – explicou Mark. – Avise-me só se alguém der um tombo mesmo à nossa frente.

– Quanto tempo é que temos?

– Trinta minutos – respondeu ele.

– Não me parece que consiga resistir esse tempo todo.

– Paramos quando quiser.

– Esqueci-me de lhe dar o meu cartão de crédito. Pagou isto?

– Fica por minha conta. Agora pare de falar e tente divertir-se.

– Quase cair a cada segundo não é nada divertido.

– Não vai cair – repetiu ele. – Eu seguro-a.

– Foi divertido! – exclamou Maggie. Mark acabara de a ajudar a tirar os patins na zona para esse efeito. Embora ela não lho tivesse pedido, ele também a tinha ajudado a calçar os sapatos. Ao todo, tinham dado a volta ao rinque quatro vezes, o que demorara trinta minutos.

– Fico contente por ter gostado.

– Agora já posso dizer que fiz de facto a grande coisa turística de Nova Iorque.

– Pois pode.

– Teve oportunidade para ver a árvore? Ou estava demasiado ocupado a tentar impedir que eu partisse o pescoço?

– Vi-a – respondeu ele. – Mas pouco.

– Devia ir patinar. Ainda tem uns minutos.

Para sua surpresa, ele pareceu ponderar a ideia.

– Importava-se?

– De modo nenhum.

Depois de a ajudar a levantar-se – e de lhe oferecer o braço –, levou-a até ao lado do rinque e assegurou-se de que ela conseguiria manter-se em pé antes de a soltar.

– Fica bem?

– Vá lá. Vejamos como se sai sem uma velha doente a empatá-lo.

– A Maggie não é velha. – Piscou o olho e, encaminhando-se com um andar à pato para o gelo, deu três ou quatro passos rápidos e acelerou a virar-se. Saltou, rodopiando no ar, e começou a patinar para trás ao mesmo tempo que acelerava ainda mais, voando por baixo da árvore no outro extremo do rinque. Rodopiou de novo, a ganhar velocidade na curva seguinte, com uma mão quase a tocar o gelo, e depois passou por ela a voar. Quase automaticamente, ela tirou o iPhone do bolso. Esperou até ele estar debaixo da árvore para tirar um par de fotografias; na volta seguinte, filmou um vídeo.

Daí a uns minutos, depois de a sessão terminar e quando Mark estava a tirar os patins, ela deu uma espreitadela às fotografias e deu consigo a pensar na fotografia de Bryce no escadote que tirara. Tal como fizera nessa altura, parecia ter conseguido captar a essência do jovem que acabara por conhecer. Como Bryce, Mark tinha-se também tornado estranhamente importante para ela num período de tempo relativamente curto. No entanto, tal como tivera de fazer com Bryce, sabia que acabaria por ter de dizer adeus a Mark também, o que, de repente, a fez sentir uma dor que eclipsava a dor física à espreita nos seus ossos.

Quando estavam de volta a terra firme, ela enviou as fotografias e o vídeo a Mark, e pediram a uma pessoa que lhes tirasse uma fotografia dos dois com a árvore em pano de fundo. Mark começou imediatamente a mexer no telemóvel, com certeza a enviar as imagens.

– À Abigail? – perguntou Maggie.

– E aos meus pais.

– Tenho a certeza de que estão a sentir saudades suas este Natal.

– Acho que estão a divertir-se como nunca.

Maggie apontou para o restaurante ao lado do rinque.

– Não se importa que passemos pelo Sea Grill? Acho que gostava de tomar um chá ao balcão.

– O que quiser.

Maggie enfiou o braço no de Mark e dirigiram-se lentamente para o restaurante envidraçado. Ela disse ao empregado o que queria e Mark pediu a mesma coisa. Quando o bule foi posto diante dela, serviu-se de chá.

– É um patinador excelente.

– Obrigado. Eu e a Abigail vamos patinar às vezes.

– Ela gostou das fotografias que lhe mandou?

– Respondeu com três emojis de corações, o que deduzo que é um sim. Mas tenho estado a pensar...

Quando ele fez uma pausa, ela terminou a frase por ele.

– Na história?

– Ainda tem o colar que o Bryce lhe deu?

Em vez de responder, Maggie pôs a mão na nuca e desapertou o fecho antes de tirar o colar. Passou-lho para as mãos, vendo-o pegar nele cuidadosamente. Ele fitou a parte da frente antes de a virar e examinar o que estava gravado na parte de trás.

– É tão delicado.

– Não me lembro de um dia em que não o tenha usado.

– E a corrente nunca se partiu?

– Tenho bastante cuidado com ela. Nunca durmo nem tomo banho com ela posta. Mas, para além disso, é parte da minha indumentária todos os dias.

– E sempre que a põe lembra-se daquela noite?

– Estou sempre a lembrar-me daquela noite. O Bryce não foi só o meu primeiro amor. É o único homem que alguma vez amei.

– O papagaio de papel foi bastante fixe – admitiu Mark. – Já fiz essa coisa da fogueira e dos *s'mores* com a Abigail... junto a um lago, não à beira-mar... mas nunca tinha ouvido falar de um papagaio enfeitado com luzes de Natal. Estou a pensar se seria capaz de construir um.

– Nos nossos dias, é provável que possa pesquisar no Google ou até encomendar um.

Mark pareceu refletir, a fitar a sua chávena de chá.

– Fico contente por ter tido uma noite como aquela com o Bryce – disse. – Penso que todas as pessoas merecem pelo menos uma noite perfeita.

– Também acho.

– Mas compreende que já estava a apaixonar-se por ele desde o princípio, certo? Não começou quando veio a tempestade. Começou no *ferry*, quando o viu pela primeira vez com aquele blusão verde-oliva.

– Por que diz isso?

– Porque a Maggie não se afastou, e claramente poderia tê-lo feito. E, quando a sua tia perguntou se o Bryce podia ser o seu explicador, a Maggie concordou bastante depressa.

– Precisava de ajuda nos estudos!

– Se o diz – disse ele com um sorriso.

– Agora é a sua vez – disse ela, mudando de assunto. – Levou-
-me a patinar, mas há alguma coisa que queira realmente fazer
agora que estamos aqui na Midtown?

Ele agitou o chá na chávena.

– Provavelmente, vai achar que é tonto. Como já vive aqui há
tanto tempo, quero dizer.

– O que é?

– Quero ver algumas das montras dos grandes armazéns na
Quinta Avenida, os que têm decorações de Natal. A Abigail disse-
-me que é uma coisa que tenho de fazer. E daqui a uma hora e meia
vai haver um coro a cantar à porta da catedral de St. Patrick.

O coro ela poderia compreender, mas as montras? E porque não
lhe parecia surpreendente nele que quisesse fazer algo como aquilo?

– Vamos a isso – concordou ela, forçando-se a não revirar os
olhos. – Mas não sei bem quanto tempo vou conseguir andar.
Sinto-me um bocado trémula.

– Ótimo – disse ele com um sorriso. – E apanhamos um táxi
ou um Uber sempre que tiver de ser, OK?

– Uma pergunta – disse ela. – Como é que sabe que vai cantar
um coro hoje?

– Fiz umas pesquisas hoje de manhã.

– Porque é que tenho a impressão de que está a tentar tornar
este Natal especial para mim?

Quando viu um brilho de tristeza nos seus olhos, compreendeu que ele não tinha de explicar.

Depois de acabarem de tomar o chá, saíram para o ar gélido e
Maggie sentiu uma dor aguda e funda no peito, que continuou a
aumentar com cada batimento do seu coração. Era de um branco
ofuscante – facas, não agulhas –, pior do que nunca. Ficou imóvel,

fechou os olhos e pressionou o peito mesmo abaixo do seio direito com a mão em punho. Com a sua mão livre, agarrou o braço de Mark e arregalou os olhos.

– Está bem?

Tentava respirar pausadamente, mas a dor continuava a surgir em clarões que queimavam. Sentiu que Mark passava o braço à volta dela.

– Tenho dores – disse em voz rouca.

– Precisa de voltar lá para dentro e sentar-se? Ou devia levá-la a casa?

Com os dentes cerrados, Maggie abanou a cabeça. A ideia de fazer qualquer movimento parecia impossível, e concentrou-se na sua respiração. Não sabia se serviria de alguma coisa, mas era o que Gwen lhe dissera para fazer quando estava a sofrer a agonia do trabalho de parto. Depois do minuto mais longo da sua vida, a dor começou finalmente a desvanecer-se, uma chama a morrer lentamente enquanto se afundava na linha do horizonte.

– Estou bem – disse por fim em voz rouca, embora lhe parecesse que tinha a visão toldada.

– Não parece bem – contrapôs ele. – Está a tremer.

– Pac-Man – murmurou ela. Inspirou fundo mais algumas vezes antes de finalmente baixar a mão. Com movimentos lentos, meteu a mão na sua mala e tirou o frasco dos comprimidos. Tirou um e engoliu-o sem água. Fechou os olhos com força até conseguir respirar normalmente outra vez, com a dor finalmente a desvanecer-se para um nível suportável.

– Isto acontece muito?

– Mais do que costumava. Está a tornar-se mais frequente.

– Pensei que ia desmaiar.

– Impossível – disse ela. – Isso seria demasiado fácil, já que assim não sentiria a dor.

– Não devia dizer piadas – ralhou ele. – Eu estava mesmo para chamar uma ambulância.

Ouvindo o seu tom de voz, ela forçou-se a sorrir.

– A sério. Estou bem agora.

Uma mentira, pensou, *mas que importa?*

– Talvez devesse levá-la a casa.

– Quero ver as montras e ouvir os cânticos de Natal.

O que, estranhamente, era verdade, mesmo que fosse de certo modo uma tolice. Se não fosse agora, sabia que nunca iria. Mark parecia estar a tentar adivinhar os seus pensamentos.

– OK – disse ele por fim. – Mas se acontecer outra vez vou levá-la a casa.

Maggie acenou com a cabeça, sabendo que talvez ele tivesse de o fazer.

Foram primeiro aos armazéns Bloomingdale's, depois aos Barney's, a seguir à Quinta Avenida, onde todas as lojas pareciam querer superar as outras com as suas decorações nas montras. Ela viu o Pai Natal com os seus elfos, ursos polares e pinguins com colarinhos com temas das festas, neve artificial em cores do arco-íris, instalações elaboradas a destacarem peças de vestuário selecionadas ou produtos que, provavelmente, custavam uma fortuna.

Na Quinta Avenida, Maggie começara já a sentir-se melhor, até a ter a sensação de estar a flutuar. Não admirava que as pessoas ficassem viciadas naqueles comprimidos; eles *resultavam* mesmo. Agarrou-se ao braço de Mark, com as pessoas a passarem em chusmas em ambas as direções, com sacos que ostentavam o nome de todas as marcas do planeta. Muitas das lojas tinham longas filas de pessoas à espera para entrar, em expedições de última hora para comprar o presente perfeito, nenhuma das quais parecia nada contente por estar ali ao frio.

Turistas, pensou, abanando a cabeça. Pessoas que queriam voltar para casa e dizer coisas como: *Não ias acreditar como estava cheio de gente, ou, Tive de esperar uma hora só para entrar na loja*, como se fosse uma medalha de mérito ou um ato de coragem. Com certeza contariam aquela mesma história anos a fio.

No entanto, ela estava a achar o passeio curiosamente agradável, talvez por causa da sensação de estar a flutuar, mas em grande medida porque Mark parecia tão claramente boquiaberto. Embora mantivesse a mão dela bem presa na sua, estava constantemente a esticar-se para espreitar por cima do ombro das multidões, de olhos esbugalhados ao ver o Pai Natal fazer um relógio Piaget, ou a sorrir encantado com as renas extragrandes com arreios da Chanel, todas de óculos de sol da Dolce & Gabbana. Ela estava habituada a fazer um esgar de desprezo perante o comercialismo crasso da época festiva, mas ver Mark maravilhado fazia-a encarar a criatividade das lojas com uma nova apreciação.

Chegaram por fim à catedral de St. Patrick, ao mesmo tempo que praticamente todas as outras pessoas nas imediações que tinham vindo pela mesma razão. A multidão era tão grande que ficaram a meio quarteirão de distância, e, embora Maggie não conseguisse ver os cantores, ouvia-os graças às grandes colunas de som que tinham sido montadas. Mark, no entanto, sentia-se dececionado, e Maggie apercebeu-se de que devia tê-lo avisado de que aquilo aconteceria. Aprendera, ao mudar-se para Nova Iorque, que *assistir* a um evento na cidade e *vê-lo* realmente eram com frequência duas coisas inteiramente diferentes. No seu primeiro ano na cidade, aventurara-se a ir ver o Desfile do Dia de Ação de Graças dos armazéns Macy's. Dera consigo encostada a um prédio, rodeada por centenas de pessoas, e presa ali durante horas, com vista privilegiada para as nucas à sua volta. Tivera de esticar o pescoço para ver os famosos balões e acordara no dia seguinte tão dorida que teve de ir a um quiroprático.

Ah, as vantagens de viver na cidade, certo?

O coro, mesmo que não se pudesse ver, soava extasiante aos seus ouvidos, e, enquanto escutava, Maggie deu consigo a pensar nos últimos dias com uma ligeira sensação de deslumbramento. Vira *O Quebra-Nozes*, enfeitara uma árvore de Natal, enviara presentes à família, patinara no Rockefeller Center, vira as montras na Quinta Avenida, e agora isto. Estava a pôr vistos em experiências únicas na vida com alguém de quem acabara por gostar, e partilhar a história do seu passado fizera-a sentir-se mais animada.

No entanto, quando a sensação de estar a flutuar começou a desvanecer-se, sentiu a fadiga instalar-se e soube que chegara o momento de irem embora. Apertou o braço de Mark a dar-lhe sinal de que estava pronta. Nessa altura, já tinham escutado quatro cânticos de Natal, e, virando-se, ele começou a conduzi-la por entre a multidão que se formara atrás deles. Quando finalmente tiveram espaço para respirar, ele parou.

— E que me diz a jantarmos? — perguntou. — Adorava ouvir o resto da história.

— Acho que preciso de me deitar.

Mark sabia que não valeria a pena argumentar.

— Posso acompanhá-la.

— Eu fico bem — disse ela.

— Acha que vai conseguir ir à galeria amanhã?

— Provavelmente, vou ficar em casa. Só por prevenção.

— Vejo-a na véspera de Natal? Quero dar-lhe o seu presente.

— Não tinha de me dar nada.

— É claro que tinha. É Natal.

Ela pensou naquilo, decidindo finalmente: *Porque não?*

— OK — respondeu.

— Quer encontrar-se comigo na galeria? Ou jantar comigo? O que for mais fácil para si.

— Sabe que mais? Porque é que não mandamos vir o jantar para a galeria? Podemos comer junto à árvore.

— Posso ouvir o resto da sua história?

— Não sei bem se vai querer. Não é realmente uma história própria da época festiva. Fica muito triste.

Ele virou-se, erguendo a mão para fazer paragem a um táxi. Quando o táxi parou, Mark lançou um olhar sem compaixão a Maggie.

— Eu sei — disse simplesmente.

Pela segunda noite consecutiva, Maggie dormiu com as roupas que trazia vestidas.

Na última vez que viu as horas no relógio, faltavam uns minutos para as seis. Era a hora do jantar na maior parte da América; a hora de estar ainda no escritório na maior parte da cidade de Nova Iorque. Acordou mais de dezoito horas depois a sentir-se fraca e desidratada, mas felizmente sem dores.

Não querendo arriscar-se a uma recaída, tomou um comprimido antes de ir em passos trémulos à cozinha, onde se forçou a comer uma banana juntamente com uma torrada, o que a fez sentir-se ligeiramente melhor.

Depois de tomar banho, pôs-se em frente ao espelho, mal se reconhecendo. Os seus braços eram uns palitos, as suas clavículas espetavam-se por baixo da pele como suportes de uma tenda e o seu tronco apresentava numerosas equimoses, algumas de um púrpura escuro. No seu rosto cadavérico, os olhos pareciam os de um ser extraterrestre, brilhantes e perplexos.

O que lera sobre o melanoma – e dava a sensação de que tinha lido praticamente tudo sobre o assunto – sugeria que não havia maneira de prever como seriam os meses finais. Algumas pessoas tinham dores significativas, a requererem morfina por via intravenosa; para outras, não era debilitante. Alguns pacientes apresentavam sintomas neurológicos agravados, enquanto outros mantinham todas as suas faculdades mentais até ao fim. A localização da dor era tão variada quanto os pacientes, o que, supunha ela, fazia sentido. Depois de o cancro metastizar, pode alastrar para qualquer parte do corpo, mas Maggie acalentava a esperança de ter a versão mais agradável da morte. Podia aguentar a perda de apetite e o sono excessivo, mas a perspetiva de dores insuportáveis assustava-a. Sabia que, depois de avançar para a morfina por via intravenosa, poderia nunca mais se levantar da cama.

Contudo, a parte de estar de facto morta não a assustava. Naquele momento, andava demasiado ocupada a debater-se com os contratempos da doença para que a morte fosse algo mais do que hipotética. E quem sabia como era realmente? Veria uma luz brilhante ao fundo do túnel, ouviria harpas ao entrar pelos portões celestiais ou a vida simplesmente se esvairia dela? Quando pensava na morte, imaginava-a como semelhante a adormecer sem sonhos, só que nunca mais acordaria. E, obviamente, não se importaria de nunca mais acordar porque... bem, porque a morte tornava importar--se – ou não se importar – impossível.

Contudo, a comemoração final da época festiva, no dia anterior, fizera-a confrontar-se com o facto de que estava gravemente doente. Não queria mais dor, e não queria dormir dezoito horas por dia. Não havia tempo suficiente para essas coisas. Mais do que tudo, queria viver normalmente até ao fim, mas tinha uma suspeita crescente de que não iria ser possível.

Na casa de banho, voltou a pôr o colar ao pescoço. Vestiu uma camisola por cima da roupa interior térmica e pensou em vestir umas calças de ganga, mas para quê? As calças do pijama eram mais confortáveis, portanto optou por elas. Por fim, enfiou uns chinelos quentes e felpudos e um gorro de lã. O termóstato estava nos vinte e quatro graus, mas, ainda com um pouco de frio, Maggie ligou um radiador. Não havia nenhuma razão para se preocupar com a conta da eletricidade; não tinha propriamente de poupar para a aposentação.

Aqueceu uma chávena de água no micro-ondas e depois foi até à sala de estar. Pôs-se a bebê-la, a pensar onde tinha parado no relato da sua história a Mark. Pegou no telemóvel e enviou-lhe uma mensagem, sabendo que ele já estaria no trabalho.

Encontramo-nos na galeria às seis amanhã, OK? Conto-lhe o resto da minha história e depois podemos jantar.

Quase imediatamente, viu os pontos a indicarem que ele estava a responder à sua mensagem, e a resposta apareceu num balão.

Mal posso esperar! Cuide-se. Mal posso esperar. Tudo bem no trabalho. Muito movimento hoje.

Maggie esperou, a ver se ele acrescentaria alguma coisa, mas não o fez. A acabar de beber a água quente, reflectiu em como o seu corpo estava a optar por a desafiar. Por vezes, era fácil imaginar que o melanoma estava a falar-lhe com uma voz assombrada, sinistra. *Vou acabar por te levar, mas primeiro? Vou fazer com que te sintas a arder por dentro e forçar-te a definhar. Vou-te tirar a beleza e roubar--te o cabelo e privar-te de horas conscientes, até não haver mais nada a não ser um invólucro esquelético...*

Maggie soltou uma risada mórbida ao pensar naquela voz imaginária. Bem, em breve seria silenciada. O que levantava a questão... o que ia fazer quanto ao seu funeral?

Andava a pensar nesse assunto desde a última consulta com a doutora Brodigan. Não frequentemente, só ocasionalmente, quando o pensamento lhe vinha à cabeça de repente, muitas vezes nos momentos mais inesperados. Como naquele preciso instante. Esforçara-se por o ignorar – com a morte a ser ainda hipotética –, mas a dor do dia anterior tornava isso impossível.

O que ia fazer? Supunha que, na realidade, não tinha de fazer nada. Os seus pais ou Morgan sem dúvida se encarregariam de tudo, mas ela não queria que eles tivessem de assumir esse fardo. E, como era o seu funeral, com certeza merecia ter voto na matéria. Mas o que é que queria de facto?

Não o funeral típico, tanto quanto isso sabia ela. Não desejava um funeral de caixão aberto ou canções sentimentais como *Wind Beneath My Wings*, e decididamente não um longo elogio fúnebre por um padre que nem sequer a conhecia. Esse não era o seu estilo. Mas mesmo que fosse – onde é que se realizaria o funeral? Os seus pais quereriam que fosse sepultada em Seattle, não em Nova Iorque, mas Nova Iorque era a sua terra agora. Não conseguia imaginar-se a forçar a mãe e o pai a encontrar uma casa funerária e um cemitério locais ou a tentar organizar um serviço fúnebre católico numa cidade estranha. Nem tinha a certeza de que os seus pais fossem capazes de lidar com tal coisa, e, embora Morgan fosse uma pessoa mais capaz, já estava bastante assoberbada com as filhas pequenas em casa. Tudo isso deixava apenas uma opção.

Maggie teria de organizar tudo antecipadamente.

Levantou-se do sofá e foi buscar um bloco a uma gaveta na cozinha. Tomou alguns apontamentos sobre o tipo de serviço fúnebre que queria. Era menos deprimente do que imaginara, provavelmente porque rejeitou à partida todas as coisas sombrias. Releu o que escrevera e, embora não fizesse sentido para os seus pais, sentia-se contente por ter pensado em exprimir os seus últimos desejos. Escreveu um lembrete para contactar o seu advogado no Ano Novo para que tudo pudesse ser finalizado.

O que deixava apenas mais uma coisa a fazer.

Precisava de arranjar um presente de Natal para Mark.

Embora lhe tivesse dado um bónus no início de dezembro, como fizera à Luanne, sentia que se justificava algo mais, especialmente depois daqueles últimos dias. Mas o que lhe dar? Tal como a maior parte dos jovens, especialmente os que tencionavam continuar a estudar, provavelmente apreciaria um dinheiro extra mais do que qualquer outra coisa. Quando ela andava pelos vinte anos, seria o que teria querido, com toda a certeza. Também seria fácil – bastar-lhe-ia passar um cheque –, mas não lhe parecia o mais acertado. Pressentia que o presente dele para ela era algo pessoal, o que a fez pensar que devia retribuir da mesma maneira.

Perguntou a si mesma de que é que Mark gostaria, mas nem isso resultou em muitas respostas. Gostava de Abigail e dos pais, tencionava levar uma vida religiosa, interessava-se por arte contemporânea, e tinha crescido no Indiana e jogara hóquei. O que mais é que ela sabia sobre ele?

Pensou na primeira entrevista, recordando como ele viera preparado, e a resposta apresentou-se-lhe finalmente. Mark admirava as fotografias que ela tinha tirado; mais do que isso, considerava-as o legado dela. Então, porque não dar a Mark um presente que refletisse a paixão de Maggie?

Nas gavetas da sua secretária, encontrou várias *pens*; sempre tivera bastantes à mão. Nas horas seguintes, começou a transferir fotografias para as *pens*, escolhendo as suas preferidas. Algumas delas estavam penduradas nas paredes da galeria, e, embora as que lhe daria não fizessem parte da edição limitada – e, por conseguinte, não tivessem valor monetário –, sabia que Mark não se importaria com isso. Não quereria as fotografias por razões financeiras; querê-las-ia porque ela as tirara, e porque tinham significado algo para ela.

Depois de terminar, comeu alguma coisa por obrigação. Cartão salgado, tão repugnante como sempre. Lançando a cautela às urtigas, também se serviu de um copo de vinho. Encontrou uma estação na rádio a passar música de Natal e pôs-se a beber uns goles de vinho até se sentir sonolenta. Trocou a camisola por uma *sweatshirt*, calçou umas meias em vez das pantufas e enfiou-se na cama.

Acordou ao meio-dia na véspera de Natal, a sentir-se repousada e, milagre dos milagres, completamente livre de dor.

Pelo sim pelo não, tomou os comprimidos, empurrando-os com meia chávena de chá.

Sabendo que, muito provavelmente, se deitaria tarde, descansou durante a maior parte do dia. Telefonou para o seu restaurante italiano favorito do bairro, onde até recentemente fora cliente regular, e ficou a saber que uma entrega para dois não seria um problema apesar da grande multidão esperada para o jantar nessa noite. O gerente, que ela conhecia bem e que, supunha, estava a par da sua doença devido ao seu aspeto, foi particularmente solícito. Adivinhou o que poderia agradar-lhe, recordando os pratos que ela pedia com frequência e sugerindo alguns especiais, assim como o famoso tiramisu deles. Maggie agradeceu-lhe calorosamente depois de lhe ler o número do cartão de crédito e de marcar a entrega para as oito da noite. *E quem disse que os nova-iorquinos são insensíveis?* pensou com um sorriso ao desligar.

Mandou vir um batido, bebeu-o enquanto tomava banho, e depois passou em revista as *pens* que tinha criado para Mark. Como sempre quando revisitava o seu trabalho passado, a sua mente recriou os pormenores de cada fotografia.

Perder-se nas recordações de tantas viagens e experiências empolgantes fez as horas passarem rapidamente. Às quatro, fez uma sesta, embora ainda estivesse a sentir-se bastante bem; depois de acordar, arranjou-se lentamente. Como em Ocracoke há tantos anos, escolheu uma camisola vermelha, embora com mais camadas de roupa por baixo. Umas calças pretas de um tecido de lã por cima de *collants* e uma boina preta. Nenhumas joias a não ser o colar, mas maquilhagem suficiente para não assustar o taxista. Pôs um cachecol de caxemira para esconder o seu pescoço magricela e depois meteu os comprimidos na mala de mão, pelo sim pelo não. Como não tivera tempo para embrulhar o presente de Mark, esvaziou uma caixa de rebuçados para a tosse e meteu nela as *pens*. Gostaria de ter um laço para pôr na caixa, mas achou que Mark não se importaria. Por fim, com uma sensação de temor, pegou numa das cartas que a sua tia Linda lhe tinha escrito e que guardava na caixa das joias.

Lá fora, o tempo estava gélido e húmido, com o céu a prometer neve. Na curta viagem de táxi até à galeria, Maggie passou por um Pai Natal a fazer soar um sino, a pedir donativos para o Exército de Salvação. Viu uma menorá na janela de um apartamento. Na rádio, o taxista estava a ouvir música que soava indiana ou paquistanesa. O Natal em Manhattan.

A porta da galeria estava fechada à chave, e, depois de entrar, ela voltou a fechá-la. Mark não se via em lado nenhum, mas a árvore tinha as luzes acesas, e Maggie sorriu quando viu que ele colocara uma pequena mesa com duas cadeiras desdobráveis em frente à árvore e a cobrira com uma toalha de mesa de papel vermelha. Em cima da mesa estava uma caixa embrulhada e uma jarra com um cravo vermelho, juntamente com dois copos com *eggnog*.

Mark devia tê-la ouvido entrar, porque veio das traseiras enquanto ela estava a admirar a mesa. Quando ela se virou, reparou que também ele vestia uma camisola vermelha e umas calças pretas.

— Diria que está com um aspeto fantástico, mas penso que poderia dar a ideia de que estou à caça de elogios — comentou ela enquanto tirava o casaco.

— Se não soubesse que não é verdade pensaria que passou por cá antes para ver o que é que eu ia trazer vestido — contrapôs ele.

Ela apontou para a mesa.

— Andou ocupado.

— Calculei que íamos precisar de um sítio para comer.

— Compreende que se eu beber o *eggnog* não vou conseguir comer nada.

— Então, pense só nele como um elemento decorativo. Posso levar o seu casaco?

Maggie entregou-lho e ele desapareceu para as traseiras enquanto ela continuava a olhar à sua volta. Recordava-lhe bastante o Natal que passara em Ocracoke, o que, com certeza, fora a intenção de Mark.

Sentou-se à mesa, a sentir-se contente, e ele veio das traseiras com uma chávena de café na mão. Pousou-a em frente a ela.

– É só água quente – explicou –, mas trouxe uma saqueta de chá se quiser um pouco de sabor.

– Obrigada. – Como um chá lhe soava boa ideia e a cafeína ainda melhor, mergulhou a saqueta na água, deixando-a em infusão. – Onde é que arranjou isto tudo? – Varreu a cena com o braço.

– As cadeiras e a mesa são do meu apartamento, são de facto a minha mobília de jantar temporária. A toalha de mesa barata é da Duane Reade. Mas o mais importante, como é que está? Tenho estado preocupado consigo desde a última vez que a vi.

– Dormi muito. Sinto-me melhor.

– Está com bom aspeto.

– Sou um cadáver ambulante. Mas obrigada, de qualquer maneira.

– Posso fazer-lhe uma pergunta?

– Não ultrapassámos já essa fase? Em que tem de me pedir licença para me perguntar alguma coisa?

Ele olhou para dentro do copo de eggnog com a testa ligeiramente franzida.

– Depois de acabarmos de patinar, sabe, quando... começou a sentir-se mal. Disse algo como... Pac-Man? Ou Packmin? Ou...

– Pac-Man – disse ela.

– O que é que isso quer dizer?

– Nunca ouviu falar no *Pac-Man*? No jogo de vídeo?

– Não.

Bom Deus, ele é mesmo novinho. Ou sou eu que estou a ficar velha. Pegou no telemóvel, foi ao YouTube, selecionou rapidamente um vídeo e passou-lhe o telemóvel para as mãos. Ele iniciou o vídeo e começou a ver.

– Então o Pac-Man move-se num labirinto a comer pontos pelo caminho?

— Exatamente.

— O que é que isso tinha que ver com a maneira como estava a sentir-se?

— Porque é assim que por vezes penso no cancro. Que é como o Pac-Man, a mover-se pelo labirinto do meu corpo, a comer todas as minhas células saudáveis.

Enquanto ela respondia, ele arregalou os olhos.

— Oh... uau! Lamento muito ter abordado este assunto. Não devia ter perguntado...

Ela acenou com a mão.

— Não é nada de mais. Vamos só esquecer isso, OK? Está com fome? Espero que não se importe, mas mandei vir comida do meu restaurante italiano favorito. A comida deve chegar por volta das oito. — Mesmo que não fosse capaz de comer mais do que umas garfadas, tinha a esperança de pelo menos desfrutar dos aromas.

— Parece-me fantástico. Obrigado. E, antes que me esqueça, a Abigail pediu-me para lhe desejar um feliz Natal. Disse que gostava de poder estar aqui connosco e que mal pode esperar para a conhecer quando chegar a Nova Iorque daqui a uns dias.

— Digo o mesmo. — Maggie apontou para o presente. — Devia abri-lo agora, já que a comida só vai chegar daqui a um bocado?

— E se esperássemos até depois do jantar?

— E até lá, deixe-me adivinhar... Quer ouvir o resto da minha história.

— Tenho andado a pensar nela desde que parou no outro dia.

— Continua a ser melhor se terminarmos com o beijo perfeito.

— Preferia ouvi-la toda, se não se importa.

Maggie bebeu um gole de chá, deixando-o aquecer-lhe a garganta enquanto os anos voltavam para trás. Fechou os olhos, a desejar poder esquecer, mas sabendo que nunca esqueceria.

— Mais tarde nessa noite, depois de o Bryce me levar a casa, quase não dormi...

O TERCEIRO TRIMESTRE

Ocracoke
1996

P arte da minha insónia tinha que ver com a minha tia. Quando cheguei a casa, ela ainda estava sentada no sofá, com o mesmo livro aberto no regaço, mas quando ergueu os olhos na minha direção bastou-lhe um olhar. Com certeza eu estava a irradiar uma luz, porque as sobrancelhas dela estremeceram ligeiramente, e por fim ouvi-a suspirar. Era um suspiro do tipo *Eu sabia que isto ia acontecer*, se sabe o que quero dizer.

– Que tal foi? – perguntou ela, a tentar dar pouca importância ao que era óbvio. Não pela primeira vez, dei comigo a perguntar-me como alguém que passara décadas enfiada num convento podia estar tão a par das coisas do mundo.

– Foi divertido. – Encolhi os ombros, a tentar aparentar descontração, embora ambas soubéssemos que não valia a pena. – Jantámos e fomos à praia. Ele fez um papagaio de papel com luzes de Natal, mas provavelmente já sabias isso. Obrigada mais uma vez por me teres deixado ir.

– Não tenho a certeza se haveria alguma coisa que pudesse ter feito para o impedir.

– Podias ter dito que não.

«Hum» foi tudo o que ela disse, e compreendi de repente que tinha havido uma inevitabilidade quanto ao Bryce e a mim desde o princípio. Ali de pé diante da minha tia, dei comigo inexplicavelmente de novo na praia com o Bryce nos braços. Senti um acesso inegável de calor pelo pescoço acima e comecei a despir o casaco na esperança de que ela não reparasse.

— Não te esqueças de que temos a igreja amanhã de manhã.

— Eu lembro-me – confirmei. Lancei-lhe um olhar à socapa ao passar por ela a caminho do meu quarto, reparando que tinha voltado a ler o livro.

— Boa noite, tia Linda.

— Boa noite, Maggie.

Deitada na cama com a ursinha Maggie, sentia-me demasiado excitada para dormir. Estava sempre a reviver a noite e a pensar em como o Bryce tinha olhado para mim durante o jantar ou na maneira como os seus olhos escuros tinham refletido a luz da fogueira. Recordava principalmente o sabor dos lábios dele, só para me aperceber de que estava a sorrir no escuro como uma louca. No entanto, à medida que iam passando as horas, o meu estonteamento começou gradualmente a dar lugar a uma sensação de confusão, o que também me manteve acordada. Embora eu soubesse lá no fundo que o Bryce estava apaixonado por mim, continuava a não fazer sentido. Ele não sabia como era extraordinário? Tinha-se esquecido de que eu estava grávida? Podia ter qualquer rapariga que quisesse, enquanto eu não era nada a não ser vulgar em tudo o que era importante, e decididamente uma falhada num dos aspetos mais importantes de todos. Perguntei-me se os sentimentos dele por mim teriam mais que ver com a simples proximidade do que com algo particularmente único e maravilhoso em mim. Preocupava-me não ser suficientemente esperta ou bonita, e, por uns momentos, duvidei até se não teria imaginado aquela coisa toda. E, enquanto andava às voltas na cama, apercebi-me de que o amor era a emoção mais forte de todas, porque tornava uma pessoa vulnerável à possibilidade de perder tudo o que realmente importava.

Apesar da chicotada emocional, ou talvez por causa dela, a exaustão acabou por vencer. De manhã, acordei para uma estranha ao espelho. Tinha papos debaixo dos olhos, a pele do meu rosto parecia flácida e o cabelo mais sem vida do que o usual. Um duche e a maquilhagem permitiram-me ficar minimamente apresentável antes de sair do meu quarto. A minha tia, porque parecia conhecer-me melhor do que eu me conhecia a mim mesma, fez panquecas para o pequeno-almoço e evitou quaisquer indiretas. Em vez disso, encaminhou casualmente a conversa para o encontro em si, e eu contei-lhe a maior parte, deixando de fora só as coisas importantes, embora a minha expressão extasiada provavelmente tornasse o resto desnecessário.

Mas uma conversa fácil era exatamente do que eu precisava para me sentir melhor, e a ansiedade que tinha sentido durante a noite foi substituída por uma sensação de contentamento. No *ferry*, sentadas no andar de cima, à mesa com a Gwen, pus-me a olhar pela janela para a água, perdida de novo nas recordações da noite anterior. Pensei no Bryce enquanto estive na igreja e de novo quando fomos comprar os mantimentos; numa das vendas de garagem, encontrei um papagaio de papel à venda e perguntei-me se voaria se eu lhe pusesse luzes de Natal. A única vez em que não pensei nele foi quando chegou o momento de comprar *soutiens* maiores; tentei ao máximo esconder o meu embaraço, especialmente quando a dona da loja – uma morena com um ar severo e olhos pretos a chisparem – me olhou de alto a baixo, parando na minha barriga, enquanto me conduzia aos provadores.

Quando finalmente voltámos para casa, a falta de sono estava a fazer sentir os seus efeitos. Embora já estivesse escuro, fiz uma pequena sesta e acordei quando o jantar ia ser servido. Depois de comer e de arrumar a cozinha, voltei para a cama, ainda a sentir-me como uma zombie. Fechei os olhos, a pensar em como é que o Bryce teria passado o dia e se estarmos apaixonados alteraria as coisas entre nós. Mas pensava principalmente em voltar a beijá-lo, e, mesmo antes de adormecer, apercebi-me de que mal podia esperar por esse momento.

A sensação de estar a sonhar persistiu quando acordei; de facto, permeava todas as horas em que estava acordada na semana e meia seguinte, mesmo quando tive a sessão seguinte com a Gwen sobre a minha gravidez. O Bryce amava-me e eu amava-o, e o meu mundo praticamente girava em torno daquela ideia excitante, fosse o que fosse que estivéssemos os dois a fazer.

Não que as nossas rotinas diárias se tivessem alterado muito. O Bryce não era nada a não ser responsável. Ainda vinha dar-me explicações com a *Daisy* a reboque e fazia os possíveis por me manter concentrada, mesmo quando às vezes eu lhe apertava o joelho antes de me rir da sua expressão subitamente atarantada. Apesar das minhas tentativas frequentes de namoriscar quando devia estar a estudar, continuava a avançar nas matérias. Nos exames, continuei a ter uma sorte incrível, embora o Bryce tivesse ficado dececionado com as suas capacidades como explicador. As minhas aulas de fotografia também não se alteraram muito, para além de ele ter começado a ensinar-me como tirar fotografias de interior, usando flash e outras fontes de luz, assim como a ocasional sessão fotográfica à noite. Essas fazíamo-las usualmente na casa dele, porque era lá que estava o equipamento. Para as fotografias noturnas do céu cheio de estrelas, usávamos um tripé e um comando à distância, porque a máquina fotográfica tinha de estar absolutamente estável. Essas fotografias requeriam uma velocidade ultralenta do obturador

– por vezes até trinta segundos – e numa noite particularmente límpida em que não se via a lua no céu conseguimos apanhar uma parte da Via Láctea, que parecia uma nuvem incandescente num céu escurecido iluminado por pirilampos.

Continuámos também a jantar juntos três ou quatro vezes por semana. Metade com a minha tia, a outra metade com a família dele, muitas vezes incluindo os avós. O pai dele tinha partido na segunda-feira a seguir ao nosso encontro para um trabalho de consultoria de dois meses. O Bryce não sabia ao certo para onde ele tinha ido ou o que iria fazer, só que era para o MD, mas não parecia particularmente interessado; só sentia falta da presença dele.

Realmente, a única coisa que tinha mudado para mim e o Bryce eram as ocasiões em que fazíamos um intervalo dos meus estudos ou quando púnhamos a máquina fotográfica de lado. Nesses momentos, falávamos com mais profundidade sobre as nossas famílias e os nossos amigos, até sobre acontecimentos recentes nas notícias, embora tivesse de ser o Bryce a encarregar-se desses últimos temas. Sem televisão nem jornais, eu não sabia quase nada sobre o estado do mundo – ou dos Estados Unidos, de Seattle, até da Carolina do Norte – e, francamente, pouco me importava. Mas gostava de o ouvir falar e ele ocasionalmente colocava questões sérias sobre assuntos sérios. Depois de fingir pensar nisso, eu dizia qualquer coisa como «É difícil de responder. O que é que tu achas?», e ele começava a explicar os seus pensamentos sobre o assunto. Suponho que era também possível que eu aprendesse alguma coisa, mas, perdida nos meus sentimentos por ele, não me lembrava de muito. De vez em quando, dava comigo a perguntar-me outra vez o que ele veria em mim, e sentia uma pontada súbita de insegurança, mas, como se conseguisse ler-me a mente, ele estendia a mão para a minha e a sensação passava.

Também nos beijávamos muito. Nunca quando a minha tia ou a família dele nos pudessem ver, mas aproveitávamos praticamente qualquer outro momento. Eu estava a escrever um trabalho e tomava um segundo para refletir, depois reparava na maneira como ele estava a olhar para mim e inclinava-me para o beijar. Ou, depois de examinar uma das fotografias da caixa de arquivo, o Bryce inclinava-se e beijava-me. Beijávamo-nos no alpendre ao fim da tarde ou mal ele entrava na casa da minha tia para me dar explicações. Beijávamo-nos na praia e na cidade, perto da casa dele e junto à da minha tia, o que por vezes significava termos de nos esconder por trás das dunas ou ao dobrar da esquina. Por vezes, ele enrolava uma madeixa do meu cabelo à volta do dedo; outras vezes, abraçava-me simplesmente. Mas dizia-me sempre de novo que me amava, e, de cada vez que isso acontecia, o meu coração começava a bater no peito de uma maneira esquisita e sentia que a minha vida era tão perfeita quanto alguma vez seria.

No início de março, tive de ir outra vez à consulta do Doutor Mãos Enormes. Ia ser a última consulta antes do parto, porque a Gwen continuaria a supervisionar-me durante o resto da gravidez. No momento previsto, comecei a ter a ocasional contração de Braxton Hicks, e quando disse ao médico que não era fã delas ele recordou-me que era a maneira de o meu corpo se preparar para o trabalho de parto. Fiz a ecografia, e evitei lançar sequer um olhar ao ecrã, mas soltei um suspiro automático de alívio quando a técnica disse que o bebé (*Sofia? Chloe?*) se encontrava muito bem. Embora estivesse a esforçar-me por não pensar na bebé como uma pessoa que me pertencia, mesmo assim queria saber que ela ia ficar bem. A técnica acrescentou que a *mamã* também estava bem – o que queria dizer eu, mas não deixava de ser esquisito ouvi-la dizer aquilo –, e quando finalmente me sentei em frente ao médico, ele passou em revista uma data de coisas que eu poderia sentir na última fase da gravidez. Deixei praticamente de o ouvir quando disse a palavra *hemorroidas* – isso tinha vindo à baila na reunião das grávidas adolescentes no YMCA de Portland, mas tinha-me esquecido completamente – e, quando acabou de falar, sentia-me totalmente deprimida. Demorei um segundo a compreender que me estava a fazer uma pergunta.

– Maggie? Ouviste-me?

– Desculpe. Ainda estava a pensar nas hemorroidas – respondi.

– Perguntei se tens feito exercício – disse ele.

– Caminho quando estou a tirar fotografias.

– Isso é ótimo – disse ele. – Lembra-te só de que o exercício físico é bom tanto para ti como para o bebé e vai reduzir o tempo de que o teu corpo vai precisar para recuperar depois do parto. Mas nada demasiado intenso. Ioga ligeiro, caminhar, coisas desse género.

– E andar de bicicleta?

Ele levou um dedo gigante ao queixo.

– Desde que seja confortável e não te cause dor, provavelmente não tem mal durante as próximas semanas. Depois disso, o teu centro de gravidade vai começar a deslocar-se, o que tornará mais difícil equilibrares-te, e uma queda seria mau, tanto para ti como para o bebé.

Por outras palavras, ia ficar ainda mais gorda, o que já sabia que aconteceria, mas não deixava de ser tão deprimente como a ideia das hemorroidas. No entanto, agradava-me a perspetiva de o meu corpo voltar ao normal mais depressa, portanto na vez seguinte em que vi o Bryce perguntei-lhe se podia acompanhá-lo de bicicleta quando ele fosse correr de manhã.

– Claro que sim – respondeu. – Vai ser ótimo ter companhia.

Na manhã seguinte, depois de acordar demasiado cedo, vesti o casaco e fui de bicicleta até à casa do Bryce. Ele estava a fazer alongamentos no jardim da frente e veio ter comigo a correr, com a *Daisy* ao lado. Quando se inclinou para me beijar, apercebi-me de repente que não tinha escovado os dentes, mas beijei-o mesmo assim e ele não pareceu importar-se.

– Estás pronto?

Pensei que seria fácil, visto que ele ia correr e eu a andar de bicicleta, mas estava enganada. Não me saí mal nos primeiros três ou quatro quilómetros, mas depois disso comecei a sentir uma ardência nas coxas. O que era ainda pior era que o Bryce estava sempre a tentar manter uma conversa, o que não era fácil, porque eu estava sem fôlego. Quando começava a pensar que não poderia continuar, ele parou perto de um caminho de cascalho que dava para os canais e disse que tinha de fazer *sprints*.

Descansei sentada no selim com um pé no chão e fiquei a vê-lo afastar-se a toda a velocidade. Até a *Daisy* tinha dificuldade em se manter a par do Bryce, e vi a imagem dele tornar-se cada vez mais pequena à distância. Parou, descansou por um momento e depois voltou a correr a toda a velocidade na minha direção. Fez o mesmo percurso cinco vezes e, embora estivesse muito mais ofegante do que eu estivera e a língua da *Daisy* quase lhe chegasse às pernas, começou imediatamente a correr outra vez depois de terminar o *sprint*, desta vez na direção da sua casa. Pensei que tínhamos acabado, mas estava de novo enganada. O Bryce fez flexões e abdominais e depois saltou para cima e para baixo da mesa no quintal antes de por fim fazer múltiplas séries de elevações usando um cano que pendia da casa, com os músculos a fletirem-se por baixo da *t-shirt*. A *Daisy*, entretanto, estava deitada a ofegar. Quando olhei para o relógio depois de ele terminar, vi que tinha feito exercício sem parar durante quase uma hora e meia. Apesar do ar fresco da manhã, o seu rosto brilhava com o suor e havia círculos molhados na *t-shirt* quando se aproximou de mim.

– Fazes isto todas as manhãs?

– Seis dias por semana – respondeu. – Mas vario. Por vezes, corro menos tempo e faço mais *sprints* ou o que seja. Quero estar em forma para West Point.

– Então, de cada vez que chegas a minha casa para me dares explicações, já fizeste isto tudo?

– Mais ou menos.

– Estou impressionada – disse, e não só porque me tinha agradado ver os seus músculos. Era mesmo impressionante, e fez-me desejar poder ser mais como ele.

Apesar do exercício físico matinal regular, os quilos continuavam a vir e a minha barriga a crescer. Embora a Gwen andasse sempre a recordar-me que era normal – começou a passar lá por casa regularmente para me medir a tensão arterial e escutar a bebé com um estetoscópio –, isso não me fazia sentir melhor. Em meados de março, tinha mais dez quilos. No final do mês, tinha quase onze, e era praticamente impossível esconder a barriga, por mais largueirona que fosse a *sweatshirt*. Comecei a parecer-me com uma personagem de um livro do Dr. Seuss: cabeça pequena e pernas magricelas com um tronco de barril, mas sem o ar fofinho da Cindy-Lou Who.

Não que o Bryce parecesse importar-se. Ainda nos beijávamos, ele ainda me dava a mão, e dizia-me sempre que eu era linda, mas, à medida que iam passando os meses, fui começando a sentir-me grávida quase todo o tempo. Tinha de me equilibrar com cuidado quando me sentava para não desabar em cima da cadeira, e levantar-me do sofá requeria planeamento e concentração. Continuava a ter de ir à casa de banho praticamente de hora a hora e uma vez, quando espirrei no ferry, a minha bexiga pareceu de facto *cuspir*, o que foi absolutamente constrangedor e me deixou a sentir-me molhada e nojenta até voltarmos para Ocracoke. Sentia o bebé mexer-se muito, especialmente sempre que estava deitada – também conseguia *vê-lo* mexer-se, o que era realmente alucinante – e tive de começar a dormir deitada de costas, o que não era nada confortável. Andava a ter contrações de Braxton Hicks mais regularmente e, tal como o Doutor Mãos Enormes, a Gwen disse que era uma boa coisa. Eu, por outro lado, ainda achava que era uma coisa má, porque ficava com a barriga toda contraída e sentia cãibras, mas a Gwen ignorava as minhas queixas. As únicas coisas terríveis que não tinham acontecido eram hemorroidas ou um ataque súbito de acne na cara. Ainda me aparecia uma borbulha por outra, mas o meu jeito para a maquilhagem impedia que se notassem muito, e o Bryce nunca disse uma palavra sobre o assunto.

Também me saí bastante bem nos testes intercalares, não que os meus pais tenham parecido lá muito impressionados. A minha tia, no entanto, ficou toda contente, e foi por volta dessa altura que comecei a reparar que ela não dizia nada relativamente à minha relação com o Bryce. Quando mencionei que ia começar a fazer exercício físico de manhã, ela só disse: «Por favor, tem cuidado». Nas noites em que o Bryce ficava para o jantar, ela e ele conversavam tão amigavelmente como sempre. Se eu lhe dissesse que ia tirar fotografias no sábado, ela simplesmente perguntava a que horas é que eu achava que ia voltar para ela saber quando devia ter o jantar pronto. À noite, quando estávamos só nós as duas, falávamos sobre os meus pais, a Gwen, como iam os meus estudos ou a loja, antes de ela pegar num romance enquanto eu folheava livros de fotografia. No entanto, não conseguia deixar de pensar que algo se metera entre nós, uma espécie de *distância*.

No início, isso não me importou muito. O facto de a minha tia e eu raramente falarmos sobre o Bryce fazia com que a relação parecesse um pouco secreta, vagamente ilícita e, por consequência, mais excitante. E, embora não se mostrasse encorajadora, a tia Linda pelo menos parecia aceitar a ideia de que a sua sobrinha estava apaixonada por um jovem que tinha a sua aprovação. À noite, quando chegava a hora de eu acompanhar o Bryce até à porta, o mais frequente era que ela se levantasse do seu lugar no sofá e fosse até à cozinha, a dar-nos um pouco de privacidade, o suficiente para um beijo rápido de despedida. Penso que sabia intuitivamente que o Bryce e eu não nos excederíamos. Nem sequer tínhamos tido ainda um segundo encontro oficial; na realidade, estávamos praticamente juntos o dia todo, todos os dias, não havia razão para um encontro. Também não nos tinha ocorrido escapulirmo-nos à noite para nos vermos ou irmos a algum lugar sem avisar a minha tia antes. Com o meu corpo a começar a mudar de forma, o sexo era absolutamente a última coisa que me passava pela cabeça.

No entanto, ao fim de algum tempo, a distância entre mim e a minha tia começou a incomodar-me. Ela era a primeira pessoa que eu tinha conhecido que estava completamente do meu lado. Aceitava-me como era, com defeitos e tudo, e eu queria pensar que poderia falar com ela sobre tudo. Tudo veio à tona, de certo modo, numa noite em que estávamos sentadas na sala de estar, perto do fim de março. Tínhamos jantado, o Bryce tinha ido para casa e estava a aproximar-se a hora em que ela costumava ir para a cama. Pigarreei embaraçada e a minha tia ergueu a cabeça do livro.

– Sinto-me contente por me deixares viver aqui – disse eu. – Não sei se já te disse vezes suficientes como me sinto agradecida.

Ela franziu a testa.

– A que vem isso?

– Não sei. Acho que tenho andado tão ocupada ultimamente que não temos tido uma oportunidade de estarmos sós para eu te poder dizer o quanto aprecio tudo o que tens feito por mim.

A sua expressão suavizou-se e ela pôs o livro de lado.

– Não tens de quê. És da família, claro, e essa é a razão pela qual estive inicialmente disposta a ajudar. Mas depois de chegares comecei a aperceber-me do quanto gosto de te ter cá. Nunca tive filhos e, a certos respeitos, sinto que te tornaste como a filha que nunca tive. Sei que não me compete dizer tais coisas, mas aprendi que não tem mal, na minha idade, fazer de conta de vez em quando.

Movi a mão sobre a barriga, a pensar em tudo aquilo por que a fizera passar.

– Fui uma hóspede terrível ao princípio.

– Não foste nada.

– Estava temperamental e toda baralhada e não era nada divertido estar comigo.

– Estavas assustada – disse ela. – Eu sabia-o. Francamente, eu também estava assustada.

Com aquilo é que eu não contava.

– Porquê?

– Preocupava-me que pudesse não ser aquilo de que tu precisavas. E, se isso acontecesse, preocupava-me que tivesses de voltar para Seattle. Tal como os teus pais, eu só queria o que era melhor para ti.

Pus-me a mexer numas madeixas do meu cabelo.

– Ainda não sei o que é que vou dizer aos meus amigos quando voltar. É bem possível que algumas pessoas já suspeitem da verdade e andem a falar sobre mim, ou espalhem o boato de que estive num centro de reabilitação ou coisa do género.

A expressão dela manteve-se calma.

– Muitas das raparigas com quem trabalhei no convento receavam a mesma coisa. E a realidade é que essas coisas podem acontecer, e é terrível quando acontecem. E, no entanto, podes vir a ter uma surpresa. As pessoas tendem a concentrar-se nas suas próprias vidas, não nas dos outros. Mal tu regresses e comeces a fazer as coisas normais com os teus amigos, eles vão-se esquecer do facto de que estiveste ausente durante algum tempo.

– Achas que sim?

– Todos os anos, quando terminam as aulas, a gente nova espalha-se para todo o tipo de lugares diferentes durante o verão, e, embora talvez vejam uns amigos, não veem outros. No entanto, mal voltam a estar juntos, é como se nunca tivessem estado separados.

Embora fosse verdade, eu também conhecia alguns que adoravam acima de tudo uns mexericos sumarentos, pessoas que arranjavam maneira de se sentirem melhor amesquinhando outras. Virei-me na direção da janela, reparando no escuro para lá do vidro, e perguntei-me de novo porque ela não parecera querer falar sobre os meus sentimentos pelo Bryce e as suas implicações. Por fim, acabei por me sair com a verdade.

– Estou apaixonada pelo Bryce – disse, com a voz pouco mais alta do que um murmúrio.

– Eu sei. Bem vejo a maneira como olhas para ele.

– Ele também está apaixonado por mim.

– Eu sei. Bem vejo a maneira como olha para ti.

– Achas que sou demasiado nova para estar apaixonada?

– Não me compete a mim dizer isso. Tu achas que és demasiado nova?

Suponho que devia ter contado que ela me devolvesse a pergunta.

– Parte de mim sabe que o amo, mas há outra voz na minha cabeça a segredar que não posso saber, porque nunca amei antes.

– O primeiro amor é diferente para todas as pessoas. Mas penso que elas o reconhecem quando o sentem.

– Alguma vez estiveste apaixonada? – Quando ela acenou com a cabeça, eu tive quase a certeza de que estava a referir-se à Gwen, mas ela não disse mais nada e eu continuei. – Como é que se sabe ao certo que é amor?

Pela primeira vez, riu-se, não de mim, mas quase para consigo.

– Os poetas e os músicos e os escritores, e mesmo os cientistas, andam a tentar responder a essa pergunta desde Adão e Eva. E lembra-te que, durante muito tempo, fui freira. Mas se me estás a pedir a minha opinião... e inclino-me para o lado prático, menos romântico... penso que tem que ver com o passado, o presente e o futuro.

– Não sei bem o que queres dizer – disse eu, inclinando a cabeça.

– O que te atraiu para a outra pessoa no passado, como é que essa pessoa te tratou no passado, quão compatíveis eram no passado? São as mesmas perguntas no presente, só que é acrescentado um desejo físico pela outra pessoa. O desejo de tocar e abraçar e beijar. E se todas as respostas te fazem sentir que nunca mais queres estar com mais ninguém, então, provavelmente, é amor.

– Os meus pais vão ficar furiosos quando souberem.

– Vais contar-lhes?

Quase respondi instintivamente, mas, ao reparar que a minha tia tinha erguido uma sobrancelha, as palavras ficaram-me presas na garganta. Eu ia de facto contar-lhes? Até àquele momento, supusera simplesmente que sim, mas, mesmo que o fizesse, o que é que isso significaria para o Bryce e para mim? Na realidade? Poderíamos sequer ver-nos? Na enxurrada daqueles pensamentos, recordei-me de a minha tia ter dito que o amor tinha a ver com o passado, o presente e...

– O que é que o futuro tem a ver com o amor? – perguntei.

Mal fiz a pergunta, apercebi-me de que já sabia a resposta. A minha tia, no entanto, respondeu num tom de voz quase ligeiro.

– Vês-te com essa pessoa no futuro, por todas as razões pelas quais a amas agora, por entre todos os inevitáveis desafios que acabarão por se apresentar?

– Oh – foi tudo o que consegui dizer.

A tia Linda pôs-se a puxar a orelha distraidamente.

– Alguma vez ouviste falar da Santa Teresa de Lisieux?

– Não posso dizer que sim.

– Foi uma freira francesa que viveu no século XIX. Era muito santa, uma das minhas heroínas, na realidade, e, provavelmente, não teria aprovado a minha referência a o amor também ter a ver com o futuro. Ela disse: «Quando se ama, não se calcula.» Era muito mais sábia do que eu alguma vez posso ter a esperança de vir a ser.

A minha tia era realmente o máximo. No entanto, apesar das suas palavras reconfortantes naquela noite, senti-me perturbada e agarrei a ursinha Maggie com força. Demorei muito tempo a adormecer.

Com a minha elevada competência para adiar as coisas – que tinha adquirido na escola, em resultado de me ser pedido que fizesse coisas maçadoras relacionadas com o estudo –, consegui não pensar logo de seguida sobre a conversa com a minha tia. Em vez disso, quando a ideia de deixar Ocracoke e o Bryce me vinha à cabeça, tentava recordar-me daquela coisa, *Quando se ama, não se calcula,*

e usualmente resultava. Para ser franca, a minha capacidade de evitar pensar no assunto talvez tivesse que ver com o facto de o Bryce ser tão irresistivelmente giro e de ser muito fácil perder-me no momento.

Sempre que eu e o Bryce estávamos juntos, o meu cérebro mantinha-me em modo gagá, provavelmente porque continuávamos a beijar-nos à socapa sempre que possível. Mas à noite, quando estava sozinha no meu quarto, conseguia praticamente ouvir o tiquetaque do relógio a avançar para a hora da minha partida, em especial quando o bebé se mexia. O momento da decisão estava decididamente a chegar, quer eu quisesse quer não.

No princípio de abril fomos tirar fotografias ao farol, onde fiquei a ver o Bryce mudar as lentes na máquina fotográfica sob um céu de arco-íris. A *Daisy* trotava de um lado para o outro, a farejar o chão e ocasionalmente a ir ter com o Bryce para ver como ele estava. O tempo tinha aquecido, e o Bryce estava de *t-shirt*. Dei por mim a olhar fixamente para os músculos bem definidos dos seus braços como se fossem o pêndulo de um hipnotizador. Estava grávida de quase trinta e cinco semanas e tinha tido de pôr um travão nos passeios de bicicleta com o Bryce de manhã, figurativamente falando, de qualquer maneira. Também estava a começar a sentir mais embaraço por ser vista em público. Não queria que as pessoas na ilha supusessem que o Bryce me tinha engravidado; Ocracoke era, afinal, a terra dele.

– Ei, Bryce? – perguntei por fim.

– Sim?

– Sabes que vou ter de voltar para Seattle, certo? Depois de ter o bebé?

Ergueu os olhos da máquina fotográfica e mirou-me como se eu estivesse a usar um cone de sinalização da estrada na cabeça.

– A sério? Estás grávida e vais-te embora?

– Estou a falar a sério – disse eu.

Baixou a máquina fotográfica.

– Sim – disse. – Eu sei.

– Já alguma vez pensaste no que isso pode querer dizer para nós?

— Já pensei sobre isso. Mas posso fazer-te uma pergunta? — Quando indiquei que sim, ele prosseguiu. — Tu amas-me?

— É claro que sim — respondi.

— Então vamos arranjar uma maneira de fazer com que funcione.

— Vou estar a cinco mil e quatrocentos quilómetros de distância. Não vou poder ver-te.

— Podemos falar ao telefone...

— As chamadas nacionais são caras. E mesmo que eu descobrisse uma maneira de as pagar, não tenho a certeza de que os meus pais me deixassem sequer telefonar muitas vezes. E tu vais andar ocupado.

— Então escrevemos um ao outro, OK? — Pela primeira vez, ouvi a ansiedade insinuar-se na voz dele. — Não somos o primeiro casal na história que teve de resolver a questão da distância, incluindo os meus pais. O meu pai foi destacado para o estrangeiro por vários meses de cada vez, numa ocasião durante quase um ano. E agora anda sempre a viajar.

Mas eram casados e tinham filhos.

— Tu vais para a academia militar, mas eu ainda tenho dois anos do secundário para fazer.

— E o que tem isso?

Podes conhecer uma pessoa melhor. Ela vai ser mais esperta e mais bonita e vocês os dois vão ter mais em comum do que nós temos. Ouvi as vozes na minha cabeça, mas não disse nada, e o Bryce aproximou-se. Tocou-me na face, a traçar delicadamente os seus contornos, depois inclinou-se para me beijar, uma sensação tão leve como o próprio ar. Abraçou-me então, e nem um nem o outro dissemos nada até finalmente o ouvir suspirar.

— Não te vou perder — segredou, e, embora eu tenha fechado os olhos e quisesse acreditar nele, continuava a não ter a certeza de como isso seria possível.

294

Nos dias que se seguiram, parecia que nós os dois estávamos a tentar fingir que a conversa nunca tinha acontecido. E, pela primeira vez, houve momentos em que nos sentíamos embaraçados na presença um do outro. Dava com ele a olhar para um ponto distante e quando lhe perguntava no que estava a pensar, abanava a cabeça e fazia rapidamente um sorriso forçado, ou eu cruzava os braços e suspirava de repente e apercebia-me de que ele sabia exatamente no que eu estava a pensar.

Embora não falássemos sobre o assunto, a nossa necessidade de nos tocarmos tornou-se ainda mais acentuada. Ele estendia-me a mão com mais frequência e eu aproximava-me para um abraço sempre que os receios do futuro se intrometiam nos meus pensamentos. Quando nos beijávamos, apertava-me com mais força ainda, como se a agarrar-se a uma esperança impossível.

Ficávamos mais em casa devido ao estado avançado da minha gravidez. Já não havia mais voltas de bicicleta e, em vez de tirar fotografias, eu estudava as que se encontravam na caixa de arquivo. Embora provavelmente fosse seguro, mesmo assim não ia para o quarto escuro.

Tal como tinha feito durante o mês de março, apliquei-me com muito afinco às leituras e aos trabalhos da escola, principalmente para me distrair do inevitável. Escrevi uma análise de *Romeu e Julieta*, o que não teria sido possível sem o Bryce, e foi esse o meu último trabalho importante do ano em qualquer disciplina. Ao ler a peça, tinha-me perguntado por vezes se estaria sequer a ler um texto em inglês; o Bryce teve de traduzir virtualmente tudo. Em contraste, quando me punha a experimentar o Photoshop, confiava nos meus instintos e continuava a surpreender tanto o Bryce como a sua mãe.

Mesmo assim, a *Daisy* parecia intuir a nuvem que pairava sobre mim e o Bryce; frequentemente, enfiava o nariz na minha mão enquanto o Bryce me pegava na outra. Numa quinta-feira depois do jantar, acompanhei o Bryce até ao alpendre enquanto simultaneamente a minha tia arranjava um motivo para ir ver qualquer coisa à cozinha. A *Daisy* seguiu-nos até lá fora e sentou-se ao meu lado, a olhar para o Bryce enquanto ele me beijava. Senti a sua língua tocar na minha, e depois ele encostou delicadamente a testa à minha, os dois abraçados.

– O que é que vais fazer no sábado? – perguntou por fim.

Supus que me ia convidar para outro encontro.

– No sábado à noite, queres dizer?

– Não – respondeu ele, a abanar a cabeça. – Durante o dia. Tenho de ir levar a *Daisy* a Goldsboro. Sei que tens andado a tentar manter-te discreta, mas tinha a esperança de que viesses comigo. Não quero voltar sozinho, e a minha mãe tem de ficar com os gémeos. Se não, eles seriam capazes de fazer a casa ir pelos ares acidentalmente.

Embora eu soubesse que a partida da *Daisy* se aproximava, essa ideia provocou-me um nó na garganta. Estendi automaticamente a mão para ela, e os meus dedos deram com as suas orelhas.

– Sim... OK.

– Precisas de pedir à tua tia? Visto que é o dia antes da Páscoa?

– Tenho a certeza de que me deixa ir. Falo com ela mais tarde e se houver alguma alteração de planos digo-te.

Comprimiu os lábios ao mesmo tempo que acenava com a cabeça. Fitei a *Daisy*, a sentir os olhos encherem-se com lágrimas.

– Vou sentir saudades dela.

A *Daisy* ganiu ao ouvir a minha voz. Quando olhei para o Bryce, apercebi-me de que também estava com os olhos brilhantes de lágrimas.

No sábado, apanhámos o *ferry* cedo de Ocracoke e fizemos a longa viagem por estrada, da costa até Goldsboro, a uma hora para lá de New Bern. A *Daisy* ia na parte da frente da carrinha, ensanduichada entre nós no assento, e ambos passávamos os dedos no seu pelo. Toda contente a assimilar aquele afeto, mal se mexia.

Por fim, virámos para o parque de estacionamento de um Wal--Mart e o Bryce avistou as pessoas com quem vinha encontrar-se. Estavam perto de uma carrinha com uma casota de plástico na caixa. O Bryce virou a nossa carrinha na direção da deles, abrandando gradualmente. A *Daisy* sentou-se direita para ver o que se estava a passar e ficou a olhar pelo para-brisas, excitada com a nova aventura, mas sem fazer ideia do que estava realmente a acontecer.

Como o parque de estacionamento estava cheio de pessoas que andavam às compras, o Bryce prendeu a trela na coleira da *Daisy* antes de abrir a porta. Saiu primeiro e a *Daisy* saltou para baixo, com o nariz espetado para o chão para poder farejar aquele espaço novo. Entretanto, desci a custo do meu lado, o que, naquela fase estava já a tornar-se um sério desafio, e fui ter com o Bryce. Ele estendeu-me a trela.

– Podes segurá-la por um minuto? Preciso de ir buscar a papelada dela à carrinha.

– É claro que sim.

Baixei-me mais, a fazer festas à *Daisy* novamente. Nessa altura, as pessoas já se tinham começado a dirigir para nós, ambas a parecerem mais descontraídas do que eu me sentia. Uma delas era uma mulher dos seus quarenta anos com cabelo ruivo comprido preso num rabo-de-cavalo; o homem parecia ser uns dez anos mais velho do que ela e trazia vestido um polo e calças de sarja. A sua atitude deixava claro que conheciam bem o Bryce.

O Bryce deu-lhes um aperto de mão antes de entregar a pasta dos documentos. Eles apresentaram-se a mim como Jess e Toby, e eu disse-lhes olá. Vi que me lançavam um olhar de relance à barriga e cruzei os braços, mais constrangida do que o usual. Tiveram a delicadeza de não se porem a olhar fixamente para mim, e, depois de um minuto de conversa de circunstância e sobre o que o Bryce tinha andado a fazer nos últimos tempos, ele começou a pô-los a par do treino da *Daisy*. Mesmo assim, eu sabia que estavam a pensar se o Bryce seria o pai do bebé, e concentrei-me outra vez na *Daisy*. Mal prestei atenção à conversa. Quando me lambeu os dedos, capacitei-me de que nunca mais a veria e senti que começavam a vir-me as lágrimas aos olhos.

Claramente, a Jess e o Toby sabiam qual era o procedimento habitual e também que prolongar a despedida só tornaria aquilo mais difícil para o Bryce. Deram por encerrada a conversa e o Bryce acocorou-se. Pegou no focinho da *Daisy*, os dois a olharem-se nos olhos.

– És o melhor cão que alguma vez tive – disse, com a voz ligeiramente embargada. – Sei que me vais deixar orgulhoso e que o teu novo dono vai gostar tanto de ti como eu.

A *Daisy* parecia assimilar cada palavra e, quando o Bryce beijou o topo da sua cabeça, fechou os olhos. Ele entregou a trela ao Toby e virou-se, com uma expressão sombria, a dirigir-se para a carrinha sem mais uma palavra. Também eu beijei a *Daisy* uma última vez e segui-o. Espreitando por cima do ombro, vi-a sentada pacientemente, a olhar para o Bryce. Tinha a cabeça inclinada para o lado, como se estivesse a perguntar-se aonde é que ele ia, uma cena que quase me partiu o coração. O Bryce abriu a porta do meu lado e ajudou-me a entrar na carrinha, mantendo-se em silêncio.

Entrou e sentou-se ao meu lado. Pelo espelho lateral, voltei a avistar a *Daisy*. Ainda estava a olhar para nós quando o Bryce ligou o motor. A carrinha avançou lentamente, passando pelos carros estacionados. O Bryce mantinha-se focado a olhar em frente, e atravessámos o parque de estacionamento na direção da saída.

Havia um sinal de stop, mas nenhum trânsito. O Bryce virou para a estrada de acesso, a viagem de regresso a Ocracoke já em decurso. Espreitei por cima do ombro uma última vez. A *Daisy* continuava sentada, com a cabeça ainda inclinada, sem dúvida a ver a carrinha ficar cada vez mais pequena à distância. Pensei se ela se sentiria confusa, assustada ou triste, mas encontrava-me demasiado longe para perceber. Vi o Toby puxar finalmente a trela, e a *Daisy* seguiu-o lentamente para as traseiras da carrinha. Ele baixou a aba e ela saltou para dentro; depois, passámos por outro prédio que nos bloqueou inteiramente a vista, e de repente ela já tinha desaparecido. Para sempre.

O Bryce mantinha-se em silêncio. Sabia que ele estava a sofrer e sabia também a saudade que teria da cadela que tinha criado desde cachorrinha. Limpei as lágrimas, sem saber bem o que dizer. Dizer o óbvio significaria pouco quando a ferida era tão recente.

Mais acima estava a aparecer a rampa para a autoestrada, mas o Bryce começou a abrandar. Por um instante, pensei que ia voltar para o parque de estacionamento para poder despedir-se realmente da *Daisy*. Mas não o fez. Virou para uma estação de serviço e parou perto do limite daquele espaço, onde desligou a ignição.

Depois de engolir em seco com força, baixou o rosto para as mãos. Os seus ombros começaram a tremer, e quando o ouvi chorar não consegui controlar as lágrimas. Solucei e ele soluçou, e, embora estivéssemos juntos, encontrávamo-nos sozinhos na nossa tristeza, ambos já a sentir saudades da nossa adorada *Daisy*.

Quando chegámos a Ocracoke, o Bryce foi-me deixar na casa da minha tia. Sabia que ele queria ficar sozinho e sentia-me exausta, a precisar de uma sesta. Quando acordei, a tia Linda fez tostas de queijo e sopa de tomate. Sentada à mesa, eu estava sempre a estender a mão involuntariamente à procura da *Daisy*.

– Queres ir à missa amanhã? – perguntou a minha tia. – Sei que é a Páscoa, mas se preferires ficar em casa eu compreendo.

– Posso ir, sem problema.

– Sei que podes. Estava a perguntar por outra razão.

Porque claramente pareces grávida, queria dizer.

– Gostava de ir amanhã, mas depois disso acho que vou fazer uma pausa.

– OK, minha doçura – disse. – A partir do próximo domingo, a Gwen vai estar por aqui se precisares de alguma coisa.

– Também deixa de ir à igreja?

– Provavelmente, não é boa ideia que vá. Convém que esteja aqui, pelo sim pelo não.

Só para o caso de entrares em trabalho de parto, queria ela dizer, e, quando estendi a mão para a minha sanduíche, apercebi-me de ainda mais mudanças, a assinalarem que o meu tempo aqui estava a chegar ao fim, mais rapidamente do que eu queria.

Na segunda-feira, daí a dois dias, o meu primeiro pensamento ao acordar foi que só faltava mais ou menos um mês. Deixar a *Daisy* tornara a realidade da despedida de algum modo muito mais concreta, não só para mim, mas também para o Bryce. Esteve pouco animado durante a nossa explicação, e depois, em vez da fotografia, sugeriu que começássemos as aulas de condução. Mencionou que tinha falado com a minha tia e com a sua mãe sobre isso e que ambas aprovavam.

Sabia que se tinha acostumado a ter a *Daisy* connosco durante as nossas sessões fotográficas e que queria fazer alguma coisa para se distrair disso. Depois de eu concordar, conduziu até à estrada que levava ao outro extremo da ilha e trocámos de lugar. Foi só quando já estava ao volante que me apercebi de que a carrinha tinha mudanças manuais, não automáticas. Não me pergunte por que não tinha reparado antes, mas, provavelmente, foi porque o Bryce fazia com que conduzir não parecesse um esforço.

– Acho que não vou ser capaz de fazer isto.

– É bom aprender com mudanças manuais, para o caso de alguma vez teres de conduzir um carro destes.

– Isso nunca vai acontecer.

– Como é que sabes?

– Porque a maior parte das pessoas é suficientemente esperta para ter carros com mudanças automáticas.

– Podemos começar agora? Se já tiveres acabado de te queixar?

Era a primeira vez naquele dia que o Bryce soava como antes, e senti que os meus ombros se relaxavam. Não me tinha apercebido de como estavam tensos. Escutei-o enquanto me descrevia o processo de usar a embraiagem.

Supusera que seria fácil, mas não era. Tirar lentamente o pé da embraiagem ao mesmo tempo que carregava no acelerador era muito mais difícil do que o Bryce fazia parecer, e a primeira hora da minha aula de condução foi essencialmente uma longa série de solavancos rápidos da carrinha seguidos pelo motor a ir abaixo. Depois da minha primeira série de tentativas, o Bryce teve de apertar o cinto de segurança.

Por fim, depois de eu conseguir pôr a carrinha em marcha, mandou-me acelerar e meter a segunda e depois a terceira, antes de recomeçarmos todo o processo.

A meio da semana, já quase não deixava o carro ir abaixo; na quinta-feira, já sabia o suficiente para experimentar as ruas da vila, o que era muito menos perigoso para todos os envolvidos do que soava, visto que raramente havia trânsito. Virava o volante demasiado ou não o suficiente ao dobrar esquinas, o que significou que tive de passar a maior parte desse dia a praticar essa manobra. Na sexta-feira, felizmente, já não fazia tristes figuras ao volante desde que tivesse cuidado ao dobrar esquinas, e no fim da lição o Bryce pôs os braços à volta de mim e disse-me outra vez que me amava.

Enquanto me abraçava, não pude deixar de pensar que a bebé ia nascer daí a vinte e sete dias.

Não vi o Bryce nesse sábado, como ele me tinha avisado no fim da aula de condução no dia anterior, porque o seu pai ainda estava fora e ele ia passar o fim de semana a pescar com o avô. Em vez disso, fui para a loja e passei algum tempo a arrumar os livros por ordem alfabética e as cassetes de vídeo por categoria. A seguir, a Gwen e eu voltámos a falar sobre as minhas contrações de Braxton Hicks, que tinham recentemente recomeçado depois de um período de relativa calma. Ela recordou-me que era um fenómeno normal e também me explicou o que eu devia esperar quando entrasse em trabalho de parto.

Nessa noite, joguei *gin rummy* com a minha tia e a Gwen. Pensei que me ia safar, mas aquelas duas ex-freiras eram uns ases, e, quando por fim guardámos as cartas, perguntei-me o que é que aconteceria exatamente nos conventos depois de apagarem as luzes à noite. Imaginei um ambiente de casino com freiras de pulseiras de ouro e óculos de sol, sentadas a mesas com pano de feltro verde.

O domingo, no entanto, foi diferente. A Gwen foi lá a casa com o aparelho para medir a pressão arterial e o estetoscópio e fez--me as mesmas perguntas que o Doutor Mãos Enormes normalmente fazia, mas, mal se foi embora, senti-me um bocado mal. Não só não tinha ido à igreja, mas também, além de estudar para os testes, a questão dos estudos estava praticamente arrumada, porque já tinha acabado todos os trabalhos desse semestre. O Bryce também não me tinha deixado a máquina fotográfica, portanto tirar fotografias estava igualmente fora de questão. As pilhas do meu Walkman estavam gastas – a minha tia tinha-me dito que me comprava algumas mais tarde –, deixando-me sem nada de nada para fazer. Embora pudesse ter ido dar um passeio, não queria sair de casa. Estava muito bom tempo, as pessoas andariam pela vila, e a minha gravidez notava-se tanto que sair seria o equivalente a ter duas setas gigantes de néon apontadas à minha barriga, a fazer saber a toda a gente porque tinha vindo para Ocracoke.

Por fim, acabei por telefonar aos meus pais. Tive de esperar até meio da manhã por causa do diferente fuso horário e, embora não soubesse o que tinha a esperança de ouvir, a minha mãe e o meu pai não me fizeram sentir muito melhor. Não perguntaram pelo Bryce nem pela fotografia, e, quando mencionei como estava adiantada nos estudos, a minha mãe mal esperou um segundo para me contar que a Morgan tinha conseguido ganhar mais uma bolsa de estudos, desta vez dos Knights of Columbia. Quando passaram o telefone à minha irmã, ela parecia cansada, o que a tornava mais calada do que o usual. Pela primeira vez desde há muito tempo, deu a impressão de ser um verdadeiro diálogo, e, sem conseguir conter-me, falei-lhe um pouco sobre o Bryce e o meu gosto recentemente adquirido pela fotografia. Ela soou quase estupefacta e depois perguntou-me quando voltava para casa, o que me deixou chocada. Como é que podia não saber nada sobre o Bryce, que eu andava a tirar fotografias ou que o nascimento da bebé estava previsto para 9 de maio? Quando desliguei, perguntei-me se os meus pais e a Morgan alguma vez falariam sobre mim.

Sem nada de melhor para fazer, também limpei a casa. Não só tratei da cozinha, do meu quarto e da minha roupa, mas também de tudo o resto. Pus a casa de banho a brilhar, aspirei e limpei o pó, e até esfreguei o forno, embora, como essa tarefa acabou por me provocar uma dor de costas, não deva ter feito lá muito bom trabalho. Mesmo assim, como a casa era pequena, restavam-me horas para matar antes de a minha tia chegar a casa, portanto fui sentar--me no alpendre.

O dia estava lindo, a primavera a fazer sentir a sua chegada. O céu estava sem nuvens e a água cintilava como um tabuleiro de diamantes azuis, mas não prestei realmente muita atenção. Em vez disso, só conseguia pensar que o dia dava de certo modo a impressão de ser um desperdício, e que não me restavam dias suficientes em Ocracoke para desperdiçar mais um que fosse.

As explicações com o Bryce consistiam agora meramente na preparação para os exames da semana seguinte, a última grande série antes dos exames finais. Como só conseguia estudar até um certo ponto, as nossas sessões tornaram-se mais curtas; como já tínhamos passado em revista praticamente todas as fotografias na caixa de arquivo, estudávamos os livros sobre fotografia uns a seguir aos outros. Fui-me apercebendo de que, embora quase qualquer pessoa fosse capaz de aprender a enquadrar e compor uma fotografia se praticasse o suficiente, no seu melhor a fotografia era verdadeiramente uma arte. De algum modo, um fotógrafo excelente punha a sua *alma* no trabalho, transmitindo uma sensibilidade distinta e um ponto de vista pessoal através da imagem. Dois fotógrafos que fotografassem a mesma coisa ao mesmo tempo podiam produzir imagens espantosamente diferentes, e comecei a compreender que o primeiro passo para tirar uma fotografia excelente era o simples ato de a pessoa se conhecer a si mesma.

Apesar da pescaria do fim de semana, ou talvez por causa dela, o nosso tempo juntos não dava bem a mesma sensação de antes. Oh, beijávamo-nos e o Bryce dizia-me que me amava, ainda me dava a mão quando nos sentávamos no sofá, mas não estava tão... *aberto* como parecia antes, se isso faz algum sentido. Ocasionalmente, eu tinha a sensação de que ele estava a pensar noutra coisa, em algo que não queria partilhar; havia até momentos em que parecia esquecer-se de que eu estava ali. Não acontecia muitas vezes, e, sempre que se dava conta, pedia desculpa pela sua distração, embora nunca explicasse o que estava a preocupá-lo. No entanto, depois do jantar, quando estávamos no alpendre a despedir-nos, parecia mais carente, como se tivesse relutância em me soltar.

Apesar da minha aversão geral a sair de casa, fomos dar um passeio na praia na sexta-feira à tarde. Éramos os únicos ali, e passeámos de mãos dadas perto da orla do mar. As ondas rolavam preguiçosas na direção do areal, os pelicanos rasavam as cristas das ondas, e, embora tivéssemos trazido a máquina fotográfica, ainda não tínhamos tirado nenhuma fotografia. Apercebi-me de que queria uma fotografia de nós os dois juntos, já que não tínhamos uma única. Mas não estava ninguém por ali para a tirar, portanto mantive-me em silêncio e por fim voltámos para a carrinha.

– O que queres fazer este fim de semana? – perguntei.

Ele deu uns passos antes de responder.

– Não vou estar por cá. Tenho de ir pescar com o meu avô outra vez.

Senti descair os ombros. Estaria ele já a afastar-se de mim para que as coisas fossem mais fáceis quando chegasse a hora de dizer adeus? Mas, se era esse o caso, porque é que continuava a dizer-me que me amava? Porque é que os seus abraços eram tão prolongados? Na minha perplexidade, consegui dizer a custo uma simples sílaba.

– Oh.

Ouvindo a deceção na minha voz, ele fez-me parar delicadamente.

– Lamento muito. É só algo que tenho de fazer.

Fitei-o.

– Há alguma coisa que não me estejas a dizer?

– Não – respondeu ele. – Não há nada de nada.

Pela primeira vez desde que estávamos juntos, não acreditei nele.

No sábado, de novo entediada, tentei estudar para os testes, pensando que quanto melhores fossem os meus resultados tanto mais proteção teria para o caso de chumbar nos exames finais. No entanto, como já tinha feito todas as leituras e todos os trabalhos e já tinha estudado toda a semana, parecia excessivo. Sabia que não ia ter problemas, e acabei por ir até ao alpendre.

Sentir-me completamente preparada, com todo o trabalho da escola já feito, era uma sensação estranha, mas também me fez compreender porque o Bryce estava tão mais adiantado em termos de estudos do que eu. Não era simplesmente por ser inteligente; estudar em casa significava excluir todas as atividades não-académicas. Na minha escola, havia intervalos entre as aulas, minutos para os alunos se instalarem no início de cada aula, anúncios da escola, inscrições em clubes, simulações de incêndio e intervalos prolongados para o almoço, que eram como horas de convívio. Nas aulas, os professores tinham muitas vezes de abrandar o ritmo para benefício dos alunos que sentiam ainda mais dificuldades do que eu, e todas essas coisas somadas eram horas de tempo desperdiçado.

Mesmo assim, eu preferia frequentar a escola. Gostava de ver os meus amigos, e, francamente, a ideia de passar dia após dia com a minha mãe provocava-me arrepios. Além disso, as competências sociais também eram importantes, e, embora o Bryce parecesse perfeitamente normal, algumas pessoas – como eu, por exemplo – beneficiavam com o convívio com outras. Ou era nisso que eu queria acreditar, de qualquer maneira.

Estava a ponderar tudo aquilo no alpendre enquanto esperava que a minha tia chegasse da loja. A minha mente divagou para o Bryce e tentei imaginar o que estava a fazer no barco. Estaria a ajudar a arrastar a rede ou teriam uma máquina para isso? Ou não haveria rede nenhuma? Estaria a tirar as tripas aos peixes ou fariam isso na doca, ou outra pessoa estava encarregada desse trabalho? Era difícil de imaginar, principalmente porque eu nunca tinha ido à pesca, nunca tinha estado no barco e não fazia ideia do que eles estavam a tentar pescar.

Foi por volta dessa altura que ouvi o som de pneus no cascalho. Ainda era muito cedo para a minha tia voltar para casa, portanto não fazia ideia de quem poderia ser. Para minha surpresa, vi a carrinha dos Trickett e ouvi o som da plataforma hidráulica a ser acionada. Agarrando-me ao corrimão, desci lentamente os degraus, chegando ao fundo das escadas quando vi a mãe do Bryce a dirigir-se para mim na sua cadeira de rodas.

– Mrs. Trickett? – perguntei.

– Olá, Maggie. Venho em má altura?

– De modo nenhum – respondi. – O Bryce está a pescar com o avô.

– Eu sei.

– Ele está bem? Não caiu do barco nem nada do género? – Franzi a testa, a sentir um acesso de ansiedade.

– Duvido que tenha caído borda fora – assegurou-me ela. – Espero-o por volta das cinco.

– Fiz alguma coisa de mal?

– Não sejas tonta – disse ela, parando ao fundo das escadas. – Passei pela loja da tua tia há pouco tempo e ela disse que não teria mal se eu passasse por cá. Queria falar contigo.

Como dava uma sensação esquisita estar de pé junto a ela, muito mais alta, sentei-me num degrau. Ao perto, era tão bonita como sempre, com a luz do sol a iluminar os seus olhos como prismas de esmeraldas.

– Em que posso ajudá-la?

– Bem... em primeiro lugar, queria dizer-te que estou realmente impressionada com os teus dotes para a fotografia. Tens uns instintos maravilhosos. É extraordinário o progresso que fizeste em tão pouco tempo. Demorei anos a chegar aonde tu estás.

– Obrigada. Tive bons professores. – Ela pôs as mãos no regaço e pressenti o seu embaraço. Sabia que não tinha ido lá para falar sobre fotografia. Pigarreei e prossegui: – Quando é que o seu marido volta para casa?

– Em breve, penso eu. Não sei ao certo a data, mas vai ser bom tê-lo de volta. Nem sempre é fácil criar três rapazes sozinha.

– Acredito que não. Ao mesmo tempo, os seus filhos são bastante extraordinários. Fez um trabalho incrível.

Ela desviou o olhar antes de pigarrear.

– Já alguma vez te falei sobre o Bryce depois do meu acidente?

– Não.

– Como é óbvio, foram tempos muito difíceis, mas felizmente o exército deixou que o Porter trabalhasse a partir de casa durante os primeiros seis meses, portanto ele pôde tomar conta de mim e dos filhos enquanto mandávamos preparar a casa para a cadeira de rodas. Por fim, no entanto, teve de voltar para o trabalho. Eu ainda estava com muitas dores e ainda não tinha a mobilidade que tenho agora. O Richard e o Robert tinham quatro anos e davam imenso trabalho. Tinham montes de energia, só debicavam a comida e eram muito desarrumados. O Bryce teve praticamente de se tornar o homem da casa enquanto o pai estava no trabalho, embora só tivesse nove anos. Além de ter de olhar pelos irmãos, também tinha de ajudar a cuidar de mim. Lia-lhes, entretinha-os, cozinhava para eles, metia-os na banheira, ia deitá-los. Tudo isso. Mas, por causa de mim, também tinha de fazer coisas que uma criança nunca deveria ter de fazer, como ajudar-me na casa de banho ou até vestir-me. Não se queixava, mas eu ainda me sinto culpada. Porque ele teve de crescer mais depressa do que outros miúdos da idade dele. – Quando ela suspirou, reparei que parecia ter o rosto retalhado com rugas de remorso. – Depois disso, nunca mais voltou a ser criança. Não sei se foi uma coisa boa ou má.

Tentei dar uma resposta adequada, mas não consegui. Por fim:

– O Bryce é uma das pessoas mais extraordinárias que alguma vez conheci.

Virou-se na direção da água, mas tive a sensação de que não estava realmente a vê-la.

– O Bryce sempre acreditou que os seus dois irmãos são... melhores do que ele. E, embora sejam ambos brilhantes, não são o Bryce. Já os conheceste. Por muito espertos que sejam, continuam a ser crianças. Quando o Bryce tinha a idade deles, já era um adulto. Por volta dos seis anos, já tinha anunciado a intenção de frequentar West Point. Embora nós sejamos uma família militar, embora West Point seja a academia que o Porter frequentou, não tivemos nada que ver com essa decisão. Se a decisão fosse minha e do Porter, mandávamo-lo para Harvard. Também foi aceite lá. Alguma vez te disse isso?

Ainda a tentar processar o que me tinha dito sobre o Bryce, abanei a cabeça.

– Disse que não queria que nós tivéssemos de pagar nada. Era um ponto de honra para ele poder ir para o ensino superior sem o nosso auxílio.

– Isso soa mesmo a ele – admiti.

– Deixa-me perguntar-te uma coisa – disse ela, virando-se finalmente para mim de novo. – Sabes porque é que o Bryce tem ido à pesca com o avô nestas últimas duas semanas?

– Porque o avô precisava da ajuda dele, suponho. Porque o pai ainda não está de volta.

A boca de Mrs. Trickett formou um sorriso triste.

– O meu pai *não* precisa da ajuda do Bryce. Normalmente, também não precisa da ajuda do Porter. O Porter ajuda-o principalmente na reparação do equipamento e do motor, mas no mar o meu pai não precisa de mais ninguém a não ser do empregado que trabalha para ele há décadas. O meu pai é pescador há mais de sessenta anos. O Porter sai para o mar com eles porque gosta de se manter ocupado e de estar ao ar livre, e porque ele e o meu pai se dão muito bem. A questão é que não sei porque é que o Bryce vai à pesca com o meu pai, mas ele mencionou que o Bryce tinha abordado algumas coisas que o preocuparam.

– Como o quê?

Mantinha os olhos cravados nos meus.

– Entre outras coisas, que está a repensar a sua decisão de ir para West Point.

Ao ouvir as suas palavras, pisquei os olhos.

– Mas... isso.. não faz nenhum sentido – gaguejei por fim.

– Também não fez nenhum sentido para o meu pai. Ou para mim. Ainda não o mencionei ao Porter, mas duvido que vá saber como o interpretar.

– É claro que ele vai para West Point – murmurei. – Já falámos sobre isso muitas vezes. E olhe só para a maneira como tem andado a fazer exercício, a tentar preparar-se.

– Essa é a outra coisa – disse ela. – Parou de fazer exercício.

Também não contava com aquilo.

– É por causa de Harvard? Porque ele quer ir para lá em vez de para a academia militar?

– Não sei. Se quer, provavelmente vai ter de tratar da matrícula em breve. Tanto quanto sei, até pode já ter passado o prazo. – Ergueu os olhos ao céu antes de voltar a focá-los em mim. – Mas o meu pai disse que ele também fez uma data de perguntas sobre o negócio da pesca, o custo do barco, as contas das reparações, coisas desse género. Tem-se fartado de pedir pormenores ao meu pai.

Tudo o que eu pude fazer foi abanar a cabeça.

– Tenho a certeza de que não é nada. Ele não me disse nada sobre isso. E sabe como ele tem curiosidade por tudo.

– Como é que ele tem andado ultimamente? Como é que se tem comportado?

– Tem andado um bocado em baixo desde que entregou a *Daisy*. Pensei que era porque sentia saudades dela. – Não mencionei os momentos em que ele parecia carente; dava-me a sensação de ser demasiado pessoal, de algum modo.

Ela voltou a olhar para o mar, tão azul hoje que quase magoava os olhos.

– Não acho que isto tenha que ver com a *Daisy* – concluiu. Antes de eu ter tempo de pensar no que ela tinha acabado de dizer, pôs as mãos nas rodas da sua cadeira, claramente a preparar-se para ir embora. – Só queria saber se ele te tinha mencionado alguma coisa, portanto obrigada por teres falado comigo. É melhor ir indo para casa. O Richard e o Robert estavam a fazer uma espécie de experiência científica e só Deus sabe o que poderá acontecer.

– É claro – disse eu.

Ela virou a cadeira de rodas e depois parou para me olhar novamente de frente.

– Quando é que o bebé nasce?

– A nove de maio.

– Vens lá a casa despedir-te?

– Talvez. Estou a tentar manter-me discreta. Mas quero agradecer a todos por serem tão bondosos e me terem feito sentir tão bem-vinda.

Acenou com a cabeça como se já estivesse à espera daquela resposta, mas a sua expressão manteve-se perturbada.

— Quer que tente falar com ele? — perguntei quando estava a dirigir-se para a carrinha.

Limitou-se a acenar com a mão, e respondeu por cima do ombro.

— Tenho a sensação de que ele vai falar contigo.

Ainda estava sentada nas escadas quando a tia Linda regressou da loja daí a uma hora. Vi-a estacionar e olhar-me com atenção antes de finalmente sair do carro.

— Estás bem? — perguntou, parando diante de mim.

Quando sacudi a cabeça, ajudou-me a levantar-me. Dentro de casa, levou-me para a mesa da cozinha e sentou-se em frente a mim. Depois de algum tempo, estendeu a mão para a minha.

— Queres contar-me o que aconteceu?

Inspirei fundo e contei-lhe tudo, e quando acabei de falar ela estava com uma expressão compreensiva.

— Adivinhei que estava preocupada com o Bryce quando a vi.

— O que é que eu devia dizer ao Bryce? Devia falar com ele? Devia dizer-lhe que tem de ir para West Point? Ou pelo menos dizer-lhe que fale com os pais sobre o que anda a pensar?

— É suposto estares a par de alguma coisa?

Abanei a cabeça.

— Não sei o que se passa com ele.

— Penso que, provavelmente, sabes.

És tu, queria ela dizer.

— Mas ele sabe que me vou embora – protestei. – Sempre soube. Falámos sobre isso muitas vezes.

Pareceu ponderar a sua resposta.

– Talvez – disse, num tom de voz suave – não tenha gostado do que tu disseste.

Não dormi bem nessa noite e no domingo dei comigo a desejar ter feito a maratona de doze horas para ir à igreja para me distrair dos meus pensamentos obsessivos. Quando a Gwen foi lá a casa para ver como eu estava, mal consegui concentrar-me, e depois de se ir embora senti-me ainda pior. Para onde quer que fosse na casa, as minhas preocupações seguiam-me, colocando uma questão atrás de outra. Nem mesmo as ocasionais contrações de Braxton Hicks me distraíam por muito tempo, habituada como começava a estar àqueles espasmos. Sentia-me exausta com a preocupação.

Era dia 21 de abril. O nascimento do bebé estava previsto para daí a dezoito dias.

Quando o Bryce foi lá a casa na segunda-feira de manhã, pouco disse sobre o fim de semana. Fiz-lhe uma pergunta sobre ele de um modo casual e respondeu que tinham tido de se afastar mais da costa do que o planeado, mas a época do atum-albacora encontrava-se no auge e em ambos os dias tinham feito uma boa pescaria. Não disse nada sobre as suas razões para ter desaparecido nos dois fins de semana anteriores nem sobre os seus planos de estudo, e, sem saber bem se deveria insistir, deixei passar o assunto.

Em vez disso, retomámos a rotina, quase como se não estivesse a passar-se nada. Mais estudo, ainda mais fotografia. Nessa altura, eu já conhecia a máquina fotográfica como a palma das minhas mãos e seria capaz de a ajustar de olhos fechados; tinha praticamente memorizado os aspetos técnicos de todas as fotografias da caixa de arquivo e compreendia os erros que tinha cometido ao tirar as minhas fotografias. Quando a minha tia chegou a casa, perguntou ao Bryce se tinha uns minutos para a ajudar a colocar mais prateleiras na loja para a secção dos livros. Ele concordou de boa vontade, embora eu tenha ficado em casa.

– Que tal correu? – perguntei quando ela voltou, sozinha.

– É como o pai. Sabe fazer tudo – respondeu, maravilhada.

– Como é que ele estava?

– Não fez perguntas ou comentários esquisitos, se é o que estás a perguntar.

– Pareceu-me bem comigo hoje.

– Isso é bom, certo?

– Acho que sim.

– Esqueci-me de mencionar antes, mas falei com o diretor da tua escola e com os teus pais hoje.

– Porquê?

A minha tia explicou, e, embora eu estivesse de acordo, deve ter visto alguma coisa na minha expressão.

– Estás bem?

– Não sei – admiti. E, embora o Bryce se tivesse comportado como se tudo estivesse normal, penso que também ele não tinha a certeza.

O resto da semana foi mais ou menos igual, exceto o facto de o Bryce ter jantado comigo e com a minha tia na terça-feira e na quarta. Na quinta-feira, depois de eu ter feito três exames e de a minha tia ter voltado da loja, ele convidou-me para um segundo encontro na noite seguinte – mais um jantar –, mas apressei-me a recusar.

– Não quero realmente ter os olhos cravados em mim em público – disse eu.

– Então, e se eu fizesse o jantar aqui? Podemos ver um filme a seguir.

– Não temos televisão.

– Posso trazer a minha, juntamente com o leitor de cassetes de vídeo. Podíamos ver o *Dança Comigo* ou outro filme.

– *Dança Comigo?*

– A minha mãe adorou esse filme. Eu ainda não o vi.

– Como é que podes não ter visto o *Dança Comigo?*

– Para o caso de não teres reparado, não há cinemas em Ocracoke.

– Passou nos cinemas quando eu era pequena.

– Tenho andado ocupado.

Ri-me.

– Vou ter de perguntar à minha tia para ver se pode ser.

– Eu sei.

Mal ele disse aquilo, pensei na visita da sua mãe no fim de semana anterior.

– Tem de ser mais cedo? Se vais pescar no sábado outra vez?

– Vou ficar por cá este fim de semana. Há uma coisa que te quero mostrar.

– Outro cemitério?

– Não. Mas acho que vais gostar.

Depois de eu acabar os exames na sexta-feira, com resultados satisfatórios, a tia Linda não só concordou com o segundo encontro, mas também acrescentou que não se importava nada de ir passar o serão à casa da Gwen.

– Não vai ser propriamente um encontro se estiver aqui sentada com vocês os dois. A que horas precisam que me ponha daqui para fora?

– Pode ser às cinco? – perguntou o Bryce. – Para eu ter tempo de fazer o jantar?

314

– Pode ser – disse ela –, mas é provável que volte para casa pelas nove.

Depois de ela sair para voltar para a loja, o Bryce mencionou que o seu pai ia regressar na semana seguinte.

– Não sei ao certo quando, mas sei que a minha mãe está toda contente.

– Tu não?

– É claro que sim – afirmou ele. – As coisas em casa são mais fáceis quando ele está. Os gémeos não andam tão à solta.

– A tua mãe parece ter tudo sob controlo.

– Tem. Mas não gosta de ter de ser sempre a mazinha.

– Não consigo imaginar a tua mãe a ser a mazinha.

– Não te deixes enganar por ela – disse ele. – É bastante dura quando precisa de ser.

O Bryce foi-se embora a meio da tarde para fazer algumas tarefas. Ao acordar de uma sesta ao fim da tarde, dei comigo a fitar-me ao espelho. Até as minhas calças de ganga elásticas – as mais largas – estavam a ficar-me justas, e os *tops* grandes que a minha mãe me tinha comprado no Natal esticavam-se sobre a minha barriga.

Na impossibilidade de deslumbrar com qualquer indumentária, fui um pouco mais audaz do que o usual na maquilhagem, aplicando principalmente a minha habilidade digna de Hollywood com o *eyeliner*; para além do Photoshop, aplicar *eyeliner* era a única coisa em que alguma vez tinha sido naturalmente boa. Quando saí da casa de banho, até a tia Linda teve uma reação de surpresa.

– Demasiado? – perguntei.

– Não sou a juíza mais indicada para essas coisas – respondeu – Não uso maquilhagem, mas acho que estás espantosa.

– Sinto-me cansada de estar grávida – gemi.

– Às trinta e oito semanas, todas as mulheres se sentem cansadas de estar grávidas – disse ela. – Algumas das raparigas com quem trabalhei começavam a fazer exercícios pélvicos na esperança de induzir o parto.

– E resultava?

– É difícil dizer. Uma pobre rapariga foi mais de duas semanas para além da data prevista e fazia exercícios pélvicos horas a fio, a chorar de frustração. Foi um suplício para ela.

– Porque é que o médico não induziu o parto?

– O médico com quem trabalhávamos nessa altura era bastante conservador. Gostava que as gravidezes seguissem o seu curso normal. A não ser, claro, que a vida da mulher estivesse em perigo.

– Em perigo?

– Claro – disse ela. – A pré-eclampsia pode ser muito perigosa, por exemplo. Faz com que a pressão arterial suba em flecha. Mas também pode haver outros problemas.

Eu tinha andado a evitar pensar em coisas como essas, saltando quaisquer capítulos assustadores no livro que a minha mãe me tinha dado.

– Vai correr tudo bem comigo?

– É claro que vai – disse ela, apertando-me o ombro. – És jovem e saudável. De qualquer maneira, a Gwen tem andado a vigiar-te, e diz que estás muito bem.

Embora eu tenha acenado com a cabeça, não pude deixar de notar que as outras raparigas de quem ela tinha estado a falar também eram jovens e saudáveis.

O Bryce chegou daí a pouco tempo, com um saco de compras. Conversou com a minha tia por uns breves momentos antes de ela sair, e depois voltou à carrinha para ir buscar a televisão e o leitor de cassetes de vídeo. Passou algum tempo a montar tudo na sala de estar, assegurando-se de que o aparelho funcionava, e depois meteu mãos ao trabalho na cozinha.

Com os pés doridos e a sentir o desconforto de mais uma contração de Braxton Hicks, sentei-me à mesa da cozinha. Depois de a contração passar e de eu conseguir respirar normalmente outra vez, perguntei:

– Precisas da minha ajuda?

Não me dei ao trabalho de esconder a natureza pouco entusiástica da minha oferta de ajuda e foi evidente que o Bryce a detetou.

– Acho que podias ir até lá fora rachar lenha para a lareira.

– Ah, ah.

– Sem problema. Tenho tudo sob controlo. Não é tão difícil como isso.

– O que vais fazer?

– Bife Stroganoff e uma salada. Disseste que era um dos teus pratos favoritos e a Linda deu-me a receita.

Como ele já tinha estado lá em casa muitas vezes, não precisava da minha ajuda para encontrar facas ou a tábua de cortar. Vi-o cortar alface, pepinos e tomates para a salada, e a seguir cebolas, cogumelos e o bife para o prato principal. Pôs água a ferver para a massa chinesa de ovo, passou o bife por farinha e especiarias e depois fritou-o em manteiga e azeite. Salteou as cebolas e os cogumelos na mesma frigideira do bife, voltou a meter nela o bife com caldo de carne e sopa de creme de cogumelos. As natas azedas, como eu sabia, seriam adicionadas no fim; tinha visto a tia Linda fazer aquele prato mais do que uma vez.

Enquanto ele cozinhava, conversámos sobre a minha gravidez e como me estava a sentir. Quando voltei a fazer-lhe uma pergunta sobre as suas idas à pesca, ele não disse nada sobre as coisas que preocupavam a sua mãe. Em vez disso, descreveu as saídas de manhã cedo, com uma ponta de reverência no tom de voz.

– O meu avô simplesmente sabe onde está o peixe – disse.
– Partimos das docas com quatro outros barcos, e cada um foi

numa direção diferente. Pescámos sempre mais do que qualquer um dos outros.

– Ele tem muita experiência.

– Os outros também – disse ele. – Alguns já pescam há quase tanto tempo quanto ele.

– Dá a ideia de ser um homem interessante – observei. – Mesmo que eu continue a não ser capaz de entender uma só palavra do que ele diz.

– Já te tinha dito que o Richard e o Robert andam a aprender o dialeto? O que é um bocado difícil, visto que não há nenhum livro sobre ele. Pedem à minha mãe para fazer gravações e depois memorizam-nas.

– Mas tu não?

– Tenho andado demasiado atarefado a dar explicações a uma rapariga de Seattle. Ocupa-me muito tempo.

– A rapariga brilhante e linda, certo?

– Como é que sabias? – disse ele com um sorriso.

Quando o jantar ficou pronto, arranjei forças para pôr a mesa; a salada foi posta numa taça à parte. Ele também tinha trazido limonada em pó, que misturei num jarro antes de nos sentarmos para comer.

O jantar estava delicioso, e lembrei a mim mesma que devia pedir a receita antes de partir de Ocracoke. Durante a maior parte da refeição, recordámos as nossas respetivas infâncias, com uma recordação dele a espoletar uma recordação minha e vice-versa. Apesar da minha enorme barriga – ou talvez por causa dela –, não consegui comer muito, mas o Bryce serviu-se uma segunda vez e só nos instalámos na sala de estar quando já eram seis e meia.

Encostei-me a ele enquanto víamos o filme, o seu braço à volta dos meus ombros. Ele parecia estar a gostar do filme, e eu também, embora já o tivesse visto umas cinco ou seis vezes. Juntamente com *Um Sonho de Mulher*, era um dos meus preferidos. Quando o filme chegou ao clímax – quando o Johnny levantou a Baby na pista de dança em frente aos pais dela – eu já tinha lágrimas nos olhos, como sempre. Com a ficha técnica a passar, o Bryce olhou para mim, espantado.

– A sério? Estás mesmo a chorar?

– Estou grávida e com as hormonas alteradas. É claro que estou a chorar.

– Mas eles dançaram bem. Não é como se um deles se tivesse magoado ou ela tivesse feito asneira.

Sabia que só estava a provocar-me e levantei-me do sofá para ir buscar uma caixa de lenços de papel. Assoei-me – lá se ia a tentativa de parecer sofisticada, mas, com a minha barriga, sabia que a sofisticação estava muito longe do meu alcance. Entretanto, o Bryce parecia extraordinariamente satisfeito consigo mesmo, e quando voltei para o sofá pôs o braço à volta de mim outra vez.

– Acho que não vou voltar para a escola – disse eu.

– Nunca mais?

Revirei os olhos.

– Refiro-me a quando regressar a casa. A minha tia falou com os meus pais e com o diretor da escola e eles vão-me deixar fazer os exames finais em casa. Começo outra vez no próximo outono.

– É isso que queres fazer?

– Acho que ia ser esquisito aparecer pouco antes de a escola fechar para as férias do verão.

– Como é que estão as coisas com os teus pais? Ainda falas com eles uma vez por semana?

– Ainda – respondi. – Normalmente, não conversamos durante muito tempo.

– Eles dizem-te que sentem saudades tuas?

– Às vezes. Nem sempre. – Aproximei-me ligeiramente, a encostar-me ao seu calor. – Não são do tipo carinhoso.

– Com a Morgan são.

– Nem por isso. Sentem orgulho nela e gabam-se do que ela faz, mas isso é diferente. E, lá no fundo, sei que nos adoram às duas. Para os meus pais, mandar-me para aqui é um sinal do quanto gostam de mim.

– Mesmo que tenha sido difícil para ti?

– Também foi difícil para eles. E penso que a minha situação seria difícil para a maior parte dos pais.

– E os teus amigos? Tens tido notícias deles?

– A Morgan disse que viu a Jodie no baile de finalistas. Parece que um aluno do décimo segundo ano a levou, mas não sei quem é.

– Não é um bocado cedo para o baile de finalistas?

– A minha escola faz o baile de finalistas em abril. Não me perguntes porquê. Nunca pensei nisso.

– Alguma vez quiseste ir a um baile de finalistas?

– Também nunca pensei nisso – respondi. – Acho que iria, se alguém me convidasse, dependendo de quem fosse ou coisa do género. Mas quem sabe se os meus pais me deixariam ir, mesmo que eu fosse convidada?

– Sentes-te nervosa em relação a como as coisas vão ser com os teus pais quando regressares?

– Um bocado – admiti. – É bem possível que não me deixem sair de casa até eu fazer dezoito anos.

– E a universidade? Mudaste de ideias quanto a isso? Acho que ias sair-te bem na universidade.

– Talvez se tivesse um explicador a tempo inteiro.

– Então... deixa-me lá ver se entendo. És capaz de ficar presa em casa até fazeres dezoito anos, os teus amigos são capazes de te ter esquecido e os teus pais não te têm dito ultimamente que sentem saudades tuas. Entendi bem?

Sorri, a saber que tinha sido um bocado melodramática, embora desse a sensação de ser bastante verdade.

– Desculpa eu ser tão deprimente.

– Não és – disse ele.

Ergui a cabeça e, quando nos beijámos, senti as suas mãos no meu cabelo. Queria dizer-lhe que ia sentir a falta dele, mas sabia que essas palavras me fariam chorar outra vez.

– Foi uma noite perfeita – segredei em vez disso.

Ele beijou-me de novo antes de demorar os olhos nos meus.

– Todas as noites contigo são perfeitas.

O Bryce foi lá a casa no dia seguinte – o último sábado de abril – e parecia novamente o Bryce normal. A sua mãe tinha encomendado um livro de fotografia novo numa livraria de Raleigh, e passámos um par de horas a folheá-lo. Depois de um almoço de restos, fomos dar mais um passeio na praia. Enquanto caminhávamos no areal, pensei se aquele seria o lugar aonde ele me queria trazer, o que tinha mencionado na terça-feira. No entanto, como ele não disse nada, aceitei gradualmente a ideia de que só queria tirar-me de casa por algum tempo. Era estranho pensar que a mãe do Bryce tinha vindo ver-me há só uma semana.

– Como está a correr a tua preparação física? – perguntei por fim.

– Não tenho feito grande coisas nas duas últimas semanas.

– Porque não?

– Precisava de uma pausa.

Não era grande resposta... ou, por outro lado, talvez fosse, e a sua mãe tivesse exagerado o que significava.

– Bem – comecei –, tu andaste a fazer exercício no duro durante muito tempo. Vais passar a perna à tua turma toda.

– Veremos.

Mais uma não-resposta. Por vezes, o Bryce empregava indiretas tão bem como a minha tia. Antes de eu ter tempo de pedir uma clarificação, ele mudou de assunto.

– Ainda usas o colar que te dei?

– Todos os dias – respondi. – Adoro-o.

– Quando o mandei gravar, pensei se devia adicionar o meu nome para tu te lembrares de quem to ofereceu.

– Não me vou esquecer. Além disso, gosto do que escreveste.

– A ideia foi do meu pai.

– Aposto que vai ser bom vê-lo, não?

– Vai – respondeu ele. – Há uma coisa de que preciso de falar com ele.

– O quê?

Em vez de responder, limitou-se a apertar-me a mão, e senti uma súbita palpitação de medo ao pensar que, embora ele parecesse normal à superfície, eu não fazia a menor ideia do que se passava no seu íntimo.

No domingo de manhã, a Gwen passou lá por casa para ver como eu estava e disse-me que estava «quase lá», algo que o espelho já tinha tornado bastante óbvio.

– Como é que estão as contrações de Braxton Hicks?

– Irritantes – respondi.

Ignorou o meu comentário.

– Podias começar a pensar em fazer a mala para o hospital.

– Ainda tenho tempo, não acha?

– Perto do fim, é impossível prever. Algumas mulheres entram em trabalho de parto cedo; outras demoram um pouco mais de tempo do que o esperado.

– Quantos bebés ajudou a nascer? Acho que nunca lhe perguntei.

– Não me lembro exatamente. Talvez uns cem?

Arregalei os olhos.

– Fez o parto de cem bebés?

– Algo do género. Há duas outras grávidas na ilha neste momento. Provavelmente, vou fazer os partos delas.

– Está aborrecida por eu querer ir para o hospital?

– De modo nenhum.

– Também queria agradecer-lhe. Por ficar cá aos domingos e vir ver como estou, quero dizer.

– Não seria correto deixar-te só. Ainda és muito nova.

Acenei com a cabeça, embora em parte me perguntasse se alguma vez voltaria a sentir-me nova.

O Bryce apareceu pouco depois, com umas calças de caqui, um polo e *mocassins*, a parecer mais velho e mais sério do que o costume.

– Porque é que estás todo bem vestido? – perguntei.

– Há uma coisa que te quero mostrar. A coisa que mencionei no outro dia.

– A coisa que não é outro cemitério?

– Essa mesma – disse ele. – Mas não te preocupes. Passei por lá antes de vir para aqui e não estava ninguém. – Estendeu a mão, pegou na minha e beijou-lhe as costas. – Estás pronta?

De repente, soube que ele tinha planeado algo em grande, e recuei um passo.

– Deixa-me ir escovar o cabelo primeiro.

Já tinha escovado o cabelo, mas retirei-me para o meu quarto, a desejar que houvesse uma maneira de rebobinar o par de minutos anterior e começar de novo. Embora o Bryce Recente parecesse ocasionalmente estranho, a versão de hoje era inteiramente nova, e eu só conseguia pensar que preferia que tivesse aparecido o Bryce Antigo. Queria vê-lo de calças de ganga e blusão verde-oliva, com uma caixa de arquivo cheia de fotografias por baixo do braço. Queria-o à mesa, a ajudar-me a aprender equações ou a fazer-me perguntas sobre vocabulário espanhol; queria que o Bryce me abra-çasse como na praia naquela noite com o papagaio de papel, quando tudo parecia estar bem no mundo.

Mas o Novo Bryce – todo bem vestido e que me tinha beijado a mão – estava à minha espera, e, quando começámos a descer os degraus, tive outra contração de Braxton Hicks. Tive de me agarrar com força ao corrimão, com o Bryce a olhar-me, preocupado.

– Está a aproximar-se, não está?

– Onze dias, mais dia menos dia – respondi, com um esgar. Quando a sensação passou finalmente e soube que podia continuar em segurança, desci o resto dos degraus com um andar gingado à pato. Da caixa da carrinha, o Bryce tirou um pequeno banco para eu poder subir, tal e qual como tinha feito antes, quando fomos à praia.

A viagem demorou apenas uns minutos, e foi só quando ele desligou o motor ao fundo de um caminho de terra batida que me apercebi de que tínhamos chegado. Pelo para-brisas, fitei uma casinha pequena. Ao contrário da casa da minha tia, nesta os vizinhos mais próximos quase não se viam por entre as árvores, e não havia vista do mar. Quanto à casa em si, era mais pequena do que a da minha tia, mais baixa e ainda mais degradada. As tábuas do revestimento estavam desbotadas e a esfolar, o corrimão no alpendre da frente parecia estar a apodrecer, e reparei em montinhos de musgo nas telhas. Foi só quando vi a tabuleta com PARA ALUGAR que senti um temor súbito e fiquei com a respiração cortada ao encaixar as peças.

Perdida no meu devaneio, não tinha ouvido o Bryce sair da carrinha, e nessa altura ele já estava no meu lado. A porta abriu-se para trás, com o banquinho já no seu lugar. Estendeu a mão para o meu braço e ajudou-me a descer, e o meu cérebro começou a repetir a palavra *não*...

– Sei que o que vou dizer pode soar uma loucura ao princípio, mas pensei muito nisto ao longo das últimas semanas. Confia em mim quando te digo que é a única solução que faz algum sentido.

Fechei os olhos.

– Por favor – segredei. – Não digas nada.

Ele prosseguiu, como se não me tivesse ouvido. Ou talvez, pensei, eu não tivesse dito aquelas palavras em voz alta, só as tivesse pensado, porque nada daquilo dava a sensação de ser real. Tinha de ser um sonho...

– Desde o momento em que nos conhecemos que sei como tu és especial – começou o Bryce. A voz dele soava próxima e distante ao mesmo tempo. – E quanto mais tempo passámos juntos, mais me dei conta de que nunca mais ia conhecer ninguém como tu. És linda e esperta e bondosa, tens um ótimo sentido de humor, e tudo isso me faz amar-te de uma maneira como sei que nunca mais vou amar mais ninguém.

Abri a boca para falar, mas não saiu nada. O Bryce continuou, as suas palavras a virem ainda mais rápidas.

– Sei que vais ter o bebé e que é suposto ires-te embora logo a seguir, mas mesmo tu admites que ir para casa vai ser um desafio. Não tens uma relação fantástica com os teus pais, não sabes o que vai acontecer com os teus amigos, e mereces mais do que isso. Ambos merecemos mais, e é por isso que te trouxe aqui. É por isso que fui pescar com o meu avô.

Não, não, não, não...

– Podemos viver aqui – disse ele. – Tu e eu. Não tenho de ir para West Point e tu não tens de voltar para Seattle. Podes estudar em casa como eu estudei, e tenho a certeza de que podíamos arranjar maneira de acabares o secundário no próximo ano, mesmo que decidas ficar com a bebé. E depois disso, talvez eu vá para a universidade ou talvez vamos os dois. Resolvemos as coisas como os meus pais fizeram.

– Ficar com a bebé? Eu só tenho dezasseis anos... – disse eu por fim numa voz rouca.

– Na Carolina do Norte, se há o nascimento de uma criança, podemos apelar ao tribunal e iam-te deixar ficar. Se vivermos aqui juntos, podias ser emancipada. É um bocadinho complicado, mas sei que consigo arranjar maneira de fazer com que resulte.

– Por favor, para – segredei, a saber que, de alguma maneira, estava à espera daquilo desde o momento em que ele tinha beijado a minha mão.

De repente, pareceu reconhecer como me sentia avassalada.

– Sei que é muita coisa para encaixares neste momento, mas não quero perder-te. – Inspirou fundo. – A questão é que encontrei uma maneira de podermos ficar juntos. Tenho dinheiro suficiente no banco para alugar esta casa por quase um ano, e sei que posso ganhar que chegue a trabalhar com o meu avô para pagar o resto das contas sem tu teres de trabalhar. Estou disposto a ensinar-te em casa e quero mais do que tudo ser o pai da tua bebé. Prometo amá-la e adorá-la e tratá-la como se fosse minha filha, até adotá-la, se estiveres disposta a deixar-me fazer isso. – Estendeu a mão para a minha e pegou nela antes de pôr um joelho por terra. – Eu amo-te, Maggie. Tu amas-me?

Embora soubesse para onde tudo aquilo estava a encaminhar--se, não podia mentir-lhe.

– Sim, amo-te.

Olhou para mim com uma expressão suplicante.

– Casas comigo?

Daí a umas horas, estava sentada no sofá à espera de que a minha tia voltasse para casa, no que só pode ser comparado com um estado de choque. Até a minha bexiga parecia atordoada e sub-missa. Mal a tia Linda chegou a casa, deve ter reparado na minha expressão e sentou-se imediatamente ao meu lado. Quando me perguntou o que tinha acontecido, contei-lhe tudo, mas só quando acabei de falar é que ela finalmente fez a pergunta óbvia.

– O que é que disseste?

– Não consegui dizer nada. O mundo estava a andar à roda, como se eu tivesse sido apanhada num redemoinho, e, quando não falei, o Bryce disse por fim que eu não tinha de responder imedia-tamente. Mas pediu-me para pensar no assunto.

– Receava que isto acontecesse.

– Sabias?

– Conheço o Bryce. Não tão bem quanto tu o conheces, obvia-mente, mas o suficiente para não me ter apanhado completamente de surpresa. Penso que a mãe dele também estava preocupada com algo deste género.

Quanto a isso não havia dúvida, e perguntei-me porque é que só eu é que não tinha pressentido o que se ia passar.

– Embora o ame muito, não posso casar com ele. Ainda não estou pronta para ser mãe ou esposa ou sequer uma pessoa crescida. Vim para cá só a querer deixar tudo isto para trás para poder voltar para a minha vida normal, mesmo que seja uma seca. E ele tem razão, as coisas podiam ser melhores em casa com os meus pais ou a minha irmã ou o que seja, mas eles não deixam de ser a minha família.

Ao dizer aquelas palavras, os meus olhos encheram-se de lágrimas e comecei a chorar. Não consegui controlar-me. Detestava-me por isso, embora soubesse que estava a dizer a verdade.

A tia Linda estendeu a mão e apertou a minha.

– És mais sensata e mais madura do que julgas.

– O que é que eu faço?

– Vais ter de falar com ele.

– E dizer o quê?

– Tens de lhe contar a verdade. Ele merece tanto como isso.

– Vai-me detestar.

– Duvido – disse ela em voz baixa. – E o Bryce? Achas que ele pensou realmente bem em tudo? Que está realmente pronto para ser pai e marido? Para viver em Ocracoke como pescador ou a fazer uns biscates? Para desistir de West Point?

– Ele disse que era o que queria.

– O que é que tu queres para ele?

– Quero... – O que é que eu queria? Que fosse feliz? Que tivesse sucesso? Que perseguisse os seus sonhos? Que se tornasse uma versão mais velha do jovem que eu aprendera a amar? Que ficasse comigo para sempre?

– Só não quero impedi-lo de progredir – disse por fim.

O seu sorriso não escondeu a tristeza na sua expressão.

– Achas que o farias?

O stresse que estava a sentir tornava impossível um sono repousado, e – talvez porque tinha estado em choque antes – as contrações de Braxton Hicks voltaram em força, a fazerem sentir a sua presença toda a noite. Quase sempre que estava prestes a adormecer, sentia outra e tinha de apertar com força a ursinha Maggie só para a suportar. Acordei exausta na segunda-feira de manhã, e mesmo assim as contrações continuaram.

O Bryce não apareceu lá em casa à hora do costume, e eu não estava com disposição para estudar. Em vez disso, passei a maior parte da manhã no alpendre, a pensar nele. Passaram-me pela mente dúzias de conversas imaginárias, nenhuma delas boa, ao mesmo tempo que recordava a mim mesma que tinha sabido desde o início que apaixonar-me tornaria inevitável uma despedida dolorosa e terrível. Simplesmente nunca esperara que fosse assim.

No entanto, sabia que ele viria. À medida que o sol da manhã ia gradualmente aquecendo o ar, quase conseguia sentir o espírito dele. Imaginei-o deitado na cama, com as mãos unidas por trás da cabeça e os olhos focados no teto. De vez em quando, talvez olhasse para o relógio, a perguntar-se se eu precisava de mais tempo antes de me sentir pronta para lhe dar uma resposta. Sabia que ele queria que eu dissesse que sim, mas o que é que ele julgava que aconteceria mesmo que eu o dissesse? Esperava que nós os dois marchássemos para a sua casa e informássemos a mãe dele e ela ficasse toda contente? Tinha a esperança de ouvir a minha conversa ao telefone enquanto eu falava com os meus pais e lhes contava? Não sabia que eles se oporiam à ideia da minha emancipação? E se os seus pais deixassem de lhe falar? E tudo isso ignorava o facto de que eu só tinha dezasseis anos e de maneira nenhuma estava pronta para o tipo de vida que ele tinha proposto.

Como a tia Linda dera a entender, não parecia que ele tivesse realmente pensado bem nas implicações daquilo. Parecia encarar a resposta através de uma lente que se focava apenas em nós os dois ficarmos juntos, como se mais ninguém fosse afetado. Por muito romântico que soasse, não era a realidade e também ignorava os meus sentimentos.

Penso que isso era o que mais me estava a incomodar. Conhecia suficientemente bem o Bryce para supor que as razões faziam sentido para ele, e só conseguia pensar que ele, tal como eu, suspeitava que uma relação à distância não resultaria para nós. Talvez pudéssemos escrever um ao outro e falar ao telefone – embora as chamadas fossem caras – mas quando é que poderíamos ver-nos outra vez? Se eu até duvidava que os meus pais me deixassem sair com rapazes, não havia a mais pequena hipótese de que me deixassem ir à Costa Leste para ver o Bryce. Não até eu acabar o secundário, e mesmo então, se ainda estivesse a viver em casa era provável que eles não concordassem. O que significava pelo menos dois anos, talvez mais. E ele? Poderia ir de avião a Seattle no verão? Ou West Point tinha programas de liderança obrigatórios durante as férias? Parte de mim pensava que era provável que sim, e, mesmo que não, o Bryce era o tipo de pessoa que normalmente arranjaria um estágio no Pentágono ou coisa do género. E, como era muito chegado à família, também teria de passar tempo com eles.

Seria possível continuar a amar alguém e a estar com essa pessoa se nunca se passasse tempo nenhum com ela?

Para o Bryce, como eu começava a compreender, a resposta era não. Algo dentro dele precisava de me ver, de me ter nos braços, de me tocar. De me beijar. Sabia que se eu regressasse a Seattle e ele fosse para West Point não só essas coisas seriam impossíveis, mas também nem sequer teríamos o tipo de momentos simples que nos tinham levado a apaixonarmo-nos um pelo outro. Não estudaríamos à mesa nem passearíamos na praia; não passaríamos tardes a tirar fotografias ou a revelá-las no quarto escuro. Nem almoços ou jantares ou ver filmes sentados no sofá. Ele ia viver a vida dele e eu a minha, cresceríamos e mudaríamos, e a distância teria o seu efeito inevitável, como gotas de água a desgastarem uma pedra. Ele conheceria alguém, ou eu, e a nossa relação acabaria por terminar, sem deixar nada a não ser o rasto das recordações de Ocracoke.

Para o Bryce, ou podíamos ficar juntos ou não; não havia cambiantes de cinzento, porque todos esses cambiantes chegavam à mesma conclusão inevitável. E, admiti, provavelmente ele tinha razão. Contudo, como o amava, e embora isso fosse partir-me o coração, de súbito soube exatamente o que tinha de fazer.

Tenho quase a certeza de que aquela perceção me provocou mais uma contração de Braxton Hicks, a mais forte até àquele momento. Durou o que me pareceu uma eternidade, mas finalmente passou, minutos antes de o Bryce aparecer por fim. Ao contrário do dia anterior, estava de calças de ganga e *t-shirt*, e, embora sorrisse, havia algo de hesitante no seu sorriso. Como o dia estava agradável, fiz-lhe um gesto para voltar a descer as escadas à minha frente. Sentámo-nos no mesmo lugar em que eu me encontrava quando a sua mãe passou lá por casa.

– Não posso casar contigo – disse eu logo, e vi-o subitamente baixar os olhos. Uniu as mãos, e ver aquilo causou-me dor. – Não é porque não te ame, porque eu amo-te. Tem a ver comigo e com quem sou. E com quem tu és, também.

Pela primeira vez, lançou-me um olhar.

– Sou demasiado nova para ser mãe e esposa. E tu és demasiado novo para ser marido e pai, especialmente já que a criança nem sequer seria tua. Mas penso que já sabias essas coisas. O que significa que querias que eu dissesse que sim por todas as razões erradas.

– Do que é que estás a falar?

– Não queres perder-me – disse eu. – Isso não é o mesmo que quereres estar comigo.

– Significam exatamente a mesma coisa – protestou ele.

– Não, não significam. Querer estar com alguém é uma coisa positiva. Tem a ver com amor e respeito e desejo. Mas não querer perder alguém não tem a ver com essas coisas. Tem a ver com o medo.

– Mas eu amo-te. E respeito-te...

Estendi a mão para a dele para o calar.

– Eu sei. E penso que és o tipo mais incrível, inteligente, bondoso e bonito que alguma vez conheci. Assusta-me pensar que conheci o amor da minha vida aos dezasseis anos, mas talvez isso tenha acontecido. E talvez esteja a cometer o maior erro da minha vida ao dizer o que sou. Mas não sou a pessoa certa para ti, Bryce. Tu nem sequer me conheces realmente.

– É claro que te conheço.

– Apaixonaste-te pela versão de mim com dezasseis anos, encalhada, grávida e solitária, que por acaso era praticamente a única rapariga em Ocracoke perto da tua idade. Eu mal sei quem sou nos dias que correm, e é-me difícil recordar quem era antes de chegar aqui. O que também significa que não faço ideia de quem vou ser quando for um ano mais velha e não estiver grávida. Tu também não sabes.

– Isso é uma tolice.

Forcei-me a manter a voz firme.

– Sabes no que é que tenho andado a pensar desde que nos conhecemos? Tenho andado a tentar imaginar quem tu vais ser quando fores adulto. Porque olho para ti e vejo alguém que, provavelmente, pode vir a ser o presidente da América, se for isso o que decidires fazer. Ou pilotar helicópteros ou ganhar um milhão de dólares ou ser o próximo Rambo ou tornares-te astronauta ou outra coisa qualquer, porque o teu futuro é ilimitado. Tens um potencial com que outras pessoas só podem sonhar, simplesmente porque tu és tu. E nunca poderia pedir-te que desistisses desses tipos de oportunidades.

– Eu disse-te que podia ir para a universidade no ano que vem...

– Sei que podias – disse eu. – Assim como também sei que sempre me levarias em conta quando tomasses essa decisão. Mas mesmo isso é um limite, e eu não poderia viver em paz comigo própria se pensasse que a minha presença na tua vida alguma vez te tiraria alguma coisa.

– E se esperarmos uns anos, então? Até eu acabar o curso?

Ergui uma sobrancelha.

– Um noivado longo?

– Não tem de ser um noivado. Podemos só namorar.

– Como? Não vamos poder ver-nos.

Quando fechou os olhos, eu soube que os meus pensamentos anteriores estavam corretos. Havia algo nele que não só me queria, mas também precisava de mim.

– Talvez eu pudesse ir para a universidade no estado de Washington – murmurou ele.

Via que ele estava a tentar agarrar-se a qualquer coisa, o que tornava mais difícil eu continuar a falar. Mas não tinha outra opção.

– E desistir do teu sonho? Sei o quanto sempre quiseste ir para West Point, e também quero isso para ti. Ia partir-me o coração pensar que desististe de um só sonho teu por mim. Só quero que saibas que te amo o suficiente para nunca te tirar algo como isso.

– Então o que é que vamos fazer? Só afastarmo-nos como se eu e tu nunca tivesse acontecido?

Senti a minha tristeza expandir-se em mim como um balão a encher-se.

– Podemos fazer de conta que foi um lindo sonho, um sonho que vamos recordar para sempre. Porque ambos nos amámos o suficiente para permitir que o outro crescesse.

– Isso não chega. Não consigo imaginar saber que nunca mais vou voltar a ver-te.

– Então não digamos isso. Vamos dar uns anos. Entretanto, tu tomas as decisões que são as melhores para o teu futuro e eu faço o mesmo. Estudamos, arranjamos emprego, descobrimos quem somos. E depois, se ambos pensarmos que queremos tentar outra vez, podemos encontrar-nos e ver o que acontece.

– Em quanto tempo estás a pensar?

Engoli em seco, a sentir que a pressão por trás dos meus olhos começava a aumentar.

– A minha mãe conheceu o meu pai quando tinha vinte e quatro anos.

– Daqui a mais de sete anos? Isso é uma loucura. – Nos seus olhos, pareceu-me ver algo como medo.

– Talvez. Mas se resultar nessa altura saberemos que é o que deve ser.

– Falamos até lá? Ou correspondemo-nos?

Eu sabia que isso me custaria demasiado. Se recebesse cartas regularmente nunca pararia de pensar nele nem ele pararia de pensar em mim.

– Que me dizes a um só postal de Natal todos os anos?

– Vais namorar com outros?

– Não tenho ninguém em mente, se é o que estás a perguntar.

– Mas não estás a dizer que não o vais fazer.

As lágrimas começaram a cair.

– Não quero discutir contigo. Soube desde o início que dizer adeus ia custar muito, e esta é a única solução em que consigo pensar. Se estamos destinados a ficar juntos, não podemos simplesmente amar-nos como adolescentes. Temos de nos amar como adultos. Não compreendes isso?

– Eu não estou a tentar discutir. É só que é tanto tempo... – Ficou com a voz embargada.

– Também é para mim. E detesto dizer-te isto, mas não sou suficientemente boa para ti, Bryce. Ainda não, de qualquer maneira. Por favor, dá-me uma oportunidade de vir a sê-lo, está bem?

Ele não disse nada. Em vez disso, limpou delicadamente as lágrimas das minhas faces.

– Ocracoke – segredou finalmente.

– O quê?

– Vamos combinar que no dia em que fizeres vinte e quatro anos nos encontramos na praia. Onde tivemos o nosso primeiro encontro, está bem?

Acenei com a cabeça, a pensar se seria sequer possível, e quando ele me beijou pareceu-me que quase sentia o sabor da sua tristeza. Em vez de ficar comigo, ajudou-me a pôr-me de pé e abraçou-me. Eu sentia o seu cheiro, limpo e fresco, como a ilha em que nos tínhamos conhecido.

– Não consigo deixar de pensar que se estão a acabar os dias em que posso abraçar-te. Posso ver-te amanhã?

– Gostava muito – segredei, a sentir o seu corpo contra o meu, a saber já que o próximo adeus seria ainda pior e a perguntar-me como conseguiria suportá-lo.

O que não sabia na altura era que nunca chegaria a ter essa oportunidade.

FELIZ NATAL

Manhattan
Dezembro de 2019

Sentada à mesa com os restos do jantar em frente a eles, Maggie reparou na atenção enlevada de Mark. Embora a comida tivesse chegado cerca de meia hora mais tarde do que o esperado, tinham acabado de comer por volta do ponto na história em que ela lhe contou que fora com Bryce entregar *Daisy*. Ou antes, Mark acabara de comer; Maggie só tinha debicado a comida. Agora aproximavam-se as onze horas e o Dia de Natal seria daí a só uma hora. Extraordinariamente, Maggie não estava exausta nem desconfortável, em especial em comparação com como se sentira antes. Reviver o passado dera-lhe vida de uma maneira inesperada.

— O que quer dizer com que nunca chegaria a ter essa oportunidade?

— As contrações de Braxton Hicks que estava a ter naquela segunda-feira não eram de Braxton Hicks. Eram de facto contrações do trabalho de parto.

— E não sabia?

— Não ao princípio. Foi só depois de o Bryce se ir embora e de ter mais uma contração que a ideia me passou pela cabeça. Porque essa foi forte como tudo. Mas ainda estava muito perturbada em relação ao Bryce e, como a data para o parto só estava prevista para a semana seguinte, afastei de alguma maneira aquele pensamento até a minha tia chegar a casa. Nessa altura, é claro que já tinha tido ainda mais contrações.

– O que é que aconteceu?

– Mal mencionei que estavam a ser mais frequentes e eram muito mais fortes, ela telefonou à Gwen. Nessa altura, eram pelo menos três e um quarto, talvez três e meia. Quando a Gwen chegou, demorou menos de um minuto a tomar a decisão de irmos para o hospital, porque achou que eu não aguentaria até ao *ferry* da manhã seguinte. A minha tia enfiou uma data de coisas no meu saco de viagem – a única coisa que realmente me importava era a ursinha Maggie –, a seguir telefonou aos meus pais e ao médico e saímos porta fora. Graças a Deus, o *ferry* não estava muito cheio, e conseguimos lugar. Penso que nessa fase as contrações já estavam a vir com intervalos de dez ou quinze minutos. O normal é esperar até o intervalo ser de cinco minutos para ir para o hospital, mas a viagem de *ferry* e de carro até ao hospital seria três horas meia. Umas três horas e meia muito longas, posso acrescentar. Quando o *ferry* atracou, as contrações já eram a cada quatro ou cinco minutos. Espanta-me não ter espremido o enchimento todo da ursinha Maggie.

– Mas chegou a tempo.

– Cheguei. Mas do que me lembro melhor foi de como a minha tia e a Gwen se mantiveram sempre calmas. Por mais barulhos loucos que eu fizesse quando sentia as contrações, simplesmente continuavam a conversar como se não estivesse a passar-se nada de fora do comum. Suponho que era porque já tinham levado muitas grávidas ao hospital.

– As contrações eram dolorosas?

– Eram como um dinossauro bebé a mastigar-me o útero.

Ele riu-se.

– E?

– Chegámos ao hospital e fui levada para um quarto no piso da maternidade. O médico passou por lá, e a minha tia e a Gwen ficaram comigo durante as seis horas seguintes, até eu fazer a dilatação. A Gwen ajudava-me a concentrar-me na respiração, a minha tia trazia-me pedras de gelo – as coisas todas do costume, suponho eu. Por volta da uma da manhã, estava pronta para dar à luz. Mal dei por isso e já as enfermeiras estavam a preparar as coisas e o médico entrou. E depois de fazer força três ou quatro vezes, chegou ao fim.

– Não parece lá muito mau.

– Está-se a esquecer do dinossauro bebé comilão. Cada contração foi uma agonia.

Fora de facto uma agonia, embora ela já não se conseguisse lembrar da sensação exata. À luz fraca, Mark parecia hipnotizado.

– E a Gwen tinha razão. Ainda bem que apanharam o *ferry* da tarde.

– Tenho a certeza de que a Gwen teria sido capaz de fazer o parto, já que não houve nenhuma complicação. Mas senti-me melhor por estar num hospital em vez de dar à luz na minha cama ou coisa do género.

Mark fitou a árvore antes de voltar a olhar para ela. Por vezes, pensou Maggie, ele parecia-lhe tão familiar que chegava a ser assustador.

– O que aconteceu a seguir?

– Uma data de atividade, claro. O médico assegurou-se de que eu estava bem, verificou a placenta enquanto o pediatra examinava o bebé. Peso, o teste de Apgar, medidas, e imediatamente a seguir a enfermeira levou o bebé para o berçário. E assim, sem mais, tudo ficou de repente para trás. Mesmo agora, por vezes parece-me surreal, mais como um sonho do que realidade. Mas depois de o médico e as enfermeiras saírem, agarrei na ursinha Maggie e desatei a chorar e não consegui parar durante muito tempo. Lembro--me de a minha tia estar de um lado e a Gwen do outro, ambas a consolarem-me.

– Deve ter sido muito emotivo.

– Foi – disse Maggie. – Mas sabia desde o início que ia ser. E, claro, quando parei de chorar, já estávamos a meio da noite. A minha tia e a Gwen tinham estado a pé vinte e quatro horas seguidas, e eu sentia-me ainda mais cansada do que elas. Acabámos por adormecer as três. Tinham trazido uma cadeira extra para a minha tia – a Gwen sentou-se na outra – portanto não posso garantir que tenham descansado muito. Mas eu apaguei-me como uma luz. Sei que o médico veio ao quarto durante a manhã para verificar se eu estava bem, mas mal me lembro disso. Voltei a adormecer e só acordei quase às onze. Lembro-me de ter pensado como era estranho acordar sozinha numa cama de hospital, porque nem a minha tia nem a Gwen estavam lá. Também me sentia faminta, mas o meu pequeno-almoço ainda estava no tabuleiro. Tive de o comer frio, mas não me importei nada.

– Onde é que estavam a sua tia e a Gwen?

– Na cafetaria. – Quando ele inclinou ligeiramente a cabeça, Maggie mudou de assunto. – Ainda há *eggnog* nas traseiras?

– Há. Quer que lhe vá buscar mais um copo.

– Se não se importa.

Maggie ficou a ver Mark levantar-se da mesa e dirigir-se para as traseiras. Quando desapareceu de vista, a mente dela divagou para o momento em que a tia Linda entrou no quarto, com o passado a tornar-se novamente real.

Hospital Geral Carteret, Morehead
1996

A tia Linda aproximou-se da cama e puxou uma cadeira. Estendendo a mão, afastou-me o cabelo dos olhos.

– Como é que te estás a sentir? Dormiste muito tempo.

– Acho que estava a precisar – disse eu. – O médico já veio cá?

– Veio – respondeu. – Disse que estavas a recuperar muito bem. Deves ter alta amanhã de manhã.

– Tenho de ficar mais uma noite?

– Preferem monitorizar-te durante pelo menos vinte e quatro horas.

A luz do sol que vinha da janela por trás da minha tia parecia emoldurá-la numa auréola dourada.

– Como é que está o bebé?

– Perfeito – disse ela. – O pessoal é excelente, e foi uma noite tranquila. Penso que o teu é o único no berçário neste momento.

Assimilei o que ela tinha dito, a imaginar a cena, e as palavras seguintes saíram-me automaticamente.

– Será que me podias fazer um favor?

– Claro.

– Podes levar a ursinha Maggie ao berçário? E dizer às enfermeiras que gostava que o bebé ficasse com ela? E talvez pudessem dizer aos pais também?

A minha tia sabia o quanto a ursinha Maggie significava para mim.

– Tens a certeza?

– Acho que o bebé precisa mais dela do que eu agora.

A minha tia fez-me um sorriso terno.

– Penso que é uma dádiva maravilhosa e generosa.

Entreguei-lhe o ursinho de peluche e vi-a pô-lo nos braços antes de estender a mão para a minha.

– Agora que estás acordada, podemos falar sobre a adoção? – Acenei com a cabeça, e ela prosseguiu. – Sabes que vais ter de desistir formalmente do bebé, o que significa papelada, claro. Passei tudo em revista, e a Gwen também, e, como mencionei aos teus pais, colaborámos durante anos com a senhora que organizou a adoção. Podes confiar em mim quanto a que tudo está em ordem ou, se quiseres, posso arranjar-te um advogado.

– Confio em ti – disse eu. E era verdade. Penso que confiava mais na minha tia Linda do que em qualquer outra pessoa.

– A coisa importante que devias saber é que esta adoção é fechada. Lembras-te do que isso quer dizer, não lembras?

– Que não sei quem são os pais, certo? E que eles não vão saber quem eu sou?

– Correto. Quero assegurar-me de que continua a ser o que gostarias de fazer.

– Continua – respondi. A ideia de saber alguma coisa enlouquecer-me-ia. – Os novos pais já cá estão?

– Ouvi dizer que chegaram esta manhã, portanto vamos tratar da papelada daqui a pouco. Mas há outra coisa que talvez devesses saber.

– O que é?

Inspirou fundo.

– A tua mãe está aqui, e fez todos os preparativos para ires para casa amanhã. O médico não ficou encantado com isso, por causa da possibilidade de coágulos, mas a tua mãe foi bastante insistente quanto a isso.

Pisquei os olhos.

– Como é que ela chegou cá tão depressa?

– Arranjou um voo ontem logo a seguir a eu ter telefonado. Chegou a New Bern já tarde ontem à noite, antes de tu dares à luz. Passou por cá hoje de manhã para te ver, mas ainda estavas a dormir. Como ainda não tinha comido, eu e a Gwen levámo-la à cafetaria para lhe arranjar qualquer coisa.

Ocupada a pensar na minha mãe, apercebi-me de que quase me tinha escapado a outra coisa que a minha tia dissera.

– Espera. Disseste que me vou embora amanhã?

– Sim.

– Quer dizer que não vou voltar a Ocracoke?

– Receio bem que não.

– E o resto das minhas coisas? E a fotografia que o Bryce me deu no Natal?

– Eu envio-te tudo. Não tens de te preocupar com isso.

Mas...

– E o Bryce? Nem sequer tive uma oportunidade para me despedir dele. Também não disse adeus à mãe e à família dele.

– Eu sei – murmurou ela. – Mas penso que não há nada que possas fazer. A tua mãe arranjou tudo, e foi por isso que eu quis vir cá acima dizer-te imediatamente. Para não seres apanhada de surpresa.

Sentia as lágrimas de novo, lágrimas diferentes das da noite anterior, cheias com um tipo diferente de medo e de dor.

– Quero vê-lo outra vez! – gritei. – Não posso simplesmente ir-me embora desta maneira.

– Eu sei – disse ela, com a compaixão a pesar em cada palavra.

– Nós discutimos – disse eu. Sentia que o lábio me começava a tremer. – Quer dizer, tivemos uma espécie de discussão. Disse-lhe que não podia casar com ele.

– Eu sei – segredou ela.

– Não compreendes – disse eu. – Tenho de o ver! Não podes tentar falar com a minha mãe?

– Já falei – respondeu. – Os teus pais querem que voltes para casa.

– Mas não quero ir-me embora – disse eu. A ideia de viver de novo com os meus pais, não com a minha tia, não era algo que conseguisse encarar naquele momento.

– Os teus pais gostam muito de ti – garantiu-me ela, apertando-me a mão. – Tal como eu gosto muito de ti.

Mas sinto-o mais contigo do que com eles. Queria dizer-lhe aquilo, mas senti um nó na garganta e, daquela vez, simplesmente cedi aos soluços. E, tal como sabia que ela faria, a minha doce e maravilhosa tia Linda apertou-me com força contra o peito por muito tempo, mesmo depois de a minha mãe ter finalmente entrado no quarto.

— Está bem? Parece perturbada.

Maggie viu Mark pousar o *eggnog* à sua frente.

— Estava a recordar-me da manhã seguinte no hospital – disse Maggie. Estendeu a mão para o copo enquanto ele se sentava de novo. Depois de ele se instalar, ela contou-lhe o que tinha acontecido, a reparar na sua consternação.

— E foi tudo? Não regressou a Ocracoke?

— Não podia.

— O Bryce foi ao hospital? Ele não podia ter apanhado o *ferry*?

— Tenho a certeza de que julgava que eu ia voltar para Ocracoke. Mas mesmo que tivesse adivinhado e fosse ao hospital, não consigo imaginar como é que teria sido, com a minha mãe lá. Depois de a minha tia e a Gwen se irem embora, fiquei destroçada. A minha mãe não conseguia compreender por que eu não parava de chorar. Julgava que estava a questionar a decisão de dar o bebé para adoção, e embora eu já tivesse assinado os papéis, penso que receava que mudasse de ideias. Estava sempre a dizer-me que tinha feito a coisa certa.

— A sua tia e a Gwen foram-se embora?

— Precisavam de apanhar o *ferry* da tarde para Ocracoke. Eu fiquei um caco depois de me despedir delas. Por fim, a minha mãe cansou-se daquilo. Andava sempre a ir lá abaixo buscar café e, depois de eu jantar, acabou por voltar para o hotel.

— E deixou-a sozinha? Embora a Maggie estivesse tão perturbada?

— Era melhor do que tê-la ali, e penso que ambas o sabíamos. De qualquer maneira, acabei por adormecer e do que me lembro realmente a seguir é de uma enfermeira a empurrar-me a cadeira de rodas para fora do hospital enquanto a minha mãe trazia o carro alugado. Eu e ela não tivemos muito a dizer uma à outra no carro ou no aeroporto, e já no avião lembro-me de que fiquei a olhar pela janela, a sentir o mesmo tipo de medo que tinha sentido quando parti de Seattle para ir para a Carolina do Norte. Não queria ir. Na minha cabeça, continuava a tentar processar tudo o que tinha acontecido. Mesmo quando cheguei a casa, não conseguia parar de pensar no Bryce e em Ocracoke. Durante algum tempo, a única coisa que me fazia sentir melhor era a *Sandy*. Ela sabia que eu estava com problemas e não deixava o meu lado. Vinha ao meu quarto ou seguia-me pela casa, mas é claro que, de cada vez que a via, lembrava-me da *Daisy*.

– E não voltou para a escola?

– Não – respondeu ela. – Essa foi de facto uma boa decisão dos meus pais e do diretor da escola. Quando olho para trás, torna-se claro que estava deprimida. Dormia todo o tempo, não tinha apetite nenhum e vagueava por ali a sentir-me como uma estranha na minha própria casa. Não teria sido capaz de suportar a escola. Como não conseguia concentrar-me, acabei por chumbar nos exames finais todos. No entanto, como até essa altura tinha tido bons resultados, as minhas notas globais acabaram por ser razoáveis. A única vantagem da depressão é que já tinha perdido o peso todo da gravidez quando o verão começou. Ao fim de algum tempo, senti-me por fim capaz de ver a Madison e a Jodie, e, pouco a pouco, comecei a voltar à minha velha vida.

– Falou com o Bryce ou escreveu-lhe?

– Não. E ele também não me telefonou nem escreveu. Eu queria fazê-lo, todos os dias sem exceção. Mas tínhamos o nosso plano, e, sempre que pensava em contactá-lo, recordava a mim mesma que ele estava melhor sem mim. Que precisava de se concentrar em si mesmo, tal como eu precisava de me focar em mim. No entanto, a minha tia escrevia-me regularmente, e dava-me ocasionalmente notícias do Bryce. Informou-me de que se tinha tornado Escuteiro Águia, foi para a academia militar na data prevista, e daí a uns dois meses ela mencionou que a mãe do Bryce tinha passado pela loja para lhe dizer que o Bryce estava a sair-se excecionalmente bem.

– E a Maggie, como estava?

– Apesar de ter restabelecido o contacto com os meus amigos, continuava a sentir-me estranhamente desligada. Lembro-me de que, depois de tirar a carta de condução, por vezes pedia o carro emprestado depois da missa e ia a vendas de garagem. Provavelmente, era a única adolescente em Seattle que vasculhava o jornal à procura de vendas de artigos usados.

– Alguma vez encontrou alguma coisa de jeito?

– Encontrei, de facto – respondeu ela. – Encontrei uma Leica de trinta e cinco milímetros, mais antiga do que a que o Bryce usava, mas ainda a funcionar perfeitamente. Corri para casa e implorei ao meu pai que ma comprasse, prometendo que lhe pagaria. Para minha surpresa, fez-me a vontade. Penso que compreendia, melhor do que a minha mãe, como me sentia desesperada e deslocada. Depois disso, comecei a tirar fotografias, o que me centrou. Quando começaram as aulas, integrei-me como fotógrafa no grupo encarregado do livro de curso, para também poder tirar fotografias na escola. A Madison e a Jodie achavam que era uma tolice, mas eu não queria saber. Passava horas na biblioteca pública, a folhear revistas e livros de fotografia, tal como fizera em Ocracoke. Tenho quase a certeza de que o meu pai pensava que aquela fase passaria, mas pelo menos dava-me atenção quando lhe mostrava as fotografias que tinha tirado. A minha mãe, por outro lado, continuava a fazer os possíveis por me transformar numa outra Morgan.

– Em que é que isso deu?

– Em nada. Comparadas com o que tinham sido em Ocracoke, as minhas notas foram terríveis nos meus dois últimos anos da secundária. Embora o Bryce me tivesse ensinado a estudar, eu não conseguia importar-me o suficiente para me esforçar por aí além. O que, claro, foi uma das razões para eu acabar num instituto.

– Houve outra razão?

– De facto, o instituto tinha algumas disciplinas que me interessavam. Não queria ir para a universidade passar dois anos a fazer cadeiras gerais e a estudar as mesmas coisas que tinha estudado no secundário. No instituto havia umas aulas sobre Photoshop e outras sobre fotografia de interior e desportiva, ministradas por um fotógrafo local, assim como algumas sobre design gráfico para a Internet.

Nunca me esqueci do que o Bryce me tinha dito em relação à Internet, que viria a ser a próxima coisa importante, portanto calculei que era algo que eu precisava de aprender. Depois de acabar esses cursos, comecei a trabalhar.

– Viveu em casa durante todo o tempo em que esteve em Seattle? Com os seus pais?

Maggie acenou com a cabeça.

– Não ganhava muito, portanto não tinha escolha. Mas não era mau, nem que mais não fosse porque não passava muito tempo em casa. Estava no estúdio, no laboratório ou nos locais das sessões fotográficas, e quanto menos parava por casa tanto melhor eu e a minha mãe parecíamos dar-nos. Embora ela ainda fizesse questão de me dizer que pensava que eu estava a desperdiçar a minha vida.

– Como era o seu relacionamento com a Morgan?

– Para meu espanto, mostrava-se interessada de facto no que me tinha acontecido enquanto estive em Ocracoke. Depois de a fazer jurar que não contaria nada aos nossos pais, acabei por a pôr a par de praticamente toda a história, e no fim daquele primeiro verão tínhamo-nos tornado mais íntimas do que alguma vez havíamos sido. No entanto, depois de a Morgan entrar para a universidade Gonzaga, afastámo-nos de novo, porque ela raramente estava em casa. Frequentou aulas no verão depois do primeiro ano, trabalhou em campos de férias de música no verão a seguir. E, claro, quanto mais velha ficava e quanto mais se instalava na vida universitária, mais se tornava claro a ambas que realmente não tínhamos nada em comum. Ela não compreendia a minha falta de interesse pela universidade, não conseguia identificar-se com a minha paixão pela fotografia. Para ela, era como se eu tivesse deixado de estudar para me tornar música.

Mark recostou-se na cadeira e ergueu uma sobrancelha.

– Alguém chegou a adivinhar? A verdadeira razão por que a Maggie tinha ido para Ocracoke?

– Pode não acreditar, mas não. A Madison e a Jodie não suspeitaram de nada. Fizeram-me perguntas, claro, mas eu dava respostas vagas, e pouco depois voltámos ao habitual. As pessoas viam-nos juntas e nenhuma delas se interessava o suficiente para sondar com pormenores os motivos da minha partida. Tal como a tia Linda tinha previsto, andavam preocupadas com a sua própria vida, não com a minha. Quando as aulas recomeçaram no outono, senti-me nervosa no primeiro dia, mas tudo foi completamente normal. As pessoas tratavam-me exatamente da mesma maneira e nunca me chegaram aos ouvidos nenhuns boatos. É claro que andei pelos corredores durante todo aquele ano a sentir que tinha pouco em comum com qualquer um dos meus colegas, mesmo enquanto estava a tirar-lhes fotografias para o livro de curso.

– E o seu décimo segundo ano?

– Foi estranho – disse ela, pensativa. – Como ninguém a mencionava, nessa altura a minha estadia em Ocracoke começou a dar-me a sensação de ter sido um sonho. A tia Linda e o Bryce pareciam tão reais como sempre, mas havia momentos em que eu conseguia convencer-me de que nunca tinha tido um bebé. Com a passagem dos anos, isso tornou-se ainda mais fácil. Uma vez, há cerca de dez anos, um tipo com quem me tinha encontrado para tomar um café perguntou-me se tinha filhos e respondi-lhe que não. Não porque lhe quisesse mentir, mas porque naquele instante sinceramente não me lembrava. É claro que, quase imediatamente, lembrei-me, mas não havia razão para corrigir o que tinha dito. Não tinha nenhum interesse em explicar esse capítulo da minha vida.

– E o Bryce? A Maggie enviou-lhe um postal de Natal? Ainda não o mencionou.

Maggie não respondeu de imediato. Em vez disso, agitou o líquido espesso no copo antes de fitar Mark nos olhos.

– Sim. Enviei-lhe um postal naquele primeiro Natal depois de voltar para casa. De facto, enviei-o à minha tia e pedi-lhe que o entregasse na casa do Bryce, porque não me lembrava da morada. Foi a tia Linda que lho foi meter na caixa do correio. Em parte, perguntava-me se ele se teria esquecido de mim, embora tivesse prometido que não se esqueceria.

– O postal era... pessoal? – perguntou Mark, num tom delicado.

– Escrevi uma mensagem, só a pô-lo a par do que se passara desde a última vez que o tinha visto. Falei-lhe sobre o parto, pedi desculpa por não me ter despedido. Contei-lhe que tinha voltado para a escola e que tinha comprado uma máquina fotográfica. Mas, como não tinha a certeza do que ele sentia por mim, foi só no fim que confessei que ainda pensava nele, e que o tempo que tínhamos passado juntos significava tudo para mim. Também lhe disse que o amava. Ainda me lembro de escrever essas palavras e de me sentir absolutamente aterrada com o que ele poderia pensar. E se não se desse ao trabalho de me enviar um postal? E se tivesse partido para outra e encontrado alguém novo? E se acabasse por se arrepender do tempo que tínhamos passado juntos? E se estivesse zangado comigo? Não fazia ideia do que ele estava a pensar ou como reagiria.

– E?

– Também enviou um postal. Chegou só um dia depois de eu ter enviado o meu, portanto soube que não podia ter lido o que eu tinha escrito, mas seguiu as mesmas linhas que eu. Disse-me que se sentia contente em West Point, que tivera bons resultados nas aulas e tinha feito um grande número de bons amigos. Disse ter visitado os pais no Dia de Ação de Graças e que os irmãos já tinham começado a explorar variadas universidades que poderiam querer frequentar. E, tal como eu tinha feito, no último parágrafo disse-me que sentia saudades minhas e ainda me amava. Também me recordou o nosso plano de nos encontrarmos em Ocracoke no dia em que eu fizesse vinte e quatro anos.

Mark sorriu.

– Parece mesmo típico dele.

Maggie bebeu mais um gole de *eggnog*, ainda a apreciar o sabor. Tomou mentalmente nota para o ter sempre no frigorífico, partindo do princípio de que conseguiria encontrá-lo à venda depois da época festiva.

– Foram precisos mais uns anos de postais de Natal para eu acreditar que ele estava realmente empenhado no nosso plano. Em nós, quero dizer. Todos os anos, pensava para comigo que aquele seria o ano em que o postal não chegaria ou em que me diria que estava tudo acabado. Mas estava enganada. Em cada postal de Natal que chegava, ele fazia a contagem decrescente dos anos até podermos voltar a ver-nos.

– Ele nunca conheceu outra pessoa?

– Acho que não estava interessado. E eu também não saía lá muito com rapazes. Nos meus últimos anos no secundário e depois no instituto, tinha um convite de vez em quando, e ocasionalmente aceitava, mas nunca senti um interesse romântico por nenhum deles. Ninguém se comparava ao Bryce.

– E ele acabou o curso em West Point?

– No ano de 2000 – respondeu ela. – A seguir, tal como o seu pai, foi trabalhar nos serviços militares de informação em Washington. Eu tinha acabado o secundário e também as aulas no instituto. Por vezes, penso que devia ter seguido a sugestão dele e termo-nos encontrado logo a seguir a ele acabar o curso em vez de esperar até fazer vinte e quatro anos. Agora parece tudo tão arbitrário – disse ela, com uma expressão melancólica a dominá-la. – As coisas teriam sido muito diferentes para nós.

– O que aconteceu?

– Ambos fizemos o que eu tinha sugerido e tornámo-nos jovens adultos. Ele trabalhava no seu emprego e eu no meu. A fotografia era todo o meu mundo desde cedo, não só porque me apaixonava, mas também porque queria ser alguém que merecesse o Bryce, não simplesmente alguém que ele amava. Entretanto, o Bryce estava a tomar decisões adultas sobre a sua vida. Conhece aquele antigo anúncio do exército? Em que a canção diz «Sê tudo o que podes ser... no exército»?

– Vagamente.

– O Bryce nunca tinha desistido da ideia de se tornar um Boina Verde, portanto concorreu ao SFAS. A tia Linda escreveu a contar-me. Suponho que os pais do Bryce lho tinham mencionado, e ela sabia que eu quereria saber.

– O que é o SFAS?

348

– É o programa de avaliação e seleção para as forças especiais. É em Fort Bragg, na Carolina do Norte. Para resumir, o Bryce passou com distinção na avaliação, frequentou o curso e acabou por ser selecionado. Tudo isso já tinha acontecido até à primavera de 2002. É claro que nessa altura as forças armadas davam prioridade às forças especiais e queriam as pessoas de mais alta qualidade que conseguissem arranjar, portanto não me surpreende que o Bryce tenha sido aceite.

– Porque é que era uma prioridade?

– Por causa do Onze de Setembro. Provavelmente, o Mark é demasiado novo para se lembrar de como foi um acontecimento cataclísmico, um ponto de viragem na história dos Estados Unidos. No postal de Natal de 2002, o Bryce disse que não podia revelar-me onde se encontrava (o que, mesmo para mim, foi uma pista de que era um lugar perigoso), mas que estava bem. Também disse que talvez não conseguisse ir a Ocracoke no mês de outubro seguinte, quando eu faria vinte e quatro anos. Pediu-me que, se não aparecesse, eu não desse nenhuma interpretação especial a isso; ele arranjaria maneira de me fazer saber se ainda se encontrava destacado e combinaria uma data e um lugar alternativos para nos encontrarmos finalmente.

Ficou em silêncio, a recordar. Depois, prosseguiu.

– Estranhamente, não fiquei lá muito dececionada. Mais do que qualquer outra coisa, sentia-me espantada por, ao fim daqueles anos todos, tanto um como o outro ainda querermos estar juntos. Mesmo agora, continua a parecer implausível que o nosso plano resultasse. Eu tinha orgulho nele e também orgulho em mim. E, claro, sentia-me incrivelmente empolgada por o ver de novo, fosse quando fosse. No entanto, mais uma vez, não era essa a nossa sina. O destino reservava-nos outra coisa.

Mark não disse nada, à espera. Em vez de falar, Maggie virou-se de novo para a árvore de Natal, forçando-se a não remoer o que acontecera a seguir, uma capacidade que tinha aperfeiçoado ao longo dos anos. Em vez disso, fitou as luzes, reparando nas sombras e seguindo o movimento do trânsito lá fora. Quando se sentiu por fim confiante de que a recordação estava bem fechada num lugar recôndito do seu cérebro, estendeu a mão para a sua mala para tirar o envelope que tinha enfiado lá dentro imediatamente antes de sair de casa. Sem uma palavra, entregou-o a Mark.

Não o olhou enquanto ele examinava o endereço de envio e se apercebia de que tinha na mão uma carta da tia Linda; nem quando ele abriu o envelope. Embora só tivesse lido a carta uma vez, sabia com total claridade o que Mark veria na página.

Querida Maggie,

Já é tarde da noite, está a chover, e, embora devesse estar a dormir há horas, dou comigo sentada à mesa a perguntar-me se terei a força suficiente para te contar o que tenho de te contar. Parte de mim acredita que deveria falar contigo pessoalmente, que deveria talvez ir a Seattle e sentar-me contigo na casa dos teus pais, mas receio que venhas a saber por outras fontes antes de eu ter a oportunidade de te fazer saber o que aconteceu. Alguma da informação já está nas notícias, e é por esse motivo que enviei esta carta com urgência. Quero que saibas que estou a rezar há horas, tanto por ti como por mim.

Ao fim e ao cabo, não há uma maneira fácil de te contar. Não há nada de fácil em nada disto, nem qualquer maneira de diminuir a dor avassaladora que sinto devido à notícia que recebi hoje. Por favor, acredita que, mesmo agora, sofro por ti ainda mais profundamente, e, enquanto escrevo, mal consigo ver a folha por entre as lágrimas nos meus olhos. Acredita que queria muito poder estar aí para te abraçar e que rezarei sempre por ti.

O Bryce foi morto no Afeganistão na semana passada.

Não estou a par dos pormenores. O pai dele também não sabia grande coisa, mas crê que o Bryce foi apanhado num combate que de algum modo correu mal. Não sabem quando, onde ou como aconteceu, porque a informação é escassa. Talvez a seu tempo venham a saber mais, mas, para mim, os pormenores não importam. Para ti, também duvido que importem. Em tempos como este, é difícil até mesmo para mim compreender o plano que Deus tem para todos nós, e custa muito manter a fé. Neste momento, sinto-me destroçada.

Lamento imenso por ti, Maggie. Sei o quanto o amavas. Sei como tens trabalhado arduamente, e o quanto querias voltar a vê-lo. Aceita as minhas profundas e sentidas condolências. Tenho a esperança de que Deus te conceda a força de que vais necessitar para de algum modo suportares isto. Rezarei regularmente para que acabes por encontrar paz, por muito tempo que isso demore. Estás sempre no meu coração.

Lamento imenso a tua perda. Adoro-te.

Tia Linda

Mark deixou-se ficar sentado num silêncio atordoado. Quanto a Maggie, manteve os olhos cravados na árvore sem a ver, a tentar encaminhar as suas recordações por outras vias – quaisquer, menos a que conduzia ao que acontecera a Bryce. Encarara-o uma vez, sentira plenamente o horror, e jurara nunca mais o reviver. Apesar do seu autocontrolo rígido, sentiu uma lágrima escorrer-lhe pela face e limpou-a, consciente de que era provável que outra se seguisse.

– Sei que deve ter perguntas – segredou por fim. – Mas não tenho as respostas. Nunca tentei descobrir o que aconteceu exatamente ao Bryce. Tal como a minha tia dizia na carta, os pormenores não me interessavam. Tudo o que sabia era que o Bryce tinha morrido e, depois, algo se estilhaçou dentro de mim. Enlouqueci. Queria fugir de tudo o que conhecia, portanto deixei o emprego, deixei a minha família e mudei-me para Nova Iorque. Parei de ir à igreja, saía todas as noites e andei com um safado atrás de outro durante muito tempo até aquela ferida começar por fim a sarar. A única coisa que me impediu de desatinar completamente foi

351

a fotografia. Mesmo quando a minha vida dava a sensação de estar descontrolada, tentava continuar a aprender e a aperfeiçoar-me. Porque sabia que isso era o que o Bryce teria querido que fizesse. E era uma maneira de me agarrar a algo que tínhamos partilhado.

– Eu... lamento imenso, Maggie. – Mark parecia estar com dificuldade em controlar a voz. Engoliu em seco. – Não sei o que dizer.

– Não há nada a acrescentar a não ser que foi o período mais negro da minha vida. – Concentrou-se em controlar a respiração, com os ouvidos meio sintonizados para o som dos foliões da véspera de Natal na rua. Quando falou, a sua voz era contida. – Até a galeria abrir, não se passou um dia em que não pensasse naquilo. Em quem não me sentisse furiosa ou triste com o que tinha acontecido. Quer dizer, porquê o Bryce? De toda a gente no mundo inteiro, porquê ele?

– Não sei.

Mal o ouviu.

– Passei anos a tentar não me perguntar o que teria acontecido se ele tivesse simplesmente ficado nos serviços de informação ou se eu me tivesse mudado para Washington depois de ele acabar o curso. Tentava não imaginar como poderiam ter sido as nossas vidas, onde teríamos vivido, quanto filhos teríamos tido ou as férias que teríamos feito. Penso que essa foi outra razão para eu agarrar com ambas as mãos todas as oportunidades de viajar que me apareciam. Era uma tentativa de deixar para trás aqueles pensamentos obsessivos, mas devia saber que isso nunca resulta. Porque levamo-nos sempre connosco para onde quer que vamos. É uma das verdades universais da vida.

Mark baixou o olhar para a mesa.

– Desculpe ter-lhe pedido que acabasse a história. Devia ter-lhe dado ouvidos e tê-la deixado terminá-la com o beijo na praia.

– Eu sei – disse ela. – Era também assim que eu sempre quis que ela tivesse terminado.

Com o relógio a continuar a sua contagem decrescente até ao dia de Natal, a conversa dos dois vogou delicadamente de um tema para o seguinte. Maggie sentia-se grata por Mark não ter insistido mais em relação a Bryce; parecia reconhecer como o tema era doloroso para ela. Enquanto descrevia os anos que se seguiram à morte de Bryce, maravilhava-se com a forma como o que condicionara tantas das suas decisões remontava sempre a Ocracoke.

Descreveu o afastamento da família que se verificou quando saiu de casa; os seus pais nunca tinham dado muito crédito ao amor dela por Bryce nem compreenderam o impacto da perda. Maggie confessou que não confiara no homem que a sua irmã escolhera para casar, porque nunca o vira olhar Morgan como Bryce a olhara a ela. Falou sobre o ressentimento crescente que sentia pela sua mãe e os seus comentários críticos; muitas vezes, dava consigo a refletir nas diferenças entre a sua mãe e a tia Linda. Falou também sobre o receio que sentiu no *ferry* para Ocracoke quando finalmente arranjou coragem para visitar de novo a sua tia. Nessa altura, os avós de Bryce já tinham falecido e a família dele mudara-se da ilha para algures na Pensilvânia. Durante a sua estadia, Maggie visitou todos os lugares que em tempos tinham significado tanto para ela. Foi à praia, ao cemitério e ao farol, e pôs-se em frente à casa onde Bryce vivera, a perguntar-se se o quarto escuro teria sido convertido num espaço mais adequado aos novos proprietários. Sentiu-se abalada por vagas de *déjà vu*, como se os anos tivessem voltado para trás, e houve momentos em que quase acreditou que Bryce poderia dobrar a esquina de repente, para logo ter noção de que era uma ilusão, o que a fez recordar de novo que nada acabava por ser como era suposto que fosse.

A certo ponto nos seus trinta e tal anos, numa ocasião em que tinha bebido demasiados copos de vinho, pesquisou os irmãos de Bryce no Google para ver o que fora feito deles. Ambos tinham acabado o curso no MIT aos dezassete anos e trabalhavam no mundo da tecnologia – Richard em Silicon Valley, Robert em Boston. Ambos eram casados e tinham filhos; para Maggie, embora as suas fotografias mostrassem que eram homens crescidos, continuariam sempre a ter doze anos.

Com os ponteiros do relógio a avançarem lentamente para a meia-noite, Maggie começou a sentir-se dominada pela exaustão, como uma frente de tempestade a aproximar-se rapidamente. Mark deve tê-lo visto no seu rosto, porque estendeu a mão para lhe tocar no braço.

– Não se preocupe – disse. – Não a detenho muito mais tempo.

– Não poderia nem que tentasse – disse ela num tom débil. – Chega um momento em que simplesmente desligo.

– Sabe no que eu estava a pensar? Desde que começou a contar-me a história?

– Em quê?

Ele coçou a orelha.

– Quando penso na minha vida, e reconheço que não sou assim tão velho como isso, não consigo deixar de pensar que, embora tenha tido diferentes fases, sempre me fui tornando só uma versão de mim ligeiramente mais velha. Ao primeiro ciclo sucederam-se o segundo e o terceiro, depois o secundário e a universidade, o hóquei infantil levou ao hóquei júnior e depois ao do secundário. Não houve períodos de reinvenção significativa. Mas no seu caso, foi exatamente o contrário. Era uma rapariga comum, depois ficou grávida, o que alterou o curso da sua vida. Tornou-se outra pessoa quando regressou a Seattle, depois pôs essa pessoa de lado quando se mudou para Nova Iorque. E a seguir voltou a transformar-se, tornando-se uma profissional no mundo da arte. Tornou-se alguém inteiramente novo, uma e outra vez.

– Não se esqueça da versão de mim com o cancro.

– Falo a sério – disse ele. – E espero que não esteja a interpretar-me mal. Acho a sua viagem fascinante e inspiradora.

– Não sou tão especial como isso. E não é propriamente como se o tivesse planeado. Passei a maior parte da minha vida a reagir a coisas que me aconteceram.

– É mais do que isso. A Maggie tem uma coragem que eu acho que não tenho.

– Não é tanto coragem, é mais instintos de sobrevivência. E, espero, o facto de ter aprendido algumas coisas ao longo do caminho.

Mark inclinou-se sobre a mesa.

– Quer saber uma coisa?

Maggie fez um aceno de cabeça fatigado.

– Este é o Natal mais memorável que alguma vez tive – declarou ele. – Não só esta noite; toda a semana. É claro que também tive a oportunidade de escutar a história mais espantosa que alguma vez ouvi. Foi uma dádiva, e quero agradecer-lhe por isso.

Maggie sorriu.

– Por falar em dádivas, tenho uma coisa para si. – Da sua mala, tirou a caixa de rebuçados para a tosse e empurrou-a sobre a mesa. Mark examinou-a.

– Comi demasiado alho?

– Não seja tonto. Não tive tempo nem energia para a embrulhar.

Mark abriu o tampo.

– *Pens*?

– Têm nelas as minhas fotografias – disse ela. – Todas as minhas preferidas.

Ele arregalou os olhos.

– Mesmo as que estão na galeria?

– É claro que sim. Não estão oficialmente numeradas, mas se houver algumas de que goste particularmente pode mandá-las imprimir.

– As fotografias da Mongólia estão aqui?

– Algumas.

– E a *Rush*?

– Essa também.

– Uau! – disse ele, tirando delicadamente da caixa uma das *pens*. – Obrigado. – Pousou a primeira *pen*, pegou na segunda com reverência e voltou a colocá-la dentro da caixa. Tocou na terceira e na quarta, como se a assegurar-se de que os seus olhos não estavam a enganá-lo.

– Não lhe sei dizer o quanto isto significa para mim – disse solenemente.

– Antes que pense que é muito especial, tenho de lhe dizer que, provavelmente, vou fazer a mesma coisa para a Luanne durante o mês que vem. E para o Trinity também.

– Tenho a certeza de que ela vai adorar tanto quanto eu. Prefiro ter isto do que uma das peças do Trinity.

– Devia aceitar uma peça do Trinity se ele lha oferecer. Talvez vendê-la e comprar uma casa de um bom tamanho.

– Pois é – concordou ele, mas era evidente que ainda estava a pensar no presente. Olhou para as fotografias exibidas nas paredes à sua volta antes de abanar a cabeça com o que parecia ser um espanto maravilhado. – Não consigo pensar em mais nada para dizer a não ser obrigado mais uma vez.

– Feliz Natal, Mark. E obrigada por tornar esta semana muito especial para mim também. Não sei o que teria feito se o Mark não se tivesse mostrado tão disposto a satisfazer os meus caprichos. E, claro, também estou ansiosa por conhecer a Abigail. Penso que disse que ela chega no dia vinte e oito?

– No sábado – respondeu ele. – Vou-me assegurar de que vem à galeria num dia em que a Maggie esteja aqui.

– Não sei se vou poder dar-lhe o tempo todo de folga enquanto ela estiver cá. Não posso prometer nada.

– Ela compreende – garantiu-lhe Mark. – Também temos planeado um domingo preenchido, e o dia de Ano Novo.

– E se fechássemos a galeria no dia trinta e um? Tenho a certeza de que o Trinity não se importaria.

– Isso seria ótimo.

– Vou encarregar-me de que assim seja. Como chefe que compreende a importância de passar tempo com as pessoas de quem se gosta, quero dizer.

– OK – concordou ele. Fechou o tampo da lata de rebuçados para a tosse antes de erguer a cabeça e olhar de novo para ela. – Se pudesse ter o que quisesse no Natal, o que seria?

A pergunta apanhou-a desprevenida.

– Não sei – respondeu por fim. – Suponho que diria que gostaria de fazer o tempo voltar para trás e mudar-me para Washington logo a seguir a o Bryce tirar o curso. E suplicava-lhe que não entrasse para as forças especiais.

– E se não pudesse fazer o tempo voltar para trás? Se fosse algo no aqui e agora? Algo que fosse de facto possível?

Maggie ponderou.

– Não é realmente um desejo de Natal ou até mesmo uma resolução de Ano Novo. Mas há certos... ajustes finais que gostaria de fazer enquanto ainda tenho tempo. Quero dizer à minha mãe e ao meu pai que compreendo que fizeram sempre o que julgavam melhor para mim e que aprecio muito todos os seus sacrifícios. Sei que, lá no fundo, os meus pais sempre gostaram de mim e estiveram lá para mim, e quero agradecer-lhes por isso. À Morgan também.

– À Morgan?

– Podemos não ter tido muito em comum, mas é a minha única irmã. Também é uma mãe incrível para as filhas, e quero que saiba que, de muitas maneiras, tem sido uma inspiração.

– Mais alguém?

– O Trinity, por tudo o que fez por mim. A Luanne pela mesma razão. O Mark. Ultimamente, tem-se tornado muito claro para mim com quem quero passar o tempo que me resta.

– E uma última viagem a algum lugar? À Amazónia ou algo do género?

– Penso que os meus dias para viajar já lá vão. Mas não tem mal. Não tenho arrependimentos a esse respeito. Viajei o suficiente para dez vidas.

– E que tal um último banquete num restaurante com estrelas Michelin?

– A comida sabe-me mal agora, lembra-se? Praticamente só sobrevivo com batidos e *eggnog*.

– Continuo a tentar pensar em mais alguma coisa...

– Eu estou bem, Mark. Neste momento, o apartamento e a galeria são mais do que o suficiente.

Mark fitou o chão, de cabeça baixa.

– Não consigo deixar de desejar que a sua tia Linda estivesse aqui do seu lado.

– É o Mark e eu – concordou ela. – Ao mesmo tempo, não quereria que ela tivesse de me ver assim, que tivesse de me dar apoio nos dias difíceis que se avizinham. Já fez isso por mim uma vez, quando eu mais precisava.

Mark acenou com a cabeça a concordar em silêncio antes de lançar um olhar à caixa que estava em cima da mesa.

– Acho que é a minha vez de lhe dar o seu presente, mas, depois de o embrulhar, fiquei na dúvida se deveria dar-lho.

– Porquê?

– Não sei o que vai sentir em relação a ele.

Ela ergueu uma sobrancelha.

– Agora pôs-me curiosa.

– Mesmo assim, continuo a hesitar oferecer-lho.

– O que é preciso para o convencer?

– Posso perguntar-lhe uma coisa primeiro? Sobre a sua história? Não sobre o Bryce. Mas deixou algo de fora.

– O que é que deixei de fora?

– Acabou por ter o bebé nos braços?

Maggie não respondeu de imediato. Em vez disso, recordou aqueles poucos minutos frenéticos a seguir ao nascimento – o alívio e a exaustão que sentiu de repente, o som do choro do bebé, os médicos e as enfermeiras a pairarem sobre ambos, todas as pessoas a saberem exatamente o que fazer. Imagens esfumadas, nada mais.

– Não – respondeu por fim. – O médico perguntou se eu queria, mas não consegui. Receava que, se o fizesse, nunca mais o soltasse.

– Já sabia nessa altura que ia dar o seu ursinho de peluche?

– Não tenho a certeza – respondeu ela, a tentar recriar os seus processos mentais, mas sem conseguir. – Na altura, deu-me a sensação de ser um impulso do momento, mas agora pergunto-me se sabia desde o início que o faria.

– Os pais adotivos não se importaram?

– Não sei. Lembro-me de assinar os papéis e de me despedir da tia Linda e da Gwen, e depois, de repente, de ficar sozinha no quarto com a minha mãe. Tudo é bastante vago depois disso. – Embora fosse a verdade, falar sobre o bebé desencadeou um pensamento que ela mantivera fechado a sete chaves ao longo dos anos e que agora voltava cheio de ímpeto. – Perguntou-me o que queria para o Natal – prosseguiu por fim. – Acho que gostaria de saber se tudo valeu a pena. E se tomei a decisão certa.

– Quer dizer em relação ao bebé?

Maggie acenou com a cabeça.

– Dar um bebé para adoção é assustador, mesmo que seja a decisão correta. Nunca sabemos que resultado vai ter. Perguntamo-nos se os pais estarão a criar a criança em condições ou se a criança é feliz. E pensamos também nas coisas pequenas, nas comidas ou passatempos favoritos, se a criança herdou os nossos tiques ou o nosso temperamento. Há mil e uma perguntas, e, por mais que tentemos suprimi-las, não deixam de, por vezes, vir à tona. Como quando se vê uma criança de mão dada com a mãe ou o pai, ou se avista uma família a comer na mesa ao lado da nossa num restaurante. Eu só podia ter esperança e perguntar-me.

– Alguma vez tentou encontrar as respostas?

– Não – respondeu ela. – Há uns anos, ainda pensei em pôr o meu nome num daqueles registos de adoção, mas depois fiquei com melanoma e perguntei-me se poderia vir daí algo de bom, dado o meu prognóstico. Com toda a franqueza, o cancro toma-nos conta da vida, de certo modo. Embora fosse gratificante saber se tudo correu pelo melhor. E, se ele quisesse conhecer-me, decididamente eu teria querido conhecê-lo.

– Ele?

– Tive um menino, quer creia quer não – disse ela com uma pequena risada. – Surpresa! A técnica estava enganada.

– Já para não mencionar os instintos de mãe... a Maggie tinha tanta certeza. – Empurrou o embrulho na direção dela. – Pegue, abra-o. Penso que é capaz de precisar mais disto do que eu.

Intrigada, Maggie fitou Mark com curiosidade antes de por fim estender a mão para a fita. Soltou-se com um só puxão, e o papel com pouca fita-cola saiu também facilmente. Era uma caixa de sapatos, e, quando ela por fim levantou o tampo, ficou a olhar fixamente para o seu interior. A respiração ficou-lhe presa na garganta e o tempo começou a passar mais lentamente, empenando o próprio ar à sua volta.

O pelo da cor de café estava emaranhado e com borboto; um segundo ponto à Frankenstein tinha sido acrescentado a uma das pernas, mas o ponto original ainda ali estava, assim como o botão cosido na vez do olho. O nome dela escrito com um marcador era quase impossível de decifrar à luz ténue, mas Maggie reconheceu a sua letra infantil, e, de repente, inundou-a uma vaga de recordações de como dormia com ela em criança; de como a apertava com força, deitada na cama em Ocracoke; de como a agarrara enquanto gemia a caminho do hospital para o parto.

Era a ursinha Maggie – não uma réplica, não uma substituta – e, quando a tirou delicadamente da caixa, sentiu o cheiro familiar, estranhamente inalterado pela passagem do tempo. Não queria crer – a ursinha Maggie não podia estar aqui; não era possível, de maneira nenhuma...

Ergueu os olhos para Mark, o rosto flácido com o choque. Mil perguntas diferentes inundaram a sua mente e depois, aos poucos, começaram a ter resposta quando ela captou o significado pleno do presente que ele lhe dera. Fizera vinte e três anos uns meses antes, o que significava que tinha nascido em 1996... O convento da tia Linda ficava algures no Midwest, onde Mark crescera... Ele parecera-lhe estranhamente familiar... E agora ela tinha nas mãos o ursinho que dera ao seu bebé no hospital...

Não podia ser.

E, no entanto, era, e quando Mark começou a sorrir, Maggie sentiu um sorriso trémulo a formar-se em resposta. Ele estendeu-lhe a mão por cima da mesa, pegando-lhe nos dedos, com uma expressão terna.

– Feliz Natal, Mamã.

MARK

Ocracoke
Início de março de 2020

No *ferry* para Ocracoke, tentei imaginar o medo que a Maggie devia ter sentido ao chegar à ilha há aqueles anos todos. Mesmo eu sentia alguma ansiedade, uma sensação de estar a ser arrastado para o desconhecido. A Maggie descrevera a viagem de carro da cidade de Morehead para a ilha Cedar, onde o ferry atracava, mas a sua descrição não captara bem a sensação de isolamento que tive ao passar pela ocasional casa solitária de quinta ou autocaravana isolada. A paisagem também não era nada como a do Indiana. Embora nebuloso, aquele mundo era luxuriante e verde, com tufos de musgo a penderem dos ramos, que se tinham torcido e retorcido nos ventos costeiros incessantes. Fazia frio, o céu do início da manhã estava branco no horizonte, e as águas cinzentas da baía de Pamlico pareciam relutantes em dar passagem a quaisquer barcos que tentassem a travessia. Mesmo com a Abigail ao meu lado, era fácil compreender o uso da Maggie da palavra *encalhado*. Ao ver a vila de Ocracoke tornar-se maior no horizonte, pareceu-me uma miragem que poderia evaporar-se. Antes da minha viagem para cá, li que o furacão Dorian tinha devastado a vila em setembro e causara inundações catastróficas; ao ver as imagens nas notícias, perguntei-me quanto tempo demoraria a reconstruir ou reparar. É claro que me recordou a Maggie e a tempestade por que ela tinha passado, mas, de qualquer modo, ultimamente a maior parte dos meus pensamentos girava em torno dela.

Quando fiz oito anos, os meus pais disseram-me que era adotado. Explicaram que Deus arranjara maneira de nos tornarmos uma família, e queriam que eu soubesse que gostavam tanto de mim que, por vezes, os seus corações davam a impressão de irem rebentar. Já tinha idade para compreender o que significava ser adotado, mas era demasiado novo para lhes fazer perguntas sobre os pormenores. E também não me importava realmente; eles eram meus pais e eu era filho deles. Ao contrário de algumas crianças, não sentia grande curiosidade pelos meus pais biológicos; exceto em raros momentos, mal pensava no facto de ter sido adotado.

Aos catorze anos, no entanto, tive um acidente. Andava na brincadeira com um amigo num celeiro – a família dele tinha uma quinta – e cortei-me numa foice em que, provavelmente, nunca devia ter tocado. Cortei uma artéria, portanto saiu uma data de sangue e, quando cheguei ao hospital, o meu rosto estava quase cinzento. Deram-me uns pontos na artéria e fizeram-me uma transfusão de sangue; fiquei a saber que era do tipo AB-negativo, e, obviamente, nem o meu pai nem a minha mãe tinham o mesmo tipo de sangue. A boa notícia é que tive alta na manhã seguinte e voltei praticamente ao normal pouco depois. No entanto, pela primeira vez comecei a pensar nos meus pais biológicos. Como o meu tipo de sangue era relativamente raro, perguntava-me ocasionalmente se o da minha mãe e o do meu pai o seriam igualmente. Também me perguntava se haveria outras questões genéricas de que devesse ter conhecimento.

Passaram mais quatro anos até voltar a abordar o assunto da minha adoção com os meus pais. Receava magoá-los; só mais tarde compreendi que eles já estavam à espera daquela conversa desde que tinham falado comigo no meu aniversário há anos. Explicaram-me que a adoção fora do tipo fechado, que, provavelmente, seria necessária uma ordem do tribunal para aceder à informação e que não era certo que fosse bem-sucedido se seguisse essa via. Poderia, por exemplo, conseguir obter informações necessárias sobre questões de saúde, mas nada mais, a não ser que a mãe biológica estivesse disposta a permitir o acesso aos registos. Alguns estados têm um cartório para esse tipo de coisa – as pessoas que foram adotadas e as que deram uma criança para adoção podem concordar que os registos sejam acedidos –, mas não consegui encontrar indícios dessa opção na Carolina do Norte e também não sabia se a minha mãe biológica a tentara. Conclui que estava num beco sem saída, mas os meus pais conseguiram dar-me informações suficientes para me ajudar na pesquisa.

Tinham ficado a saber vários factos através da agência: que a rapariga era católica e a família dela era contra o aborto, que ela era saudável e fora seguida por um médico, que continuara os estudos à distância e que tinha dezasseis anos quando deu à luz. Também sabiam que era de Seattle. Como eu nasci na cidade de Morehead, a adoção tinha sido mais complicada do que supusera. Para me adotarem, os meus pais tiveram de se mudar para a Carolina do Norte nos meses que antecederam o meu nascimento para estabelecerem a sua residência nesse estado. Essa informação não era importante para conhecer a identidade da Maggie, mas sublinhava o quão desesperados eles estavam por ter um filho e o quanto eles – como a Maggie – se tinham disposto a sacrificar para me darem um lar maravilhoso.

Não deviam ter ficado a saber o nome da Maggie, mas ficaram, em parte por acaso e em parte devido à própria Maggie. No hospital, tinha de se passar pela ala da maternidade para chegar ao berçário, e na noite em que nasci tinha havido pouco movimento no hospital. Quando os meus pais chegaram, só estavam ocupados dois dos quartos da maternidade, e num deles encontrava-se uma família de negros com quatro outros filhos. No outro quarto, contudo, havia um pequeno cartão perto da porta com o nome M. Dawes. No berçário, deram aos meus pais o ursinho, que tinha o nome

Maggie escrito na parte de baixo da pata, e, de repente, juntaram dois mais dois e adivinharam o nome da mãe. Era algo que nem o meu pai nem a minha mãe alguma vez esqueceriam, embora dissessem que nunca mais voltaram a falar do assunto até finalmente terem a conversa comigo.

O meu primeiro pensamento foi, provavelmente, o mesmo de todas as pessoas da minha idade: Google. Escrevi *Maggie Dawes* e *Seattle* e apareceu uma biografia de uma fotógrafa conhecida. Obviamente, não podia ter a certeza nessa altura de que era a minha mãe, e vasculhei o resto do *site* de fotografia dela sem ter sorte. Não havia nenhumas referências à Carolina do Norte, nenhumas referências a ser casada ou ter filhos, e era óbvio que ela vivia agora em Nova Iorque. Na sua fotografia, parecia demasiado jovem para ser minha mãe, mas eu não fazia ideia de quando aquele retrato tinha sido tirado. Desde que não tivesse casado – e tomado o nome do marido – não poderia excluí-la.

Havia ligações no *site* que remetiam para os seus canais no YouTube, e acabei por ver alguns dos vídeos, um hábito que mantive mesmo enquanto andei na universidade. Embora a maior parte das informações técnicas nos seus vídeos fosse incompreensível para mim, havia algo cativante nela. Por fim, descobri mais uma pista. Na parede do estúdio de trabalho no seu apartamento estava pendurada uma fotografia de um farol. Num dos seus vídeos, ela até se referia a ela, observando que fora aquela fotografia que inspirara inicialmente o seu interesse pela profissão, quando era adolescente. Parei o vídeo e tirei uma fotografia, a seguir pesquisei no Google imagens de faróis da Carolina do Norte. Demorei menos de um minuto a descobrir que o que aparecia na parede da Maggie se localizava em Ocracoke. O hospital mais próximo, fiquei também a saber, era na cidade de Morehead.

Embora o meu coração tenha parado de bater por um instante, sabia que não era o suficiente para ter a certeza absoluta. Só daí a três anos e meio, quando a Maggie publicou um vídeo a dizer que estava com cancro, é que fiquei convencido. Nesse vídeo, ela comentava que tinha trinta e seis anos, o que significava que tinha dezasseis em 1996.

O nome e a idade batiam certo. Era de Seattle e estivera na Carolina do Norte na adolescência, e Ocracoke também parecia encaixar-se. E, quando olhava com atenção, parecia-me notar até parecenças com ela, embora tenha de admitir que isso talvez fosse só produto da minha imaginação.

Mas a questão era que, embora eu pensasse que queria conhecê--la, não sabia se ela queria conhecer-me. Não tinha a certeza do que fazer, e rezei para obter orientação. Comecei também a ver obsessivamente os seus vídeos – todos –, especialmente os vídeos sobre a sua doença. Estranhamente, quando falava sobre o cancro para a câmara, irradiava uma espécie de carisma pouco convencional; parecia sincera e corajosa e assustada, otimista e cheia de humor negro, e, como muitas outras pessoas, senti-me compelido a continuar a ver os vídeos. E quanto mais os via, mais ficava com a certeza de que queria conhecê-la. Dava bastante a sensação de que ela se tinha tornado como uma amiga. Também sabia, com base nos seus vídeos e na minha pesquisa, que a remissão do cancro era improvável, o que significava que o meu tempo estava a esgotar-se.

Nessa altura, eu já tinha acabado o curso e começara a trabalhar na igreja do meu pai; também tomara a decisão de prosseguir os estudos, o que significaria fazer o exame de admissão, o GRE, e concorrer a pós-graduações. Tive a sorte de ser aceite em três universidades fantásticas, mas, por causa da Abigail, a universidade de Chicago era a opção óbvia. A minha intenção era matricular-me em setembro de 2019, como a Abigail, mas uma visita aos meus pais alterou tudo isso. Enquanto estive em casa, eles pediram-me que levasse umas caixas para o sótão; depois de as levar, dei com uma outra caixa. Tinha uma etiqueta com QUARTO DO MARK, e, curioso, abri o tampo. Lá dentro encontrei alguns troféus e uma luva de basebol, pastas de arquivo com velhos trabalhos da escola, luvas de hóquei e um grande número de outras recordações que a minha mãe não tivera coragem de deitar fora. Nessa caixa, juntamente com as outras coisas, estava a ursinha Maggie, o peluche que me fez companhia na cama até eu ter nove ou dez anos.

Ver o ursinho e o nome da Maggie fez-me compreender de novo que chegara o momento de tomar uma decisão sobre o que queria realmente fazer.

Não podia fazer nada, obviamente. Outra opção era ir a Nova Iorque surpreendê-la com a informação, talvez almoçarmos juntos, e depois regressar ao Indiana. É o que suponho que muitas pessoas poderiam ter feito, mas pareceu-me que seria injusto para ela, dado aquilo por que estava já a passar e visto que eu continuava a não fazer ideia se ela queria sequer conhecer o filho que dera para adoção há tantos anos. Ao longo de um período de tempo, comecei a considerar uma terceira opção: talvez pudesse ir para Nova Iorque para a conhecer, mas sem a informar de quem eu era.

Por fim, depois de rezar muito, escolhi a terceira opção. Inicialmente, visitei a galeria no princípio de fevereiro, juntando-me a um grupo de fora do estado. A Maggie não estava lá, e a Luanne – a tentar distinguir entre compradores e turistas – mal reparou em mim. Quando passei de novo pela galeria no dia seguinte, os visitantes eram ainda em maior número; a Luanne parecia assoberbada e mal capaz de lidar com tudo. A Maggie estava ausente de novo, mas comecei a aperceber-me de que, para além de ter uma oportunidade de a conhecer, poderia ajudá-la na galeria. Quanto mais pensava nisso, tanto mais a ideia se apoderava de mim. Disse para comigo que, se acabasse por ter a sensação de que ela queria saber quem eu era, revelar-lhe-ia a verdade.

Contudo, era uma questão complicada. Se recebesse uma proposta de emprego – e nem sequer sabia se havia uma vaga naquela altura –, teria de adiar a pós-graduação por um ano, e, embora supusesse que a Abigail aceitaria a minha decisão, era provável que ela não ficasse lá muito contente com isso. Mais importante ainda, precisava de que os meus pais compreendessem. Não queria que pensassem que eu estava de algum modo a tentar substitui-los ou que não apreciava tudo o que tinham feito por mim. Precisava de que soubessem que os consideraria sempre meus pais. Quando voltei para casa, falei-lhes sobre o que andava a pensar fazer. Também lhes mostrei alguns dos vídeos da Maggie sobre a sua batalha com o cancro, e, por fim, penso que foi o que influenciou a decisão. Tal como eu, sabiam que o meu tempo estava a esgotar-se. Quanto à Abigail, foi mais compreensiva do que eu esperava, apesar da reviravolta que causaria nos nossos planos de longa data. Fiz as malas e regressei a Nova Iorque, sem saber ao certo quanto tempo ficaria e a perguntar-me se resultaria. Aprendi tudo o que podia sobre o trabalho do Trinity e o da Maggie, e por fim levei o meu currículo à galeria.

Estar sentado em frente à Maggie durante a minha entrevista foi o momento mais surreal da minha vida.

Depois de ser contratado, arranjei um sítio permanente para viver e adiei a entrada na pós-graduação, mas admito que houve alturas em que me perguntava se teria cometido um erro. Nos primeiros meses, mal via a Maggie, e quando nos cruzávamos as nossas interações eram limitadas. No outono, começámos a passar mais tempo juntos, mas a Luanne estava muitas vezes connosco. Estranhamente, embora eu tivesse querido trabalhar na galeria por razões pessoais, descobri que tinha uma certa aptidão para aquele trabalho e acabei por gostar bastante dele. Quanto aos meus pais, o meu pai optou por se referir ao meu trabalho como «um nobre serviço»; a minha mãe simplesmente dizia que sentia orgulho em mim. Penso que previram que eu não iria passar o Natal a casa, e foi por essa razão que o meu pai organizou a viagem à Terra Santa com membros da igreja. Embora sempre tivesse sido um sonho deles, penso que em parte não queriam ficar em casa durante a época festiva sem o seu único filho. Tentava recordar-lhes com frequência o meu amor por eles e o quanto me seriam sempre caros como os únicos pais que alguma vez conhecera ou quisera.

Depois de a Maggie abrir o presente, fez-me um sem-número de perguntas – como a encontrara, pormenores sobre a minha vida e os meus pais. Também me perguntou se queria conhecer o meu pai biológico. Poderia, especulou, ser capaz de me providenciar informações suficientes para eu iniciar uma pesquisa, se fosse isso o que eu quisesse. Embora a minha curiosidade tivesse sido espicaçada inicialmente devido ao meu tipo mais ou menos raro de sangue, apercebi-me de que não tinha o menor interesse em encontrar o J. Encontrar e conhecer a Maggie fora mais do que o suficiente, mas, mesmo assim, senti-me tocado pela sua proposta.

A certo momento, a Maggie começou a sentir-se tão exausta que a acompanhei no táxi até casa. Depois de a ter acompanhado até dentro de casa, só voltei a ter notícias suas a meio da tarde. Passámos o resto do dia de Natal juntos no seu apartamento, e finalmente pude ver ao vivo a fotografia do farol.

– Esta fotografia mudou a vida a ambos – refletiu ela em voz alta. Eu só podia concordar.

Contudo, nos dias e nas semanas a seguir ao Natal, como me fui apercebendo de que a Maggie não sabia realmente como ser minha mãe e de que eu não sabia como ser seu filho, tornámo-nos simplesmente amigos mais íntimos. Embora eu lhe tivesse chamado mamã quando lhe dei o urso de peluche, voltei a chamar-lhe Maggie depois disso, o que dava a ambos a sensação de ser mais confortável. No entanto, ela ficou encantada por conhecer a Abigail, e nós os três jantámos juntos duas vezes enquanto ela esteve em Nova Iorque. Davam-se bem, mas quando a Abigail envolveu a Maggie num abraço de despedida, reparei que ela estava a ficar cada vez mais franzina a cada dia que passava, com o cancro a roubar-lhe a substância e o peso.

Imediatamente antes do Ano Novo, a Maggie publicou um vídeo a atualizar o seu prognóstico, e a seguir contactou a família. Como previra, a sua mãe implorou-lhe que regressasse a Seattle, mas ela manteve-se irredutível quanto às suas intenções.

Depois de a Luanne regressar de Maui, a Maggie pô-la a par do seu prognóstico e da minha identidade. A Luanne, que insistiu que sabia desde o início que se passava algo, informou a Maggie de que nós precisávamos de passar tanto tempo juntos quanto possível e, por conseguinte, marcou logo as minhas férias. Como nova gerente – tanto a Maggie como o Trinity concordaram que era a escolha óbvia –, a decisão era dela, e concedeu-nos, a mim e à Maggie, o tempo de que precisávamos para preencher quaisquer lacunas sobre as nossas vidas que não tivéssemos ainda partilhado.

Os meus pais vieram a Nova Iorque na terceira semana de janeiro. A Maggie ainda não estava acamada, e pediu para falar com os dois em privado, sentada no sofá da sua sala. A seguir, perguntei aos meus pais sobre o que tinham conversado.

– Ela queria agradecer-nos por te termos adotado – disse a minha mãe com uma emoção mal contida. – Disse que se sentia abençoada. – A minha mãe, endurecida pelas confissões inerentes à sua profissão, raramente chorava, mas naquele instante sentiu-se dominada pela emoção e os seus olhos ficaram marejados com lágrimas. – Queria dizer-nos que fomos pais maravilhosos e que achava que o nosso filho era extraordinário.

Quando a minha mãe se debruçou para me abraçar, eu soube que o que a comovera mais fora o facto de a Maggie se ter referido a mim como filho *deles*. Para os meus pais, a minha decisão de vir para Nova Iorque fora mais difícil do que me apercebera, e perguntei--me até que ponto provocara uma perturbação secreta neles.

– Fico contente por teres podido conhecê-la – murmurou a minha mãe, ainda a apertar-me com força contra o peito.

– Eu também, Mamã.

Depois da visita dos meus pais, a Maggie nunca mais voltou à galeria nem teve forças para sair de casa. A medicação para a dor tinha sido aumentada e era administrada por uma enfermeira que ia lá três vezes por dia. Por vezes, a Maggie dormia até vinte horas de cada vez. Eu ficava sentado com ela durante muitas dessas horas, a segurar-lhe a mão. Perdeu ainda mais peso e a sua respiração era ofegante, uma pieira dolorosa de ouvir. Na primeira semana de fevereiro, já não conseguia levantar-se da cama, mas, nos momentos em que estava acordada, ainda arranjava maneira de sorrir. Normalmente, era eu quem fazia as despesas da conversa – seria um esforço demasiado grande para ela –, mas, de vez em quando, contava-me alguma coisa sobre si mesma que eu não sabia.

– Lembras-te de quando te disse que queria um final diferente para a minha história com o Bryce?

– É claro que sim – disse eu.

Ela olhou para mim, com um esboço de um sorriso a bailar-lhe nos lábios.

– Contigo, tive o final que queria.

Os pais da Maggie vieram em fevereiro e instalaram-se num pequeno hotel não muito longe do apartamento dela. Tal como eu, a mãe e o pai da Maggie simplesmente queriam estar perto dela. O seu pai mantinha-se em silêncio, submetendo-se à vontade da mulher: na maior parte do tempo, ficava sentado na sala de estar com a televisão ligada no canal desportivo ESPN. A mãe da Maggie ocupava a cadeira ao lado da cama e esfregava as mãos compulsivamente; sempre que a enfermeira chegava, exigia explicações para cada alteração da medicação para a dor, bem como para outros aspetos dos cuidados da filha. Quando a Maggie estava acordada, o refrão constante da sua mãe era que o que estava a acontecer não era justo, e recordava repetidamente à Maggie que rezasse. Insistia que os oncologistas em Seattle poderiam ter sido capazes de fazer mais e que a Maggie devia ter-lhe dado ouvidos; ela conhecia alguém que conhecia alguém que conhecia uma pessoa que também tinha melanoma de estádio IV, mas ainda se encontrava em remissão. Por vezes, lamentava o facto de a Maggie estar só e nunca se ter casado. A Maggie, por seu lado, suportava a tagarelice ansiosa da sua mãe com paciência; não era nada que não tivesse ouvido a vida inteira. Quando a Maggie agradeceu aos pais e lhes disse que gostava muito deles, a sua mãe pareceu perplexa por ela sentir que precisava de dizer aquelas palavras. *É claro que gostas muito de mim!* Imaginava-a a pensar: *Olha para tudo o que eu fiz por ti, apesar das opções que tomaste na tua vida!* Era fácil compreender porque a Maggie achava os pais esgotantes.

A relação dos seus pais comigo era mais complicada. Durante quase um quarto de século, tinham conseguido fingir que a Maggie nunca tinha estado grávida. Tratavam-me com desconfiança, como um cão que pudesse morder, e mantinham uma distância tanto física como emocional. Faziam-me poucas perguntas sobre a minha vida, mas ouviam bastantes coisas quando eu e a Maggie estávamos a conversar, já que a sua mãe tendia a deixar-se ficar por perto sempre que a filha estava acordada. Quando a Maggie pedia para falar comigo a sós, Mrs. Dawes saía sempre amuada do quarto, o que só fazia a Maggie revirar os olhos.

Como as filhas da Morgan ainda eram pequenas, era-lhe mais difícil vir visitar a irmã, mas veio em dois fins de semana. Na sua segunda visita em fevereiro, a Maggie e a Morgan falaram durante vinte minutos. Depois de a Morgan se ir embora, a Maggie pôs-me a par da sua conversa e fez um sorriso irónico apesar da dor, agora constante.

– Disse que sempre tinha tido inveja da liberdade e da excitação da minha vida. – Maggie soltou uma gargalhada débil. – Consegues acreditar?

– Totalmente.

– Até afirmou que desejou muitas vezes poder trocar de lugar comigo.

– Fico contente por terem conversado as duas – disse eu, apertando a sua mão frágil como uma garra de ave.

– Queres saber o que é mais louco, no entanto?

Ergui uma sobrancelha.

– Disse-me que tinha sido difícil para ela em pequena, porque os nossos pais sempre me preferiram!

Tive de me rir.

– Ela não acredita realmente nisso, pois não?

– Penso que sim.

– Como é possível?

– Porque – disse a Maggie – ela é mais como a minha mãe do que se dá conta.

Outros amigos e conhecidos visitaram a Maggie nas semanas finais da sua vida. A Luanne e o Trinity passavam lá por casa regularmente, e ela deu a ambos o mesmo presente que me dera a mim. Quatro editores fotográficos também passaram lá por casa, bem como o encarregado de imprimir as fotografias dela e alguém do laboratório, e durante essas visitas ouvi mais histórias sobre as suas aventuras. O seu primeiro patrão em Nova Iorque e dois ex-assistentes apareceram, assim como o contabilista da Maggie e até mesmo o seu senhorio. Para mim, no entanto, era doloroso assistir a todas essas visitas. Via a tristeza dos seus amigos quando entravam no quarto, pressentia o seu receio de dizerem a coisa errada quando se aproximavam da cama. A Maggie arranjava maneira de fazer todos sentirem-se bem-vindos e não se poupava a esforços para lhes dizer o quanto tinham significado para ela. A cada um, apresentava-me como seu filho.

De algum modo, nos poucos períodos em que eu não estava lá em casa, também se encarregou de organizar um presente para mim e a Abigail. A minha namorada tinha voltado de avião em meados de fevereiro, e, sentados na cama, Maggie disse que já tinha pago um safari no Botsuana, no Zimbabué e no Quénia para nós os dois, uma viagem que duraria mais de três semanas. Ambos insistimos que era excessivo, mas ela arredou com um aceno de mão a nossa preocupação.

– É o mínimo que posso fazer.

Ambos a abraçámos e beijámos e lhe agradecemos, e ela apertou a mão da Abigail. Quando lhe perguntámos o que podíamos esperar ver, ela encantou-nos com histórias de animais exóticos e acampamentos localizados na selva, e, enquanto falava, houve momentos em que parecia exatamente como era dantes.

No entanto, à medida que os meses iam passando, houve ocasiões em que a sua doença me era insuportável e eu precisava de sair do apartamento e ir dar um passeio para desanuviar. Por muito grato que me sentisse por a ter conhecido, uma parte de mim ansiava por mais. Queria mostrar-lhe a minha cidade no Indiana; queria dançar com ela no meu casamento com a Abigail. Queria uma fotografia dela com o meu filho ou a minha filha nos braços e júbilo nos seus olhos. Não a conhecia há muito tempo, mas, a certo nível, sentia que a conhecia tão intimamente como conhecia a Abigail ou os meus pais. Queria mais tempo com ela, mais anos, e nas ocasiões em que ela estava a dormir, por vezes ia-me abaixo e chorava.

A Maggie deve ter pressentido a minha dor. Quando acordou, fez-me um sorriso terno.

– Isto é duro para ti – disse em voz rouca.

– É a coisa mais dura por que alguma vez tive de passar – admiti. – Não te quero perder.

– Lembras-te do que eu disse ao Bryce sobre isso? Não querer perder alguém tem as suas raízes no medo.

Sabia que ela tinha razão, mas não estava disposto a mentir-lhe.

– Estou com medo.

– Sei que estás. – Estendeu a mão para a minha; a sua estava coberta de nódoas negras. – Mas nunca te esqueças de que o amor é sempre mais forte do que o medo. O amor salvou-me, e sei que também te vai salvar.

Essas foram as suas últimas palavras.

A Maggie faleceu mais tarde nessa noite, perto do fim de fevereiro. A pensar nos pais, planeara um serviço religioso numa igreja católica da vizinhança, embora tenha insistido em ser cremada. Só se encontrou com o padre uma vez antes de falecer, e, seguindo as instruções dela, ele manteve breve o serviço religioso. Pronunciei um elogio fúnebre em poucas palavras, embora as minhas pernas me parecessem tão fracas que sentia que poderia cair. Para a música, ela escolheu *(I've Had) The Time of My Life*, do filme *Dança Comigo*. Os seus pais não compreenderam aquela escolha, mas eu sim, e, enquanto se ouvia a canção, tentei imaginar o Bryce e a Maggie sentados juntos no sofá numa das últimas noites dela em Ocracoke.

Sabia o aspeto que o Bryce tinha, tal como sabia o aspeto da Maggie em adolescente. Antes de falecer, ela dera-me as fotografias que tinham sido tiradas há aqueles anos todos. Vi o Bryce com uma tábua na mão, a preparar-se para entaipar uma janela; vi a Maggie a beijar o nariz da *Daisy*. Quis que ficasse com elas porque pensava que eu, mais do que qualquer outra pessoa, apreciaria o quão preciosas eram para ela.

Estranhamente, eram quase tão preciosas para mim como para ela.

Eu e a Abigail chegámos a Ocracoke no *ferry* da manhã, e, depois de perguntarmos o caminho, alugámos um carro de golfe e visitámos alguns dos lugares que a Maggie descrevera na sua história. Vimos o farol e o Cemitério Britânico; passámos de carro pelos barcos de pesca no porto e pela escola que nem a Maggie nem o Bryce tinham frequentado. Depois de perguntar a algumas pessoas, descobri até o local da loja onde a Linda e a Gwen tinham feito *biscuits* em tempos; vendia agora recordações para turistas. Não sabia onde a Linda ou o Bryce tinham vivido, mas percorremos todas as ruas e soube que devíamos ter passado pela casa de um e do outro pelo menos uma vez.

Almoçámos no Howard's Pub e por fim encaminhámo-nos para a praia. Nos braços, eu levava uma urna com uma parte das cinzas da Maggie; no bolso, uma carta que a Maggie me tinha escrito. A maior parte das suas cinzas, numa outra urna, estavam com os seus pais em Seattle. Antes de falecer, a Maggie perguntou--me se estaria disposto a fazer-lhe um favor, e de maneira nenhuma eu poderia recusar.

Eu e a Abigail percorremos a praia; pensei nas muitas vezes em que a Maggie e o Bryce tinham estado ali juntos. A sua descrição era exata; era austera e natural, uma faixa de costa intocada pelos tempos modernos. Íamos de mãos dadas, e, ao fim de algum tempo, decidi que pararíamos ali. Embora não houvesse maneira de ter a certeza, queria escolher um lugar onde o Bryce e a Maggie pudessem ter tido o seu primeiro encontro, um lugar que, de algum modo, me parecesse certo.

Passei a urna para as mãos da Abigail e tirei a carta do bolso. Não fazia ideia de quando ela a tinha escrito; só tinha a certeza de que estava na mesinha ao lado da sua cama quando ela faleceu. No envelope, escrevinhara umas instruções, pedindo-me que a lesse quando estivesse em Ocracoke.

Abri o envelope e tirei a carta. Não era longa, embora a letra fosse rabiscada e por vezes difícil de decifrar, uma consequência da medicação e da debilidade. Senti cair outra coisa também, que apanhei na mão mesmo a tempo – mais uma dádiva para mim. Inspirei fundo e comecei a ler.

Querido Mark,

Primeiro, quero agradecer-te por me teres encontrado, por te tornares o meu desejo de algum modo concretizado.

Quero que saibas como és especial para mim, como me sinto orgulhosa de ti e que te amo. Já te disse todas estas coisas, mas tens de saber que me deste uma das dádivas mais belas que alguma vez recebi. Por favor, agradece por mim aos teus pais e à Abigail de novo, por te terem permitido o tempo de que necessitávamos para nos conhecermos e nos amarmos. Eles, tal como tu, são extraordinários.

Estas cinzas representam o que resta do meu coração. Simbolicamente, de qualquer modo. Por razões que não tenho de te explicar, quero-as espalhadas em Ocracoke. O meu coração, afinal, ficou sempre lá. E, acabei por acreditar, Ocracoke é um lugar encantado, onde o impossível por vezes se torna real.

Há algo mais que tenho ansiado por te dizer, embora saiba que parecerá uma loucura ao princípio (talvez eu esteja louca neste momento; o cancro e as drogas baralham-me os pensamentos). No entanto, acredito no que te vou dizer, por mais bizarro que soe, porque é a única coisa que me parece intuitivamente verdadeira neste momento.

Recordas-me o Bryce de mais maneiras do que podes imaginar. Na tua personalidade e gentileza, na tua empatia e no teu encanto. Pareces-te um pouco com ele, e – talvez porque ambos eram atletas – também te moves com a mesma graciosidade fluida. Tal como o Bryce, és muito maduro para a tua idade, e, à medida que a nossa relação se ia aprofundando, estas semelhanças foram-se-me tornando ainda mais aparentes.

Isto, então, é no que escolhi acreditar: de algum modo, através de mim, o Bryce tornou-se parte de ti. Quando me tomava nos seus braços, tu absorvias uma parte dele; quando passámos os nossos doces dias juntos em Ocracoke, tu de algum modo herdaste as suas qualidades únicas. És filho, então, de nós os dois. Sei que tal coisa é impossível, mas opto por acreditar que o amor que o Bryce e eu sentimos um pelo outro de algum modo desempenhou um papel na produção do jovem notável que vim a conhecer e a amar. Para mim, não há nenhuma outra explicação.

Obrigada por me teres encontrado, meu filho. Amo-te.
Maggie

Depois de acabar de ler a carta, voltei a enfiá-la no envelope e olhei para o colar que ela me tinha deixado. Já mo mostrara, e, na parte de trás do pingente em forma de concha, reparei nas palavras *Recordações de Ocracoke*. O pingente parecia estranhamente pesado, como se contivesse toda a relação deles, uma vida inteira de amor condensada nuns breves meses.

Quando me senti pronto, voltei a meter o pingente e a carta ao bolso e peguei delicadamente na urna das mãos da Abigail. A maré estava a vazar e a mover-se na mesma direção que o vento. Avancei para a areia húmida, a sentir os pés começarem a afundar-se, e pensei na Maggie no *ferry*, a ver o Bryce pela primeira vez. As ondas eram constantes e rítmicas, e o oceano estendia-se na direção do horizonte. A sua vastidão parecia incompreensível, ao mesmo tempo que eu imaginava papagaios de papel iluminados a flutuarem no céu noturno. Acima de mim, o sol estava a meia haste, e eu sabia que a escuridão viria em breve. À distância, encontrava-se estacionada no areal uma carrinha solitária. Um pelicano passou em voo rasado sobre as ondas. Fechei os olhos e vi a Maggie de pé num quarto escuro ao lado do Bryce ou a estudar a uma mesa velha de cozinha. Imaginei um beijo, quando, pelo menos por um momento, tudo no mundo da Maggie parecia perfeito.

Agora, o Bryce e a Maggie tinham-se ido, e senti uma tristeza avassaladora inundar-me. Rodei o tampo, a abrir a urna, e inclinei-a, a deixar que as cinzas se espalhassem nas ondas que se afastavam da praia. Fiquei parado, a recordar cenas de *O Quebra-Nozes* e de patinarmos no gelo e enfeitarmos uma árvore de Natal, antes de subitamente limpar umas lágrimas involuntárias. Recordei a sua expressão embevecida quando tirou a ursinha Maggie da caixa, e soube que sempre acreditaria que o amor é mais forte do que o medo.

Inspirando fundo, virei-me por fim e encaminhei-me lentamente para a Abigail. Beijei-a delicadamente, prendendo a sua mão na minha, e voltámos os dois em silêncio pela praia.

AGRADECIMENTOS

Neste ano assinala-se o meu vigésimo quinto aniversário como autor publicado – um marco que certamente não poderia ter imaginado quando tive pela primeira vez nas mãos um exemplar de *O Diário da Nossa Paixão*. Nessa altura, sinceramente não sabia se alguma vez voltaria a ocorrer-me uma boa ideia para uma história, muito menos se seria capaz de me sustentar, a mim e à minha família, com o que ganhasse com a escrita.

O facto de ter conseguido continuar a fazer o que adoro durante um quarto de século é testemunho do grupo brilhante e dedicado de apoiantes que incansavelmente me têm aconselhado, celebrado, incentivado, reconfortado e definido estratégias e defesas para meu bem. Muitos deles estão ao meu lado há décadas. Tome-se o exemplo de Theresa Park: conhecemo-nos quando andávamos pelos vinte anos, trabalhámos como maníacos durante os nossos trinta e quarenta ao mesmo tempo que constituíamos família e fazíamos filmes juntos, e estamos agora a tentar viver de modo sábio e produtivo nos nossos cinquenta anos. Somos amigos, parceiros e companheiros de viagem na estrada da vida, tendo o nosso relacionamento sobrevivido a um número incontável de altos e baixos em carreiras que nunca, jamais foram desinteressantes.

Conheço toda a equipa da Park & Fine há tanto tempo que mal consigo imaginar-me a publicar um livro ou a promover um filme sem eles. São inquestionavelmente o grupo de representantes do mundo editorial mais conhecedor, sofisticado e intrépido dessa indústria – Abigail Koons, Emily Sweet, Alexandra Greene, Andrea Mai, Pete Knapp, Ema Barnes e Fiona Furnari trazem excelência e competência a tudo o que fazem no lado da ficção; os seus colegas que trabalham no mundo da não-ficção equiparam-se a eles a todos os respeitos. Celeste, encantou-me ficar a conhecer-te quando juntaste os teus esforços aos da Theresa – e vi imediatamente porque as duas eram uma combinação tão perfeita!

A Grand Central Publishing continua a ser o meu lar, ao fim destes anos todos. E, embora os rostos tenham mudado ao longo das décadas, a ética de honestidade, bondade e colaboração com os autores tem-se mantido uma constante. Michael Pietsch tem liderado a empresa através de um número incontável de evoluções e desafios com integridade e previdência estratégica; o editor Ben Sevier tem sido um maravilhoso gestor e arquiteto de uma empresa em evolução; e a editora-chefe Karen Kosztolnyik tem-se revelado uma defensora delicada e encorajadora do meu trabalho, rigorosa e no entanto respeitadora com a sua caneta editorial. Brian McLendon, os teus esforços incansáveis para reinventar o aspeto e a mensagem dos meus livros, ano após ano, merecem um prémio – a minha equipa adora o teu entusiasmo irreprimível, que, juntamente com os esforços infatigáveis de Amanda Pritzker, tem mantido os meus livros na mira dos leitores e perpetuamente prontos a serem descobertos. Beth de Guzman, tu és das poucas pessoas que estão na minha editora desde o meu primeiro livro, e o teu trabalho incansável para manter os meus livros anteriores frescos e apelativos é um dos segredos do meu sucesso. Matthew Ballast é o mestre Zen da publicidade de autor, discreto e imperturbável, e a sua colega Staci Burt é a publicitária astuta e recetiva que não receia nem a COVID nem agendas imprevisíveis de promoção de livros ou autores rabugentos. E ao diretor visual Alber Tang e ao *designer* de longa data das minhas capas, Flag: vocês são génios, conseguindo surpreender-me com capas notáveis e lindas ano após ano.

Catherine Olim merece uma medalha de valor por todas as crises que tem conseguido superar e pela generosa publicidade que tem obtido para o meu trabalho – treinadora e guerreira franca e destemida, nunca receia dar-me dicas sobre os meus desempenhos perante as câmaras ou proteger-me de críticas injustas. LaQuishe «Q» Wright é a estrela absoluta do mundo das redes sociais, com instintos, relações e astúcia estratégica sem paralelo nesse mundo volátil e em rápida mudança. Adora o que faz, e a sua carteira de clientes recheada de estrelas beneficia da sua paixão. Mollie Smith, existe uma designer e especialista do contacto com os fãs com melhor faro para o design e o público? Tu és o máximo e, juntamente com a Q, sempre conduziram a minha divulgação pública com uma segurança hábil.

O meu representante de longa data em Hollywood, Howie Sanders, da Anonymous Content, é meu sábio conselheiro e amigo profundamente leal há décadas. Prezo muito os seus conselhos e admiro a sua integridade; depois de tudo aquilo por que passámos juntos, a minha confiança nele é total. Scott Schwimmer é o meu persistente (e no entanto encantador!) defensor e negociador há vinte e cinco anos, e decididamente já viu de tudo – conhece-me a mim e aos pormenores da minha carreira como poucos outros, e é um membro de valor inestimável da minha equipa de assessores muito unida.

Na minha vida pessoal, sou abençoado com um círculo de amigos e família com cujo afeto e apoio posso contar todos os dias sem exceção. Sem nenhuma ordem particular, gostaria de agradecer a Pat e Bill Mills; ao clã Thoene, que inclui Mike, Parnell, Matt, Christie, Dan, Kira, Amanda e Nick: ao clã Sparks, incluindo Dianne, Chuck, Monte, Gail, Sandy, Todd, Elizabeth, Sean, Adam, Nathan e Josh; e finalmente a Bob, Debbie e Cody e Cole Lewis. Gostaria também de deixar um reconhecimento aos seguintes amigos, que tanto significam para mim: Victoria Vodar; Jonathan e Stephanie Arnold; Todd e Gretchen Lanman; Kim e Eric Belcher; Lee, Sandy e Max Minshull; Adriana Lima; David e Morgan Shara; David Geffen; Jeannie e Pat Armentrout; Tia e Brandon Shaver; Christie Bonacci; Drew e Brittany Brees; Buddy e Wendy Stallings; John e Stephanie Zannis; Jeanine Kaspar; Joy Lenz; Dwight Carlbom; David Wang; Missy Blackerby; Ken Gray; John Hawkins e Michael Smith; a família Van Wie (Jeff, Torri, Ana, Andrey e Ava); Jim Tyler; Chris Matteo; Rick Muench; Paul du Vair; Bob Jacob; Eric Collins; e por último, mas não menos importante, aos meus maravilhosos filhos que significam tudo para mim. Miles, Ryan, Landon, Lexie e Savannah – adoro-vos a todos.